Werner Bauknecht

Berbertod

Ein Tübingen-Krimi

Oertel+Spörer

Postfach 16 42 · 72706 Reutlingen

Titelbild: Werner Bauknecht
Umschlaggestaltung: Bettina Mehmedbegovic, Oertel+Spörer Verlag
Satz: Uhl+Massopust, Aalen
Druck und Bindung: CPI books GmbH, Leck
Printed in Germany
ISBN 978-3-88627-915-9

Der Mond spiegelte sich auf dem See. Es war zwar nicht so hell wie in einer Polarnacht, aber die Oberfläche des Tübinger Anlagensees warf so viel Licht auf das Ufer, dass der Mann keine Schwierigkeiten hatte, den Weg zu sehen, auf dem er sich vorwärts bewegte. In einiger Entfernung, hin zur Uhlandstraße, sah er die dunklen Schemen seiner Kumpels. Er hörte ihre Stimmen. Laut sind sie, dachte er, wenn man mitten unter ihnen stand, merkte man das gar nicht so. Aber hier, ein paar Hundert Meter entfernt, dröhnte ihr Lachen und Grölen ganz ordentlich.

»Mir doch egal«, sagte der Mann zu sich selbst, »ist eh bald alles vorbei.«

Es war noch warm, obwohl es bereits gegen Mitternacht ging. Er hatte seine abgeschnittenen Cordjeans an, über dem T-Shirt trug er einen Kapuzenpulli. In der linken und rechten Hand schleppte er jeweils eine »REWE«-Plastiktüte. Jedes Mal, wenn eine Tüte gegen seine Unterschenkel schlug, hörte man das zarte Klirren von Glasflaschen. Quer über dem Rücken trug er einen Schlafsack, den er mit einer Kordel um seinen Oberkörper befestigt hatte.

Am Westende des Sees befand sich ein kleines Gesträuch. Der Mann wich vom asphaltierten Weg ab und hielt auf das Gebüsch zu. Er schlug ein paar Äste zur Seite und tauchte unter ihnen durch. Auf der anderen Seite der Blätterwand war eine kleine freie Fläche. Nur vereinzelt drang etwas Licht durch die dicht bewachsenen Zweige.

Der Mann stellte die beiden Tüten ab. Dann schnappte er seinen Schlafsack, breitete ihn auf dem Boden aus und ließ sich dann träge auf ihn fallen. Aus einer der Tüten zog er eine Jacke.

Er knüllte sie zusammen und benutzte sie als Kopfkissen. So blieb er eine Weile ruhig liegen.

Er dachte nach. An nichts Bestimmtes. Er ließ seinen Gedanken einfach Raum. Doch unwillkürlich wanderten sie immer wieder zum morgigen Tag. Der Tag, an dem sich alles für ihn ändern würde. Und so unerwartet, dass es schon etwas Märchenhaftes in sich trug. Dass es kein Märchen war, das wusste er inzwischen. Ich bin ja auch kein Prinz, dachte er amüsiert. Und lachte dabei leise vor sich hin. Er konnte sich nicht erinnern, wann er überhaupt das letzte Mal gelacht hatte. Aufrichtig gelacht, aus Überzeugung, ohne Ironie.

Er musste wohl einen Augenblick eingenickt sein, denn auf einmal schreckte er von dem Schlafsack auf. Ein Geräusch, das nicht hierher gehörte, musste ihn geweckt haben. Er hielt den Atem an und lauschte. Nichts. Es war nichts zu hören. Der Platz unter dem Baum, hier im Gebüsch, war zwar kein Geheimversteck, aber in seinen Kreisen wusste man, dass es sein Schlafplatz war. Manchmal hatte er sich auch schon zu den anderen gelegt, drüben am Neckarufer. Manchmal, wenn ihm das Alleinsein zu viel war. Wenn er Stimmen anderer Menschen brauchte. Oder, wenn er sich mit diesen anderen Pennern in aller Ruhe zulaufen lassen wollte.

Besoffen zu sein in Gesellschaft machte einfach mehr Spaß. Und wenn die anderen dann anfingen, die Kontrolle zu verlieren, sich zu streiten, sich zu prügeln, oder wenn sie kummervoll-betrunken vor sich hin weinten, ging er weg und legte sich alleine ins Gras. Er war ein leiser, ruhiger Trinker. So wie er ein leiser und ruhiger Mensch war.

Ein Knacken. Das war eindeutig ein Knacken. Ein kleiner Zweig oder ein dürrer Ast, der brach. Er richtete sich auf und starrte in die Dunkelheit. Seine Augen mussten sich erst daran gewöhnen. Nur wenig Licht drang durch die dichten Zweige.

Er hielt die Luft an. Nach etwa einer Minute atmete er wieder aus. Er keuchte. Schweißperlen liefen ihm übers Gesicht. Alles war still um ihn herum. Auch das Gegröle vom Seerand her war kaum mehr zu vernehmen. Die anderen Penner schienen endlich erschöpft zu sein.

Ab morgen muss ich die nie mehr sehen, dachte er. Aber eigentlich, überlegte er weiter, war er auch wieder froh, dass es sie gab. Als es ihm so richtig schlecht ging, waren sie wenigstens da. Natürlich konnten sie ihm nicht helfen, aber alleine war er auch nicht mehr gewesen. Das war schon so eine Art Rettung.

Ich werde mich erkenntlich zeigen, beschloss er, wenn ich mich in meinem neuen Leben erst mal eingerichtet habe. Dann kümmere ich mich um die. Ich werde ihnen eine Zeit lang das Trinken bezahlen und auch das Essen.

Wieder knarrte es wie unter dem Schritt eines Menschen und dieses Mal ganz in seiner Nähe. Ein Irrtum war ausgeschlossen. Jemand trieb sich hier herum. Vielleicht ein Unbekannter, der ein Nachtlager suchte. Ein neuer, der sich noch nicht zu den anderen getraute. Oder auch nur ein Bürger, der völlig betrunken die Orientierung verloren hatte und der jetzt nach einem versteckten Ort suchte, an dem er seinen Rausch ausschlafen – oder einfach unbeobachtet hinpinkeln konnte.

Wie auch immer – hier war nur Platz für einen. Das würde er dem anderen auch deutlich sagen. Der konnte nicht von hier sein, sonst würde er sich nicht an diesem Platz rumtreiben, das war klar.

»Wo bist du?«, klang es leise, ganz leise an sein Ohr. »Wo bist du?«, hörte er diese fragende Stimme noch einmal, säuselnd, wabernd, wie von ganz weit weg kommend. Aber er meinte auch eine gewisse Bedrohung, etwas Unheimliches aus ihr herauszuhören. Ihm war das alles plötzlich nicht mehr ganz geheuer.

»Ich bin ganz nah bei dir«, drang es dann ganz leise zu ihm, kaum dass er die Worte genau verstehen konnte. »Ich komme und hole dich«, fuhr die Stimme fort, »warte nur, ich bin gleich bei dir.«

Die Schritte kamen näher. Er richtete seinen Oberkörper auf, stierte verbissen in die Dunkelheit zu seinen Füßen. Da wurde das Geäst auseinandergeschoben, und ein Körper schlüpfte zwischen den Zweigen durch, die sich dann wieder schlossen.

Jetzt stand dieser Körper vor ihm, und er hatte das Gefühl, als starre dieser auf ihn herunter.

»Besetzt«, sagte er zu den Beinen vor sich.

Der Mensch vor ihm schwieg. Schaute weiter von oben auf ihn herab.

»Ich schlafe hier, such dir was anderes. Du kannst dich ins Gebüsch beim Kinderspielplatz legen.«

Aus dem Körper vor ihm drang ein glucksendes Lachen. Es war, so dachte der Mann, ein böses Lachen. Langsam hatten seine Augen sich an die Dunkelheit gewöhnt. Vor sich erkannte er ziemlich deutlich die Waden des Menschen, dann die Oberschenkel, den Gürtel an der Hose, dann den Bauch und schließlich das helle Gesicht, bei dem das Kinn selbst bei dem wenigen Licht einen tiefen Schatten auf die Brust warf. Einen Augenblick verwirrte ihn das Gesicht. Es gerade hier zu sehen, brachte seine Gedanken vollkommen durcheinander. Dann nahm er es eben als Tatsache hin.

»Was willst du denn hier?«, fragte er, und wollte sich dabei erheben.

Er fühlte einen Schlag gegen die Brust und fiel wieder zurück auf den Hintern.

»He, was soll das, das ist nicht witzig«, sagte er, »was machst du überhaupt hier? Woher kennst du meinen Platz? Ich habe dir doch gesagt…«

Der Mensch vor ihm griff plötzlich ins Innere seiner dunklen Jacke und zog einen länglichen Gegenstand hervor. Als einer der wenigen Lichtstrahlen auf ihn fiel, war ein Hammer, ein dicker Hammer zu erkennen. Er sah den Hammer noch auf sich niedersausen, und das Letzte, das er dachte, war: »Nicht jetzt, das darf nicht ausgerechnet jetzt passieren, einen Tag, ehe es für mich richtig losgeht. Scheiße ist das.«

Dann starb er.

Christian Löffler, der Hauptkommissar bei der Tübinger Mordkommission, hatte seine dunkle Anzugsjacke ausgezogen. Die Sonne brannte auf den Vorplatz vor der Aussegnungshalle des Tübinger Bergfriedhofs in der Südstadt.

Seine Kollegen, die Kommissare Monika Berger und Gerd Stammler, standen neben ihm.

»Jetzt würde ich gerne eine Zigarette rauchen«, sagte Stammler.

»Du rauchst doch gar nicht«, meinte Berger erstaunt.

»Deshalb rauche ich ja auch keine. Aber Lust hätte ich irgendwie schon. Vielleicht würde es mir dann besser gehen.«

Langsam strömten die Leute aus der Halle auf den Platz. Der Strom schien kaum enden zu wollen. Halb Tübingen hatte offensichtlich den Weg zum Friedhof gefunden. In Grüppchen standen die Menschen zusammen und unterhielten sich mit gedämpften Stimmen.

Der Tod von Gunder »Saggs« Theurer, dem Wirt des »Storchen« in der Ammergasse, war für alle plötzlich gekommen. Für eine Operation war er ins Krankenhaus gegangen, eine Woche später war er tot. Einfach so. Komplikationen nach dem Eingriff hieß es. Dann künstliches Koma, aus dem er nie mehr erwachte.

»Sie sehen nicht gut aus«, sagte Berger zum Hauptkommissar.

Der wischte sich übers Gesicht. Seine Hand war feucht. Er hatte Saggs von klein auf gekannt. Früher hatten sie sogar zusammen in einer Band gespielt.

»Keiner hier sieht gut aus«, sagte Löffler, »das liegt wahrscheinlich daran, dass wir alle einen Freund verloren haben.«

Berger schwieg.

»Gehen wir noch mit zum Leichenschmaus in den Storchen«, fragte Stammler nach einer Weile.

»Um uns zu betrinken«, fragte die Kommissarin. »Gute Idee, ich komme mit.«

Löfflers Mobiltelefon klingelte. Er holte es aus seiner Tasche und schaute nach, wer anrief. Dann nahm er das Gespräch an. »Löffler«, meldete er sich und ging ein paar Schritte weg. Er stellte sich unter einen Schatten spendenden Baum.

»Ich kann nie mehr in den Storchen gehen«, sagte Stammler, »ohne Saggs ist das nicht mehr dasselbe. Was meinst du?«

Die Kommissarin nickte stumm.

Löffler winkte seine beiden Kollegen zu sich.

»Arbeit«, sagte er, als sie beide bei ihm waren. »Ein Toter wurde am Anlagensee gefunden. Erschlagen in einem Gebüsch. Sieht übel aus, sagen sie. Mit dem Storchen wird wohl nichts. Ist auch besser so, ich kann jetzt ohnehin keine Gespräche führen. Und zu viel Alkohol macht mich sentimental.«

Er warf die Jacke über die Schulter, setzte seine Sonnenbrille auf und ging Richtung Ausgang. Die beiden anderen folgten ihm. Stammler fuhr, Berger und Löffler saßen hinten. Durch die enge Galgenbergstraße fuhren sie hinunter, Richtung Innenstadt, auf die Reutlinger Straße und dann am Zinserdreieck vorbei zum Anlagensee.

Schon von weitem sahen die Kommissare die Polizeiautos und den Notarztwagen. Ein Absperrband war um ein Gebüsch gezogen, ein paar Polizisten drängten die Menge Schaulustiger zurück. Als sie die Kommissare sahen, machten sie einen Weg frei. Löffler voraus gingen sie zu einem Gebüsch, schoben die Äste zur Seite und standen auf einem freien Platz unterhalb eines Baumes. Dort lag, mit einer Plane abgedeckt, das Opfer. Löffler ging hin und zog die Plane zur Seite.

Es war kein schönes Bild, das sich ihm und den anderen Kripobeamten bot. Ein Mann in kurzen Hosen lag auf dem Rücken, unter sich ein alter, bundeswehrgrüner Schlafsack. Es waren der Kopf und das Gesicht, das Löffler zurückschrecken ließ. Im Grunde war kaum etwas zu erkennen. Das Gesicht war eine blutige Masse, der Kopf war an mehreren Stellen eingedrückt. Löffler legte die Plane wieder zurück und verdeckte damit den Körper des toten Mannes.

»Ein starkes Stück«, sagte Berger.

»So was habe ich ja noch gar nie gesehen«, meinte Stammler, mehr zu sich selbst, als zu jemand anders.

Löffler winkte einen der Polizisten zu sich.

»Weiß man denn schon, wer der Mann ist«, wollte er von ihm wissen.

Der schüttelte nur den Kopf.

»Keine Ausweispapiere, kein Führerschein oder sonst irgendwas anderes mit seinem Namen?«

Wieder schüttelte der Beamte stumm den Kopf.

»Hat es ihnen die Sprache verschlagen«, fragte Stammler.

Der Mann nickte.

Löffler zuckte mit der Schulter. Mit dem Mann war nichts anzufangen. Stammler zog den Hauptkommissar am Ärmel zu sich her.

»Das bringt nichts«, sagte er, »unser Kollege ist überfordert. So was hat es hier noch nie gegeben. Nicht, solange ich hier bin.«

»Er sollte öfter ins Kino gehen, da sieht man so was.«

»Schlecht gelaunt?«

»Ich komme von einer Trauerfeier, da habe ich nichts zu jubeln, oder?«

»Wir sind doch Profis«, sagte die Kommissarin, die zu den beiden dazukam.

Löffler strich sich übers Gesicht. Dann schwiegen die drei eine Weile.

»Sie haben recht«, meinte Löffler schließlich, »benehmen wir uns wie Profis. – Also, was machen wir wegen der Leiche? Offensichtlich handelt es sich bei dem Mann ja um einen, wie nennt man das? – Obdachlosen? Penner? Wohnsitzlosen? Wo treiben die sich denn so rum?«

Stammler zeigte mit dem Daumen über die Schulter hinter sich.

»Unter anderem da vorne, am anderen Ende vom See. Berber nennt man sie übrigens.«

»Das ist politisch korrekt?«

Stammler nickte.

»Na also, dann wissen wir ja, was zu tun ist. Besuchen wir die Leute mal. Hier können wir ohnehin nichts machen, jetzt ist erst mal die Spurensicherung dran.«

Löffler ging noch einmal zu dem Toten hin, zog sein Smartphone aus der Tasche und fotografierte das Gesicht der Leiche.

»Erinnerungsfoto«, fragte Monika Berger.

»Opferbild. Oder wonach wollen Sie die Kumpels des Toten fragen?«

Die drei Kommissare marschierten den Asphaltweg entlang, der um den See führte. Am Ostende, Richtung AOK, stand bereits ein halbes Dutzend Leute herum, die die Polizisten vorsichtig beäugten, während diese auf die Gruppe zugingen. Die meisten aus der Gruppe, die dort stand und größtenteils an einer Bierflasche nuckelte, waren zwischen zwanzig und dreißig Jahre alt. Zwei hatten es sich auf ihren Schlafsäcken unter einem Baum bequem gemacht, der sie vor der brennenden Sonne schützte.

»Ich bin es nicht gewesen«, sagte ein junger Mann, als die drei vor ihm standen.

»Was sind Sie nicht gewesen?«

»Egal was. Ich bin unschuldig.«

Dabei blickte er zu seinen Freunden hinüber und lachte übers ganze Gesicht.

»Dann haben Sie mit dem Toten dahinten also nichts zu schaffen«, fragte Löffler.

Der Mann schien erschrocken zu sein. Er trat einen Schritt zurück.

»Tot? Wer ist tot? Ich weiß nichts von einem Toten. Wir alle wissen nichts von einem Toten, das kann ich Ihnen sagen.«

»Ach, sind Sie der Sprecher der ganzen Gruppe hier?«

»Nein, das nicht, ich meine ja bloß.«

»Fangen wir mal so an«, fuhr Löffler fort, »wer sind Sie denn? Haben Sie einen Ausweis dabei, einen Führerschein, eine Kreditkarte?«

»Kreditkarte? Ich? Nein, natürlich nicht. Aber einen Ausweis, das habe ich einen.«

Er wühlte in seiner Hosentasche und zog dann eine abgegriffene Ausweiskarte hervor, die er dem Kommissar entgegenhielt.

»Also, Herr Sprenger«, sagte Löffler, nachdem er den Ausweis gelesen hatte, »wir haben da einen Mann gefunden, der mich irgendwie an Sie erinnert. Nur etwas älter. Aber nach Kleidung und Aussehen könnte es sein, dass er Ihnen bekannt ist. Darf ich Ihnen mal ein Foto zeigen?«

Der Mann nickte. Inzwischen hatten die anderen einen Halbkreis um die Polizisten gebildet. Die Neugierde hatte selbst einen der beiden am Boden Dösenden zum Aufstehen gebracht. Der andere schien tief zu schlafen. Löffler zog sein Smartphone aus der Tasche und zeigte Sprenger das Foto des Toten. Dieser rückte sein Gesicht dicht an das Display, weil die Sonne den Kontrast aufhob. Als seine Nase fast auf dem Screen lag, zuckte er plötzlich zurück.

»Was ist das denn, der hat ja fast kein Gehirn mehr. Wie können Sie mir so was zeigen. Ekelhaft ist das.«

Die anderen scharten sich nun ebenfalls um das Foto und wagten einen Blick. Darauf schauten sie einander an und nickten sich zu. Einer trat vor Löffler und zeigte mit dem Finger auf das Bild.

»Das ist Wolfi ohne Gehirn. Aber ganz sicher, der Wolfi.«

Nun trat Sprenger noch einmal näher, schnappte sich kurzentschlossen das Smartphone und hielt schützend die Hand übers Display.

»Ja« sagte er dann, und gab Löffler das Smartphone zurück, »wenn man sich das fehlende Teil über der Stirn dazu denkt, gibt es keinen Zweifel. Aber Mann, sieht der scheiße aus, was hat man denn mit dem gemacht?«

»Wolfi – und wie weiter«, fragte Löffler.

Die Berber sahen sich fragend an. Keiner von ihnen wusste offensichtlich seinen Nachnamen. Sprenger fiel etwas ein.

»Der da drüben, bei dem Baum, der Joschi, der kannte den Wolfi. Ist aber ein komischer Typ. Verbringt die ganze Zeit bei dem Baum, als wenn der ihn adoptiert hätte. Wahrscheinlich Familienersatz.«

»Ein Baum?«

»Na ja, wenn es sonst nichts gibt. Als mal ein Kollege unter dem Baum saß und der Joschi zu spät kam, ist der ihm glatt an die Gurgel gegangen. Seitdem ist das Joschis Baum. Wirklich – sehr merkwürdig. Aber sonst tut er keinem was.«

Er trat zu dem am Baum dösenden Mann, stieß ihn leicht mit der Schuhspitze an und weckte ihn auf. Der Mann öffnete die Augen und hielt die Hand über das Gesicht, um sich vor der Sonne zu schützen.

»Ist was?«, fragte er, noch leicht verpeilt.

»Hier ist einer, der hat ein Foto von deinem Kumpel Wolfi. Sieh dir das doch Mal an, wenn du heute noch nicht gekotzt hast.«

Mühsam erhob sich der Mann. Er mochte wohl um die fünfzig Jahre alt sein, das sonnenverbrannte Gesicht und der Zauselbart machten eine Schätzung nicht einfach. Er war aber sicher der Älteste hier in der Gruppe. Langsam taperte er in Richtung Polizisten. Löffler hielt ihm das Foto vor das Gesicht. Der Mann betrachtete es lange.

»Tja, das war wohl Wolfi«, sagte der Mann schließlich, »aber irgendetwas ist ihm auf den Kopf gefallen. Schön ist das nicht. Dürfen Sie solche Bilder eigentlich herumzeigen? Ich meine nur, wegen Persönlichkeitsrecht und so.«

Monika Berger überging die Frage.

»Sie kennen den Mann also. Wissen Sie denn, wie er mit Nachnamen heißt?«

Der Mann lächelte schelmisch.

»Keine Ahnung, ich weiß ja nicht mal mehr meinen eigenen.«

»Dann geben Sie mir mal Ihren Ausweis, dann sage ich Ihnen den.«

Der Alte trottete zu seinem Schlafsack, zog einen Beutel aus ihm heraus und wühlte darin. Er ließ sich Zeit. Gelegentlich spuckte er neben sich ins Gras. Endlich hielt er einen alten Reisepass in den Händen und schwenkte ihn triumphierend über dem Kopf wie eine Trophäe.

Er gab ihn der Kommissarin, die ihn mit spitzen Fingern entgegennahm.

»Ob der noch gültig ist, weiß ich nicht«, sagte der Mann, »aber ich habe nicht vor, demnächst eine Urlaubsreise ins Ausland zu unternehmen.«

»Peter Schnabel«, las Berger laut vor, »hier haben wir es also. Schnabel heißen Sie. Klingt doch ganz vernünftig.«

»Häh«, mischte Sprenger sich ein, »wieso nennen wir dich dann Joschi? Das hat mit deinem Namen doch gar nichts zu tun.«

»Na, mit deinem aber auch nicht.«

»Häh?«

»Also, Herr Schnabel, Sie waren der Freund unseres verstorbenen Wolfi«, fuhr Monika Berger fort, »was können Sie uns denn über ihn erzählen?«

Schnabel kratzte sich am Kopf. Dann griff er nach der Bierflasche des neben ihm stehenden Sprenger und nahm einen Schluck daraus. Dann rülpste er lautstark.

»So machen das die Penner, Frau Kommissarin«, sagte er.

»So führen sich manchmal auch Nicht-Penner auf, Sie haben da kein Alleinstellungsmerkmal. Also kommen wir zu Wolfi.«

»Er war nicht mein Freund, wir sind nur manchmal zusammen rumgezogen. Haben auch ein paar Mal im Männerwohnheim in der Kiesäckerstraße oder in der Eberhardstraße übernachtet. Und halt ein bisschen gequatscht.«

»Nachname?«

»Keine Ahnung, das fragt man bei uns nicht.«

»Und woher stammt er?«

»Von hier. Komischerweise stammt er aus Tübingen. Berber halten sich eigentlich selten dort auf, wo sie herkommen. Wolfi schon. Obwohl – er war ziemlich lange auf Achse. Im Ruhrgebiet, manchmal auch im Süden, was weiß ich. Vielleicht München oder Freiburg, die Gegend. Er kam erst vor ein paar Wochen zurück in die Stadt.«

Berger sah fragend zu Löffler.

»Wann genau kam er denn zurück nach Tübingen?«, setzte der die Befragung fort.

»Vor einem halben Jahr – höchstens.«

»Und warum kam er wieder zurück?«

Schnabel zuckte mit den Schultern.

»Heimweh vielleicht. Wer weiß das schon. Ich jedenfalls habe ihn nicht danach gefragt. Wenn einer was erzählen will, dann erzählt er es halt, aber Nachfragen ist hier nicht.«

Berger gab Schnabel den Pass zurück.

»Weiß irgendeiner was darüber, ob Wolfi Feinde hatte. Irgendjemand, dem er mal auf die Füße getreten ist? Den er beleidigt hat? Oder mit dem er Streit hatte?«

Die Berber schauten sich gegenseitig an, dann schüttelte einer nach dem anderen den Kopf.

»Na schön«, sagte Berger, »wir schicken jetzt ein paar Polizisten her, die werden Ihre Personalien aufnehmen. Keiner verlässt die Stadt, wir unterhalten uns noch mal mit ihnen allen. Später.«

»Die Kollegen werden fragen«, ergänzte Stammler, »wer Wolfi zuletzt gesehen hat, wohin er gegangen ist, wer von Ihnen gestern Abend hier war, und so weiter. Bitte korrekte Antworten. Und versuchen Sie, sich zu erinnern.«

In der Zwischenzeit hatte Berger bereits die Kollegen mit dem Handy angerufen. Sie kamen gerade um die Biegung des Sees und näherten sich der Gruppe.

»Hier«, sagte Löffler plötzlich zu der Gruppe Berber, »ich gebe Ihnen ein paar Euro, kaufen Sie sich was zu essen, aber versaufen Sie nicht das ganze Geld.« Dann gab er Sprenger einen Geldschein.

»Das können wir ja gar nicht annehmen«, sagte Sprenger,

und griff hastig nach dem Schein. »Die Polizei, dein Freund und Helfer. Sagt man das eigentlich noch, heutzutage?«

»Immer dann, wenn es zutrifft«, antwortete Berger und drehte sich um.

Zusammen gingen die Kommissare zurück zum Tatort.

Gerichtsmediziner Markus Kürner war inzwischen eingetroffen. Im schwarzen Anzug und picobello gewichsten Schuhen trat er gerade aus dem Gebüsch heraus, als die Kommissare von ihrem Ausflug zu den Berbern zurückkehrten.

»Wie siehst du denn aus«, fragte Löffler, als Kürner vor ihm auftauchte, »ist das die neue Arbeitskleidung für Gerichtsmediziner?«

Kürner lächelte etwas gequält.

»Seitdem du wieder in der Stadt bist, werden die Leichen an den unmöglichsten Stellen gefunden.«

»Die Zeiten werden härter. Aber dass du bereits in deiner Festtagstracht auf Leichenbeschau gehst, ist mir neu.«

Kürner winkte ab. »Nix Leichenbeschau, ich war auf einer Veranstaltung an der Uni. Stinklangweilig. Ich hab den Kollegen gesagt, sie sollen mich sofort anrufen, falls auch nur das Geringste passiert. Notfalls mache ich eine Katzenkörperobduktion.«

»Schönes Wort.«

»Aber auf dich ist halt Verlass. Hast du Löffler, hast du Leichen.«

Löffler lachte und klopfte Kürner auf die Schulter.

»Hast du wenigstens schon ein paar Informationen für mich? Tatwaffe und Tatzeitpunkt vielleicht? Name und Adresse des Täters?«

Kürner lachte lauthals.

»Vielleicht können Sie ja schon was zum Tatort sagen«, warf Berger ein, »hat man ihn im Gebüsch umgebracht oder wurde er erst dahin geschleppt?«

Kürner schaute sie erstaunt an.

»Hören Sie mal, Frau … wie heißen Sie noch gleich? – Na, egal, jedenfalls ist das Aufgabe der Spurensicherung. Mit meinem Job hat das nichts zu tun. Sag ihr das mal, Christian.«

Die Kommissarin lief rot an. Das passierte ihr nicht oft und Löffler und Stammler waren eine ganze Weile gefesselt von dem Schauspiel. Sie schien kurz vor dem Platzen zu stehen. Oder vielleicht auch kurz vor dem Versinken im Boden. Aber nichts geschah, sodass die Kommissare sich wieder dem Gerichtsmediziner zuwenden konnten.

»Also, was ist nun, Markus, was kannst du uns sagen?«

»Was ich mit Sicherheit weiß, ist, dass der Mann mit einem harten Gegenstand erschlagen wurde.«

Löffler stöhnte. »Das sehe ich selbst. Oder machst du jetzt auf Tatort-Mediziner Dr. Boehnke?«

»Ein Ton herrscht hier heute. – Aber gut, es war ziemlich sicher ein Hammer. Ein großer, schwerer Hammer, der ihm den Schädel zertrümmert hat. Viel Kraft brauchte man da nicht bei dem mächtigen Ding. Trotzdem hat der Täter – oder die Täterin – mehrmals zugeschlagen. Völlig außer Rand und Band.«

»Wut? Hass?«

»Sieht so aus.«

»Und wann ist es passiert?«

»Gegen Mitternacht würde ich schätzen. Nicht viel später jedenfalls.«

»Einzeltäter?«

Monika Berger hatte ihre Stimme wieder gefunden.

»Spurensicherung.«

Der Hauptkommissar stellte sich vor seine Kollegin und tätschelte Kürners Schulter.

»Danke, Markus, das war schon ganz ordentlich. Den Rest kannst du mir ja sagen, wenn du ihn bei dir im Institut hast.«

»Und was ist mit heute Abend?«

Löffler dachte einen Augenblick nach.

»Na ja«, sagte er dann, »das Geschenk für ihn habe ich ja schon gekauft. Da kann ich schlecht wegbleiben.«

»Was ist es denn? Das Geschenk, meine ich. Aber bitte keinen Hund. Und auch sonst kein Haustier. Ich weiß schon, was er sich von dir gewünscht hat.«

»Ich habe hart mit Maxi verhandelt, es lief auf ein Smartphone hinaus. Genehm?«

»Plus ein Jahr Vertragsgebühren?«

»Geizhals.«

»Also, bis heute Abend dann.«

Kürner tätschelte Löfflers Unterarm und ging dann grußlos.

Der Kommissar nahm die Blicke seiner Kollegen wahr.

»Sein Sohn hat Geburtstag, ich bin der Pate. Heute gibt es eine große Party. Sonst noch Fragen?«

Berger und Stammler schüttelten beide den Kopf.

»Arroganter Pinkel«, sagte Berger leise.

»Wer denn?«

»Der Herr Professor natürlich.«

»Ich habe irgendwie das Gefühl, Sie mögen Kürner nicht.«

»Er mag mich nicht.«

»Sie sollten ihn mal erleben, wenn er Leute wirklich nicht mag.«

Ein Polizist kam aus dem Gebüsch und Löffler winkte ihn heran.

»Wie weit seid ihr denn? Hat die Spurensicherung alles aufgenommen?«

»Die Kollegen sind soweit fertig. Wenn der Bericht vorliegt, schicken sie ihn gleich bei Ihnen vorbei.«

Dann verschwand er wieder im Gebüsch. Die Kommissare gingen Richtung Europaplatz. Sie hatten ihren Wagen vor der Post geparkt. Gerade als sie an ihrem Fahrzeug erschienen, steckte ein Stadtschreiber einen Strafzettel unter die Scheibenwischer.

»Moment«, rief Stammler und rannte auf den Mann zu, »wir

sind von der Kripo. Im Einsatz. Das Knöllchen nehmen Sie schön wieder zurück.«

Der Mann beachtete ihn gar nicht und marschierte zum nächsten Wagen. Der Kommissar folgte ihm und hielt ihn an der Schulter fest. Der Mann fuhr wie von einem Stromschlag getroffen herum und verbog Stammlers Arm.

»So geht das nicht«, schrie der Uniformierte, »das ist Gewaltausübung gegen einen Stadtschreiber. Das wird teuer.«

Stammler wand sich aus dem Griff des Mannes und stieß ihn zurück.

»Verrückt geworden, oder was? Ich bin Kommissar, wir ermitteln gerade und das ist unser Dienstfahrzeug.«

»Dass ich nicht lache, da kann ja jeder kommen. Außerdem gibt es für euch keine Sonderrechte. Mir send in Tübinge, do wird aufgeschriebe ond Ausnahme gibt's koine.«

Inzwischen war Monika Berger dazugekommen und schob den aufgebrachten Kollegen zur Seite.

»Wir ermitteln in einem Verbrechen, drüben am See, und das ist unser Polizeifahrzeug. Nun nehmen Sie endlich den Strafzettel zurück.«

»Da könnt ja jeder komme. Sonderrechte gibt es hier nicht. Zeigt erst mal eure Ausweise her.«

Berger kramte in ihrer Tasche nach dem Ausweis.

Inzwischen hatte der Aufschreiber Löffler entdeckt, der neben dem Wagen stehen geblieben war.

»Bist du des, Christian? Send des deine Kollegen? Dann stimmt das also mit dem Einsatz? Ja, wenn das so ist, dann mach ich natürlich a Ausnahme. Aber bloß weil ihr des send.«

Er ging zum Wagen zurück, nahm das Knöllchen und steckte es in die Tasche. Dann begrüßte er den Hauptkommissar.

»Kommst du nächsten Dienstag zum Lauf? Seitdem du nicht mehr angetreten bisch, gewinnen immer die Kollegen aus Stuttgart. 'S wird Zeit, dass sich das ändert.«

»Ich bin schon angemeldet, keine Sorge. Dann kommen wieder andere Zeiten. Bis bald, ond nix für ungut.«

Der Mann machte sich wieder auf seine Tour, nickte im Vorbeikommen den beiden Kommissaren zu und prüfte den Parkschein des nächsten Fahrzeugs.

»Behördenlauf oben in Pfrondorf«, sagte Löffler, als Berger ihn fragend ansah. »Jedes Jahr gibt's da den Polizeilauf, bei dem aber alle Behörden mitmachen. Früher habe ich den ein paar Mal gewonnen. Und der Mann hier hilft immer bei der Zeitmessung.«

Die drei stiegen in den Wagen, Stammler fuhr an.

»Und jetzt«, fragte er, als sie Richtung Zinserdreieck fuhren.

Löffler überlegte kurz.

»Wir fahren in die Eberhardstraße, ins Männerwohnheim. Mal sehen, ob die den Toten kennen. Irgendwo muss er ja übernachtet haben, wenn es mal kalt war oder wenn er duschen wollte.«

Sie fuhren über die Blaue Brücke. Noch immer fühlte man sich überrascht von der freien Sicht auf die Gleise, rüber zum Hauptbahnhof. Nachdem jahrelang das Schandbauwerk einer ausgebeinten, nie fertiggestellten Bauruine, die einst als Konzertsaal geplant war, die Einfahrt in die Innenstadt ästhetisch versaut hatte, ging es plötzlich ganz schnell. Die Bagger kamen an, der Oberbürgermeister gab medienkonform das Startzeichen und der Betonklotz wurde plattgemacht.

Nicht weit vom Landestheater war das Männerwohnheim. Die drei Polizisten parkten den Wagen genau davor und gingen ins Innere des Baus.

»Halt«, empfing sie eine Stimme, »hier wird nicht besichtigt. Wir sind doch kein Menschenzoo.«

Vor ihnen tauchte ein Mann auf, einen Stapel Bettwäsche auf den Armen balancierend, der gerade noch sein Gesicht freigab. Er baute sich vor den dreien auf. Berger zog ihren Ausweis aus der Tasche und hielt ihn dem Mann vors Gesicht. Dieser beugte sich nach vorne, vergaß aber offensichtlich seine Last und der Stapel kippte auf den Boden.

»Scheiße«, fluchte er, gab den Laken einen heftigen Tritt und sie flogen durchs Foyer des Wohnheims. Dann schaute er die Kommissarin wütend an.

»Was ist das denn für ein blöder Ausweis? Ihre Krankenversicherungskarte, oder was?«

»Kripo Tübingen. Und wer sind Sie? Der Bettwäschen-Wascher?«

»So nicht liebe Frau, so nicht. Bloß weil Sie bei der Kripo sind, können Sie hier nicht machen, was Sie wollen. Es gibt Vorschriften, auch für Sie. Und außerdem ...«

Löffler schob sich nach vorne, stellte sich vor dem Mann auf.

»So, jetzt reicht es. Sie halten jetzt mal den Mund. Lassen Sie Ihre schlechte Laune woanders aus, wir haben zu arbeiten. Und das geht so: Wir stellen Ihnen ein paar Fragen, und die beantworten Sie uns. Hier oder im Präsidium, ganz wie Sie wollen. Alles angekommen?«

Der Mann nickte stumm. Mit Löfflers Überfall hatte er wohl nicht gerechnet.

»Und jetzt sagen Sie uns noch Ihren Namen. Bitte.«

»Horst Schrek. Schrek ohne ck, nur k.«

»Wir suchen nach der Identität eines Mannes, Herr Schrek ohne ck«, übernahm Monika Berger, »möglicherweise ist er hier bei Ihnen abgestiegen. Vielleicht hat er sogar eine Zeit lang hier gewohnt. Ich zeige Ihnen jetzt mal ein Bild von dem Mann. Aber nicht erschrecken, Herr Schrek!« Das hätte sie sich auch verkneifen können, dachte ihr Kollege Stammler.

Die Kommissarin ließ sich von Löffler das Smartphone geben und zeigte dem Mann Wolfis Todesbild. Schrek kannte sich aus. Mit den Fingern vergrößerte er geschickt das Bild, bis Wolfis Gesicht das ganze Display ausfüllte. Dann schüttelte er das Smartphone, hielt es waagrecht und schaute das Foto ganz genau an.

»Wolfi«, sagte er und gab Berger das Smartphone zurück.

»Eindeutig?«

»Klar, das ist Wolfi, wer denn sonst?«

»Wolfi – und wie weiter?«

»Wie weiter?«

»Nachname.«

Schrek wog den Kopf ein paar Mal hin und her. Offensichtlich ein Versuch, seine Gedanken erst durcheinanderzuwirbeln und sie anschließend zu ordnen. Dann hielt er plötzlich inne und machte ein tief betrübtes Gesicht.

»Den weiß ich, ehrlich gesagt, nicht. Irgendwie kannten den alle bloß als Wolfi. Und so oft war er auch nicht hier im Haus.«

»Muss man sich denn hier nicht mit vollem Namen anmelden?«

»Schon, aber er wollte hier ja nicht richtig einziehen. Mal übernachten, duschen – das schon. Aber dann war er auch schon wieder weg. So richtig helfen lassen wollte er sich nicht. Aber mal was anderes – was ist denn mit ihm passiert? Schön aussehen tut er auf dem Foto ja nicht.«

»Hatte er keine Freunde hier«, überging Stammler die Frage, »jemand, mit dem er öfter mal rumhing?«

Das Kopfschütteln wiederholte sich, mit demselben Ergebnis wie zuvor.

»Nicht dass ich wüsste. Meist kam er alleine her.«

»Und über was redete er so? Was hat er die ganze Zeit gemacht?«

»Gemacht? Keine Ahnung. Er hat gewartet, wie alle hier.«

»Gewartet? Worauf denn?«

»Na, auf nichts. Ich meine, auf den nächsten Tag, auf bessere Zeiten, auf den Tod. Irgend so was. Worauf halt alle warten. Irgendwann resignieren doch die meisten hier. Ein paar probieren es immer wieder, von der Straße zu kommen. Die strengen sich richtig an. Aber kennen Sie die Statistiken? Es gibt kaum welche, die sich wieder eingliedern, nach ein paar Jahren haben sie sich mit ihrer Obdachlosigkeit abgefunden. Der Alkohol und die Perspektivlosigkeit machen die vollends kaputt.«

»Und Wolfi war so einer?«

»Na ja, gesoffen hat er nicht so viel wie die anderen. Neulich sagte er zu mir noch, dass es ihm bald besser gehe, dann würde er uns hier allen was schenken. Und danach hat er sich besoffen.«

»Und warum sollte es ihm bald besser gehen«, mischte sich nun Löffler ein.

Schrek zuckte mit den Schultern.

»Keine Ahnung, aber mit solchen Sprüchen kommt hier jeder mal an, das ist nichts Besonderes.«

Löffler überlegte einen Moment.

»Hatte er eigentlich mit jemandem Streit? Oder gab es einen, mit dem er sich nicht verstand?«

»Wolfi? Nee, der hat ja meist geschwiegen, von dem wollte keiner was. Außerdem war er relativ neu hier. Er ist doch erst vor ein paar Monaten nach Tübingen gekommen. Von irgendwo aus dem Süden.«

Der Kommissar steckte sein Smartphone weg und drehte sich um. Die beiden Kollegen folgten ihm und sie gingen nach draußen. Schrek folgte ihnen.

»Was ist denn nun mit ihm passiert? Er sieht ja furchtbar aus.«

»Jemand hat ihm den Schädel eingeschlagen«, sagte Stammler kurz.

»Also von den Obdachlosen war das keiner, die sind nicht so. Im Suff streiten die mal, aber so richtig zuhauen tun die nie. Da müssen Sie schon woanders nach dem Täter suchen.«

»Falls Ihnen noch was einfällt – hier, ich gebe Ihnen meine Karte.«

Stammler nestelte eine Visitenkarte aus seiner Hosentasche und reichte sie Schrek, der sie achtlos in die Tasche steckte. Dann stieg Stammler zu den anderen in den Wagen und sie fuhren los.

Dieses Mal saß Löffler hinterm Steuer. Die beiden anderen hatten auf dem Rücksitz Platz genommen, sodass es aussah, als sei ihr Chef auch ihr Chauffeur. Beide feixten auf dem Rücksitz, während der Hauptkommissar den Wagen Richtung Innenstadt steuerte.

»Nicht so schnell, bitte«, sagte Stammler, »wir wollen heil ankommen.«

»Und nicht so abrupt bremsen, das tut meiner Frisur nicht gut«, ergänzte Berger.

Löffler fuhr am Hauptbahnhof vorbei, Richtung Freibad. Dann bog er Richtung Schlossbergtunnel ab.

»Wohin fahren wir eigentlich?«, fragte Stammler.

»Überraschung«, meint Löffler nur. Nach dem Tunnel fuhren sie Richtung Innenstadt, an der Kelter ging es rechts und der Hauptkommissar parkte den Wagen schließlich genau vor dem »Bären«.

»Hier ist aber Parkverbot«, sagte Berger.

»Einsatz.«

Sie stiegen aus und setzten sich an einen Tisch vor der Kneipe. Hier, mitten in der Altstadt, gab es dieses Straßencafé. Eigentlich war der »Bären« eine Altstadtkneipe, urig, mit viel Tradition, wie es sich für Tübinger Beizen gehört. In einem großen Nebenraum hatte der Wirt eine Art Fußballkino eingerichtet – Sitzplätze und eine große Leinwand für die Samstagsspiele der Bundesliga.

»Ich lade Sie ein, dann können Sie mir ein wenig erzählen, wie wir einen Mörder zu fassen kriegen. Sie sind doch Polizisten, dann zeigen Sie mir das Mal.«

Der Wirt, Jörg Kramer, den alle nur Jäckie nannten, kam zu ihrem Tisch. Er wirkte sehr bedrückt.

»Hallo Christian, schon zurück vom Leichenschmaus?«

Löffler schüttelte den Kopf.

»Ich war nicht dort. Ging irgendwie nicht. Und dann kam auch noch Arbeit auf mich zu. Was ist mit dir?«

»Ging mir genauso. Ich konnte Saggs nicht mal mehr auf dem Foto auf dem Sarg angucken. Da habe ich lieber meine Kneipe aufgemacht. Was wollt ihr denn trinken?«

Löffler sah die Kollegen fragend an. Dann bestellte er drei Kaffee.

»Den hat es auch schwer erwischt«, meinte Stammler, als Jäckie weg war.

»Er hat früher mit Saggs zusammen im ›Storchen‹ gearbeitet. Die kannten sich schon ewig.«

Sie schwiegen eine Weile.

Jäckie stellte die Kaffeetassen auf den Tisch. Als er wieder in sein Lokal zurückwollte, rief Löffler ihn noch mal zurück.

»Du kennst doch die halbe Stadt, Jäckie. Vielleicht kannst du mir weiterhelfen. Schau dir mal das Foto hier an, aber nicht erschrecken.«

Christian Löffler hielt ihm das Smartphone hin. Jäckie machte eine hohle Hand, um das Display vor der Sonnenstrahlung zu schützen, beugte sich vor und betrachtete es lange. Dann erhob er sich und räusperte sich erst einmal. Er setzte sich auf einen Stuhl neben die Kommissare und schwieg eine Weile.

»Der sieht ja furchtbar aus«, sagte er dann, »dem hat man ja den Schädel förmlich zertrümmert. Der arme Wolfi.«

»Du kennst ihn also?«

Jäckie nickte.

»Er gehörte während der letzten Monate sozusagen zum Altstadtbild. Ist hier immer durchgezogen mit seinem Rucksack und den Plastiktüten. Klassischer Berber halt. Manchmal hab ich ihm was zu trinken gegeben, er wollte dann immer eine Cola haben.«

»Hast du eine Ahnung, wie er mit Nachnamen hieß? Wir suchen immer noch danach.«

Jäckie überlegte eine Weile.

»Nee«, sagte er schließlich, »Nachnamen hat er nie erwähnt. Fragt man ja auch nicht unbedingt danach. Ist aber Tübinger, das hat er mal gesagt, auch wenn er lange weg war. Hat zumindest schon hier gelebt, ehe er abgestürzt ist.«

»Was meinst du, hatte der Mann Feinde? Wenn ich überlege, wie der zugerichtet wurde.«

Jäckie winkte ab.

»Der war so harmlos, von dem wollte keiner was. Neulich hat ihm eine junge Frau eine Rose geschenkt. Er saß da drüben bei der Hausmauer vom Bürgerheim. Saß da, und hat vor sich hingesummt. Als der Rosenverkäufer hier vorbei kam, rief ihn eine junge Frau her, kaufte eine Rose und brachte sie Wolfi.«

Sie schwiegen. Dann stand Jäckie auf und wollte ins Lokal zurückgehen. Plötzlich hielt er an und drehte sich herum.

»Da fällt mir ein – das Letzte, was er neulich zu mir sagte, war, dass er bald einige Lokalrunden schmeißen würde. Weil ich immer so nett zu ihm gewesen sei. Ich hab ihn gefragt, ob er im Lotto gewonnen hat, aber er hat bloß gelacht und meinte »so was Ähnliches.« Dann ist er verschwunden.«

»Ein eingeschlagener Schädel ist aber ganz was anderes als ein Lottogewinn.«

»Toller Kommentar, Stammler«, sagte Monika Berger.

»Kaffee trinken, sonst wird er kalt«, unterbrach Löffler die Kabbelei. »Und außerdem würde ich mal gerne Ihre erste Einschätzung hören. Es darf ruhig ein wenig Dr. House-mäßig sein, vielleicht kommt so am ehesten was dabei raus.«

»Also auf jeden Fall war da viel Wut oder Hass im Spiel«, begann Monika Berger, »sonst wären die fürchterlichen Verletzungen nicht zustande gekommen. Andererseits – nach allem, was wir bisher wissen, war dieser Wolfi ein friedlicher und harmloser Mensch.«

»Irgendwen hat dieser friedliche Mensch aber derart verärgert, dass er ihm den Schädel zertrümmert hat.«

»Und wenn es einfach ein Mord aus reiner Lust war. Ich meine, wenn einer einfach jemand töten wollte, möglichst jemand, der hilflos ist. Solche Berber schauen ja, vor allem wenn sie getrunken haben, wie eine ziemlich leichte Beute aus.«

»Aber die Verletzungen. So ein Mord aus Zufall ist eher selten mit so viel Hass verbunden.«

»Sagt wer?«

»Denke ich mir. Oder bist du anderer Meinung.«

»Nein, eigentlich nicht. Aber irgendwie habe ich sowieso keine Meinung zu der Sache, das merke ich, wenn ich darüber rede.«

Berger und Stammler schwiegen. Sie schauten sich gegenseitig an, dann sahen beide zu Löffler. Der aber saß ruhig da, zurückgelehnt in seinem Stuhl, die Augen geschlossen und irgendwie sah es aus, als sei er eingeschlafen.

Berger sah Stammler an, und als der nickte, beugte sie sich vor und zupfte Löffler am Ärmel seines Hemds. Als dieser nicht reagierte, schüttelte sie seinen Unterarm.

»Oh«, stöhnte Löffler leise und richtete sich auf. »Ich muss wohl eingenickt sein. Ich vermute, dann war Ihr Brainstorming nicht gerade belebend, zumindest nicht für Dritte.«

»Sie meinen für Sie?«, fragte Berger schnippisch.

»Klar, ich bin ja der Dritte.«

Stammler grinste, hörte aber sofort damit auf, als seine Kollegin ihn wütend ansah.

»Also, Leute, das bringt nichts, wir wissen noch zu wenig«, sagte der Hauptkommissar, und stand auf. »Wir fahren jetzt ins Büro, dort kriegen wir erst mal raus, wer der Tote überhaupt ist. Dann brauchen wir auch noch den Befund von Kürner. Außerdem sollte ich mal Jörg anrufen.«

»Jörg?«

»Jörg Steiner, den Staatsanwalt, er muss ja wissen, was er der Presse sagen darf. Dann sehen wir weiter. Einverstanden.«

Die anderen nickten. Löffler warf einen Geldschein auf den Tisch und sie gingen zum Wagen. Gerade da kam Jäckie aus seiner Kneipe.

»Denk dran, Christian, am Samstag. Au, au, das wird furchtbar für euch.«

»Träum weiter – und halt mir den üblichen Platz frei.«

Sie fuhren los, geradewegs durch die Altstadt, Richtung Derendingen, wo das Präsidium lag.

»Was ist denn am Samstag?«

Monika Berger beugte sich nach vorne.

»Jäckie ist eingefleischter Werder-Fan. Und am Samstag geht's gegen Bayern. Solche Spiele gucke ich immer im Bären. Wegen der Stimmung.«

»Ah, Fußball-Fan sind Sie auch, nicht nur Läufer.«

»Genau, und deshalb lösen wir jetzt rasch den Fall, und dann schauen wir am Samstag alle gemeinsam das Spiel im ›Bären‹. Ich lade ein.«

»Gerne«, sagte Monika Berger.

Stammler grinste heimlich.

Gerade als sie im Präsidium angekommen waren, hatte Monika Bergers Telefon geklingelt. Ihre Wohnungsnachbarin rief an. Sie sprach eine Weile mit ihr, dann ging sie zu den Kollegen.

»Braucht ihr mich noch, ich hätte zu Hause was zu klären. Wegen meiner Wohnung. Ich meine, wenn ich unbedingt hier bleiben soll, dann …«

»Klar, kein Problem, gehen Sie ruhig, wir kommen schon ohne Sie zurecht. Wir warten sowieso erst mal auf Untersuchungsergebnisse. Dann entscheiden wir, wie wir weiter vorgehen. Aber vor Morgen passiert da gar nichts.«

Bloß wegen der blöden Beerdigung. Sie brauchte Entspannung, hatte Kopfschmerzen, da schien ihr ein Bad genau das Richtige. Und jetzt hatte sie die Bescherung. Die Feuerwehr hatte schon vor dem Haus gestanden. Mit einer Mischung aus Mitleid und Vorwürfen zeigten sie ihr ihre eigene Wohnung. Eine Führung der Feuerwehr durch ihr Badezimmer. Die Nachbarn, soweit sie bereits zu Hause waren, standen im Treppenhaus herum und warteten. Egal, auf was, irgendetwas würde schon noch passieren – die Feuerwehr war noch da.

»Also«, begann der Feuerwehrkommandant, »mit dem Wasserschaden haben Sie nun wirklich Pech gehabt. Wenn in der Wohnung unter Ihnen wenigstens jemand zu Hause gewesen wäre, dann hätten die den Schaden früher bemerkt. Aber da war keiner. Und jetzt haben Sie den Salat. Und die drunter auch. Und die darunter auch. Übel, übel. Die Versicherung wird sich freuen.«

Sie kannte die Leute, die unter ihr wohnten, ein Ehepaar

mit einer großen Tochter. Die hatte das Malheur wohl auch als Erste bemerkt, als sie von der Schule nach Hause kam.

Berger ging ein Stockwerk tiefer. Vor der Wohnung standen die Eigentümer mit Tochter und schauten die Kommissarin an, als sie die Treppe herunterkam. Monika Berger stellte sich zu ihnen. Keiner sagte ein Wort.

»Ich habe eine Versicherung.«

Der Mann schaute sie verwundert an.

»Ist das alles?«

»Was sollte denn sonst noch sein?«

»Na, immerhin sind Sie für das ganze Schlamassel hier verantwortlich. Eine Entschuldigung hätte da schon sein dürfen. Wir stehen jetzt nämlich ohne Wohnung da. Wer weiß, wie lange. Sie haben ein Hallenbad aus unserer Wohnung gemacht, und wir müssen jetzt eine Bleibe suchen.«

»Ich sag doch, ich bin versichert. Gehen Sie ins Hotel, da wird Ihnen sogar Frühstück ans Bett gebracht. Genießen Sie die Zeit einfach, während die Handwerker Ihnen einen schönes, neues Zuhause zaubern.«

Der Mann schüttelte traurig den Kopf. Irgendwie hatte es ihm die Sprache verschlagen. Das Kind, ein etwa zehnjähriger Junge, zerrte an Bergers Ärmel.

»Stimmt es, dass wir jetzt wegen dir unter einer Brücke schlafen müssen?«

Die Kommissarin betrachtete den Jungen erstaunt. Dann erst dämmerte ihr, dass die Eltern ihm so einen Blödsinn erzählt haben mussten. Sie kniete sich vor den Jungen hin und legte ihm einen Arm über die Schulter.

»Du nicht, bloß deine Eltern. Die müssen unter der kalten Brücke schlafen, weil sie Kindern Angst machen und Quatsch erzählen. Das ist doch richtig so, oder?«

Der Junge nickt heftig.

»Was erzählen Sie denn da?«, mischte sich jetzt die Mutter ein, während Papa noch immer traurige Augen hatte. Die Mutter zog ihr Kind von Monika Berger weg.

»Wie können Sie als Polizistin einem Kind solche Geschichten erzählen. Eltern schlecht machen – das geht aber gar nicht.«

Berger stemmte die Hände theatralisch in die Hüften – wenn schon, denn schon, dachte sie sich – und trat noch einen Schritt nach vorne. Sie stand fast auf den Füßen der Frau.

»Erstens bin ich zunächst mal Mieterin hier, und zweitens haben ja wohl Sie ihrem Kind so einen Mist erzählt.«

Der Mann schien sich inzwischen wieder im Griff zu haben. Er zog seine Frau zur Seite, und stellte seinen Sohn hinter sich.

»Hören Sie«, sagte er, »Sie haben hier ein paar Wohnungen zerstört. Ich weiß, dass das keine Absicht war, aber es ist trotzdem passiert. Wir müssen jetzt erst mal mit der Sache zurechtkommen. Sie natürlich auch. Bleiben wir gute Nachbarn, und Sie tun alles Notwendige, dass die Versicherung das schnell regelt. Okay?«

Der Kommissarin blieb nichts anderes übrig, als zu nicken, dem Mann die Hand zu geben, Frau und Kind zu grüßen und nach oben zu ihrer verwüsteten Wohnung zu steigen.

Sie war todmüde, als sie sich auf das Bett im Zimmer ihrer Pension fallen ließ. Der Vermieter, Rudolf Latus, betrieb schon über mehrere Generationen hinweg seinen »Löwen« in Hirschau. Das Lokal mit Fremdenzimmern lag direkt an der Hauptstraße. Schwäbisch gediegen das Essen, die Zimmer nach hinten hinaus, sodass der Verkehrslärm bei Nacht nicht zu hören war.

Zumindest hatte sie es am nächsten Morgen nicht weit ins Präsidium. Sie mussten nur die Kingersheimer Straße lang Richtung Tübingen, am Freibad vorbei und über die Brücke raus in die Konrad-Adenauer-Straße. Sie konnte es sich leisten, ein paar Tage dort unterzukommen. Aber die Feuerwehrleute hatten ihr gleich signalisiert, dass es mit ein paar Tagen wohl nicht getan sein würde.

»Komm, Mädle, lass dr helfa beim Gepäck«, sagte Latus, den alle bloß Rudel nannten. Er rief seine Tochter, und die schnappte sich Bergers drei Taschen und trug sie nach hinten zum Gästehaus.

»Wann willsch denn dei Frühstück«, fragte der Wirt, »am ersten Tag bring ichs no ganz persönlich.«

Monika Berger und Rudel kannten sich schon lange. Berühmt waren die Rosenmontagsfeste im »Löwen.« An diesem Tag zogen viele Tübinger Fasnetsfreunde in die Nachbargemeinde, um dort zu feiern. Rudel dann immer mittendrin, ruhig, souverän in all dem Trubel, Bestellungen aufnehmend und die Getränke personengenau reichend.

Obdachlos, dachte die Kommissarin, als sie mit offenen Augen auf ihrem Bett lag, jetzt bin ich so gut wie obdachlos. Sie beschloss, zumindest für diese Nacht nicht über ihre Situation nachzudenken. Morgen, ja, morgen. Morgen ist auch noch ein Tag.

Gibt es nicht so was wie eine Datei aller Obdachlosen in Tübingen und Umgebung«, fragte Löffler seinen Kollegen.

Stammler schüttelte den Kopf.

»Wenn die ihn im Männerwohnheim nicht haben, dann sehe ich schwarz. Die sind ja nicht meldepflichtig. Die Leute gibt es laut Papier einfach nicht mehr. Klar, wenn man ihre letzte Adresse weiß und sie sich dort nicht abgemeldet haben. Aber sonst – Fehlanzeige.«

»Und das in Deutschland. Respekt.«

»Aber ich kann doch nicht durch die Stadt laufen mit dem Foto eines Mannes mit eingeschlagenem Schädel. Andererseits, wenn er mal hier in Tübingen gewohnt hat, ist er hier vielleicht noch gemeldet. Relikt aus besseren Zeiten.«

Stammler, der Computerspezialist der Abteilung, setzte sich an seinen PC. Er begann ein paar Programme aufzurufen, während Löffler sich noch mal das Foto des Toten ansah.

»Geben Sie mir doch mal Ihr Smartphone«, sagte Stammler plötzlich, »mir fällt da was ein.«

Der Hauptkommissar reichte ihm das Gerät, und Stammler übertrug das Foto auf seinen Computer. Als das Bild auf dem großen Bildschirm erschien, konnten die beiden noch deutlicher sehen, was der Hammer mit Wolfis Schädel angestellt hatte. Die tiefen, kantigen Dellen in der Kopfhaut ähnelten quadratischen Löchern, die tief in das Gehirn geschlagen worden waren.

»Grausig«, sagte Löffler.

Stammler stellte das Bild in ein Programm ein und begann mit dem Cursor wieselflink herumzufummeln.

»Was soll das denn werden?«

Stammler hielt einen Moment inne und wandte sich seinem Chef zu.

»Ich war neulich bei einer Fortbildung. Da hatten wir ein Programm, mit dem konnte man Gesichter, entstellte Gesichter, neu aufbauen. Und das probiere ich jetzt mal in der Praxis aus.«

»Und wie soll das gehen?«

»Erst retuschiere ich die Löcher im Schädel weg, dann entferne ich das Blut aus den Haaren, baue einen neuen Kopf auf, neue Haare, eine Art Frisur, Falten aus dem Gesicht kommen weg, die Barthaare entferne ich, und am Ende haben wir einen adretten Enddreißiger, der so aussieht, wie unser Wolfi in den guten Zeiten durch diese Stadt gewandelt ist.«

Löffler klopfte Stammler anerkennend auf die Schulter.

»Ich hänge Ihr Bild im Flur auf, und drunter kommt ›Kollege der Woche‹. Was meinen Sie dazu?«

»Na ja«, sagte der Kommissar lachend, »verdient hätte ich es.«

»Schön, dann gibt es eine Nachtschicht heute. Ich kümmere mich darum, dass unser DNA-Test schnell erledigt wird. Im Labor wird ja nicht so viel Betrieb sein. Ich hetze denen Kürner auf den Hals. Wenn sie bloß seinen Namen hören, erhöhen sie schon die Schlagzahl.«

»Und was ist mit dem Geburtstag Ihres Patenkindes?«

»Gehe ich jetzt hin. Aber ich bin mit den Gedanken bei Ihnen, Stammler. Und ich rufe bei meinem Vater an, er soll sich darum kümmern, dass etwas Leckeres für Sie im Kühlschrank steht, wenn Sie heute Nacht nach Hause kommen.«

Löffler nahm seine Jacke und ging zur Tür.

»Sagen Sie mal«, sagte er plötzlich, und drehte sich zu Stammler, »was war denn mit der Kollegin heute los? Sie war so plötzlich verschwunden.«

»Keine Ahnung. Aber Sie wissen ja, dass Monika manchmal etwas seltsam ist. Morgen ist sie wie neu.«

Stammler sah aus wie sein eigener verwahrloster Schatten. Unrasiert, dicke Augen, Schweißflecken auf dem Hemd und bleich.

Auch Annemarie Heim, die Sekretärin, war heute wieder im Büro. Am Vortag hatte sie frei genommen, um ihre Mutter zu besuchen.

»Was ist mit ihm?«, fragte Löffler leise.

»Erledigt. Den kann man bloß noch heimschicken, sonst kippt er aus den Latschen. Wenn ich mir das Kaffeepulver so anschaue, muss er seit gestern mindestens zwanzig Tassen getrunken haben. Geschätzter Puls 180.«

»Ich habe euch gehört«, kam es von Stammlers Arbeitsplatz herüber.

»Ach, hier sind Sie«, sagte Löffler, und stellte sich hinter seinen Kollegen. »Was haben Sie denn die ganze Nacht gemacht?«

»Ich bin zu müde, um über diesen Witz zu lachen.«

»Nein, ehrlich, was haben Sie denn erreicht?«

Stammler drehte sich auf seinem Stuhl zu dem Kommissar hin. Er deutete mit dem Daumen hinter sich auf den Bildschirm. Dort konnte man das Gesicht eines Mannes erkennen, der etwa fünfunddreißig Jahre alt war und einem Schalterbeamten bei der Sparkasse ähnelte. Außerordentlich solide, bodenständig, vertrauenswürdig. Ihn sich mit eingeschlagenem Schädel vorzustellen, fiel Löffler einigermaßen schwer. Dennoch, die Züge Wolfis waren durchaus erkennbar, auch wenn sie aus einem anderen Leben zu kommen schienen. Virtuell halt.

»Und du meinst, unser Wolfi hat vor zehn, zwanzig Jahren ungefähr so ausgesehen?«

»Zumindest hat mein Programm ihn so zurückgerechnet. Wenn er zwischenzeitlich keine Gesichts-Operation hatte, dürfte das unserem Wolfi recht nahekommen.«

»Schön, dann können wir versuchen, mit dem Foto in seiner Vergangenheit zu stöbern.«

»Ich habe heute Nacht auch in den Vermisstendateien nach ihm gesucht. Aus unserer Region stammen sehr wenige Einträge. Man hat das Gefühl, wer hier wohnt, bleibt auch hier. Zumindest macht sich kaum einer bei Nacht und Nebel aus dem Staub.«

»Na schön, dann warten wir mal auf die Protokolle unserer Kollegen. Vielleicht kam bei den Befragungen am Anlagensee ja noch was raus.«

»Ich frag gleich mal nach«, sagte Annemarie Heim, ging zu ihrem Schreibtisch und zu ihrem Telefon.

Der Hauptkommissar bewegte sich in sein Büro. Er schloss die Tür und ließ sich in seinen Sessel fallen. Eine Weile starrte er vor sich hin. Fast bewegungslos saß er da, dachte offensichtlich nach, schien aber nicht so recht zu einem Ergebnis zu kommen. Schließlich seufzte er vor sich hin und griff nach dem Telefon. In dem Augenblick wurde die Tür aufgestoßen und Oberstaatsanwalt Marek Bürger stürzte herein. Löffler legte den Hörer auf den Schreibtisch und erhob sich aus seinem Sessel.

»Was ist denn mit dir los?«, fragte er Bürger, »bist du auf der Flucht?«

Der Oberstaatsanwalt winkte ab.

»Christian«, jammerte er, »was ist denn in dieser Stadt los? Tote, wohin man blickt. Und das an unserem schönen Anlagensee. Ausgerechnet dort. Warum konnte man den Mann nicht im Wald finden, oder auf einer grünen Wiese? Oder meinetwegen in Rottenburg. Aber nein, mitten in unserer Stadt liegt ein Mann mit zertrümmertem Kopf.«

Der Hauptkommissar ging um seinen Schreibtisch herum und stellte sich neben Bürger. Er tätschelte seine Schulter und zog ihn mit sich in die Zimmerecke, wo zwei Stühle an einem kleinen Holztisch standen. Auf einen der Stühle platzierte er den Oberstaatsanwalt.

»Warum ist das mit dem Anlagensee denn so furchtbar schlimm?«

Bürger winkte erst ab, dann schien er es sich jedoch anders zu überlegen.

»Ich bin doch auch im Vorstand des Tourismusverbandes unserer Stadt. Ehrenamtlich. Was glaubst du, wie die Leute reagieren, wenn am Anlagensee Ermordete gefunden werden? Einer unserer zentralen Plätze verseucht von Leichen. Dabei kacken die Scheißenten schon alles zu. Und meine Vorstandskollegen erst. Die schieben die Schuld für den Toten doch mir in die Schuhe.«

»Dann wird es Zeit, dass wir den Täter finden, damit der dich entlastet und sich bei der Stadt entschuldigt. Beim nächsten Mal transportieren wir die Leiche heimlich nach Reutlingen und legen sie am Echazufer ab.«

Bürger sah den Hauptkommissar misstrauisch an. Dann lächelte er.

»Du nimmst mich nicht Ernst, mein Lieber. Aber so eine Sache nimmt mich immer unheimlich mit. Sieht schlimm aus, der Tote. Gibt es denn überhaupt schon Spuren? Irgendeine Idee, wer dafür verantwortlich sein könnte?«

Löffler ging zurück hinter seinen Schreibtisch und setzte sich wieder.

»Ehrlich gesagt haben wir noch keine Ahnung. Wir wissen nicht mal, wie der Tote heißt. In dem Milieu ist es schwierig, Namen zu kriegen.«

»Was sage ich der Presse? Hast du einen Vorschlag?«

Löffler lächelte.

»Das Übliche, was du immer sagst. Wir arbeiten daran, und Hauptkommissar Löffler wird das schon richten. So ungefähr.«

Der Oberstaatsanwalt stand auf, klopfte sich die Hose ab und grinste dann Christian Löffler breit an.

»Bin ich froh, dass du wieder bei uns bist. Endlich jemand, der Verantwortung übernimmt. Und dem ich am Ende notfalls den Schwarzen Peter zuschieben kann. Halt mich auf dem Laufenden, mein Lieber. Bis dann.«

Bürger winkte Löffler kurz zu und verschwand dann wieder. Löffler folgte ihm. Stammler saß noch immer vor dem Bildschirm. Der Hauptkommissar trat zu ihm hin und schüttelte ihn an der Schulter. Er zuckte zusammen, richtete den Oberkörper auf und drehte langsam den Kopf nach hinten. Seine aufgequollenen roten Augen richteten sich auf Löffler.

»Habe ich Sie geweckt?«

»Nein. Ich meine: Ja. Irgendwie schon.«

»Passen Sie auf. Jetzt drucken Sie mal das Gesicht unseres retuschierten Toten aus, bringen es mir und dann ab nach Hause. So wird das heute nichts mehr. Wo ist überhaupt die Kollegin Berger?«

»Keine Ahnung, bei mir hat sie sich nicht gemeldet.«

In dem Augenblick ging die Türe auf und Monika Berger kam herein. Sie nickte den beiden und Heim zu, dann ließ sie sich in ihren Schreibtischstuhl plumpsen.

»Wenn man vom Teufel spricht«, murmelte Heim.

»Gibt es was Neues?«, fragte die Kommissarin in die Runde. Dann, an Stammler gerichtet: »Was ist denn mit dir los, deine Augen sind ja ganz rot. Hast du gestern vielleicht einen draufgemacht?«

Stammler winkte ab, stand auf, ging zum Drucker und brachte Löffler einen Ausdruck des jüngeren Wolfi. Auch auf Bergers Arbeitsplatz ließ er ein Blatt flattern. Dann tippte er sich kurz gegen die Stirn, schnappte sich seine Jacke und verließ das Büro.

Monika Berger betrachtete eingehend das Blatt.

»Ist das nicht unser Toter? Früher mal gewesen, zumindest? Woher haben wir die Aufnahme?«

»Das war Stammlers Nachtschicht. Er hat Wolfi so retuschiert, dass er aussieht wie neu. Jetzt suchen wir mal nach dem Gesicht.«

»Und wie machen wir das?«

Löffler überlegte einen Augenblick.

»Also«, begann er dann, »wenn wir davon ausgehen, dass unser Wolfi früher schon Tübinger war, dann fragen wir überall da nach, wo Menschen zusammenkommen. Also in Vereinen, bei der Arbeit und an Schulen.«

»Schulen?«

»Elternabende.«

»Aber da gehen doch meist die Mütter hin.«

»Vielleicht war Wolfi die Ausnahme. Und wenn alles nichts bringt – dann veröffentlichen wir das Bild in der Presse.«

»Und wenn wir gleich an die Presse gehen?«

Löffler winkte ab.

»Zu viele Spinner, zu viele leere Spuren, zu viel Gequatsche. Das können wir uns auch morgen noch antun. – So, Sie rufen jetzt mal die Kollegen zusammen, verteilen die Aufgaben, wer wen besucht und so weiter, und ich gehe mal in die Sportredaktion der Zeitung. Wenn unser Mann mal Sport gemacht hat, kennen die den. Und dann …«

Das Telefon in Monika Bergers Tasche klingelte. Sie zog ihr Mobiltelefon heraus und meldete sich.

»Ja«, sagte sie, »ich bin *die* Frau Berger. Natürlich kläre ich das schnell … die sollen doch irgendwo unterkommen … für mich ist das auch schlimm … die Versicherung rufe ich gleich noch mal an … ich kenne mich damit doch nicht aus, das ist für mich auch das erste Mal … nein, das kann ich nicht entscheiden … mit dem rede ich noch … ja, bis später dann.«

Sie legte auf und sah Löffler harmlos an. Der betrachtete sie dagegen interessiert und höchst neugierig.

Sie nahm Wolfis Bild und studierte es genau. Löffler schwieg und wartete.

»Ist was«, fragte die Hauptkommissarin endlich in die Stille.

»Das frage ich Sie. Was ist passiert?«

Berger nuschelte etwas Unverständliches vor sich hin.

Löffler wartete.

»Wasserschaden. Ich habe vergessen, das Wasser in der Badewanne abzudrehen, was weiß ich. Jetzt stehen ein paar Wohnungen unter Wasser. Zumindest dachte ich, so wäre das passiert. Jetzt erfahre ich aber, dass der Schaden ganz woanders verursacht wurde. Irgendeine Leitung ist geplatzt. Und ob das alles dann durch die Versicherung abgedeckt ist, weiß keiner. Das Kleingedruckte habe ich nicht im Kopf. Aber das wird schon.«

»Gummiente wäre besser, da zahlt die Hausrat. Das kenne ich aus eigener Erfahrung.«

»Ja, aber die quatschen was von bestimmungswidrigem Auslauf des Wassers. Und ob das nach oder vor den Armaturen ... ach, Mist, ich verstehe das Ganze doch auch nicht.«

Löffler ließ Berger eine Weile stumm leiden.

»Und wo wohnen Sie«, fragte er dann.

»Ach, ich bin gut untergekommen.«

»Wo denn?«

»Bei Rudel in Hirschau.«

»Im Hotel?«

»Pension.«

Der Hauptkommissar dachte eine Weile nach.

»Hören Sie«, sagte er dann, »jetzt unternehmen Sie mal gar nichts, ich übergebe das an unseren alten Familienanwalt.«

»Aber das geht doch nicht so einfach«, protestierte Berger, »ich kann das nicht machen.«

»Wegen des Honorars machen Sie sich mal keine Sorgen. Darüber reden wir später, ich muss jetzt los. Alles klar also: Nichts unternehmen.«

Löffler ging zu seinem Büro.

Als er zurückkam, stellte er sich zwischen Stammler und seine Kollegin.

»Hören Sie«, sagte er zu Monika Berger, »Sie holen nachher Ihre Sachen im ›Löwen‹ bei Rudel ab und bringen sie zu uns. Meinen Vater informiere ich von unterwegs. Er macht ein Gästezimmer bereit. Was Sie sonst noch brauchen, holen Sie aus ihrer Wasserwohnung und bringen es auch zu uns. Und egal, was Sie jetzt sagen – so wird es gemacht.«

Christian Löffler warf sich die Jacke über die Schulter und ging. Annemarie Heim kam von ihrem Schreibtisch herüber. Sie schob ihren Stuhl vor sich her und setzte sich dann Berger gegenüber.

»Schlimme Sache«, sagte sie, »nun erzähl mal. Und lass das den Chef machen, der kriegt das schon hin.«

»Wie immer«, meinte Berger ironisch.

»Wie immer«, sagte Heim ganz ernst.

»Aber ich kann mich doch nicht von ihm einquartieren lassen, einfach so.«

»Wieso nicht?«

»Er ist mein Chef.«

»Dann zahlst du ihm Miete, dann ist er dein Vermieter. Das geht doch«, meinte Annemarie Heim.

»Ich weiß nicht.«

»Aber ich. Ich helfe dir beim Transport.«

»Dass Stammler mal mein Mitbewohner wird, hätte ich nicht gedacht.«

»Er sicher auch nicht.«

Der Hauptkommissar parkte seinen Wagen in der hinteren Uhlandstraße, nicht weit weg vom Anlagensee, dem Tatort. Hier lagen die Räume der Tübinger Tageszeitung. Von den Redaktionsräumen aus schaute man entweder auf den Neckar, in die Uhlandstraße oder hatte direkten Blick auf die belebte Neckarbrücke.

Durch das Foyer marschierte Löffler direkt zum Aufzug und fuhr in den zweiten Stock, in dem die Räume der Sportredaktion lagen.

Zwei Redakteure, Peter Lasso und Frank Müller, saßen an ihren gegenüberliegenden Schreibtischen und warfen sich gerade einen Gummiball zu, als der Hauptkommissar eintrat. Er schaute zu, bis Lasso den Ball nicht fangen konnte und er zu Boden fiel.

»Pause«, rief er, schnappte sich einen Stuhl und schob ihn zwischen die beiden Schreibtische. Er setzte sich hin und holte zwei der Fotos heraus, die Stammlers jungen Wolfi zeigten. Er legte jedem der beiden ein Foto hin und wartete.

Beide Redakteure arbeiteten mehr als zwanzig Jahre im Sportressort. Wenn Wolfi – immer vorausgesetzt, Stammlers Arbeit zeigte halbwegs Züge des Toten – im Sport tätig gewesen war, dann wussten die beiden das.

Sie musterten das Foto lange und konzentriert.

»Und nun«, fragte Müller schließlich, »was soll uns das Foto sagen?«

»Ihr sollt mir was sagen«, antwortete Löffler, »nämlich ob ihr das Gesicht kennt. Ob ihr das schon mal gesehen habt, und zwar vor vielen Jahren schon. Irgendwo auf einem Sportplatz, in einer Halle oder auf einem Funktionärspodium.«

»Wie heißt der Mann?«

»Keine Ahnung. Das will ich ja von euch wissen.«

Müller schaute zu Lasso hinüber.

»Was meinst du, ist er das?«

Lasso wog den Kopf hin und her, schien unschlüssig.

»Soweit ich mich erinnere, hatte er nicht so eine Kackfrisur wie hier auf dem Foto. Heißt das nicht Undercut?«

»Ich nenne das immer Reus-Kack-Frisur. Das versteht jeder.«

»Das ist bloß eine Rekonstruktion«, erklärte Löffler, »wir haben sein heutiges Aussehen zurückgerechnet. Sozusagen. Und das kam dabei raus. Lasst mal die Kleinigkeiten außer Acht, guckt einfach bloß auf das Ungefähre.«

»Auf das Ungefähre? Ist das Kripodeutsch oder Philosophie?«

»So rede ich nur mit Sportreportern. – Also, was ist nun, kennt ihr den Mann oder nicht?«

Beide betrachteten das Foto noch mal.

»Also«, begann Lasso betont bedächtig, »ich könnte mir schon vorstellen, dass ich den Mann kenne. Oder sollte ich kannte sagen, Christian?«

»Kannte. Er ist tot.«

»Upps«, mischte sich Müller ein, »dann sind wir ja beteiligt an einer Tataufklärung. Ich glaube nicht, dass er an einem Herzschlag im Himmelbett gestorben ist. Sonst wärst du nicht hier, sondern beim Lauftraining auf der blauen Bahn am Freibad draußen.«

Löffler lächelte. »Alles zu seiner Zeit, Jungs, jetzt brauche ich erst mal einen Namen.«

Müller und Lasso nickten sich noch einmal zu.

»Ich denke«, sagte Lasso, »beziehungsweise wir beide denken, dass es sich hier um Wolfgang Tauber handelt. War mal ein ganz passabler Fußballer hier in der Gegend. Ist allerdings schon zwanzig Jahre her. Mindestens.«

»Ich hab den noch kicken sehen«, sagte nun Müller, »guter linker Fuß. War aber ein komischer Typ. Ein Angeber. Ziemlich großkotzig. Wenn es nicht lief im Team, waren die anderen schuld. So einer war der.«

»Und wo hat er gespielt? Wo kam er her?«

Müller dachte kurz nach.

»Ich kann mich«, sagte er dann, »nur erinnern, dass er beim SV Wurmlingen gespielt hat. Wo er vorher war, weiß ich auch nicht. Das ist ewig her. Aber du kannst ja mal die Spieler von damals fragen, die wissen bestimmt noch alles über ihn. Ruf doch mal den Vorsitzenden an, der soll dir sagen, wer damals in dem Team gespielt hat. Dann hast du alle Infos, die du brauchst.«

Löffler bückte sich, hob den Ball auf und warf ihn Lasso zu.

»Für dieses wunderbare Gespräch dürft ihr weiterspielen.«
»Und was ist mit der Schlagzeile ›Ex-Fußballstar ermordet‹? Die gehört doch uns, oder?«
»Später, Freunde, später. Aber dann exklusiv. Bis dann.«

Der Hauptkommissar verließ das Gebäude und fuhr zum Präsidium. Im Büro saß Annemarie Heim vor ihrem Computer, während Monika Berger in ein paar Akten vertieft war.
»Was Neues von den Kollegen«, fragte Löffler.
Berger schwenkte ein paar Blätter Papier.
»Hier, die DNA-Untersuchung. Der Löfflersche Klüngel hat Tempo gemacht. So schnell hatten wir noch nie die Ergebnisse.«
Christian Löffler blieb vor Berger stehen. Er schaute sie an, einem derart kalten Blick ihres Vorgesetzten war Berger noch nie begegnet.«
»Sie passen besser auf, was Sie sagen, Frau Kollegin«, sagte Löffler mit scharfer Stimme, »sonst erfahren Sie nämlich, was ein Klüngel wirklich bedeutet. Wenn es Ihnen nicht passt, dass ich für schnelle Ergebnisse sorge, dann steht es Ihnen frei, hier zu verschwinden. Ich werde Ihre Versetzung gerne genehmigen. Haben wir uns verstanden?«
Damit verschwand Löffler in seinem Büro. Heim schüttelte den Kopf, als sie zu der Kommissarin hinübersah.
»Kannst du nicht einmal deine Klappe halten?«
»Aber das war doch witzig gemeint, ein Scherz.«
»Nur blöd, dass keiner darüber gelacht hat, Monika. Ich übrigens auch nicht. Du weißt aber schon, was es bedeutet, wenn man einem Vorgesetzten Klüngelei vorwirft, oder?«
Berger nickte stumm und vertiefte sich in ihre Unterlagen. Es waren die Berichte des Labors und die Ergebnisse, die die Spurensuche am Tatort gebracht hatte.
Nach einer Weile stand die Kommissarin auf, ging zu Löfflers Büro, klopfte an die geschlossene Glastüre und trat dann ein. Der Hauptkommissar saß lässig zurückgelehnt in sei-

nem Schreibtischsessel und schien nachzudenken. Als Berger hereinkam, beugte er den Oberkörper langsam nach vorne und deutete mit der Hand auf den Stuhl vor dem Schreibtisch.

»Was gibt es? Haben die Akten was gebracht?«

Die Kommissarin setzte sich und öffnete den Ordner.

»Das Ergebnis des DNA-Tests jedenfalls hat bisher keine Übereinstimmung in unseren Datenbanken gefunden. Also keinen Namen ausgespuckt. Fingerabdrücke leider ebenso wenig. Das heißt: keinerlei Vorstrafen.«

Sie machte eine kleine Pause. Aber Löffler schwieg. Er spielte mit seinem Kuli auf der Tischplatte herum, und schien vollständig darauf konzentriert zu sein.

»So«, fuhr sie dann fort, »die Spurensuche ergab, dass der Fundort auch der Tatort war. Die Waffe war eindeutig ein Hammer von der Größe DIN 1041. Ein kleines, handliches, dennoch schweres und absolut tödliches Ding, wenn man es auf den Kopf kriegt. Leider haben sie die Tatwaffe in der Gegend nicht gefunden. Sie haben sogar einen Teil des Anlagensees abgesucht, ob der Täter oder die Täterin das Ding da rein geworfen hat. Wäre ja naheliegend, oder? Aber leider fand sich da bisher nichts. Die suchen aber noch, das dauert halt, der Boden ist verschlammt nach dem heißen Sommer.«

»Tatwaffe wäre schon gut«, murmelte Löffler vor sich hin.

»Klar wäre es das. Zumal wir keinen Zeugen haben, was da passiert ist. Wir haben alle befragt, was nach unseren Recherchen zu dem Zeitpunkt in der Nähe des Tatorts war.«

Löffler sah sie an.

»Ach ja, und wer war da denn so?«

Berger wurde rot.

»Eigentlich niemand«, sagte sie mit leiser Stimme, »also nicht im Sinne von »in der Nähe«, sondern eher etwas weiter weg. Seine Berber-Kollegen halt. Aber wer geht auch um die Uhrzeit durch den Park. Über den Weg am See entlang kommt man ja nicht mal richtig zu einem Wohngebiet.«

»Alkohol? War bei dem Toten Alkohol im Spiel?«

Berger schüttelte den Kopf.

»Kaum. Gerade mal so viel, wie man nach einem Bier oder einem Achtel Rotwein hat. Also der Mann war im Grunde stocknüchtern.«

Christian Löffler stand auf, steckte sein Spielzeug, den Kuli, in die Jackentasche und schob sein Smartphone in die Hose. Er marschierte zu Annemarie Heim, die gerade einen Stapel Unterlagen für den Staatsanwalt zusammenstellte.

»Frau Heim«, sagte Löffler, »rufen Sie doch mal bei mir zu Hause an, wir brauchen den Stammler jetzt. Personenstammdatenrecherche, das müssen wir jetzt unbedingt machen. Sie können auch ein anderes Wort benutzen, wenn er wissen will, was zu tun ist. Falls mein Vater am Apparat ist, sagen Sie ihm, er soll Siggi, unseren Anwalt bestellen. Er soll ihn heute Abend zum Essen einladen.«

Dann beugte sich Löffler über den Schreibtisch und schrieb etwas auf einen Zettel. Den schob er zu Heim.

»Wenn Stammler da ist, dann sagen Sie ihm, er soll alles zu der Person hier auf dem Zettel herausfinden. Ich melde mich wieder.«

Heim nickte stumm. Löffler winkte Monika Berger zu.

»Kommen Sie, wir haben Arbeit. Wir machen einen Ausflug nach Wurmlingen. Kapelle angucken.« Dann marschierte er aus dem Zimmer. Berger griff sich noch rasch ihre Tasche, dann folgte sie ihm. Sie hatte sich in den letzten zwei Monaten noch immer nicht an die spontanen Einfälle und deren zügige Umsetzung gewöhnt, mit denen Löffler die neuen Kollegen zuweilen überraschte.

Am Wagen holte sie ihn ein. Er setzte sich hinters Steuer, wartete bis sie eingestiegen war, und fuhr dann Richtung Freibad.

»Wenn ich mal fragen darf«, begann Berger auf Höhe des TSG-Stadions das Gespräch, »was machen wir denn in Wurmlingen? Ich kenne die Kapelle. Noch mal sehen muss ich die wirklich nicht.«

»Umgekehrt, die Kapelle guckt immer uns an. Das ist wie mit der Mona Lisa im Louvre. Waren Sie da schon mal? Ist ja auch egal. Aber ist Ihnen schon mal aufgefallen, dass die Kapelle immer zu einem herunterschaut, wenn man in der Gegend ist? Man kann ihr einfach nicht entkommen.«

Inzwischen waren sie in Hirschau. Sah man am Ortsausgang rechts nach oben, thronte dort die Wurmlinger Kapelle, eine in der Nachmittagssonne weiß schimmernde kleine Kirche. Eine Art Wahrzeichen der Region. Und tatsächlich grüßte sie Auto- oder Radfahrer, Spaziergänger oder Jogger, sobald man in ihren Bannkreis trat. Ob man von Unterjesingen, Rottenburg, Kiebingen oder Oberndorf kam – stets schwebte die Kapelle über allem und wies einem den Weg.

»Ich habe gehört«, sagte Löffler, »dass sie nachts immer unbeleuchtet ist, weil die Wurmlinger kein Geld haben für den Strom. Den müsste man vom Ort nach oben leiten, weil auf dem Berg kein Anschluss ist.«

»Schade, wäre doch schön, so ein mahnender, strahlender Zeigefinger als Wegweiser in der Nacht.«

»Wäre auch für den Tourismus gut.«

»Tja, falsch gespart.«

Löffler fuhr in den Ort hinein.

»Nun sagen Sie mir doch endlich«, drängte Berger, »was wir hier machen. Hat das was mit unserem Fall zu tun? Oder ist das mal wieder einer Ihrer ›Besuche guter Freunde von früher‹ oder so ähnlich?«

Löffler lachte.

»Das haben Sie schön gesagt. – Aber nein. Kein Besuch. Wir treffen uns mit dem Vorstand des SV Wurmlingen im Sportheim dort. Während Sie Protokolle lasen, habe ich mich mit ihm verabredet.«

»Und wozu?«

»Ach«, sagte Löffler und klatschte sich theatralisch gegen die Stirn, »ich habe ganz vergessen Ihnen zu sagen, dass ich inzwischen weiß, dass Wolfi Wolfgang Tauber heißt. Er war Fußballer in Wurmlingen. Den Rest erfahren wir nachher vom Vorstand.«

Die Kommissarin ließ sich im Sitz zurückfallen und sagte eine Weile gar nichts. Sie mied auch Löfflers Blick, schaute durchs Seitenfenster auf die ständig präsente Kapelle und nestelte an ihrem Ring herum.

»Das geht doch nicht«, platzte es dann aus ihr heraus, »dass Sie mich dauernd vor vollendete Tatsachen stellen. Ich komme mir vor wie ein Depp. Sie als großer Zampano, wir anderen die Trottel der Truppe. Toll.«

»Och«, gab Löffler den Zerknirschten, »ich dachte, ich mache Ihnen eine Freude mit dem erfolgreichen Fortgang der Ermittlungen. Das war als eine schöne Überraschung für Sie geplant. Die haben Sie mir jetzt versaut.«

»Die haben Sie sich selber versaut.«

»Wir sind da.«

Vor ihnen, am Ortsende Richtung Ammerhof, lag das Sportheim der Wurmlinger. Geradezu malerisch war es eingebettet in grüne Wiesen und Hügel und über allem, majestätisch fast, strahlte die Kapelle herunter vom Berg. Löffler stellte den Wagen vor dem Sportheim ab und stieg aus. Während der Woche war das Sportheim nicht bewirtschaftet, aber auf der zur Kapelle hin liegenden Terrasse standen Tische und Stühle. Dieter Böse, der Wurmlinger Vorsitzende, kam den beiden Polizisten entgegen.

»Send Sie der Löffler von der Kripo?«

Der Hauptkommissar nickte und schüttelte die angebotene Hand.

»Das ist meine Kollegin, Frau Berger. Und Sie sind also Herr Böse, der uns weiterhelfen kann.«

Gemeinsam marschierten sie zur Terrasse vor dem Vereinsheim. Böse hatte einen Tisch und ein paar Stühle bereitgestellt. Sie setzten sich hin, Löffler mit dem Gesicht zum Kapellenberg.

»Eine schöne Aussicht haben Sie hier«, sagte er zu Böse.

»Klar, damit verwirre mir onsere Gegner. Bei dem Anblick vergesset dia völlig s'Fußball spiele.«

Alle am Tisch lachten.

»Haben Sie noch mit dem Tauber zusammengespielt«, kam Löffler zur Sache, und schob Böse das Bild hin, das Stammler entworfen hatte. Böse nahm es in die Hand und sah es sich genau an. Dann legte er es auf den Tisch zurück.

»Sieht ihm schon ähnlich, bloß die Frisur – die war anders. Er hatte damals ganz kurze Haare. War außergewöhnlich für die Zeit. Drei Jahre hab ich mit dem gekickt. Einmal send mir sogar aufgstiega.«

»Gratulation«, sagte Berger, »und wie war der so, der Tauber?«

Böse überlegte eine Weile. »Tauber war ein ziemlicher Angeber«, sagte er dann, »er war nicht sonderlich beliebt. Hat aber ganz gut Fußball gspielt, do konnt ma nix sage. Aber sonscht immer große Töne.«

»Als er dann aufgehört hat, was ist da passiert?«

»Der hat gar net so richtig aufghört, der war bloß plötzlich weg. Und mit ihm die Charlotte. Mensch, war des an Aufruhr.«

»Charlotte?«

»Charlotte Gaiser. Mir der isch er auf ond davon. Also, der Tauber hat in einer Bank geschafft, bei der Kreissparkasse. In Tübinge hot er gwohnt, aber kickt hot er hier, weil sei Frau, die Carola, von hier war. Isch aber et lang guat gange. Erscht hend se a Kend gekriegt, aber dann isch der Tauber immer hinter andere Weiber hergwese. Ond no hot er die Charlotte kennengelernt. Die war au aus Tübinge, aber der Mann war von hier. Eines Tages isch er nemme ins Geschäft gekommen, ond au sonst war er nemmer zu sehen. Er isch mit der Charlotte auf und davon. Abgehauen. Oifach weg. Und danach hot ihn keiner mehr gesehen. Das ganze Geld von der Familie hot er mitgnomme. Ond die Charlotte hot ihr Konto au leergräumt. Neues Leben anfangen, und so. Zu viel Fernseh guckt, wenn se mich fraget.«

Beide Polizisten schwiegen eine Weile.

»Und die Familien«, fragte Löffler dann, »wie haben die reagiert? Weiß man da was drüber. Und vor allem – wo wohnen die heute?«

Böse zog eine Zigarette heraus und zündete sie sich an. Er schob Berger einen Zettel hin und lehnte sich dann in seinem Plastikstuhl zurück.

»Ich habe Ihnen die Adressen aufgeschrieben, die vom Mann und von der Familie. Aber ob die in Tübinge noch dort wohnet, woiß ich natürlich net. Die Kinder send jo jetzt au schon über zwanzig, oder so.«

Löffler schnappte sich den Zettel und las die Adressen. Dann steckte er ihn ein.

»Was glauben Sie, ist der Ex-Mann dieser Charlotte jetzt zu Hause?«

Böse schaute auf seine Armbanduhr.

»Der schafft beim Daimler, dann isch der jetzt no net dahoim. Alleine schon, wie lange die Fahrt dauert. Ich würds heute Abend noch mal probieren. Ich hab Ihnen au die Telefonnummer aufgeschriebe, machetse doch was aus mit ihm.«

»Danke für den Tipp. Ich denke darüber nach. – So, dann danke vielmals, Herr Böse. Falls ich noch was wissen will …«

»… dann rufen Sie ruhig an. Der Polizei hilft man ja gerne. Aber saget Se amol: Warum wollet se des eigentlich alles wissen? Isch dem Wolfi was passiert? Oder der Charlotte? Oder sonscht jemand?«

»Der Wolfi ist tot«, sagte Berger, »und jetzt wollen wir wissen, was passiert ist. Reine Routine, Sie wissen schon.«

»Reine Routine? Dass ich net lach. Aber mir isch des auch egal, ich kanns ja dann in der Zeitung lese.«

»Da fällt mir ein«, sagte Monika Berger plötzlich, als die beiden Männer schon standen, »dieser Ex-Mann von der Charlotte …«

»Wieso Ex-Mann? Dia send doch scho lang wieder zusamme. Eigentlich glei, als sie wieder zrückkomme isch. Die hot des arg bereut, des hot sie alle erzählt. Der Wolfi sei ein Arsch, und sie könnte gar net verstehen, was in sie gfahre sei.«

»Aha, die Frau lebt als also wieder bei Ihrem Mann, bei dem, wie heißt der doch gleich noch mal?«

»Gaiser heißt er, Charlie Gaiser. Also eigentlich Karl, aber so sagt keiner zu ihm.«

Berger überlegte kurz.

»Also Sie meinen, der Charlie war nicht sauer?«

Böse winkte ab.

»Ach was, sauer. Der hot die Charlotte wieder aufgnomme und guat wars. Inzwischen hend des die Leut scho lang vergesse. Ja, wo semmer denn, man muaß doch auch vergebe könne, han ich do net recht, Herr Kommissar? Frau Kommissar?«

Löffler und Berger nickten eifrig.

»Wo Sie recht haben, haben Sie recht«, meinte die Kommissarin.

Die Kommissare gingen zum Wagen, während Böse stehen blieb und heftig an der Zigarette zog.

Stammler wartete bereits auf sie. Frisch rasiert und geduscht sah er aus wie neu. Er saß an seinem PC und hatte einen Stapel Ausdrucke neben sich.

»Da seid ihr ja«, empfing er die Zwei und sprang auf. »Ich muss schon sagen – wozu so eine Sportredaktion manchmal gut ist. Nach dem Tauber habe ich schon mal gesucht, aber das meiste im Zusammenhang mit dem Mann dreht sich um Fußball. Hat eine Menge Tore geschossen während seiner Karriere. Aber sonst gibt es nicht so wahnsinnig viel. Vor allem nichts Neues. Ich meine, nichts aus den vergangenen fünf Jahren. Er taucht nirgends auf, in keiner Datei, bei keiner Behörde, auch keinen neuen Pass hat er sich machen lassen. Das erklärt auch, weshalb wir nichts bei ihm gefunden haben.«

»Gibt es seine Familie noch? Hast du mal das Einwohnermeldeamt gecheckt«, fragte Monika Berger.

»Tauber war schon immer hier gemeldet, seit fast 45 Jahren. Hat sich auch nie abgemeldet. Er wohnte im elterlichen Haus. Beziehungsweise Wohnung. Da wohnt auch heute noch seine Familie. Frau und zwei erwachsene Kinder. Allerdings – die Wohnung gehört ihnen nicht mehr. Sie wohnen zur Miete. Und die bezahlt das Amt.«

»Das Amt?«

»Jobcenter. ALG 2. Also Hartz IV.«

»Alle? Die ganze Familie?«

Stammler sah noch mal auf seine Ausdrucke neben sich.

»Ja«, sagte er dann, »irgendwie arbeiten die alle nichts. Wenn ihr sie besucht, könnt ihr sie ja mal fragen, warum.«

»Weil sie keinen Job haben, nehme ich an«, meinte Berger.

»Tolle Analyse.«

In dem Augenblick kam Tanja Borg herein, die Kollegin von der Spurensicherung.

»Tanja«, begrüßte Stammler sie, »was führt dich zu uns? Ich dachte schon, du hättest dich versetzen lassen, so lange warst du nicht mehr hier. Zuletzt beim Betriebsfest, glaube ich, oder?«

»Arbeit«, murmelte Borg undeutlich, »wirklich viel Arbeit.«

Dann ging sie zu Löffler hin, den sie bisher noch gar nicht kannte. Zumindest nicht persönlich, denn bei dem letzten Betriebsfest war Löffler noch Hauptkommissar in Hamburg gewesen.

»Tanja Borg«, sagte sie, und streckte Löffler die Hand hin. »Ich komme von der Spurensicherung und habe da etwas für Sie.«

Löffler schüttelte mit der rechten Hand die ausgestreckte Hand von Tanja Borg, mit der linken griff er nach einer Plastiktüte, die die Kollegin ihm reichte.

»Was ist das denn?«, fragte Löffler, und schaute ratlos auf die durchsichtige Tüte, die sie ihm in die Hand gedrückt hatte. Er gab sie Tanja Borg wieder zurück. Bei genauem Hinsehen konnte man darin einen Schlüssel erkennen.

»Das ist ein Schlüssel, den wir bei dem Toten gefunden haben. Tauber, so heißt er doch. Er hatte ihn an einer ganz besonderen Stelle versteckt, an einer ganz besonders intimen, sozusagen. Wollt ihr wissen, wo?«

Alle schüttelten den Kopf und blickten dabei wie gebannt auf die Tüte mit dem Schlüssel darin.

»Keine Sorge, wir haben ihn nach den Behandlungen in unserer Abteilung gereinigt. Von allem. Er ist wie neu, ihr dürft ihn also gerne anfassen.«

Allgemeines Aufatmen.

»Habt ihr was gefunden an dem Schlüssel«, fragte Stammler, »Fingerabdrücke zum Beispiel. Oder was anderes, irgendwas mit DNA oder so?«

Tanja Borg verzog das Gesicht. Fast sah es aus, als würde sie gleich beginnen zu weinen.

»Irgendwas mit DNA«, sagte sie mit viel Verachtung in der Stimme, »was ist das denn für ein Satz? Und wessen DNA sollten wir wohl auf dem Schlüssel Taubers finden? Möglicherweise seine, oder was meinst du, Gerd Stammler?«

Stammler bekam einen roten Kopf. Jetzt mischte sich Löffler in das Kollegengefrotzel ein.

»So, jetzt lassen Sie alle mal das Geplapper«, sagte er ruhig, »und Sie, Frau Borg, sagen uns mal, was das für ein Schlüssel ist. Ist das ein Wohnungsschlüssel, ein Autoschlüssel oder einer für ein Vorhängeschloss?«

Borg wandte sich Löffler zu. Sie musterte ihn ganz offensichtlich, und ebenso offensichtlich schien sie mit dem Ergebnis ihres Scans zufrieden zu sein.

»Das war die korrekte Frage, da sieht man doch gleich wieder, wer hier der Chef ist. – Also«, und hier schwenkte sie die Plastiktüte vor Löfflers Nase, »das ist ein Schlüssel für ein Vorhängeschloss, sagt Adi, unser Techniker. So was benutzt man für einen Spind oder für einen Schuppen. Eine Scheune vielleicht oder einen Hühnerstall. Standardschloss. Kann man in jedem Baumarkt kaufen.«

Sie zog einen Zettel aus ihrer Jackeninnentasche und gab ihn Stammler.

»Hier stehen die genauen Modelldaten zum Schloss drauf. Seriennummer, Typennummer und Typenbezeichnung und all so was. Tolle Technikabteilung, das muss man schon sagen. Mal sehen, was ihr damit anfangen könnt.«

Dann schob sie die Tüte in Löfflers Hand. Der legte sie achtlos auf den Schreibtisch neben sich. Borg bewegte sich bereits wieder in Richtung Ausgang. Dabei hob sie einen Arm und winkte hinter ihrem Rücken den anderen zu.

Als sie gegangen war, schnappte Berger sich den Schlüssel und besah ihn sich von allen Seiten. Dann griff sie in die Tüte und holte ihn heraus. Auch Löffler und Berger sahen nun genauer hin.

»Wozu«, fragte Löffler schließlich in die Runde, »braucht einer, der nichts besitzt, der unter einer Brücke schläft oder in einem Wohnheim – wozu braucht so einer einen Schlüssel? Der hat ja nicht mal ein Schloss dazu. Soweit wir bisher wissen, wohlgemerkt.«

»Vor allem hat er aus dem Ding ja ein richtiges Geheimnis gemacht mit dem Versteck«, dabei rümpfte Berger kurz die Nase, »am Körper. Da muss schon mehr dahinter stecken, oder?«

Löffler dachte nach. Die beiden anderen schauten ihm dabei zu.

»Wir müssen«, begann er dann, »noch mal ins Umfeld Taubers. Sie, Stammler, lesen die Aussagen, die die Kollegen am Anlagensee aufgenommen haben. Wir, Frau Berger, fahren da noch mal hin. Außerdem will ich einen Abstecher auf Waldhäuser-Ost machen, dort sind die Wohnbaracken, da wohnen auch Berber. Vielleicht gibt es da welche, die Tauber kannten. Möglicherweise hat er ja dort öfter mal übernachtet.«

Löffler schien es eilig zu haben, Monika Berger hatte Mühe, mit ihm Schritt zu halten, als sie zum Auto gingen. Sie ließ sich auf den Beifahrersitz fallen, während Löffler den Wagen startete. Er wählte den Weg über die Blaue Brücke, vorbei am Zinser und parkte dann an der AOK beim Busbahnhof. Während der Fahrt hatten sie kein Wort gesprochen, jeder hing seinen eigenen Gedanken nach.

Zusammen bewegten sie sich dann zum Anlagensee. Schon aus der Ferne sahen sie die gleichen Gestalten wie bei ihrem ersten Besuch am Morgen nach dem Mord, im Gras unter dem Baum liegen oder auf der Mauer am See sitzen. Als sie die Polizisten näherkommen sahen, öffneten die Herumstehenden ihren Kreis und erwarteten Löffler und Berger wie zwei alte Bekannte.

»Na«, empfing sie Sprenger, überraschenderweise mit einer Colaflasche in der Hand, »immer noch auf Mörderjagd? Also ich kann vermelden: Hier bei uns ist keine neue Leiche aufgetaucht.«

»Sie scheinen ja bestens gelaunt«, entgegnete Berger, »das ist schon etwas überraschend, wenn man bedenkt, dass gerade ein Kumpel umgebracht wurde.«

Sprenger sah sich um, schaute auf die anderen in der Runde, blickte zu denen auf der Mauer und schüttelte dann den Kopf.

»Also ehrlich, Kumpels von Wolfi kann ich hier keine sehen. Ich habe Ihnen schon mal gesagt, dass der Typ ein Einzelgänger war. Ich hatte mit dem so gut wie nix zu tun. Und die anderen Jungs hier auch nicht. Nicht mal Klara da drüben, die sonst mit uns allen was zu tun hat«, und dabei begann er vor sich hin zu kichern, während seine Kumpels ebenfalls kicherten, »selbst Klara ist dem nicht auf die Pelle gerückt.«

Berger sah zu Klara hinüber, die freundlich winkte.

»Die Frage ist«, wandte sich Löffler an die Gruppe, »wo hat Löffler seine Zeit verbracht, wenn er nicht hier bei euch war. Er muss sich dann doch irgendwo rumgetrieben haben, an einem Ort, von dem wir noch nichts wissen. Oder habt ihr doch eine Ahnung?«

Die Männer schwiegen. Sie schauten sich gegenseitig ratlos an. Ganz offensichtlich hatten sie keine Ahnung.

»Vielleicht war er auf der Neckarmauer am Hölderlinturm«, sagte Sprenger, »oder im Alten Botanischen Garten. Da kann man schön vor sich hinpennen. Muss man bloß aufpassen, dass das faule Studentenpack nicht auf einen drauftritt, wenn sie Frisbee spielen.«

»Genau«, meldete sich einer, der auf der Mauer zum See saß, »die nehmen uns die Plätze weg und schütten sich mit Bier zu. Aber den Wolfi hab ich da nie gesehen.«

Die anderen murmelten beifällig.

»Aber irgendwo muss er nachts ja geschlafen haben, wenn es zum Beispiel gegossen hat, oder wenn es kalt war oder wenn er mal ein Dach über dem Kopf haben wollte, ohne gleich ins Männerwohnheim zu laufen.«

»Stimmt«, sagte Sprenger nach kurzem Schweigen, »jetzt, wenn Sie es sagen. Manchmal war er einfach verschwunden, mitten in der Nacht. Und am nächsten Tag war er wieder da, frisch rasiert und ausgeschlafen. Ich dachte ja, er war droben auf dem Waldhäuser, aber die haben erzählt, dass er sich da kaum sehen ließ.«

»Vielleicht gab es da jemand mit Wohnung. Eine Frau vielleicht? Nun überlegt mal, hat er nie was gesagt in die Richtung?«

Allgemeines Kopfschütteln.

»Wenn der eine Frau gehabt hätte, wäre der doch nicht wieder auf Platte gegangen. Vielleicht war er ja ein Arsch, aber er war nicht blöde.«

Danach standen alle schweigend herum, und nuckelten an ihren Flaschen. Löffler schaute Berger an, die zuckte nur mit den Schultern.

»Also«, sagte Löffler noch, ehe er sich mit seiner Kollegin Richtung Auto begab, »falls einem was einfällt, dann meldet euch. Ihr wollt doch bestimmt auch, dass man den Mörder eures … eures … nun ja, ›Kollegen‹ findet, oder?«

Die Kommissare warteten die Antwort nicht ab und gingen zurück zum Auto. Gerade als sie zum Wagen kamen, begegnete ihnen der Aufschreiber vom letzten Mal wieder. Er sah Löffler, blieb stehen, sah hinter sich, betrachtete Löfflers Wagen, drehte sich um, nahm den Strafzettel hinter dem Scheibenwischer an sich und steckte ihn ein. Dann kam er auf Löffler zu.

»Ich han doch gleich gwusst, dass ich den Wagen irgendwo her kenn«, sagte er zum Hauptkommissar. Der klopfte ihm leicht auf die Schulter, als sie aneinander vorbeigingen.

»Isch scho recht«, sagte Löffler. Dann öffnete er die Wagentür und stieg ein. Als seine Kollegin auf dem Beifahrersitz saß, fuhr er los.

Löffler kurvte um das Zinserdreieck herum, in die Mühlstraße und dann über die Wilhelmstraße den Nordring hoch.

»Wohin geht es?«, fragte Berger.

»Zu den Unterkünften auf Waldhäuser-Ost oben. Kurz bevor es nach Bebenhausen runtergeht, auf der rechten Seite.«

»Wir werden langsam zu Spezialisten bei Pennerunterkünften. Bald können wir eine soziologische Untersuchung zu dem Thema schreiben.«

»Was dagegen?«

Noch ehe Berger sich eine passende Antwort überlegt hatte, waren sie bereits da. Der Kommissar parkte den Wagen einfach am Straßenrand, gegenüber einer Reihe einstöckiger, weißer Hütten. Oder eher kleiner Baracken. Vor den Baracken, auf dem Gras zwischen den Eingangstüren und der vorbeiführenden Waldhäuser Straße lag Müll. Offener Müll mit Plastikzeug, leeren Glas- oder Plastikflaschen, der Vorderreifen eines Fahrrads, alte Töpfe und jede Menge Papierverpackungen, aus denen noch vergammelte Tiefkühlkost hervorquoll. Das meiste lag lose herum, anderes war in blauen Müllsäcken verstaut, die eingerissen waren und ihren Inhalt um sich verstreut hatten.

Als die beiden Kommissare auf die Türe der linken Baracke zugingen, kam ihnen ein Mann entgegen. Es war vielleicht dreißig Jahre alt, in verlotterten Jeans und einem weiten T-Shirt, das um seinen Oberkörper schlackerte. Er blieb stehen, als er die Polizisten sah.

»Was wollt ihr denn hier?«, fragte er, und machte sich im

Türeingang breit, »hier ist nichts passiert. Oder macht ihr bloß einen Anstandsbesuch?«

»Wir«, fragte Löffler, »wer sind wir denn?«

Der junge Mann lächelte.

»Na, Bullen seid ihr, gut aussehende Bullen, die hier mal nach dem Rechten sehen wollen. Und natürlich wissen wollen, ob ich Wolfi kenne. Ich meine – kannte.«

»Na toll«, meinte Berger, »dann können wir uns ja das ganze Brimborium sparen und gleich zur Sache kommen: Kennen Sie, Pardon: Kannten Sie Wolfi?«

»Klar, der war immer mal wieder hier bei uns oben. Eigentlich ist eine Baracke, also so eine Einheit hier, bloß für drei zugelassen, aber Wolfi haben wir manchmal auf dem Boden schlafen lassen. Am Morgen konnte er dann duschen. Dann verschwand er wieder.«

»Ein angenehmer Gast.«

Der Mann dachte kurz nach. Er schüttelte bedächtig den Kopf.

»Kann man nicht sagen. Er war ein ziemlicher Besserwisser. Hat viel von früher erzählt. Weibergeschichten und so. War mal Fußballer. Hat tagelang die Klappe gehalten, aber wenn er mal den Mund aufgemacht hat, kamen bloß Heldentaten raus. Seine eigenen natürlich, was sonst.«

Löffler zog den Schlüssel aus der Tasche.

»Schon mal das Ding hier bei Wolfi gesehen, Herr ..., Herr ...?«

»Ich heiße Hans Speidel. Und nein, ich kenne das nicht. Jedenfalls nicht von Wolfi. Aber in meiner Wohngruppe war er auch gar nicht, Sie sollten mal die Nachbarn fragen.«

Speidel schob Berger und Löffler zur Seite und ging zur Baracke nebenan. Er klopfte an die Eingangstüre, die Klingel hing funktionslos an ein paar Drähten aus der Wand. Speidel klopfte noch ein paar Mal. Schließlich öffnete sich ganz langsam, vorsichtig, die Tür, ein Kopf schob sich ins Freie, ein Körper in einem Trägerhemd und kurzer Hose rückte nach.

»Mensch Alter, Speidel, was machst du da. Meine Mittagsruhe ist mir heilig. Weißt du doch, was soll also der Scheiß?«

Speidel zeigte mit dem Daumen hinter sich, deutete auf die Kommissare und zog den Mann am Hemd vollends nach draußen.

»Die da wollen was von dir wissen. Über Wolfi. Du weißt ja, was mit dem passiert ist.«

Der Mann zuckte erschrocken zurück. Wollte sich ins Haus verdrücken, aber Speidel hielt ihn am Arm fest.

»Ich war es nicht«, schrie der Mann, »ich hab dem Wolfi nichts getan. Wegen der paar Kröten tu ich doch keinem was. Ich doch nicht. Sie«, und er deutete auf Berger und Löffler, »glauben doch wohl nicht, dass ich was damit was zu tun habe, oder?«

Inzwischen waren die beiden Polizisten Speidel gefolgt und standen nun genau vor dem Mann, den sein Mitbewohner noch immer am Arm festhielt. Der Mann hatte einen hochroten Kopf, als wäre er stundenlang ungeschützt in der Sonne gelegen.

»Wer sind Sie überhaupt?«, fragte die Kommissarin.

»Muss ich das sagen?«

»Nein, müssen Sie nicht. Aber dann fragen wir halt Herrn Speidel danach, dann wissen wir es ohnehin.«

»Gunther Klöpfer heißt er, das weiß ich genau, auch wenn ihn alle Klopfer nennen. Ich hab mal seinen Pass gesehen, als wir Kontrolle hier hatten.«

Speidel sah die beiden Kommissare stolz an.

»Petze«, sagte Klopfer leise.

»Mann, die kriegen das doch sowieso raus. So machst du dich nur verdächtig. Ich helfe dir mit meiner Aussage, kapierst du das nicht?«

Klopfer winkte bloß ab, und wand den anderen Arm aus dem Griff Speidels.

»Ich schlage vor«, übernahm Löffler jetzt die Initiative, »Sie sagen mir jetzt mal alles, was Sie über Wolfi wissen. Danach sehen wir weiter. Bleiben Sie bei der Wahrheit, dann wird schon nichts passieren.«

Klopfer nickte stumm vor sich hin. Er schien resigniert zu haben.

»Na schön«, sagte er müde, »ich kam mit Wolfi nicht so gut aus. Er war ein Angeber und Großkotz. Ich hab ihm das auch gesagt. Mehrmals. War dem egal. Er hat mir sogar Geld geliehen. So um die fünfzig Euro. Vielleicht auch mehr. Ich hab ihm das sowieso nicht mehr zurückgegeben. Das hatte ich auch nie vor. Aber er kam ständig mit dem Geld, wollte es haben, hat mich einmal sogar geschlagen, weil ich ihm sagte, er könne es sich sonst wo hinschmieren. Penetranter Arsch.«

»Und was haben Sie dann gemacht?«

Klopfer schwieg. Speidel gab ihm einen Schlag auf den Rücken, der den schmächtigen Mann durchschüttelte.

»Ja, ja, ich sag es schon. Ich hab auf seinen Schlafsack gepisst. Und zwar, während der noch drinlag.«

Klopfer machte eine Pause. Er zog eine Packung Zigaretten aus der Tasche und steckte sich eine Kippe an. Er inhalierte tief. Dann hustete er. Dann inhalierte er wieder. Und hustete. Danach wieder ein tiefer Zug. Ehe er husten konnte, klopfte Speidel ihm vehement auf den Rücken.

»Ich kenne das schon«, sagte er in Richtung Kommissare.

»Wann haben Sie Wolfi denn zuletzt gesehen?«

»Vorgestern«, kam es wie aus der Pistole geschossen aus Klopfers Mund.

»Was Besonderes passiert? Irgendwas, woran Sie sich erinnern?«

»Das Übliche, er hat wieder rumgetönt. Immerhin hat er mir die Schulden erlassen. Ehrlich. Und deshalb habe ich ihm auch nichts angetan. Warum sollte ich? Es gab ja keinen Grund mehr.«

»Zeugen?«

»Klar, die anderen zwei in unserer Baracke. Die kommen nachher wieder, die können Sie fragen, sie sind nur kurz vor ins Einkaufszentrum Waldhäuser, Nachschub holen.«

»Sonst noch was Auffälliges mit Wolfi?«

Klopfer nickte.

»Er hat was von Aussteigen geredet. Ich meine, er sagte, für ihn sei das Leben auf der Straße vorbei. Für immer. Er habe Geld, und mit dem mache er sich jetzt ein bequemes Leben. Er würde uns dann mal besuchen, mit einem schnellen Flitzer und mit 'ner tollen Frau dabei. So Sprüche machte er ja öfter, aber das vorgestern – das klang echt. Ich weiß nicht, aber wir haben es ihm geglaubt.«

»Woher sollte das Geld kommen?«

»Hat er nicht gesagt. Glaub ich wenigstens. Ich kann mich jedenfalls nicht erinnern.«

Löffler zog den Schlüssel aus der Tasche.

»Kennen Sie den? Der gehörte Wolfi. Haben Sie den mal gesehen?«

Klopfer schaute den Schlüssel genau an. Er nahm ihn in die Hand und schnüffelte sogar daran.

»Wolfis Hüttenschlüssel«, sagte er dann, und gab ihn Löffler zurück. »Immer wenn er seine Ruhe wollte, hat er mit dem Ding gewedelt und gesagt, dass er in seine Kajüte geht. Dann müsse er uns Verlierertruppe nicht mehr sehen. Dann hat er sein Zeug gepackt und ist abgehauen.«

»Und wohin genau?«

Klopfer zuckte mit den Schultern und warf dann Speidel einen fragenden Blick zu. Aber auch der schüttelte bloß den Kopf.

»Keine Ahnung«, sagte er dann, »ich hab mal gefragt, aber von Wolfi kam da keine Antwort. Er hat mich bloß ausgelacht.«

»Habt ihr nicht eine ungefähre Ahnung?«, fragte Monika Berger.

»Auf jeden Fall ist die Hütte nicht hier oben. Er musste immer ganz schön laufen, wenn er da hinging. Hat er gesagt. Weit weg von euch Pennern, brummelte er dann. Er ging immer in die Stadt runter, das habe ich mal gesehen. Er ist mir am Fußgängertunnel am Haagtor begegnet. Da hat er gesagt, er sei auf dem Weg in seine Kajüte. Dann ging er weiter, durch den Tunnel auf die andere Seite.«

»Sie meinen also, seine Hütte sei auf der südlichen Stadtseite Richtung Hirschau gelegen?«

»Keine Ahnung, jedenfalls nicht auf dem Marktplatz.«

»Also eher zum Spitzberg hin? Bismarckturm? Die Gegend vielleicht?«

»Ich sag doch, ich weiß es nicht.«

»Na gut«, sagte der Hauptkommissar schließlich, »dann gehen wir mal wieder. Für Eure Aussagen, vor allem für Ihre, Herr Klopfer, schicken wir einen Kollegen vorbei. Dem erzählen Sie alles noch mal. Der notiert es sich, Sie unterschreiben, und dann schauen wir mal. Alles klar? Und bis dahin – nicht weggehen.«

Klopfer seufzte und verschwand dann im Haus.

»Und was ist mit mir?«, fragte Speidel.

»Sie bewachen Klopfer, er darf hier nicht weg. Wer weiß, vielleicht ist er in Gefahr, da braucht er jemand, der sich um ihn kümmert.«

»In Gefahr? Warum das denn?«

»Das kann ich Ihnen nicht sagen, Polizeigeheimnis. Aber seien Sie vorsichtig, und verlassen Sie Ihren Posten nicht.«

Speidel nickte heftig mit dem Kopf. Dann setzte er sich auf den Boden, lehnte sich mit dem Rücken gegen die Wand der Baracke und drehte eine Zigarette. Löffler und Berger gingen zum Auto. Als sie zurückschauten, sahen sie Speidel rauchend auf dem Boden sitzen. Er sah zu ihnen her und zeigte mit dem Daumen nach oben.

»Warum haben Sie das denn erzählt?«, fragte Berger, als sie im Wagen saßen.

»Das war reine Arbeitsbeschaffung. Schauen Sie nur, wie zufrieden der Mann jetzt ist. Wann hatte er wohl zuletzt eine Aufgabe, die er ernst nahm?«

»Tja, Herr Hauptkommissar, Sie sind halt ein Hansdampf in allen Gassen.«

»Ich würde mich eher als Multitalent bezeichnen. Aber ich weiß schon, was Sie mir sagen wollen.«

»Hätte mich auch gewundert.«

»Sie müssen wohl immer das letzte Wort haben, Frau Kollegin.«

Peter Schnabel legte den Hörer auf und atmete durch. Er hatte es tatsächlich gemacht, er hatte angerufen. Was als dumpfe Idee in seinem benebelten Kopf begonnen hatte, wurde jetzt zur Realität. Er hatte gleich geahnt, dass sich ihm in der vorletzten Nacht noch einmal ein Türchen geöffnet hatte in seinem verkorksten Dasein. Dennoch hatte es eine Weile gedauert, ehe er den Mut hatte, in die Telefonzelle am Hauptbahnhof zu schlüpfen und sich die Nummer von der Auskunft zu holen. Da lag sie dann vor ihm, aufgeschrieben auf einen Kassenzettel vom REWE am Epplehaus vorne. Sechs Bier stand auf dem Zettel, und eine Flasche Korn. Und daneben die Tübinger Telefonnummer.

»Was ich gesehen habe, habe ich gesehen«, hatte er in den Hörer gesagt.

Am anderen Ende war eine Weile nichts zu hören. Ein heftiges Atmen vielleicht, wenn man die Ohren spitzte.

»Ach ja«, sagte Schnabel, den man Joschi nannte, »ich habe auch den Hammer. Zufällig habe ich gesehen, wo du ihn versteckt hast.«

Keine Antwort am anderen Ende. Bloß atemloses Schweigen.

»Bist du noch da?«

»Ja.«

Schnabel lächelte stumm vor sich hin. Jetzt habe ich dich, dachte er, wenn du jetzt noch nicht aufgelegt hast, dann habe ich dich, du Schwein.

»Ich sage bloß: Brücke Platanenallee. Du verstehst schon, ich habe mir das Ding da geholt. War etwas schmutzig, muss ich sagen. Dann habe ich gemerkt, dass das ja Blut ist auf dem Hammer. Na ja, dachte ich mir, den armen Wolfi schert das bestimmt nicht mehr, oder was meinst du?«

»Worüber reden wir?«, fragte die Stimme.

Schnabel kicherte in den Hörer.

»Über Geld natürlich, über Geld und Mord und den Hammer, den ich hier habe. Und ich habe alles gesehen. Ich bin dir bis nach Hause gefolgt, und das in meinem Zustand. Das war eine reife Leistung für einen Besoffenen. Und du hast nichts bemerkt. Dabei bin ich …«

Schnabel brach ab. Mist, dachte er, ich quatsche wieder zu viel. Ich sage jetzt nur noch, was wichtig ist, sonst nix. Das ist zu gefährlich bei solchen Menschen.

»Wie viel? Wann? Wo?«

Das geht ja wie das Katzen machen, freute Schnabel sich. Ich bin am Drücker, und die Stimme am Telefon wusste das. Gerne hätte er noch eine Weile herumschwadroniert. Die Situation ausgekostet und sie genossen. Aber er durfte sich nicht dazu hinreißen lassen. Er war der Chef hier, und er musste klar sagen, was er verlangte.

»Ich würde sagen 20000 Euro reichen. Ich bin ja kein Unmensch, und Wolfi ist mir sowieso egal. Ob es den noch gibt oder nicht, interessiert mich nicht. Na, was meinst du, geht das klar?«

Die Stimme am anderen Ende schwieg. Wieder hörte Schnabel das Atmen. Gerne hätte er die Sache zu Ende gebracht, dachte kurz sogar darüber nach, mit dem Betrag runterzugehen. Auf 10000 Euro vielleicht, überlegte er sich.

»Wann und wo?«, fragte da die Stimme.

Ja, geschafft. Ein Glücksgefühl erfasste Schnabel, wie er es seit Jahren nicht mehr gekannt hatte. Etwas war so gelaufen, wie er es sich vorgestellt hatte. Er alleine war Herr über eine Situation. Und was für eine! Eine, die seine ganze Zukunft bestimmte, die nun plötzlich nicht mehr nach Altmännerschweiß im Wohnheim, nach nassen Nächten unter einer Brücke oder in einem Gebüsch, und die schon gar nicht nach billigem Fusel aussah. Nein, da würde sich jetzt einiges für ihn ändern. Er zitterte, während ihm diese Gedanken in einer Millisekunde durch den Kopf gingen. Wie ein gewaltiger Block aus Zukunftsideen kamen sie über ihn.

»Wann und wo?«, fragte die Stimme noch einmal, ungeduldig jetzt.

Gerne hätte Schnabel noch eine Weile geredet. Seinen Erfolg ausgekostet.

Aber er mahnte sich selbst zur Vorsicht. Auch wenn er es so empfand – es war kein Spiel, an dem er hier beteiligt war. Es ging dabei um einen Mord, bei dem jemand einem Mann einen schweren Hammer auf den Kopf gedonnert hatte.

»Heute Abend. Gegen zehn Uhr, würde ich sagen. Da ist es bereits dunkel, und wir können unbeobachtet unser Geschäft abschließen.«

»So schnell kann ich das Geld nicht besorgen.«

»Sie brauchen doch bloß zur Bank zu gehen, einen Auszahlungsschein auszufüllen und sich die Kohle in kleinen Scheinen geben zu lassen. Irgendwie kommt mir das nicht zeitraubend vor.«

Wieder schwieg die Stimme eine Weile.

»Und wo?«

Nun musste Schnabel selbst nachdenken. Er hatte sich so detailliert gar nicht mit der Abwicklung befasst. Er hatte nicht daran geglaubt, dass diese ganze Sache derart flutschen würde. Kein Gefeilsche, keine Vorwürfe, keine Drohungen. Alles ganz professionell. Geschäftsleute unter sich, sozusagen.

»In dem Garten unterhalb vom Hölderlinturm. Das Tor ist immer offen, es ist kein Problem, da reinzukommen. Kennen Sie die Stelle?«

»Klar.«

»Genau da treffen wir uns. Da ist es hell genug, um was zu sehen, aber auch schön versteckt durch die Büsche. Da kann uns keiner zuschauen, und nachts schon gar nicht.«

Die Stimme schwieg wieder eine Weile.

»Du bringst den Hammer mit? Ohne den keine Kohle, klar?«

»Klar. Ich bin doch Geschäftsmann.«

Am anderen Ende wurde aufgelegt. Schnabel war fast ein wenig enttäuscht, dass er nicht noch eine Weile quatschen konnte. Er hätte fragen können, warum man Wolfi so übel umgelegt hatte. Und ob es das wert gewesen war. Solche Sachen eben. Small Talk. Aber gut, dann war es das halt. Jetzt musste er sich für heute Abend vorbereiten. Er konnte kaum erwarten, bis es so weit war. Als er aus der Telefonzelle trat, machte er einen kleinen Hüpfer. Er erschrak. Schaute sich vorsichtig um, ob ihn auch keiner seiner Mitberber beobachtet hatte. Denn das Letzte, was er jetzt brauchen konnte, war blödes Gequatsche dieser Typen. Und überhaupt: Ab morgen brauchte er sich deren Gelaber sowieso nicht mehr antun. Dann machte er eine Fliege in den Süden. Denn immerhin – weit in den Spätherbst hinein war es nicht mehr. Und dann? Tja, dann kam die Kälte wieder. Und nein – das konnte er nicht schon wieder ertragen. Im Süden, da würde er es sich gemütlich machen. Er machte noch einen Hüpfer.

Dass sich dieser kleine Spaziergang neulich Nacht so für ihn auszahlen würde – unglaublich. Dabei hatte er sich von Wolfi, dem Großkotz, bloß etwas Geld leihen wollen. Der hatte ihm nämlich einen Fünfziger vor die Nase gehalten, und gesagt, davon hätte er bald genügend. Und er, Schnabel, hatte ihm das geglaubt.

Also beschloss er, Wolfi unter vier Augen was von dem Schotter abzuluchsen. Vor den anderen, das wusste er, hätte Wolfi nie was rausgerückt. Also ging er zu Wolfis Schlafplatz. Aber kurz bevor er ankam, musste er sich ins Gebüsch schlagen, um Wasser abzulassen. Bierwasser, dachte er, erst trinkst du den ganzen Mist, und danach verstreust du ihn wieder auf dem Boden. Und dafür geht dann noch deine ganze Kohle drauf. Mist.

Als er fertig war, ging er die paar Meter zu Wolfis Baum. Aber noch ehe er da war, öffnete sich das Gebüsch. Heraus trat eine schwarze Gestalt, die sich kaum vom Gebüsch abhob. Dann, als die Gestalt Richtung Wildermuth-Gymnasium ging, fiel das Mondlicht auf ihr Gesicht. Schnabel hatte diesen Menschen noch nie zuvor gesehen. Wolfi jedenfalls war das nicht.

Rasch und möglichst lautlos kämpfte Schnabel sich durch das Gebüsch zu Wolfis Schlafplatz vor. Auf einmal stolperte er und fiel der Länge nach hin. Seine Hand fiel erst auf etwas Weiches, dann, als er davor zurückzuckte, in etwas Feuchtes, Warmes, das direkt vor seinem Gesicht lag. Er öffnete die Augen und schaute Wolfi ins Gesicht. Zwar drang nur wenig Licht durchs Geäst, aber das wenige reichte aus, um ihn zu erkennen. Zumindest das, was von Wolfis Kopf noch übrig war. Schnabel zuckte zurück, rappelte sich auf, kroch mit dem Hintern zuerst aus dem Gebüsch und ließ sich dann ins nun kalte, feuchte Gras fallen. Ein paar Augenblicke lang atmete er heftig, dann sprang er auf und rannte in die Richtung, in der die Gestalt verschwunden war. Wart bloß, dich schnapp ich mir, und dann wehe dir, dachte Joschi Schnabel. Mir ist Wolfi zwar egal, aber so was macht man einfach nicht. Grundsätzlich.

Stammler legte den Telefonhörer auf und starrte vor sich auf den Schreibtisch. Seine rechte Hand spielte mit der Computermaus, mit der linken trommelte er einen äußerst unrhythmischen Rhythmus auf der Schreibtischplatte. Monika Berger beobachtete ihn eine Weile. Dann stand sie auf, schob ihren Stuhl zur Seite und kam zu Stammlers Arbeitsplatz. Sie stellte sich neben ihn. Zuerst reagierte er überhaupt nicht, dann schrak er zusammen.

»Was schleichst du dich hier neuerdings an«, bellte er, »kann man hier denn niemals alleine sein?«

Die Kollegin klopfte ihm auf die Schulter. Ganz leicht bloß. Beruhigend.

»Ach Stammi, ich will dich bloß ein wenig ablenken. Du machst gerade einen etwas verstörten Eindruck auf mich. Dass es an dem Fall liegt, glaube ich nicht, also ist es was Privates. Und da kenne ich niemand, der besser geeignet wäre, um alles zu klären, als mich. Stimmt's?«

Stammler schaute sie misstrauisch an. Aber dann kam doch ein leicht verzerrtes Lächeln auf sein Gesicht. Offensichtlich hatte er gerade so eine Ansprache gebraucht.

»So«, fuhr Berger fort, »und nun raus damit, was ist los?«

»Es geht um meine Frau, also eigentlich um meine Ex-Frau, und um die Kinder. Es gibt da Probleme, du kennst Marie ja. Sie war schon immer eine kleine Furie, oder eher eine große, wenn ich es recht bedenke. Aber wie auch immer – nach der Trennung dreht sie jetzt erst richtig auf.«

»Damit war zu rechnen. Aber ums Bezahlen wirst du eh nicht rumkommen, und die Wohnung wird sie auch behalten, das war doch schon lange klar.«

»Ja, aber jetzt geht es um die Kinder. Und da hat sie jetzt eine uralte Geschichte beim Jugendamt aufgetischt. Wenn das so durchgeht, bin ich die Kinder ein für alle Mal los. Da habe ich gar keine Chance mehr.«

In dem Augenblick trat Löffler aus seinem Büro und kam auf die beiden zu.

»Kleiner Plausch am Rande? Oder haben Sie den Fall mittlerweile gelöst?«

»Ah, der WG-Leiter gibt uns die Ehre«, empfing Berger ihn grinsend, »aber leider sind wir keinen Schritt weiter. Der Schlüssel ist das Geheimnis. Ich denke, wenn wir die Hütte finden, zu der er passt, gibt uns das den entscheidenden Hinweis.«

»Woher willst du wissen, dass es sich um eine Hütte handelt«, fragte Stammler die Kommissarin. »Es könnte ebenso gut irgendeine alte Scheune im Ammertal oder im Neckartal sein. Gibt es ja genügend dort.«

Löffler schüttelte den Kopf.

»Es ist eine Art Unterstand, etwas, wo Wolfi sich wohl und

gut beschützt fühlte. Er hat ein Geheimnis draus gemacht, also war es irgendwas Besonderes für ihn, keine Absteige für Saufbrüder und Penner. Nach allem, was ich mir jetzt angehört habe, hat Wolfi sich als was Besseres gefühlt, auf die anderen hat er eher runtergeschaut. Aber was sollte er machen, er war in derselben beschissenen Lage wie die. Ein Obdachloser halt, der irgendwie überleben will, und nicht mal weiß, wozu. Denn mal ehrlich – was kommt nach der Obdachlosigkeit? Ich habe nachgeschaut. Statistisch gesehen nicht viel. Eigentlich nichts. Da raus kommt kaum mehr einer.«

»Und was ist mit den Frauen?«, fragte Stammler, »weshalb gibt es so wenig obdachlose Frauen? Haben die ihr Leben besser im Griff? Haben Sie darüber auch etwas gelesen?«

Löffler nickte.

»Für Frauen ist das Leben auf der Straße zu gefährlich. Übergriffe, Misshandlungen, Schläge. Was man so hört, sind die männlichen Berber ganz schön aggressive Machos. Und deshalb haben Frauen ein größeres Interesse daran, schnell wieder in geordnete Verhältnisse zu kommen. Tja, und das gelingt ihnen besser als ihren männlichen Kollegen.«

»Da kommt in den Männern der Neandertaler raus, der durch die Wälder streift. Offensichtlich gewöhnen sie sich an das Rumstreifen«, ergänzte Berger.

Löffler warf eine geografische Karte auf Stammlers Schreibtisch. Sie bedeckte alles, sogar den Computer unter sich.

»Hier«, sagte der Hauptkommissar, »hab' ich mir von einem Freund besorgt. Er ist so eine Art Heimatkundler und hat in die Karte so ungefähr jeden Grashalm eingetragen, der eine Besonderheit hat. Außerdem alle Hütten und Scheunen und Gartenhäuser auf dem Spitzberg und um die Wurmlinger Kapelle rum. Auch alle Unterstände Unterjesingen zu. Die schaut ihr euch mal an, und dann klappert ihr alle ab. Natürlich mit dem Schlüssel in der Hand. Hier ist eine Liste der Besitzer. Die Zahl vor dem Namen entspricht der Zahl, die auf der Karte eingetragen ist. Noch Fragen?«

In gespielter Erschöpfung setzte Monika Berger sich auf Stammlers Schreibtischecke. Mit gesenktem Kopf stöhnte sie ein paar Mal laut.

»Herr Löffler, das ist eine Riesenarbeit. Kriegen wir Unterstützung von ein paar Kollegen?«

»Schon veranlasst, sie melden sich in einer halben Stunde hier.«

»Na, das ist doch was«, sagte Stammler, »und was, wenn ich fragen darf, machen Sie in der Zeit, Herr Hauptkommissar?«

Löffler lächelte nur, dann drehte er ab und ging zu seinem Büro zurück. Ehe er darin verschwand, drehte er sich noch einmal zu seinen Kollegen um.

»Ich habe einen Termin mit Marek. Sie wissen schon, Marek Bürger, dem Oberstaatsanwalt. Mit ihm gibt es etwas zu klären.«

»Ah«, rief Berger aus, »sitzt ihm jetzt die Presse im Nacken und er will Ergebnisse.«

Löffler runzelte die Stirn.

»Ergebnisse? Welche Ergebnisse? Welche Presse? Wir spielen doch nicht in so einem verlogenen ›Tatort‹ mit, bei dem dauernd Presse und Staatsanwälte die Bösen sind. Bei uns in Tübingen gehören sie zu den Guten. Nein, ich habe ein anderes Thema. Stimmt's, Stammler?«

Der Angesprochene zuckte zusammen. Er sah fragend zu seinem Chef, aber der lächelte ihn bloß an.

»Hat das was mit mir zu tun, oder warum schauen Sie mich so an«, fragte er.

»Was es zu regeln gibt, besprechen wir heute Abend zu Hause. Ach ja, und Sie, Berger, kriegen heute auch noch Besuch von Ihrem Anwalt. Da scheint es bereits Neuigkeiten zu geben.«

»Gute Nachrichten?«

»Keine Ahnung. Ach, wissen Sie was – Sie machen jetzt beide Urlaub für den Rest des Tages. Geben Sie den Kollegen den Schlüssel und die Nummern dazu, sollen die sich um die

Hütte kümmern. Sie brauchen Ruhe, Sie beide. In Ihrer Verfassung kann man doch nicht konzentriert arbeiten. Immer das Private, das stört schon gewaltig. Also, nach Hause mit Ihnen, ausruhen, heute Abend in Ruhe Wein trinken, und morgen Mörder fangen.«

Berger schaute erst Stammler an, dann Löffler.

»Geht das denn?«, fragte sie mit großen Augen, »dass die Mordkommission einfach mal einen Mittag lang dichtmacht? Davon habe ich ja noch nie gehört. Also ich weiß nicht, wenn das rauskommt ...«

»Rauskommt?« Der Hauptkommissar zog theatralisch die linke Augenbraue hoch, als würde er den soignierten englischen Lord geben, der gerade erfahren hat, dass sein Lieblingsjagdhund gestorben ist.

»Ich sage das gleich Marek, dann ist das offiziell. Da kommt nichts raus, das wird ganz einfach so gemacht. Im Interesse einer gewissen Arbeitseffizienz. – So, und jetzt verschwinde ich mal, und Sie machen das Gleiche, wenn die Kollegen da sind. Bis heute Abend dann, bei uns zu Hause.«

Damit ging er in sein Büro und zog die Türe zu. Stammler ließ sich in seinen Bürosessel zurückfallen und lächelte seine Kollegin an. Die schüttelte nur den Kopf und zog resignierend die Schultern hoch. Dann angelte sie sich mit dem Fuß einen Stuhl und setzte sich neben Stammler. Sie schwiegen ein paar Minuten.

»Ich wundere mich schon lange über nichts mehr«, sagte Berger in die Stille.

»Bringt ja auch nichts, er macht doch sowieso, was er will.«

»Ist das jetzt gut oder schlecht für uns?«

»Ich würde sagen: Mal so und mal so.«

»Aber dass man mal kurz den Laden dichtmacht wie eine Bäckerei oder einen Friseurladen, das habe ich noch nie gehört.«

Stammler lachte.

»Er macht das bloß, damit wir Kräfte sammeln können. Und

dann dürfen wir wieder lange Schichten schieben. Umsonst jedenfalls gibt es hier nichts.«

Beide seufzten im Chor und warteten darauf, dass die Kollegen kamen.

Hauptkommissar Christian Löffler saß gemeinsam mit Oberstaatsanwalt Marek Bürger in dessen Büro. Sie tranken Kaffee, während Bürger mit gequältem Gesicht von Stammlers Problemen berichtete.

»Was können wir denn da machen«, fragte Bürger, »das fällt doch auf die Polizei als Ganzes zurück? Polizist schlägt Ehefrau. Mann, das macht sich gut auf einer Pressekonferenz.«

Löffler nickte nachdenklich.

»Hast du mir am Telefon nicht gesagt, die Frau hätte das bislang nur dem Jugendamt gemeldet«, fragte er dann. »In dem Fall gibt es ja noch keine offizielle Anzeige. Und außerdem soll das doch schon Jahre zurückliegen. Ja, schon, aber das verjährt ja nicht, moralisch gesprochen. Und die Anzeige wird kommen, weil die vermutlich schon von Amts wegen Anzeige erstatten werden. Ach, Christian, was machen wir denn da?«

Der Angesprochene lächelte vor sich hin.

»Du meinst wohl, was ich unternehme, oder?«

»Schon, aber ich unterstütze dich moralisch. Hast du denn eine Idee?«

Löffler erhob sich aus seinem Sessel.

»Der Weg führt über die Ehefrau, und zu der gehe ich jetzt. Mit Stammler rede ich erst später, das bringt gerade noch nichts. Und du hältst dich da auch raus, kein Wort zu niemand, wir wollen ja keine schlafenden Hunde wecken. Ach ja, ich habe meinen Leuten für den Rest des Tages freigegeben, die sind platt. Nur dass du Bescheid weißt, die brauchen mal eine Ruhepause.«

Der Staatsanwalt riss die Augen auf. Dann stand er auf und kam zu Löffler.

»Wie bitte? Die machen einen Tag Pause? Einfach so? Bei

der Mordkommission? Und was ist mit den Mördern, machen die auch Pause?«

Löffler klopfte ihm lachend auf die Schulter.

»Die wissen Bescheid, die halten sich heute zurück, nur die, die schon tätig waren – die fangen wir noch. Allerdings erst morgen. – So, und jetzt geh ich mal los.«

»Zur Ehefrau?«

»Erst zur Familie des Ermordeten. Dann zur Ehefrau.«

»Der Chef macht Alleingänge. Läuft das so in Hamburg?«

»Das hätte der Staatsanwalt dort nie zugelassen.«

»Jetzt aber raus hier.«

Löffler quälte sich durch den Stau vor der Blauen Brücke. Durch die Renovierung des Schlossbergtunnels, der Tübingens Altstadt unter dem Schlossberg hindurch mit der Südstadt und dem Bahnhof verband, waren umfangreiche Umleitungen notwendig geworden. Die Staus bestimmten die Leserbriefspalten der Lokalzeitung und die Themen an den Stammtischen und in den Büros. So richtig verstand der Hauptkommissar die Klagewelle nicht. Er hatte Umleitungen und Verkehrschaos in Städten wie Zürich oder Berlin erlebt, dort hatten die Bürger sich rasch mit den Notwendigkeiten abgefunden und damit arrangiert. In der »Welthauptstadt der Unzufriedenen«, wie Löfflers Vater seine Stadt bezeichnete, war Gemotze und Gemosere inzwischen Teil der Kultur geworden.

Der Hauptkommissar erinnerte sich daran, wie die Tübinger Motzmasse sich gegen die Paul-Horn-Arena und gegen den neuen Vorbau mit zwei Brunnen vor der neuen Aula erhob. Und heute, beides grandiose Erfolge für Stadt und Stadtbild, will jeder schon immer dafür gewesen sein.

»Bigotte Heuchler« nannte Löfflers Vater diese Menschen.

Der Polizist fuhr über die Neckarbrücke und bog in die Gartenstraße ein. An deren Ende, in Lustnau, standen lang gezogene Wohnblocks aus den Fünfzigern des vergangenen Jahrhunderts. Sie sahen schon etwas ramponiert aus, waren aber wegen der billigen Mieten heiß begehrt. Löffler parkte seinen Wagen vor einem der Blocks und suchte nach der Wohnung der Taubers. Sie wohnten im letzten, im südlichen Teil eines Blockes, genau am Neckar. Mit eigenem Strand, sozusagen.

Die Eingangstür ins Haus stand offen. Die Familie wohnte im Erdgeschoss. Der Hauptkommissar klingelte an der Wohnungstüre. Nach dem Läuten hörte er erst einmal gar nichts, dann vernahm er flüsternde Stimmen hinter der dünnen Holztüre. Er klingelte noch ein Mal. Schritte waren zu hören, dann ging die Türe auf. Ein junger Mann von etwa zwanzig Jahren stand vor Löffler. Er trug einen schlabbrigen Trainingsanzug und Adiletten. In der Hand hielt er eine Zigarette. Die Haare waren kurz geschoren, und der Mann war sicherlich 1,90 Meter groß.

»Ja«, fragte der Mann vorsichtig.

»Mein Name ist Löffler, ich bin Hauptkommissar bei der Kripo in Tübingen.«

»Egal was es isch – ich bins et gewesen«, sagte der Mann und blies Löffler den Rauch eines Zigarettenzugs ins Gesicht.

»Mordkommission.«

Der Mann trat einen Schritt zurück und betrachtete Löffler jetzt genauer. Brachte seine Nase dicht an den Ausweis, der ihm entgegengehalten wurde. Dann nahm er die abgerauchte Kippe und schnippte sie geschickt an dem Polizisten vorbei in den Hausflur.

»Ihr seht alle gleich aus, ob von d'r Mordkommission oder woanders her. Aber umbracht hab ich au keinen.«

»Können wir mal reingehen, oder sollen wir alles hier besprechen?«

Der Mann machte Platz und Löffler schob sich in die Wohnung. Am Ende des Flurs, auf der rechten Seite, stand eine Frau. Sie schaute den ihr entgegenkommenden Kommissar streng an, dann winkte sie ihm müde zu und ging in das kleine Wohnzimmer. Überall hing der Geruch von Zigaretten, Schweiß und

Essensduft. Irgendwas Gebratenes tippte Löffler. Auf einem kleinen Tisch standen leere Gläser und volle Aschenbecher, verteilt zwischen Tellern, Besteck und Flaschen. Der Fernsehapparat lief und eine Katze lag breit auf einem Sofa.

»Vo d'r Polizei sind Sie«, stellte die Frau fest.

»Mordkommission«, rief der Mann von hinten, während er die Wohnungstüre zuzog.

Die Frau rückte einen Stuhl an den Tisch und machte Löffler ein Zeichen, dass er sich darauf setzen könne. Dann ließ sie sich auf das Sofa fallen, direkt auf die Katze, die mit einem wilden Schrei aufsprang und in einer Ecke verschwand.

»Da sind Sie bei uns aber falsch. Ganz falsch.«

Die Frau fischte eine Zigarette aus der Packung und zündete sie an. Löffler betrachtete die Frau genauer. Ihr Alter war schwer zu schätzen, aber in dem ungepflegten Zustand, in dem sie sich befand, hätte er sie mit Sicherheit zu alt geschätzt. Auf sechzig vielleicht. Vermutlich war sie aber zehn oder mehr Jahre jünger.

»Darf ich fragen, wer Sie sind«, sagte der Kommissar.

»Dürfen Sie. I bin Marion Tauber, ond des dort isch mei Sohn, der Peter. Jetzt würd mich aber interessieren, was Sie von uns wollet. Mordkommission.«

Inzwischen hatte Peter Tauber sich neben seine Mutter gesetzt und sich ebenfalls eine neue Kippe angesteckt.

»Dann sind Sie also die Ehefrau und der Sohn von Wolfgang Tauber. Eine Tochter soll es ja auch noch geben, wo wohnt die denn?«

Die beiden Taubers schauten sich an. Dann zuckte der Sohn gleichgültig mit der Schulter und nahm einen tiefen Zug.

»Die Carola wohnt au hier«, meldete sich die Mutter, »die isch bloß grad et do. Kommt aber bald. Ond worum geht es jetzt genau? Wenn i Wolfgang hör, dann kann des ja nix Gutes sein.«

Der Sohn neben ihr grinste.

»Tja, ob die Nachricht jetzt gut ist für Sie oder eher traurig, müssen Sie selbst wissen. Jedenfalls ist Ihr Ex-Mann …«

»Nix Ex-Mann, der isch emmer noch mit mir verheiratet. Mir sind net gschiede.«

»Also gut: Ihr Mann, der Wolfgang Tauber, ist tot. Er wurde ermordet, erschlagen. Beim Anlagensee in Tübingen.«

Mutter und Sohn schauten sich an. Dann trat ein breites Grinsen auf das Gesicht der Frau. Sie sagte kein Wort, so, als wollte sie diese Nachricht stumm genießen. Nach einer Weile stiller Freude zog sie an ihrer Zigarette und stieß danach den Rauch zur Decke hin aus.

»Dann war also der Kerl, der von der Zeitung, dann war das also mein Wolfi? Es hätte keinen Besseren treffen können. Wenn Se den Mörder findet, dann grüaßet sie ihn von mir. Unbekannterweise.«

»Ich hatte gehofft«, sagte Löffler zu der hochzufriedenen Frau, »Sie könnten mir vielleicht dabei helfen.«

»Wobei?«

»Bei der Suche nach dem Mörder.«

Die Frau schüttelte erstaunt den Kopf. Peter Tauber grinste vor sich hin und zog heftig Rauch in seine Lungen. Er machte den »Seemannszug«, bei dem der Rauch gleichzeitig über Nasenlöcher und Mund eingesogen wurde.

»Hat Ihr Mann sich denn in der letzten Zeit mal bei Ihnen gemeldet?«

»Bei mir? Quatsch, was sollte er sich hier auch melden? Hier gibt es nichts zu holen und ich bin eine alte Frau, das ist alles nichts für den flotten Wolfi.«

Sie lachte bitter.

»Noi, noi, Herr Kommissar, bei mir war der Wolfi scho seit bald zwanzig Johr nimmer. Seit er damals fort isch, han i von dem nix mehr ghört.«

Löffler überlegte.

»Wussten Sie denn, dass er wieder in der Stadt ist? Also, dass er sich wieder in Tübingen rumtreibt? Hat Ihnen das keiner erzählt?«

Die Frau sah rasch zu ihrem Sohn hinüber. Aber der starrte

auf seine Zigarettenspitze und schien der Unterhaltung nicht zu folgen.

»Also wenn Sie mich so fraget – noi, so richtig gwusst hab ich des net. So halb gwusst habe ich es schon. Oder zu einem Drittel. So irgendwie.«

»Ich habe es gewusst«, erklang eine Stimme von der Tür.

Löffler drehte sich zur Wohnzimmertüre hin und sah eine Frau dort stehen, einen Einkaufskorb zu ihren Füßen und schwer atmend. Sie mochte wohl um die hundert Kilo wiegen, war aber vielleicht gerade mal 1,60 Meter groß. Sie lehnte sich gegen den Türrahmen und lächelte Löffler an.

»Ich heiße Carola Tauber, die Tochter des Hauses«, sagte sie.

Löffler ging hin zu ihr und schüttelte ihr die Hand.

»Haben Sie ihn getroffen«, fragte er dann, »ich meine, sind Sie beide sich begegnet. Hier in Tübingen.«

Die Frau schüttelte den Kopf.

»Nein, getroffen habe ich ihn nicht, aber gesehen habe ich ihn. Auf der Platenenallee. Oder sagt man in der Platanenallee? Egal, da lag er auf der Wiese und hat mit anderen Typen zusammen gesoffen. Ich bin aber nicht hin zu ihm, das habe ich mich nicht getraut. Ich hätte auch gar nicht gewusst, was ich sagen soll. Ich kannte den Mann, also meinen Vater, doch gar nicht. Und er mich nicht.«

Schnaufend bewegte sie sich zum Tisch und ließ sich dann auf den Stuhl plumpsen, der für Löffler vorgesehen war. Mit der Handfläche vertrieb sie den Zigarettenrauch ihrer Mutter, dann schenkte sie sich ein Glas Wasser ein und trank es gierig leer.

»Ich muss viel trinken«, sagte sie zu Löffler gewandt, »das tut mir gut. Sie brauchen nicht zu glauben, ich sei eine dieser Dicken, die fortwährend Schokolade und Pizza in sich hineinschaufelt, ich habe eine Stoffwechselkrankheit, selbst wenn ich nichts esse, nehme ich zu.«

»Das geht den Bullen doch gar nichts an«, blaffte ihr Bruder zwischen zwei Zügen von seiner Kippe. »Er soll uns erst mal sagen, was genau er hier überhaupt will. Ich habe meine Zeit nicht gestohlen.«

Der Polizist wandte sich dem Bruder zu.

»Aber Sie haben doch bestimmt Urlaub, wenn Sie hier tagsüber rumsitzen. Da ist so ein kleines Gespräch über den ermordeten Vater sicher eine nette Abwechslung.«

Peter Tauber schwieg. Dann stand er auf und ging aus dem Raum. Man hörte das Klappern von Flaschen, dann kam er wieder zurück, eine Colaflasche in der Hand und einen leeren Aschenbecher.

»Er hört das nicht so gerne«, sagte die Mutter leise zu Löffler, und beugte sich zu ihm herüber, »wissen Sie, er hat keine Arbeit und weiß nicht so recht, was er mit dem Tag anfangen soll. Des zerrt an den Nerven, wisset Se.«

Löffler beugte sich zu der Frau.

»Sucht er denn Arbeit?«

Erst sah sie zu ihrem Sohn hinüber, der so tat, als höre er nicht zu. Dann wandte sie sich wieder dem Kommissar zu.

»Er hat halt nix gelernt, das isch ein Problem. Damals, als der Wolfi weg isch, des hot den Peter ziemlich getroffen. Der war ja no so klein. Ond später war au koi Mann im Haus. Außer dem Peter natürlich.«

Sie seufzte.

»Ich war ja auch noch da«, sagte die Tochter, »aber wir hatten halt plötzlich kein Geld mehr, bloß Schulden. Und aus der Wohnung mussten wir auch raus. Und alle haben uns ausgelacht. In der Schule, und so. Überall. Das war eine schlimme Zeit. Dann ging der Peter nicht mehr in die Schule wegen dem ganzen gehässigen Geschwätz. Irgendwann hat ihn die Polizei abgeholt und im Streifenwagen in die Schule gefahren. Dann war es endgültig aus mit dem Peter. Ich meine, dann war er bei allen unten durch. Bei den Mitschülern, Lehrern und auch im Sportverein haben sie ihn gehänselt. Er hat noch einen Hauptschulabschluss gemacht, aber grad so. Mit einer Lehrstelle war dann gar nichts mehr.«

Der Bruder räusperte sich lautstark.

»Ich bin hier im Raum, falls das noch keiner bemerkt hat. Ich kann auch selbst reden, wenn ich will. Aber mein Leben geht die Bullen einen Scheiß an. Solange ich nichts anstelle, haltet ihr euch aus meinem Leben raus. Punkt.«

Löffler streckte abwehrend die Hände von sich.

»Ich wollte das alles gar nicht wissen. Man hat mich quasi damit überfallen, mir zu erzählen, wie Sie Ihr Leben gestalten. – Aber egal, kommen wir auf Wolfi Tauber zurück. Hat er sich denn in all den Jahren niemals bei Ihnen gemeldet? Keine Karte, kein Anruf, keine Mail, keine Grüße über Dritte?«

Langsam schüttelte die Frau den Kopf. Auch die Tochter blieb stumm, während Peter seine Zigarette in den Aschenbecher steckte und sich gleich die nächste anzündete.

»Und Sie haben sich auch nie nach ihm erkundigt? Ihn suchen lassen vielleicht?«

Peter Tauber schien zu erwachen. Sein Gesicht war tiefrot geworden, und sogar die unvermeidliche Zigarette verschwand nur halb geraucht im Aschenbecher.

»Mit welchem Geld sollen wir das Schwein suchen lassen? Und wozu? Sagen Sie mir das Mal – wozu? Höchstens um dem Schwein eine reinzuhauen. Ihm die Fresse zu polieren. Aber selbst das vergisst man irgendwann einmal.«

Der junge Mann war laut geworden, hatte sich aus seinem Sofa erhoben. Wie ein Pingpong-Ball hüpfte er durch das Zimmer. Löffler hatte sich inzwischen an die Wand neben dem Sofa gelehnt und schaute Wolfis Sohn zu, als würde er einer Theatervorstellung beiwohnen.

»Setz dich hin«, sagte die Mutter scharf zu ihrem Sohn, »so etwas will ich in meinem Haus nicht hören.«

»In deinem Haus? Dass ich nicht lache. Haus haben wir schon seit Jahren keins mehr, das hier ist doch bloß eine Absteige. Und wer daran schuld ist, brauche ich ja wohl nicht zu sagen.«

Die Mutter stand auf, ging zu ihrem Sohn und drückte ihn

zurück auf das Sofa. Obwohl er seine Mutter um mehr als einen Kopf überragte, gab er ihrem Griff nach und plumpste auf die Couch zurück. Dann wandte sie sich lächelnd wieder Löffler zu.

»So, jetzt haben wir alles gesagt, was wir wissen. Aber immerhin danke, dass Sie uns das mit Wolfis Tod erzählt haben. Jetzt kommet mer aber guat alleine klar.«

Löffler blieb stehen und schaute sie schweigend an.

»War noch was?«, fragte sie.

»Ich würde gerne selbst entscheiden, wann meine Befragung zu Ende ist. Aber danke für Ihre Mühe.«

Die Frau winkte ab und setzte sich wieder.

»Haben Sie denn keine Verwandten mehr hier in der Stadt? Oder anderswo? Irgendjemand, den man noch verständigen muss?«

Die Frau schüttelte den Kopf, ohne groß nachzudenken.

»Es gibt koin mehr, mir sind ganz alloi.«

»Außer der Tante«, sagte die Tochter plötzlich. Mutter Marion fuhr herum und starrte ihre Tochter böse an. Auch Peter Tauber reagierte mit einem für seine Verhältnisse heftigen Kopfschütteln.

»Tante«, fragte Löffler neugierig geworden, »welche Tante denn?«

Keiner sagte ein Wort.

»Ich habe gerade eine Frage gestellt, wer will zuerst antworten? Nicht dass es ein Gedränge gibt und jeder durcheinander quatscht. Also, zuerst Sie, Frau Marion Tauber.«

Die Frau sah ihn böse an. Es kam Löffler vor, als habe sie für einen Moment ihre Fassade der liebevollen Mutter und gedemütigten Ehefrau fallen lassen. Und darunter kam etwas anderes, etwas nicht so Nettes zum Vorschein.

»Die Frau ist tot«, sagte die Frau leise.

»Also gibt es eine Tante, oder?«

»Gab.«

»Wie hieß die Frau denn? Und was wollte sie von Ihnen?«

Die drei warfen sich gegenseitig Blicke zu. Keiner schien so recht etwas sagen zu wollen.

»Sie, Herr Tauber, Sie sind jetzt mal dran, nachdem mir Ihre Mutter etwas erschöpft zu sein scheint nach dem langen Vortrag. Also – wie hieß die Frau und was wollte sie.«

Zuerst zündete der Sohn sich noch eine Zigarette an, dann lehnte er sich in der tiefen Couch zurück.

»Irgendwas mit Block oder Bock oder so ähnlich hieß sie, glaube ich. So richtig habe ich den Namen auch nicht verstanden. Sie kam plötzlich an die Tür, läutete und wollte wissen, wo unser Vater sei. Ob wir was von ihm gehört hätten. So Zeug halt.«

»Und wozu wollte sie das wissen?«

»Keine Ahnung. Sie war kurz angebunden. Und wir auch.«

»Hatten Sie die Frau nicht vorher schon mal gesehen? Sie war immerhin die Tante Ihres Vaters.«

»Ich wusste bloß noch«, antwortete Marion Tauber, »dass es eine Tante gibt. Ich glaube, ich habe die zum letzten Mal bei der Geburt von Peter hier gesehen. So genau weiß ich aber auch das nicht mehr. Ist ja auch nicht wichtig, in den letzten zwanzig Jahren oder so haben wir uns nie gesehen. Wenn die sich nicht vorgestellt hätte, hätte ich nicht mal gewusst, wer sie überhaupt ist.«

Löffler dachte einen Augenblick nach.

»Aber umso überraschter müssen Sie doch gewesen sein, als da plötzlich die Frau auftauchte. Nach der langen Zeit. Die steht doch nicht einfach so vor der Tür, sagt mal schnell Hallo und ist dann wieder weg. Etwas Bestimmtes gewollt haben von Ihnen wird sie schon, könnte ich mir vorstellen.«

Carola Tauber streckte die Hand nach oben wie in der Schule. Löffler nickte ihr auffordernd zu.

»Also«, begann sie, »soweit ich mich erinnere, wollte sie bloß wissen, wo der Mann, also Wolfi, also unser Vater sich aufhält. Aber wir wussten ja nichts. Da hat sie einen Zettel mit ihrer Telefonnummer hier gelassen und ist wieder gegangen. Danach haben wir nichts mehr von ihr gehört. Und das ist schon ein paar Monate her.«

»Sie haben keine Ahnung, was sie von Ihrem Vater wollte?«

Alle drei schüttelten den Kopf.

»Na schön«, sagte Löffler und stieß sich mit dem Fuß von der Wand ab, an die gelehnt er die ganze Zeit gestanden hatte. »Dann will ich mal wieder. So, wie ich das sehe, planen Sie nicht, sich abzusetzen oder in einen ausgedehnten Urlaub zu gehen. Wenn ich Sie erreichen will, dann kann ich das ja wohl. Bis demnächst.«

Carola Tauber war währenddessen aufgestanden und zur Tür gegangen. Dort wartete sie auf den Kommissar. Sie ging voraus, schwergewichtig und träge, leicht schwankend. An der Wohnungstüre blieb sie stehen. Sie stieß die Tür auf.

»Es geht Ihnen nicht gut«, stellte Löffler fest, ehe er aus der Wohnung trat.

»Man gewöhnt sich an alles.«

»Und es ist nicht möglich, etwas zu machen? Eine Hormontherapie? Eine Kur? Sonst irgendetwas?«

Sie schüttelte den Kopf.

»Wir haben alles versucht. Zumindest die Ärzte, die wir bisher befragten, haben alle abgewinkt. Ich schlag mich schon irgendwie durch.«

»Da haben Sie sich ja die richtige Umgebung ausgesucht«, sagte Löffler und nickte Richtung Wohnzimmer, »und auch den richtigen Umgang.«

»Das ist meine Familie. Und letztlich sind sie das Einzige, das ich habe.«

»Na, immerhin.«

»Seine Familie, Herr Kommissar, kann man sich nicht aussuchen. Kennen Sie den Spruch denn nicht?«

Löffler nickte lächelnd.

»Na dann – viel Glück.«

Löffler gab Carola Tauber die Hand.

»Ach«, sagte der Kommissar und blieb noch einmal stehen,

»könnten Sie mir wohl die Telefonnummer der Tante geben? Die Nummer, die Sie Ihnen dagelassen hat.«

»Aber die Frau ist tot.«

»Woher wissen Sie das überhaupt?«

»Todesanzeige.«

»Egal, irgendjemand wird sich schon am anderen Ende melden. Vielleicht gibt es ja Kinder, Enkel, Erben.«

»Na gut, ich schau mal nach und bringe sie Ihnen«, sagte die Tochter und ging in die Küche.

Eine Tür im Flur stand offen. Löffler ging ein paar Schritte und sah in das Zimmer. Es schien das Zimmer des Sohnes zu sein. Überall lag Wäsche auf dem Boden. In der Ecke stand ein Bett, ein Jugendbett eher, das Teenager zu ihrem fünfzehnten Geburtstag bekommen. Am Fenster war ein kleiner Tisch, auf dem ein PC-Bildschirm stand, um den herum ein voller Aschenbecher und stapelweise Papiere lagen. Obwohl die Tür nur halb offen war, stank es.

Es stank in dem Zimmer und der Geruch drang bis in den Flur. Es war eine besonders unangenehme Gestanksmischung aus Schweißfüßen, kaltem, abgestandenem Rauch und vermodernden Lebensmitteln. Löffler zog die Türe leise zu. Die Tochter kam aus der Küche zurück, in der Hand schwenkte sie ein Stück Papier. Sie reichte es dem Kommissar, der es ungelesen in die Tasche steckte.

»Ich danke Ihnen«, sagte er, »es kann aber schon sein, dass wir uns bald wieder sehen. Passen Sie auf sich auf.«

Dann drehte er sich um und ging zu seinem Wagen am Straßenrand. Er stieg ein und blieb noch eine Weile ruhig hinter dem Lenkrad sitzen, ohne den Wagen zu starten. Das Gespräch, das vor ihm lag, würde ihm keinen Spaß machen, das wusste er. Zwar kannte er Stammlers Frau nicht, aber er hatte genug über sie gehört, um vorgewarnt zu sein: Es würde ein schmutziges Gespräch werden.

»Warum mache ich das bloß?«, murmelte er vor sich hin.

Wie ein roter Faden zog sich dieses Helfersyndrom durch

Christian Löfflers Leben. Dieses sich verantwortlich fühlen für alles und jedes, für all die Menschen um ihn herum. In der Schule, auf der Uni, im privaten Kreis der Freunde – immerzu mischte er sich in das Leben der anderen ein. Stets in guter Absicht, das schon. Manchmal aber auch unerwünscht, anmaßend, richtiggehend egozentrisch. So wirkte das häufig auf andere, und er konnte es sogar verstehen. Menschen, die ihn nicht besonders gut kannten, hielten dieses Helfen für Arroganz: Er traut sich zu, immer alle Probleme auf dieser Welt zu lösen. Der arrogante Schnösel. Der Übermensch. Solche Menschen waren im Allgemeinen nicht sehr beliebt.

Aber Löffler konnte nicht über seinen Schatten springen. Wenn er das Gefühl hatte, helfen zu können, dann wurde er auch tätig. Allerdings gelang es ihm zusehends häufiger, Dinge geschehen zu lassen, sie bloß zu beobachten, wie sehr es ihn auch kitzelte, sich einzubringen, zu lösen, zu helfen. Er hatte sich auch schon mal die Zeit genommen, sich hinzusetzen, zu überlegen, warum er so war. Wieso bloß fühlte er sich permanent bemüßigt, anderen zu helfen, wieso wollte er die Probleme anderer lösen, und aus welchem Grund war er der Meinung, er könne anderen überhaupt helfen?

Das Ergebnis seines Nachdenkens war unbefriedigend. Es drehte sich im Kreis. Klar, er war aus gutem Haus und materiell ohnehin bestens ausgestattet. Da konnte man sich locker das Hobby der Nächstenliebe leisten. Und Beifall bekommen dafür, dass man gerade einem Freund beim ersten pubertären Liebeskummer die richtigen Ratschläge gegeben hatte, damit der wieder lachen konnte, war nicht schlecht. Oder später, wenn Freunde Fehler gemacht hatten, Verwandte Rat suchten oder Freundinnen sich bei ihm Trost holten – da fühlte er sich schon bestätigt und wichtig. Aber er wusste genau, dass er nicht deshalb so war, nur weil er dafür Lob bekam. Da war noch etwas anderes, das ihn zu diesem Verhalten anleitete. Er konnte es nicht fassen. Noch nicht. Aber er hatte ja noch Zeit, sich damit zu befassen.

Irgendwann. Später. Jetzt aber hatte er einen Termin bei

Stammlers Frau. Er seufzte vor sich hin. Dann startete er entschlossen den Wagen und fuhr die Gartenstraße entlang. Schon wieder Tempo 30, dachte er, bald gilt in der ganzen Stadt dieses Fußgängertempo. Aber, wusste er, man gewöhnt sich an alles. Man muss es allerdings auch wollen.

Für Monika Berger war es ein erfolgreicher Abend gewesen. Siggi, der Anwalt, kam mit guten Nachrichten. Die Privathaftpflicht bezahlte den ganzen Schaden. Und zwar den in der Wohnung darunter als auch Bergers eigenen.

»Von wegen »bestimmungswidrig ausgetretenes Wasser« kann ich da nur sagen«, höhnte der sonst so ruhige Jurist, »der Gutachter hat sich klar auf unsere Seite geschlagen. Mit dem Kleingedruckten kamen die da nicht durch. Und von wegen Haftungsausschluss, wenn Rohre lecken und all so ein Zeug. Sieg auf der ganzen Linie.«

Zusammen mit Vater Löffler und Siggi hatten sie eine Flasche roten Barolo getrunken.

»Der ist furztrocken«, hatte Siggi gesagt, »aber nach dem ersten Glas willst du nichts anderes mehr. Macht süchtig.«

Und tatsächlich tranken sie bereits zum Abendessen – die Köchin hatte ein Saltimbocca zubereitet, dazu Salate und Eiscreme – zwei Flaschen. Schnell wurden sie per Du, und schnell holte Vater Löffler eine dritte Flasche aus dem Keller.

»Wein hole ich selbst herauf«, sagte er, »da lass ich sonst keinen ran. Hat was von einem Ritual für mich. Christian allerdings nennt es zwanghaft. Purer Neid, weil er von Wein nichts versteht. Aber ich sage euch – verstehst du nichts vom Wein, verstehst du nichts von Menschen.«

»Stammt das von dir?«, fragte Siggi.

»Na, von wem denn sonst.« Er wandte sich zu Monika Berger. »Weißt du, ich sammle nämlich solche Sprüche. Die trag ich dann in ein Büchlein ein. Zum eigenen Vergnügen. Und wenn ich in Gesellschaft bin, lasse ich manchmal ein paar davon raus. Da sag ich also so was wie das mit dem Wein, und jeder denkt, ich hab das von einem großen Philosophen zitiert. Ich guck natürlich auch entsprechend tiefgründig. Dann stehen sie da, und nicken weise mit dem Kopf. Sozusagen als Bestätigung dieser ungeheuren Weisheit. Manchmal mache ich mir auch den Spaß und sag dann zum Beispiel, das hätte damals schon Schopenhauer gesagt, oder Nietzsche oder so einer. Und du wirst es nicht glauben – aber bisher hat das noch jeder geschluckt, vom Philosophieprofessor bis zum Astrophysiker. Alle keine Ahnung, aber große Klappen. Tja, das ist halt Tübingen. Alles Schaumschläger und Radfahrer.«

»Prost«, sagte Siggi.

Dann verschluckte er sich erst mal und bekam einen Hustenanfall. Gemeinsam standen Berger und Vater Löffler hinter Siggi und klopften ihm auf den Rücken. Er hörte auf zu husten und saß dann mit hochrotem Kopf am Tisch, ehe er langsam wieder normal atmete.

»Prost«, versuchte Siggi es erneut.

Er trank langsam und vorsichtig. Dann stellte er das Glas stolz auf den Tisch vor sich hin.

»Funktioniert noch«, sagte er lächelnd.

Klaus Löffler hielt den Zeigefinger vor die Lippe, und bedeutete den anderen am Tisch, sie mögen doch einen Augenblick ganz still sein. Dann, in dieser Ruhe, konnte man die Töne von Musik vernehmen. Rockmusik, so hörte es sich an.

»Christian ist nach Hause gekommen«, sagte er, »und wenn er diese Musik hört, muss er sich abreagieren. Das kenne ich von ihm. Irgendwas ist ihm heute über die Leber gelaufen.«

»Durch die Leber, Klaus«, sagte Siggi, »durch die Leber läuft der Wein. Sogar bei Christian ist das so.«

Klaus Löffler lachte schallend und schlug Siggi wohlwollend krachend auf die Schulter.

»Schon gut, Siggi, und wir beide wissen ja auch, dass er von da geradewegs ins Gehirn weiterläuft. Und was er dort anrichten kann – oh je.«

Belustigt hatte Monika Berger den beiden zugehört. Sie fühlte sich wohl in der Gesellschaft dieser beiden. Es war eine ungezwungene Situation, sie führten den perfekten Small Talk. Einfach eine Unterhaltung, in der es um nichts ging, in der man witzig sein durfte, in der man sogar manche Witze nicht einmal verstehen musste – im normalen Leben inzwischen eine Unmöglichkeit, die fast soziale Isolation als Strafe nach sich zog.

»Wie lange wird es eigentlich dauern, bis deine Wohnung renoviert ist«, fragte Klaus Löffler.

Berger schüttelte den Kopf.

»Keine Ahnung, das habe ich bisher gar nicht gefragt. Ich muss erst mal einen Auftrag erteilen an irgendwelche Firmen. Innenausbau, Sanitär, was weiß ich? Warum fragst du, willst du mich schon wieder loswerden? Ich habe mich nicht eingeladen, das war dein Sohn.«

Löffler lachte laut.

»Keine Angst, ich will dich nicht rauswerfen, ich wollte es einfach bloß wissen. Manchmal muss man sich ganz fest vornehmen, seinen Beruf am Arbeitsplatz zu lassen. Manchmal kommen die unangenehmen Eigenschaften zutage, wenn man das nicht macht. Bei dir zum Beispiel das berufsbedingte Misstrauen.«

Berger grinste. Dann hörte sie einen sanften Plumps neben sich. Als sie sich umschaute, erkannte sie Siggis Kopf, der auf dem Tisch ruhte. Regelmäßige Atmung ließ darauf schließen, dass Siggi ganz einfach eingeschlafen war.

»Der Barolo hat ihn besiegt«, meinte Löffler mit Grabesstimme, »aber so kenne ich unseren Freund hier. Vertragen hat er noch nie viel, aber emmer mit de große Hond soiche wolle. So hoißt es doch, oder?«

»Super Dialekt, Klaus, kannsch du des scho emmer, oder hosch du des erscht glernt?«

»I ben von Lustnau, als des no selbständig war. Damals sagte man noch »I fahr en d' Oststadt« wenn man die Denzenbergstraße überquerte. Und über die Adlerkreuzung führte damals eine Holzbrücke.«

Berger schaute den leicht schnarchenden Siggi an.

»Und was machen wir jetzt mit ihm? Der arme Siggi. Bleibt der so liegen und wir bringen ihm eine Decke? Oder schleppen wir ihn auf die Couch dort?«

Vater Löffler winkte ab.

»In zehn Minuten wacht er auf, schaut sich um, ist verwirrt und dann fällt ihm ein, wo er sich befindet. Alles schon viele Male erlebt. Wir lassen den guten Siggi einfach in Ruhe.«

Im Hintergrund hörte man die Musik aus Christian Löfflers Bereich, nun lauter als zuvor. Harte Rockmusik, unverkennbar.

»Soll ich mal zu ihm reinschauen«, fragte die Kollegin den Vater.

Der dachte kurz nach und nickte dann.

»Weißt du, die Sache mit der Trennung von seiner Frau beschäftigt ihn mehr, als er zugibt. Er ist bei solchen Dingen eher verschlossen. Bei allem anderen kann man ihn kaum bremsen, immer die Klappe offen, aber wenn Gefühle im Spiel sind ... Ojemineh. Da wird mein Chris zur verschlossenen Auster. Es geht ja auch nicht um seine Frau, das Problem ist die Tochter. Mit ihr konnte er es gut, aber durch die Trennung und durch die Entfernung – auf jeden Fall ist das nicht gut für ihn.«

Berger stand von ihrem Stuhl auf. Es war ihr ein wenig schwindlig. Sie hielt sich einen Moment am Tisch fest, dann straffte sich ihr Oberkörper. Alles klar, schien das zu bedeuten, ich bin bereit und fit.

»Dann geh ich mal bei ihm vorbei auf meinem Weg ins Bett.«

»Ja, mach das. Aber – kein Wort von dem, was ich gesagt habe. Das mag er nicht, dieses Geklatsche und Getratsche. Gute Nacht dann.«

Klaus Löffler hielt Berger seine Hand hin, aber die beugte sich zu ihm herunter und umarmte ihn. Dann bewegte sie sich langsam zur Wohnzimmertür, ging den langen Gang entlang, an dessen Ende eine Treppe in den ersten Stock führte.

Wäre sie im Gang geblieben, hätte der zum Schwimmbad geführt. Für einen kurzen Augenblick spielte sie mit dem Gedanken, noch ein paar Runden zu schwimmen. Mensch, dachte sie, das muss ich doch ausnutzen. Eine solche Chance, in so einem tollen Haus zu leben, die kriege ich nie mehr. Aber dann stieg sie doch die Treppen hoch.

Monika Berger klopfte an Christian Löfflers Zimmertür. Aber der Musiklärm drin war so laut, dass er das Klopfen nicht hören konnte. Berger wartete, bis ein Stück zu Ende war, und ehe das nächste begann, pochte sie mit ihrer Faust energisch gegen die Türe. Sie hörte Fußtritte, die Türe wurde aufgezogen, Christian Löffler stand vor ihr.

Er trug nur ein T-Shirt und eine lange Laufhose. Ungewohnt, ihn so zu sehen. Während der Arbeit, aber auch, wenn er mal in eine Kneipe ging oder zu einem Spiel der Tübinger Walter Tigers, dem Tübinger Basketball-Team – Sakko und Stoffhose schienen an ihm festgewachsen zu sein. Meist trug er aber ohnehin einen Anzug. Und was dabei das Auffälligste war: Er schien diese Anzüge zu lieben. Anders gesagt, er trug sie sehr, sehr gerne, wie es den Anschein hatte.

»Was wollen Sie denn noch so spät abends hier? Haben Sie das Schwimmbad nicht gefunden?«

»Quatsch, nein, ich habe die Musik gehört. Und da dachte ich mir, ich schau mal, was der Chef denn so macht. Mal gucken, wie sein Musikgeschmack denn so aussieht.«

»Musikgeschmack kann man aber nicht gucken, den hört man eher.«

»Ich kann auch wieder gehen, denn müde bin ich selber und schlecht gelaunt will ich nicht auch noch werden.«

Löffler zog die Tür ganz auf.

»Tut mir leid, kommen Sie doch rein. Ich kann manchmal meine Klappe nicht halten. Wenn sich ein dummer Spruch anbietet, dann muss ich ihn loswerden. Leider, manchmal.«

Berger war überrascht von der Größe des Raumes. Als hätte

man drei normale Zimmer zu einem einzigen verbunden. Eine Seite, die zum Tal hin, von der aus man einen Blick auf den Österberg hatte, war reine Fensterfront mit einem langen Balkon davor. Es waren wenige Möbel darin, aber selbst der Laie konnte umstandslos erkennen, dass diese wenigen Möbel Geld gekostet hatten, viel Geld.

Auf einem Cabo Hi-Fi-Rack mit Schieferplatten stand eine Audioanlage, dahinter, an der Wand waren Regale für Vinylplatten und für CDs. Beide prall gefüllt.

»Sie sind wohl Sammler«, fragte Berger und deutete auf die Regale.

Löffler schien überrascht.

»Sammler«, fragte er, »nein, kann man so nicht sagen. Ich kaufe viel Musik, das schon, aber ich höre das Zeug alles auch an. Also bin ich Käufer und Hörer, Sammler sind Leute, die Platten in einer Folie in den Tresor legen.«

Währenddessen war die Kommissarin zum Rack gelaufen und schaute nach, welche Platte auf dem Technics SL-M3 Titanium lag.

»Radiohead«, sagte Berger, nahm die Plattenhülle und betrachtete sie, »das hätte ich nicht von Ihnen erwartet.«

Löffler zog die Augenbrauen hoch.

»Was ist denn an Radiohead so besonders, dass man davon überrascht ist, sie auf einem Plattenteller zu sehen? Die hatten einige Nummer-eins-Alben weltweit, nur mal am Rande.«

»Na, der Plattenteller ist das Merkwürdige. Vinylplatten und keine Downloads, kein Irgendwas-Pad und kein PC. Sondern ein Plattenspieler.«

Christian Löffler lachte.

»Ich bin halt jung an Jahren aber Oldschool.«

»Na ja, ich hatte Sie mehr auf Gitarrenrock eingeschätzt, ehrlich gesagt. Also auf klassischen Gitarrenrock. Eingängig, etwas kuschelig und angenehm tönend. So ein Radiohead-Gefrickel passt gar nicht zu Ihnen.«

Der Kommissar lachte belustigt.

»Wenn Sie so weitermachen, lege ich Klassik auf. Schönberg, Zwölftonmusik. Mal sehen, wie Ihnen das gefällt.«

Berger war inzwischen langsam, neugierig durch den Raum gegangen, und ließ sich auf eine Couch fallen.

»Kann ich mich mal hinsetzen«, fragte sie und gähnte.

»Solange Sie nicht einschlafen – gerne.«

Löffler packte die Schallplatte zurück in die Hülle. Dann zog er eine andere aus dem Regal und legte sie auf den Plattenteller.

»Die Band heißt Wilco.«

Klare, eher sanfte Töne füllten den Raum. Beide, Löffler und Berger, lauschten einige Minuten der Musik.

»Was war denn nun mit Stammler los«, fragte die Kommissarin in das Schweigen hinein.

»Sie wissen Bescheid«, fragte Löffler erstaunt.

»Nein, ich meine, worüber Bescheid, ist was Besonderes passiert? Er schien mir nur so bedrückt zu sein. Sie sagten doch so was wie ›ich regle das schon‹, oder nicht?«

Löffler überlegte einen Moment.

»Ja, ich habe das auch geregelt. Er hatte Probleme mit seiner Ex-Frau. Ich war bei ihr und habe das geklärt.«

»Bei der Furie waren Sie? Und Sie sind heil rausgekommen? Was für ein Wunder.«

Löffler lachte.

»Das stimmt. Ich weiß gar nicht, wie Stammler es so lange mit ihr ausgehalten hat. Ich wäre da nach dem ersten Tag wieder ausgezogen. Vielleicht ging es ja unserem Wolfi ebenso mit seiner Frau. Ich war doch heute bei ihnen, draußen in der Gartenstraße.«

»Ach, da verbrachten Sie Ihren Tag. Und, wie waren die so? Gab es was für unseren Fall?«

Löffler berichtete von seinem Besuch bei den Taubers.

»Ich weiß nicht«, sagte die Kommissarin danach, »aber das klingt so, als sei die Familie nach dem Weggang Wolfis komplett zerbrochen. Absturz ins soziale Nichts. Irgendwie scheinen die das bis heute nicht verkraftet zu haben. Furchtbar. Ich meine, das ist ja bald zwanzig Jahre her.«

Löffler nickte langsam.

»Das ist es aber nicht alleine«, sagte er dann, »es ist auch die Lethargie, dieses sich fügen in all die Niederlagen des Lebens. Und immer sind die anderen schuld. Der Vater, der die Familie verließ, die Nachbarn, die tuschelten, die Lehrer, die schlechte Noten gaben und am Schluss die Gesellschaft, die sich nicht genügend um sie alle kümmert.«

»Aber die Tochter scheint doch anders zu sein.«

»Ja«, nickte Löffler, »in ihr blitzt so was auf wie Mut, Kampfeswille, und das, obwohl es ihr im Grunde am schlechtesten geht.«

Die Platte war zu Ende. Löffler nahm sie vorsichtig vom Teller und schob sie in die Hülle zurück.

»Ich war bei denen vollkommen unprofessionell«, sagte er in die Stille hinein, »ich habe die nicht mal nach ihrem Alibi gefragt. Und was noch komisch war, und was mir jetzt erst auffällt – sie wollten zum Tod ihres Vaters und Ehemannes nichts wissen. Nicht, wie er gestorben ist, nicht, wo er gefunden wurde und auch sonst nichts. Zumindest etwas Neugierde hätte ich schon erwartet. Ist das nicht merkwürdig?«

Berger zuckte mit den Schultern.

»Abgestumpft. Zu viel Unterschichtenfernsehen. Oder heißt das jetzt politisch korrekt bildungsfernes Fernsehen?«

»Trotzdem, Stammler muss da morgen noch mal hin und sie nach der Tatzeit befragen. Auch wenn es der Familie richtig schlecht geht, dürfen wir nicht nachlässig werden. Ich – in dem Fall.«

Berger stand auf und ging zu Löffler hin.

»Ich lege mich jetzt ins Bett, ich bin müde. Und dann der ganze Wein bei deinem … bei Ihrem Vater …«

Der Hauptkommissar lachte.

»Hat er seinen Barolo ausgepackt? Sein heiligs Tröpfle? Oje, des kenn i, jahrelang han i mit ihm mittrenka müsse. Damals, nachdem meine Mutter gestorben war. Na, dann wünsch ich eine gute Nacht, bis morgen.«

Berger nickte nur kurz, öffnete die Zimmertür und ging.

Das Sahnehäubchen Tübingens nennt man die Neckarfront, die nach Süden zeigt und an der Neckarbrücke beginnt und beim Hölderlinturm endet. Hier, auf der »Mauer«, auch Zwingel genannt, haben Generationen Tübinger Studenten und Schüler sich dem Müßiggang, aber auch der rhetorischen Erleuchtung hingegeben.

»Viel gschwätzt wird dort«, heißt es bei den Ureinwohnern, »aber nix gschafft.«

Auch heute noch sitzen die Menschen, darunter inzwischen auch viele Touristen, auf der Mauer, die einen schmalen Weg zum Neckar hin begrenzt, der vom Neckarturm bis zum Anlegeplatz der Stocherkähne führt.

Direkt daneben erhebt sich der legendäre Turm, in dem Hölderlin geschlagene siebenunddreißig Jahre bis zu seinem Tod lebte. Unterhalb des Turms, zum Neckar hin, ist ein kleines Gärtchen, umgeben von Hecken und hohen Gräsern. Es endet direkt am Neckarufer.

Als Schnabel kurz vor zehn Uhr in die Bursagasse einbog, die oberhalb der Mauer verlief und zum Zimmertheater und rechter Hand zur alten Burse führte, war es bereits ziemlich dunkel. Herbstdunkel.

Schon erste Schlieren feuchter Luft zogen durch den Nachthimmel.

Schnabel fröstelte.

Den Nachmittag über hatte er am Anlagensee und am Neckarufer in der Sonne gelegen. Jetzt war sein Körper aufgeheizt, und die Nachtfeuchte brachte ihn zum Zittern. Er hatte vielleicht auch ein wenig zu viel getrunken. Zur Feier des Tages hatte er sich gesagt. Denn immerhin – jetzt würde sein Leben noch einmal einen dramatischen Änderungskurs nehmen.

Schnabel machte sich nichts vor. Sein Körper war am Ende. Die vielen Jahre, eigentlich Jahrzehnte, Raubbau hatten ihre Spuren hinterlassen. Er hatte offene Beine, neulich, im kalten Frühjahr, hatte er Blut gespuckt. Er war nicht zum Arzt gegangen. Aber nicht, weil er Angst vor der Diagnose hatte, sondern weil es ihm im Grunde egal war, was mit ihm passierte. Im Jahr zuvor hatte er zwei Wochen im Krankenhaus, im Uniklinikum in Tübingen verbracht. Er wurde eingeliefert, nachdem er auf offener Straße zusammengesackt war. Lungenentzündung.

Er hatte das hohe Fieber einfach ignoriert. Aber sein Körper wehrte sich und brachte ihn zu Fall. Nach den zwei Wochen kam er wieder heraus, nahm sein altes Leben wieder auf und vergaß ganz einfach, was passiert war.

Aber jetzt, mit dem ganzen Geld, das da auf ihn wartete – damit würde er seine letzten Jahre genießen können. Dabei war er erst vierundfünfzig Jahre alt, doch er fühlte sich wie ein Siebzigjähriger. Aber noch ein paar gute, ein paar saugute Jahre und dann abtreten – das wäre für ihn in Ordnung. Vielleicht würde er ja in den Süden reisen.

Italien. Oder gleich mit dem Flieger nach Spanien. Und dort einfach vor sich hin leben. Ein paar Gleichgesinnte würde er da schon finden. Es ging ihm nur um das Wetter. Für die kalten, langen Winter war er inzwischen definitiv zu alt. Mit dem Geld würde er gut zurechtkommen. Er hatte gelernt, mit wenig auszukommen. Gut essen und trinken – das war es für ihn. Mehr brauchte er nicht. Am meisten freute er sich darauf, Pläne zu schmieden. Er musste nur erst einmal das Geld in Händen halten.

Seine Schritte hallten durch die dunkle Bursagasse. Rechts die hohe Mauer, links die alten Gebäude mit dem Zimmertheater. Kurz vor dem Restaurant führte eine kleine, kurze Gasse hinab zum Anlegesteg der Stocherkähne. Vierzig oder fünfzig Kähne lagen hier vertäut, teilweise gehörten sie den Verbindungen, teilweise privaten Stocherern, die ihr Geld mit Touristenfahrten verdienten. Aber jetzt war alles ganz ruhig, für Nachtfahrten wurde es langsam zu kühl.

Schnabel stand alleine vor dem Turm. Er hatte einen Rucksack über die Schulter gehängt und eine Baseballkappe auf. Bayern München stand darauf. Triple-Sieger. Er hatte sie irgendwo gefunden und behalten. Schnabel hielt den Atem an. Er lauschte. Kein Ton war zu hören. Nicht einmal das Gezwitscher eines späten Vogels oder Musik aus der Platanenallee, die auf der anderen Neckarseite lag. Eine Straßenlaterne beleuchtete den Vorplatz vor dem Hölderlinturm, die Stocherkähne lagen in vollkommener Dunkelheit. Schnabel schaute sich vorsichtig um. Kein Mensch war zu sehen, auch kein spätes Liebespaar, das sich in einer Ecke der Neckarmauer kuschelte. Ein idealer Ort, dachte er, um ein Geschäft abzuschließen, das in der Öffentlichkeit nichts zu suchen hatte.

Er stieß das gusseiserne Tor zu dem Garten unterhalb des Turms auf und trat in die Dunkelheit. Nur wenig Licht drang von der Laterne an diesen abgeschiedenen Ort. Er ging ein paar Schritte in den Garten hinein, stolperte dabei fast über die steinerne Einfassung eines Beetes, das von Gras überwuchert war. Vorsichtig tastete er sich vorwärts, setzte seine Schritte langsam, einen vor den anderen.

»Hallo«, sagte er.

Als er keine Antwort hörte, ging er noch einige Schritte weiter. Eine wenig Licht kam jetzt von einer der Funzeln in der Allee gegenüber. Zumindest so viel, dass er wieder die Hand vor dem Gesicht sehen konnte.

»Hallo«, sagte er wieder, lauter dieses Mal.

Vor ihm, nur drei, vier Meter entfernt, bewegte sich etwas. Eine Gestalt trat aus einem Busch hervor. Von der Stiftskirche hörte er das Zehnuhrschlagen. Er wartete, bis die Glockentöne verklungen waren. Dann ging er auf die noch immer stumme Gestalt zu.

»Wir sind verabredet«, sagte Schnabel.

»Nicht lange quatschen, wo ist das, was du mir geben willst?«

Schnabel lachte leise, aber laut genug, dass die Gestalt es hören konnte.

»Wir machen es anders rum, erst will ich mal sehen, was du mitgebracht hast.«

Die Gestalt griff hinter sich und holte eine Tasche, eine kleine Sporttasche, hinter dem Busch hervor. Langsam zog sie den Reißverschluss auf und zeigte den Inhalt. Die Gestalt ließ ein Feuerzeug ganz kurz aufleuchten. Das wenige Licht genügte, um zu sehen, dass die Tasche gefüllt war mit Geldscheinen.

»Und jetzt du, oder willst du zählen?«

Schnabel kicherte.

»Ich glaube dir. Und wenn ein paar Scheinchen fehlen – auch egal. Die Richtung stimmt jedenfalls, würde ich sagen.«

Schnabel hörte sich gerne reden, und jetzt, da alles zu klappen schien, hätte er die Situation gerne noch eine Weile ausgekostet. Aber sein Gegenüber ließ das nicht zu.

»Also?«

»Was also?«

»Ich krieg jetzt was von dir. Und zwar sofort.«

»Und was ist, wenn ich jetzt einfach das Geld schnappe und dir nichts gebe? Ich habe hier immerhin ein Messer in der Hosentasche.«

Die Antwort war ein Schnalzen mit der Zunge.

»Versuch es. Und jetzt her mit dem Zeug. Sonst bin ich weg. Mit dem Geld.«

»Dann habe ich dich, ich bring den Hammer zur Polizei, dann hängst du drin.«

»Dann musst du aber auf das Geld verzichten. Okay, ich bin weg.«

Die Person zog den Reißverschluss zu und nahm die Tasche hoch. Mist, dachte Schnabel, ich muss jetzt aufpassen, sonst stehe ich da wie ein Idiot.

»Gut, gut«, sagte er, »ich gebe dir das Ding.«

Er nahm seinen Rucksack und griff hinein. Er zog einen Hammer heraus, der in einer durchsichtigen Plastikhülle steckte.

»Willst du nicht wissen, wo ich den herhabe?«

»Nein.«

»Ich will es dir trotzdem erzählen, dann lernst du für das nächste Mal was daraus. Ich habe dich nämlich gesehen, in der Nacht, als es Wolfi erwischt hat. Und dann bin ich dir nachgegangen. Besoffen, wie ich war.«

Schnabel kicherte bei dem Gedanken daran.

»Bist du fertig?«

Schnabel ignorierte die Frage. Er fand es zu schön, von seiner Heldentat berichten zu können. Zu erzählen, wie schlau er gewesen war. Sein Gegenüber würde sich das wohl oder übel anhören müssen. He, he, wer so etwas Verrücktes tat, und einem anderen den Schädel einschlug, müsste schon ein wenig leiden müssen. Dass aber ausgerechnet die Person, die da vor ihm stand, so etwas tun konnte – nein, das hätte Schnabel nicht erwartet.

»Und den Hammer dann unter der Neckarbrücke zum Fußgängertunnel rüber zu verstecken«, fuhr er fort, »das war echt dämlich. Hätte ich ihn mir nicht vorher geschnappt, hätten bestimmt spielende Kinder ihn gefunden.«

»Gib ihn mir jetzt.«

Schnabel bremste sich. Er sollte nicht überziehen. Das Geld war jetzt das Wichtigste. Zögernd streckte er den Hammer in der Folie mit der linken Hand seinem Gegenüber hin. Mit der rechten griff er nach der Tasche.

Erst als er sie sicher im Griff hatte, ließ er die Plastiktüte los. Während er versuchte seinen Rucksack über die Schulter zu schwingen, packte sein Gegenüber den Hammer aus. Aus den Augenwinkeln beobachtete Schnabel, wie die Person den Hammer begutachtete. In dem Augenblick wusste er, dass er einen großen Fehler begangen hatte. Er griff rasch nach der Tasche, die er zwischen seinen Beinen abgestellt hatte. Er ließ den Rucksack dabei fallen und wollte sich zum Gartentor bewegen. Schnell, schnell, nur weg von hier. Wie konnte ich bloß so bescheuert sein, dachte er noch, als er den Hammer aufblitzen sah. Er wollte noch etwas sagen, etwas, das ihn hätte retten können. Aber in diesem Moment krachte der Hammer auf seinen Schädel. Schnabel spüre keinen Schmerz, nur einen dumpfen Druck. Er hob die Arme schützend über den Kopf, die Tasche hatte er längst fallen lassen. Die dunkle Gestalt stand direkt neben ihm, nein, über ihm. Ich muss wohl gefallen sein, dachte Schnabel. Noch ehe es dunkel um ihn wurde, sah er sich noch an einem Strand sitzen und den Wellen zuschauen.

Dann war es zu Ende.

Langsam fühlt es sich so an, als würde ein altes Ehepaar wie jeden Tag gemeinsam zur Arbeit fahren.«

Stammler sah Monika Berger von der Seite an. Aber die konzentrierte sich auf den Verkehr in der Pfrondorfer-Straße. Sie fädelte in die richtige Spur an der Lustnauer Adlerkreuzung ein. Sie fuhr die Umgehungsstraße, um sich nicht durch den Verkehr in die Innenstadt quälen zu müssen. Tempo 30 in der Innenstadt hatte viele Autofahrer dazu gebracht, andere Wege zu suchen. Was natürlich auch nicht besser war, denn nun waren die Staus eben woanders.

»Wo warst du eigentlich gestern Abend«, fragte Berger in das Schweigen.

»Ich weiß jedenfalls, wo du warst. Laut genug seid ihr ja gewesen, deine beiden reiferen Herren und du.«

Berger schmunzelte.

»Hättest ruhig dazustoßen können, mit einem Mann mehr oder weniger hätte ich es noch aufgenommen.«

Beim Abzweigen von der Umgehungsstraße in die Reutlinger Straße standen sie in einer langen Schlange.

»Sag mal«, fuhr die Kommissarin fort, »was war denn mit deiner Frau und dir? Löffler sagte was mit Problemen und dass er gestern noch bei ihr zu Hause war.«

»Was war der?«

Berger erschrak und hätte fast eine Vollbremsung gemacht, so laut hatte Stammler geschrien.

»Mensch, Stammler, was ist das denn? Willst du, dass ich auf einen drauffahre?«

Der Kollege schwieg. Es sah aus, als sei er schlagartig in eine ganz andere Welt abgedriftet. Erst nach ein paar Minuten entspannte er sich merklich, lehnte sich im Beifahrersitz zurück und atmete wieder ruhig.

»Erholt«, fragte Berger.

Stammler nickte.

»So, und jetzt raus mit der Sprache, was ist los mit dir? Das sah ja richtig schlimm aus, gerade eben.«

Man sah förmlich, wie der Polizist mit sich rang.

»Meine Ex-Frau hat vor dem Jugendamt behauptet, ich hätte sie geschlagen. So kriegt sie die Kinder, ich meine, sie bekommt das Sorgerecht alleine. Damit, das weiß sie genau, wischt sie mir eine aus, die Kuh.«

Berger schwieg eine Weile. Stammler schaute dabei aus dem Autofenster. Als sie in die Reutlinger Straße einbogen und am TOP 10 vorbei fuhren, hielt Berger es anscheinend nicht mehr aus. Der Druck der Neugierde war augenscheinlich zu groß.

»Also, dann sag schon: Hast du sie gehauen?«

Wieder hatte es den Anschein, als ringe Stammler mit sich selbst.

»Ja.«

»Oh, nein«, sagte die Kollegin erschrocken.

Schweigen, peinliche Stille breitete sich im Wagen aus. Berger starrte wie gebannt auf die Straße vor sich, Stammler hatte den Kopf von ihr abgewandt und hielt nach den Fußgängern auf den Gehsteigen Richtung Blaue Brücke Ausschau.

»Das ist schon Jahre her«, sagte der Kommissar zur Autoscheibe, »ich hatte das schon vergessen.«

»Ist doch egal, wie lange das her ist«, sagte Monika Berger brüsk, »aber dass ich so was mal von dir erfahren würde – unglaublich.«

»Nun tu doch nicht so«, wandte sich der Kollege direkt Berger zu, »du weißt genau, was für ein Mensch meine Ex ist. Das entschuldigt nichts, ist mir schon klar, aber dennoch hätte ich von dir ein wenig Verständnis erwartet.«

Sie waren in der Derendinger Straße, nur noch ein paar Hundert Meter vom Präsidium entfernt. Dennoch fuhr Berger den Wagen an den rechten Straßenrand, in die Bucht einer Bushaltestelle. Dort bremste sie abrupt und stellte den Motor ab.

»Auch wenn deine Ex es Tausend Mal verdient hat, ich weiß selbst, was für ein fürchterlicher Mensch sie ist, aber du kannst die Mutter deiner Kinder doch nicht schlagen. Niemals. Never. Wegen gar nichts. Und erwarte jetzt von mir keine Schuldbefreiung. Damit das schon mal klar ist.«

Dann atmete sie durch.

»Und jetzt sagst du mir, was genau passiert ist.«

Stammler rückte sich im Sitz zurecht. Das Telefon Bergers läutete. Sie holte ihr Smartphone aus der Tasche, nannte bloß ihren Namen und lauschte dann. Schließlich drückte sie das Gespräch weg. Das Handy steckte sie in die Tasche zurück, ansonsten blieb sie wie starr sitzen.

»Was ist denn los?«, fragte ihr Kollege schließlich.

»Wir müssen zu den Stocherkähnen am Hölderlinturm. Dort wurde ein weiterer Berber gefunden. Mit eingeschlagenem Schädel. In einem Kahn abgelegt. Als die Studenten kamen, um eine Runde mit dem Kahn zu drehen, haben sie ihn gefunden. Los, fahren wir.«

Schnell fuhren sie zurück zur Blauen Brücke, am Zinserdreieck vorbei, über die Neckarbrücke, die Neckargasse hoch in die Bursagasse. Besonders in der Neckargasse, dieser engen, steilen Flaniermeile, ernteten sie böse Blicke der Fußgänger.

Sie stellten den Wagen bei der Trattoria ab, direkt hinter dem Wagen Löfflers. Dann gingen sie die paar Meter zu Fuß zum Vorplatz auf den Turm hinab.

Die Kollegen hatten den Platz bereits abgesperrt. Rege Betriebsamkeit herrschte um die Kähne herum, ein undurchschaubares Gewusel verschiedenster Abteilungen der Polizei. Und ganz hinten, am Bug eines Kahns, auf dem erhöhten Teil, auf dem sonst der Stocherer oder die Stocherin standen, befand sich Hauptkommissar Christian Löffler.

Ganz ruhig stand er da und beobachtete das vermeintliche Durcheinander.

»Ein Kapitän in Ausübung seines Amtes«, sagte Berger zu Stammler.

Der lachte bloß und nickte ihr dabei zu. Dann gingen die beiden zusammen die Steintreppe zum Liegeplatz der Stocherkähne hinunter. Links von der Treppe, auf einem Kahn, der unter einem Baum ruhig vor sich hinschwamm, war eine Plastikplane über einen menschlichen Körper gelegt worden. Berger ging zu der Gestalt hin, bewegte sich dabei sehr vorsichtig auf dem schwankenden Kahn, und zog die Plane ein Stück beiseite. Sie betrachtete Schnabels Gesicht und die Wunden an seinem Schädel. Dann legte sie die Plane zurück.

Unter Zuhilfenahme ihrer Hände, mit denen sie sich am Bootsrand abstützte, tastete sie sich langsam zu Löffler vor. Als sie etwa einen Meter vor ihm stand, hielt er ihr die Hand hin und sie ließ sich von ihm auf den erhöhten Stochererplatz helfen.

»Wir kennen den, oder nicht?«, sagte sie.

»Ja, Schnabel heißt er«, stimmte der Hauptkommissar zu. »Wir haben mit dem noch geredet, neulich, er war doch der, der den Wolfi Tauber ein bisschen näher kannte. Das war der, oder nicht?«

Monika Berger nickte.

»Was weiß man denn schon über die Sache?«

Der Hauptkommissar hob nur die Schultern und ließ sie wieder fallen.

»Nicht viel. Ein paar Studenten wollten heute früh ein bisschen stochern, wollten einem Kommilitonen zeigen, wie es funktioniert. Dann haben sie den Toten gefunden und gleich uns alarmiert. Todesursache dürfte klar sein. Zumindest oberflächlich. Erschlagen mit einem stumpfen Gegenstand. Ich würde sagen: Hammer. Da braucht mir mein Freund aus der Patho nicht mehr viel zu erzählen, so viel Arzt bin ich selbst.«

»Hat einer was gesehen?«

Löffler schaute sie schräg an.

»So weit sind wir ja wohl kaum zum jetzigen Zeitpunkt. Im Grunde können wir ohnehin nur die befragen, die hier in den Häusern wohnen, ob sie heute Nacht zufällig aus dem Fenster geguckt und was gesehen haben. Die Kollegen sind schon dabei.«

»Hat es mit dem Stocherkahn eine besondere Bewandtnis?«

»Nicht dass ich wüsste. Aber ich habe einen Spezialisten angerufen, der sich damit auskennt. Außerdem glaube ich nicht, dass man den Mann hier getötet hat, es gibt dazu viel zu wenig Blut.«

»Also müssen wir zuerst mal den Tatort suchen.«

Ein Kollege rief ihnen vom Ufer etwas zu und deutete auf einen Mann, der oben am Zugang zu den Kähnen stand und wartete. Der Mann trug trotz der frühen Stunde kurze Hosen und ein T-Shirt, das seine ausgeprägten, muskulösen Oberarme zeigte. Tief gebräunt, der ganze Mann, und vermutlich etwas über fünfzig Jahre alt.

Löffler nickte dem Kollegen zu, der ein Zeichen gab, den Mann durchzulassen. Der stieg mit geübtem Schwung die Treppen herab, hüpfte förmlich in den Kahn und war mit ein paar langen Schritten schon bei den beiden Kommissaren.

»Schlimme Sache, das hier«, sagte der Mann, »und das in meinem Revier.«

Damit hielt er Löffler die Hand hin, der sie schüttelte und mit der anderen Hand gleichzeitig auf Monika Berger deutete.

»Das ist meine Kollegin, Frau Berger«, sagte er, »und das hier« zeigte er auf den Mann, »ist der Neckar-Caruso, Claus Hipp, der kennt sich hier noch am besten aus.«

Tatsächlich war der Neckar-Caruso so etwas wie ein Original in der Tübinger Stochererszene. Was ihn zum »Caruso«

machte, war, dass er seine Stocherkahngäste mit Gesang unterhielt. Er schmetterte italienische Opernarien oder Lieder aus Schuberts Winterreise, während er einen mit vierzehn oder mehr Gästen vollbepackten Kahn über den Neckar schipperte.

»Kennst du den Kahn hier, auf dem wir den Mann gefunden haben?«

Caruso nickte.

»Klar, der gehört der Hölderlin-Verbindung. Die fahret manchmal ein paar Runden, wenn se Gäste habet wege dem olle Dichter. Aber sonscht send des ältere Herrschafte, die miaßet sogar extra an Stocherer anstelle, weil sie selber des nemmer hinkriaget.«

»Warst du gestern auf dem Neckar?«

»Sicher, was denksch du, i ben koi Beamter. Als ich um neune gestern Abend mein Kahn abgstellt han, ond zwar bloß zwoi Kähn weiter als der Sarg do mit dem Tote, also, um die Zeit isch do no koiner glege, des hätt i gseah. Ond danach wars dann dunkel.«

»Guck her, ich zeig dir mal das Gesicht. Kannst du mir sagen, ob du den Mann kennst?«

Löffler ging ein paar Schritte Richtung Heck des Kahns, dann deckte er den Oberkörper Schnabels auf.

»Und, kennst du ihn?«

Caruso nickte.

»Vom Gsicht her scho, i han dem bestimmt au amol an Euro gebe, aber wie er hoißt – koi Ahnung.«

»Aber mit euch Stocherern hat er nichts zu tun, oder?«

Caruso schüttelte den Kopf.

»Noi, der gehört zu dene Berber, die im Sommer immer in d'r Stadt send. Oder am Anlagensee drüben.«

»Das war es schon, Claus. Falls du irgendwie mitkriegst, falls einer deiner Kollegen letzte Nacht was gesehen oder gehört hat – gleich bei uns melden.«

Caruso wandte sich zum Gehen. Dann hielt er noch mal an.

»Ond denk dran, am 27. spielt der Schindo mit seiner neue

Band em Weilheimer Kneiple. Do könntest du ruhig auch komme, gell. Ihr hend doch amol in der gleiche Band gspielt.«

»Ich weiß Bescheid, Claus, ich weiß Bescheid. Bis dann.«

So sicher, als wandle er auf topfebener Asphaltstraße, bewegte Caruso sich nach vorne, sprang auf den Vorplatz und stieg dann die Stufen zu Mauer hinauf.

»Woher kennen Sie den denn?«

»Alter Jugendfreund. Bei unserer Hochzeit gehörte eine Stocherfahrt mit ihm zum Programm. War sein Hochzeitsgeschenk.«

»Das ist ja eine richtige alte Freundschaft.«

»Haben Sie keine alten Freunde? Sie sind doch sogar Altstädterin, oder? Unterstadt, wenn ich mich richtig erinnere.«

Stammler winkte ihnen vom Anlegeplatz aus zu. Sie sollten kommen, hieß das wohl. Berger ging vor, Löffler folgte ihr auf dem schwankenden Kahn nach. Zum Glück lagen die Kähne an der Anlegestelle dicht nebeneinander wie Ölsardinen in der Dose, berührten sich gegenseitig, sodass ein Kahn eigentlich nie umkippen konnte. Nicht, wenn man es nicht darauf anlegte. Stammler erwartete sie bereits ganz aufgeregt.

»Die Kollegen wurden fündig«, empfing er die beiden, »es sieht so aus, als hätten sie den Tatort entdeckt. Scheint so, als hätten der oder die Täter Hölderlins geliebten Garten entweiht. Kommt mal mit und schaut euch das an.«

Stammler ging voraus, die zwei Kommissare folgten ihm bis zu einem kleinen, gusseisernen Gartentor. Stammler stieß das Tor auf, und sie traten in einen kleinen Garten ein, der sich zum Neckar hin senkte. Es war sofort zu erkennen, dass der Boden, das Gras, die Blumenbeete zertrampelt waren. Unverkennbar auch, dass es eine Schleifspur gab, die bis zum Gartentor führte. Stammler zeigte darauf.

»Hier hat man den Toten abtransportiert. Einfach über den Boden gezogen.«

»Die Frage ist«, sagte Berger, »wieso macht einer so was. Er könnte ihn doch genauso gut hier liegen lassen. Warum diese ganze Anstrengung? Außerdem wird die Leiche dann später gefunden.«

»Offensichtlich ist das dem Täter aber egal. Er hat kein Problem mit der Zeit. Er fühlt sich sicher. Ganz im Gegenteil, ich glaube, er wollte, dass man den Toten schnell und spektakulär entdeckt. Was meinen Sie, Chef?«

Löffler hatte währenddessen schweigend die Fußabdrücke im Grasboden und auf den Kieswegen zwischen den Beeten angeschaut. Er bückte sich, drückte das von der Sommerhitze schon gelb-braun gebrannte Gras zur Seite und schob sein Gesicht ganz nah an den Boden. Jetzt, mit dem beiseitegeschobenen Gras, konnte man auch deutliche Blutspuren sehen.

Kleine Spritzer, als wenn etwas zerplatzt wäre und sich überall hin verstreut hätte.

»Ich bin ganz Ihrer Meinung«, sagte Löffler dann und stand auf, »der oder die Täter wollten, dass man das Opfer zügig entdeckt. Warum auch immer. Jedenfalls sollte uns das einen Fingerzeig geben. Warum, so stellt sich die Frage, kann ein Täter wollen, dass das Opfer schnell gefunden wird? Meiner Meinung nach hängt das mit dem Motiv zusammen, das dem Mord zugrunde liegt.«

Alle drei schwiegen eine Weile.

»Sehen Sie mal«, sagte Berger dann, »wenn man sich die Fußspuren genauer ansieht, kann man darauf kommen, dass es sich hier um die Spuren von zwei Menschen handelt.«

»Klar«, sagte Stammler, »der Mörder und der Tote.«

Die Kommissarin schüttelte den Kopf.

»Nein, dann wären es drei. Hier sind die Spuren von Schnabel. Er hat doch diese Flachtreter an, damit hinterlässt er keinerlei Profil. Und habt ihr seine Füße genau angeguckt? Mindestens Größe 45. Und hier«, damit deutete sie auf einen Abdruck im Beet, »hier ist sein Fußabdruck. Aber dort, beim Busch, sind zwei weitere, unterschiedliche Abdrücke.«

»Sie haben recht«, mischte der Hauptkommissar sich ein, »das habe ich auch die ganze Zeit über gedacht. Aber ich war mir nicht ganz sicher. Doch jetzt, wenn Sie das sagen... Wir holen jetzt mal die Spurensicherung her, die sollen sich das genau anschauen, dann wissen wir Bescheid. Außerdem gibt es hier Blutspuren, das haben Sie ja gesehen.«

»Das würde aber bedeuten, wir haben es mit zwei Tätern zu tun. Vielleicht sogar mehr?«

»Möglicherweise.«

Die drei verließen den Garten und kamen zurück zur Anlegestelle. Inzwischen hatten sich vor dem Absperrband des Tatorts Menschentrauben gebildet, die alle darauf warteten, dass es etwas Spannendes zu sehen gäbe. Zum Frühstück, sozusagen. Auch ein Journalist der örtlichen Zeitung war schon da. Kunststück, die Redaktionsräume lagen in Sichtweite der Mauer, nur eben auf der anderen Seite des Neckars.

Löffler gab dem Kollegen, der darauf achtete, dass keine Unbefugten den Tatort betraten, ein Zeichen, er solle den Mann durchlassen. Dieter Becker ging an dem Polizisten vorbei und kam schnurstracks auf den Hauptkommissar zu. Becker war etwa fünfzig Jahre alt, und gefühlte vierzig davon bei der Lokalzeitung. Er kannte die Stadt, und diese kannte ihn.

»Christian«, kam er gleich zur Sache, »stimmt das, dass es schon wieder einen Penner, oder Berber, oder wie sagt man da korrekt – einen Obdachlosen erwischt hat? Sag bloß.«

Christian Löffler nickte. Becker schluckte.

»Na, und jetzt?«

»Jetzt suchen wir den Täter.«

»Ah, ja, klar. Polizei. Ich bin etwas nervös. Ich meine – eine Mordserie hier bei uns. Serienkiller, vermutlich, der es auf Obdachlose abgesehen hat. Riesensache. Ich meine, rein aus journalistischer Sicht. Auf der persönlichen Ebene natürlich furchtbar.«

Löffler klopfte Becker beruhigend auf die Schulter. Dann nahm er ihn am Arm und zog ihn zu sich auf die Seite. Die beiden Kollegen folgten ihm.

»Hör mal, Dieter«, sagte Löffler, »die Sache mit dem Serienkiller kannst du so nicht schreiben. Wir wissen doch noch nicht mal, ob es bei den beiden Morden derselbe Täter war. Und wenn es dann nicht so ist, und du schon vorgeprescht bist – oh je, das kommt bei den Lesern ganz schlecht an.«

Becker überlegte kurz.

»Tatsache ist aber«, begann er dann von Neuem, »dass zwei Berber innerhalb von zwei Tagen umgebracht wurden. Ganz ehrlich – nach Zufall sieht das nicht aus. Wurde der da auf dem Kahn auch erschlagen?«

»Darf ich dir nicht sagen. Nicht zu dem jetzigen Zeitpunkt. Es gab noch nicht mal eine gerichtsmedizinische Untersuchung. Andererseits – ja, er wurde erschlagen. Das bleibt aber unter uns.«

»Mensch Christian, das kannst du nicht machen. Ich will keine Informationen, die ich dann nicht bringen darf. Dann bitte keine Infos mehr.«

Der Hauptkommissar tätschelte ihm beruhigend den Arm.

»Sag mal«, fragte er dann, »gab es in letzter Zeit Hinweise darauf, dass es Probleme mit den Berbern gibt? Gingen Drohungen ein, gab es Leserbriefe bei euch, weißt du von einer Sache, die die Polizei nicht weiß? Ich meine, irgendjemand dreht gerade durch, und wir haben keinerlei Hinweise.«

»Da brauche ich gar nicht lange zu überlegen. In der Gutmenschenstadt Tübingen gibt es so was wie Gewalt gegen Minderheiten nicht. Keinen Rassismus, keine Ausgrenzung, es wird wunderschön integriert. Wenn ein Tübinger Deutscher einen Migranten schief anschaut, gibt es einen runden Tisch. Der größte Rassismus-Skandal war der mit dem Mohrenköpfle. Da haben sie in der Restrepublik über uns gelacht, aber immerhin wird in unserer Redaktion das Wort nicht mehr verwendet. Eskimo geht noch, kann sich aber ändern, und an Zigeuner wird gerade gearbeitet. Für Berber bleibt da kein Platz, denen tut keiner was.«

»Offensichtlich doch«, warf Berger ein. Becker nickte betrübt.

»Das ist ja das Merkwürdige. Die gehören zu keinerlei Zielgruppe.«

»Na ja, einer hat jedenfalls zweimal gut gezielt.«

»Die müssen von auswärts kommen. Tübinger machen so was nicht.«

Der Hauptkommissar seufzte. Dieses Seufzen hatte er sich in Tübingen angewöhnt. In Hamburg war das nicht nötig gewesen. Das Tübinger Leben in seinem Inseldasein war da schon von anderem Kaliber. Es war eine Seufzerstadt.

»Was ist jetzt?«, fragte Becker, »was bleibt für mich übrig? Irgendwas muss ich bringen, das verstehst du schon, oder?«

Christian Löffler dachte eine Weile nach, während Becker ungeduldig mit seinem gezückten Kugelschreiber herumspielte.

»Okay«, sagte der Hauptkommissar dann, »du kannst ruhig schreiben, dass es einen zweiten Obdachlosen erwischt hat. Aber wir wissen noch nicht, ob er einfach die Mauer heruntergestürzt ist, oder ob ihm ein Stein auf den Kopf fiel. Die Gerichtsmedizin wird das untersuchen. Du kannst ruhig schreiben, dass unsere Berber hier gerade etwas vom Pech verfolgt sind.«

»Aber Christian«, rief der Schreiber entsetzt aus, »deine Kollegen haben doch bereits gesagt, man habe dem Mann den Schädel eingeschlagen.«

»Offiziell?«

»Was?«

»Haben sie das offiziell gesagt, die Kollegen?«

»Nein, natürlich nicht, können sie ja auch gar nicht. Aber sie können ...«

Löffler legte freundschaftlich den Arm um Beckers Schultern und ging mit ihm ein paar Schritte Richtung Treppenaufgang.

»Weißt du«, sagte der Polizist dann, »du solltest nicht alles glauben, was die Kollegen so von sich geben. Ich verspreche dir aber, dass du alles von mir erfährst, sobald ich selbst was weiß. Was meinst du?«

Becker wand sich. Aber ihm schien klar zu sein, dass er auf Spekulationen, auf unbestätigten Infos aufbauend, keinen Artikel mit diesem brisanten Thema ins Blatt setzen konnte. Es war zu heikel, sich dabei zu verspekulieren. All solche Themen wie Rassismus zum Beispiel, oder auch diese Sache mit den Berbern – das bewegte die Leute, Fehler durfte man da keine machen.

»Na gut«, resignierte Becker schließlich, »ich schreib mal die harmlose Variante. Aber wenn es dann wirklich was gibt – dann Info an mich. Ich verlasse mich da aber schon auf dich, Christian.«

Löffler drückte ihm die Hand, dann schob er ihn sanft die Treppe hinauf.

»Du hörst von mir«, sagte er zu dem Journalisten zum Abschied.

Inzwischen hatten die Kollegen die Spur verfolgt, die sich durch das Schleppen der Leiche vom Garten bis zum Stocherkahn ergeben hatte. Überall da, wo eine Blutspur oder ein Fußabdruck vorhanden war, hatten die Leute von der Spurensicherung Markierungszeichen angebracht.

»Bleibt immer noch die Frage«, so Berger zu ihrem Chef, »wieso der oder die Mörder sich der Gefahr ausgesetzt haben, auf dem Weg zum Kahn entdeckt zu werden. Wieso dieses Risiko?«

»Der Grund dafür muss ihnen so wichtig gewesen sein, dass sie das Wagnis auf sich nahmen. Darum, nicht aufzufallen, ging es ihnen bestimmt nicht.«

»Ich sehe da bloß zwei Möglichkeiten«, beteiligte Stammler sich nun auch an den Spekulationen, »nämlich, dass der Täter entweder auf sich aufmerksam machen und ein Zeichen setzen wollte. Wofür auch immer. Oder, zweitens, dass er von etwas ablenken will, indem er uns einen Köder vorwirft.«

Löffler wog den Kopf nachdenklich hin und her.

»Klingt logisch. Aber wovon sollte er ablenken wollen? Mir ist die Motivlage vollkommen schleierhaft. Warum sollte irgendjemand überhaupt einen Berber töten? Außer aus Hass auf Außenseiter, auf Nichtstuer, Asoziale, oder wie immer im Kopf eines solchen kranken Killers die Obdachlosen heißen – also außer Hass fällt mir da gar nichts ein.«

»Schon, aber man wacht doch nicht morgens auf und geht abends plötzlich los, um Berber zu killen. Da muss schon was passiert sein, dir oder deiner Familie, ehe man derart drastisch auf Hassfeldzug geht.«

Gerade trugen die Männer vom Notarztwagen den toten Schnabel vorbei. Er wurde jetzt in die Gerichtsmedizin transportiert. Noch ehe die Männer vorbei waren, hielt Berger sie an.

»Wartet mal, lasst mich noch mal die Wunden sehen.«

Die Männer stellten den Sarg auf dem Boden ab und öffneten ihn. Berger stellte sich so vor den Sarg, dass die Zuschauer von der Mauer aus nichts sehen konnten. Dann schlug sie die Plane über Schnabels Kopf zurück und betrachtete ihn intensiv.

»Danke, Leute«, sagte sie dann, »ihr könnt ihn jetzt zu Kürner bringen. Richtet ihm einen Gruß von mir aus.«

Dann stellte sie sich wieder zu Stammler und ihrem Chef.

»Was war das denn?«, fragte Stammler gleich.

»Wenn ich mich nicht täusche, unterscheiden sich die Hammerschläge bei den beiden Morden. Das heißt, nicht die Schläge, sondern das Mordwerkzeug. Es handelt sich um zwei unterschiedliche Hämmer. Der bei Schnabel hat einen viel kleineren Kopf. Beim Hammer heißt das übrigens Bahn, das ist die hintere Schlagfläche. Außerdem ist die Bahn rund geformt, bei dem anderen Hammer war sie eckig. Falls es beides Mal ein Hammer war. Wobei – da bin ich mir ziemlich sicher.«

Löffler nickte nachdenklich.

»Gut recherchiert. Das lassen wir uns jetzt noch von der Gerichtsmedizin bestätigen. Was ich mir überlegt habe – wenn der oder die Mörder so nahe am Neckar sind, spricht doch nichts dagegen, wenn sie das Mordwerkzeug auch gleich dort entsorgen. Ich denke, wir sollten dort mal nachschauen lassen.«

»Tauchen?«

Löffler nickte.

»Und wo kriegen wir die Taucher her? So schnell, meine ich.«

Löffler lächelte.

»Die Tübinger Feuerwehr könnte doch eine Übung abhalten. Sie haben nämlich eine ausgezeichnete Tauchabteilung hier, und warum sollten die nicht etwas Praxis kriegen und uns dabei gleichzeitig behilflich sein?«

Stammler kratzte sich am Kopf.

»Also, ob die das machen, ich weiß nicht, eigentlich sind sie ja für anderes zuständig, Rettungssachen und so.«

»Wenn wir höflich fragen, werden sie uns schon nicht hängen lassen. Von Tübinger zu Tübinger, sozusagen. Ich kümmere mich da gleich mal drum.«

Damit verschwand Löffler im Hauseingang zum Hölderlinturm und zückte sein Smartphone. Monika Berger rief inzwischen die Kollegin Heim im Präsidium an und gab ihr den Namen Schnabels durch. Sie möge doch versuchen, alles zu dem Mann rauszufinden, was sich über die Datenbanken recherchieren ließ. In der Zwischenzeit teilte Stammler die Kollegen zur Befragung der Anwohner ein. Jede Wohnung entlang der Neckarmauer solle besucht, die Bewohner befragt werden. Schließlich blieb noch die Befragung der Obdachlosen, der Kollegen Schnabels, übrig.

»Das mache ich heute Abend selbst«, sagte Stammler gerade zu seiner Kollegin, als der Hauptkommissar zurückkam.

»Alles geregelt«, sagte Löffler, »Bernd Gugel von der Feuerwehr fragt seine Kumpels und den Kommandanten, ob sie Zeit und Lust haben. Er war selbst jahrelang Chef der Taucher, der kann das schon, so einen Fluss absuchen.«

»Wann soll das Ganze passieren?«

»Gleich nachher, wenn die Jungs Feierabend haben. Das sind ja keine Berufsfeuerwehrler, die arbeiten ganz normal. Aber dann packen sie ihr Zeug zusammen, laden es in ihren Florian …«

»In wen? Wer ist denn Florian?«

Löffler grinste.

»So heißt das Boot, mit dem sie über den Neckar schippern. Selbst gebaut, habe ich mir sagen lassen.«

»Müssen wir da mitfahren?«, fragte Berger.

Löffler schüttelte den Kopf.

»Nein, nein, das machen die nachher ganz alleine. Wie geben denen den Bereich an, in dem sie suchen müssen, dann lassen wir sie in Ruhe. Ewig Zeit haben sie sowieso nicht, ehe es dunkel wird. Es ist ja nur ein Versuch.«

Eine Kollegin der Schutzpolizei kam zu den drei Kripobeamten.

»Die Leute wollen wissen, wie lange hier noch abgesperrt ist. Manche wollen auch zu ihren Kähnen, die haben ein paar Fahrten geplant. Eine Gruppe will Geburtstag auf dem Neckar feiern.«

Löffler schaute zu Stammler. Der nickte bloß.

»Wir sind hier fertig, die Spusi hat schon eingepackt. Also von mir aus ...«

»Okay, dann lasst die Leute wieder rein. Aber den Fundort der Leiche absperren, und zwar weiträumig. Ich will hier keinen Smartphone-Tourismus, von wegen: ›Hier lag einer mit eingeschlagenem Schädel und der, der da in die Linse grinst und gleich in Facebook auftaucht, das bin ich‹. Klar?«

Der Polizist nickte und winkte seine Kollegen herbei. Die drei vom Morddezernat machten sich auf den Weg zu ihren Autos. Als sie die Bursagasse hochgingen, sahen sie, wie der Stadtaufschreiber gerade ein Knöllchen hinter den Scheibenwischer von Bergers Wagen steckte.

»He, Sie da«, rief Berger dem Mann zu, der aber nicht auf den Ruf reagierte. Die Kommissarin ging schneller, und gerade als der Mann weitergehen wollte, hoch in die Neckargasse, schloss sie zu ihm auf.

»Hören Sie mal«, sagte Monika Berger ziemlich erbost, »ich bin Kommissarin bei der Mordkommission. Wir haben gerade den Tatort eines Mordes inspiziert, da können Sie mir doch keinen Strafzettel verpassen.«

Der Mann musterte sie von oben bis unten.

»Und warum nicht?«

»Weil ich im Einsatz bin, deshalb.«

»Ach so, ond in dem Fall kann man sei Auto et richtig parke?«

»Doch, schon aber ...«

»Na, also, des denk i doch au. Ond nächstes Mol gleich richtig mache, gell.«

Inzwischen war Stammler dazugekommen.

»Aber das andere Auto«, sagte er, und zeigte auf Löfflers Wagen, »das hat keinen Strafzettel. Der hat doch auch falsch geparkt.«

Der Mann lächelte.

»Schon, aber der gehört jo dem Christian Löffler, der kriagt nie an Strafzettel. Des isch doch au no euer Chef, oder?«

»Wie, der kriegt keinen Strafzettel? Das geht aber nicht so einfach.«

»Ich entscheide, wer an Zettel kriagt ond wer net. Wenn's euch net passt, dann beschweret euch doch.«

In dem Augenblick fuhr Löffler mit seinem Wagen an den Dreien vorbei. Er winkte aus dem Seitenfenster, der Aufschreiber winkte freundlich zurück. Dann ließ er Berger und Stammler wortlos stehen und marschierte Richtung Neckargasse.

»Langsam wird der Löffler mir unheimlich«, sagte Berger.

»Mir eher seine Freunde.«

Die Kommissare Stammler und Berger saßen über den Unterlagen, die Annemarie Heim ihnen auf die Schreibtische gelegt hatte. Alles zu Peter Schnabel, den man aus unerklärlichen Gründen Joschi genannt hatte. Der Mann war vor 54 Jahren in Dortmund geboren. Dort machte er eine Bäckerlehre, arbeitete auch ein paar Jahre in dem Beruf, bis er eine Mehlallergie bekam.

»Nicht gut bei dem Beruf«, sagte Stammler grinsend.

»Schlechter Witz über einen Toten.«

Als er mit dem Bäckerjob aufhören musste, arbeitete er ein paar Jahre mal hier und mal dort, auf einem Müllplatz, als Gabelstapelfahrer, an einer Frittenbude und auch mal an einer Kinokasse. Irgendwann hatte er beschlossen, alles hinter sich zu lassen und ging auf die Straße.

Und diese Straße hatte für ihn auf einem schwankenden Stocherkahn im schwäbischen Tübingen geendet. Oder eigentlich eher mit eingeschlagenem Schädel in Hölderlins Garten. »Unter Philosophen ein bemerkenswerter Abgang«, warf Stammler ein, »zumindest der Ort. Menschlich betrachtet allerdings eine furchtbare Angelegenheit.«

Löffler kam vollbepackt ins Büro.

»Kann mir mal einer helfen«, rief er in den Raum, »ich habe auch für jeden was dabei.« Sein Oberkörper verschwand dabei hinter einem Stapel Pappkartons. Diese entpuppten sich bei näherem Hinsehen als Verpackung für Pizzen, Sushi, italienische Salate, Beilagen und süßen Desserts.

Eine Viertelstunde später war das Mahl beendet, Stammler und Berger räumten den Müll beiseite und breiteten wieder die Unterlagen Heims auf dem Schreibtisch aus.

»Schnabel hatte keinerlei Verwandte mehr«, berichtete Monika Berger, »Familie, also Frau und Kind, hatte er eh nie. Auch nicht in seinen guten Zeiten. Dass bedeutet also, es gibt niemand zu benachrichtigen, aber auch niemand, der einen Verlust erlitten hat. Klingt natürlich schon ein wenig traurig.«

»Es gibt also außerhalb der Berbergemeinde keinerlei Täterfeld, das infrage käme«, konstatierte Stammler.

»So viel anders ist das ja im Grunde auch bei Wolfgang Tauber nicht«, ergänzte die Kommissarin.

Beide schauten auf den Hauptkommissar, der ihnen schweigend zugehört hatte. Er spielte mit ein paar Aktenblättern Schnabels herum. Ein Ruck ging plötzlich durch ihn, und entschlossen legte er die Unterlagen beiseite.

»Irgendwas stimmt da hinten und vorne nicht«, sagte er dann, »wenn wir von den bisherigen Theorien ausgehen, müsste sich ja ein Killer unter die Berber gemischt haben. Aber die Morde sind allem Anschein nach so sinnlos. Aber es geschehen keine Morde, die nicht irgendeinen Grund, ein Motiv haben. Und bei der Sache hier ist das nicht anders. Vielleicht hängen die beiden Morde ganz anders zusammen, als wir bisher vermuten. Vielleicht ist die Gemeinsamkeit der beiden, dieses Obdachlosendasein, nur etwas Oberflächliches und hat mit dem eigentlichen Motiv gar nichts zu tun.«

Wieder breitete sich Schweigen im Raum aus.

»Haben wir die Berber eigentlich schon wegen Schnabel befragt?«, fragte Löffler in die Stille.

Stammler schüttelte den Kopf.

»Das mach ich nachher, ich gehe bei denen vorbei. Ich will da nicht bloß befragen, ich will auch ein wenig recherchieren. Ich bleibe den Abend über bei ihnen, vielleicht ergibt sich ja irgendwas. Einer verplappert sich, oder einer weiß was, von dem er nicht mal weiß, dass er es weiß und dass es wichtig ist. Mal sehen.«

»Wenn Sie meinen«, zuckte Löffler mit den Schultern, »aber so ein Abend kann ganz schön anstrengend werden. Ziehen Sie sich warm an – und das meine ich wörtlich.«

In dem Augenblick kam Annemarie Heim ins Zimmer. Sie trug einen Becher Kaffee in der einen Hand, in der anderen einen Stapel Akten.

»Ich komme gerade von den Kollegen drüben, die nach dem Gartenhaus gesucht haben.«

»Gartenhaus?«

»Ja, Gartenhaus, oder irgendein anderer Schuppen auf dem Spitzberg oder in der Nähe. Sie haben jedenfalls den Schuppen gefunden, zu dem der Schlüssel passt. Das soll ich euch ausrichten. Der Kollege kommt nachher noch persönlich vorbei. Jedenfalls lagen da auch persönliche Sachen von Tauber. Die werden jetzt grad hertransportiert.«

Der Hauptkommissar zog sein Telefon aus der Tasche. Dann wählte er eine Nummer, stand auf und verschwand in seinem Büro.

»Was ist jetzt denn los?«

Heim stand etwas ratlos im Raum.

»Ihm ist was eingefallen«, antwortete Berger tröstend, »dann ist er immer so kurz angebunden. Daran solltest du dich doch inzwischen gewöhnt haben. Ich bin bloß gespannt, was als Nächstes passiert.«

Sie brauchte nicht lange auf die Beantwortung dieser Frage zu warten. Löffler kam nämlich schon wieder aus seinem Büro heraus und gesellte sich zu den Kollegen.

»Ich schaue mir das Gartenhaus mal an, dann kann ich gleich eine Laufeinheit einlegen. Ich gehe gleich bei den Kollegen vorbei und lasse mir den genauen Standort sagen. Sie, Frau Heim, rufen inzwischen bei denen an. Ich will nicht, dass die Sachen, also Taubers Zeug, jetzt schon zu uns gebracht werden. Erst will ich sie mir vor Ort ansehen, dann können sie abtransportiert werden.«

Damit bewegte er sich Richtung Türe. Dann hielt er an, drehte sich noch mal zu den anderen um, die ihm schweigend nachgestarrt hatten.

»Heute Abend, wenn Sie Ihren Einsatz beendet haben, können Sie ja zu Jäckie in den ›Bären‹ kommen. Ich geh da hin und treffe mich mit Ihrer Kollegin Kommissarin Berger.«

Löffler musste lachen, als er das ratlose Gesicht Bergers sah.

Das machte die Sache nicht besser, denn nun lief Bergers Gesicht rot an vor Verlegenheit, dann wurde es dunkelrot vor Wut.

»Was soll das denn?«, rief sie, »ist das eine komische Art von Anmache? Oder wollen Sie mich hier bloß lächerlich machen?«

Löffler spielte den Zerknirschten.

»Tut mir Leid«, sagte er, »ich bin da irgendwie den falschen Weg gegangen. Die Eile, der Stress, der Fall – da habe ich kurz den Überblick verloren. Also, noch mal: Ich würde Sie beide gerne heute Abend in den ›Bären‹ einladen. Erst Sie, Frau Kollegin, dann, wenn Sie genug haben von den Berbern, stoßen Sie, Stammler, dazu. Ist das jetzt in Ordnung?«

Berger schüttelte abwehrend den Kopf.

»So einfach ist das nicht, bloß zu bestimmen, wo wir hinkommen sollen. Und es dann wie eine Einladung klingen lassen. Eine Einladung ist nicht nur deshalb eine, weil einer oder eine zahlt, eine Einladung hat auch was mit Freiwilligkeit und Respekt zu tun.«

Löffler, der eigentlich gerade zur Tür hinaus wollte, schloss diese wieder und drehte sich zu Berger um. Ein paar Augenblicke lang starrte er Berger an, dann Stammler, dann wieder Berger.

»Okay«, sagte er dann ganz ruhig, »ich sehe ein, dass ich mit meiner Flapsigkeit Mist gebaut habe. Das lag nicht in meiner Absicht. Jedenfalls würde ich mich freuen, wenn Sie, Berger, heute um acht in den ›Bären‹ kämen, und Sie, Stammler, gleich nach Dienstschluss bei den Berbern. Kommen Sie beide?«

Stammler und Berger schauten sich gegenseitig an. Dann nickten sie sich zu.

»Na schön«, übernahm Stammler die Antwort, »wenn man uns so nett einlädt, kann man ja nicht Nein sagen. Ich bin dabei, die Kollegin auch. Aber bitte – nicht abstürzen, ehe ich dazu gestoßen bin. Das wäre unfair.«

Löffler winkte ab und lachte dabei.

»Ganz so schlimm wird es hoffentlich nicht werden. Aber ich habe noch eine Aufgabe für Sie beide. Gehen Sie doch noch mal bei der Familie Gaiser vorbei, und befragen Sie die Beiden mal nach ihrem Verhältnis zu unserem toten Wolfi. Ich will nichts übersehen, auch wenn der Böse so tut, als wäre das alles vergangen und vergessen.«

»Stimmt, das hätte ich fast vergessen. Mich würde die Frau ohnehin interessieren, und der Mann eigentlich auch. Verschwindet mal mit einem anderen Kerl, bringt dessen Geld durch und kommt dann reumütig zurück.«

»Genau«, ergänzte Stammler, »und der nimmt sie locker wieder auf. Ich finde das schon merkwürdig.«

Löffler schüttelte den Kopf.

»Das kommt doch andauernd vor, dass sich Paare wieder versöhnen. Die meisten Menschen sind doch inzwischen lieber im Bösen mit einem Partner zusammen, als dass sie alleine bleiben. Da nimmt man dann auch größere oder kleinere Fehler in Kauf. Hauptsache nicht einsam vor dem Fernseher oder an der Flasche hängen.«

»Ich befürchte bloß, dass es dann häufig so endet, dass sie am Ende halt statt alleine zu zweit vor der Glotze und an der Flasche hängen.«

»Bloß blöd, wenn Kinder im Spiel sind.«

»Sie werden ja gleich Gelegenheit haben, sich so was näher zu betrachten und mir anschließend darüber zu berichten. Vielleicht nachher im ›Bären‹?«

Beide taten noch mal so, als überlegten sie, ob sich überhaupt der Einladung folgen würden. Löffler betrachtete das gebotene Schauspiel »Ich spiele mal den Unentschlossenen« eher amüsiert. Schließlich nickten die beiden stumm.

»Schön, bis heute Abend dann«, sagte Löffler, und verschwand endgültig aus dem Büro.

Als er weg war, klatschten die beiden Kollegen sich ab.

»Wow«, meinte Stammler, »das war unsere Erziehungsmaßnahme Nummer eins. Den Löffler kriegen wir schon noch hin.«

»Ja, das glaube ich auch, aber er ist eine harte Nuss.«

»Schon, aber wir sind zu zweit.«

Kreitlein, den der Hauptkommissar angerufen und zu einem Long jog, also einem langen Dauerlauf überredet hatte, lief locker neben Christian Löffler her. Sie hatten in Hirschau am Sportgelände den Wagen abgestellt, und erklommen zunächst den langen Anstieg auf den Spitzberg.

Es war die Originalstrecke des »Spitzberglaufs«, und die führte anschließend durch die Weinberge bis knapp unter die Wurmlinger Kapelle. Dann ging es einen steilen Hohlweg hinauf. Auf der Höhe hatten die Polizeikollegen die Hütte gefunden, zu der Taubers Schlüssel passte.

»Du hältst dich gut«, sagte Kreitlein, als sie vor der Gartentür anhielten.

»Muss ich auch, wenn ich den Nikolauslauf bestehen will.«

»Packst du schon«, tätschelte Kreitlein die Schulter seines Freundes, »wir bringen dich ganz klar unter eine 1 Stunde und 20 für die Strecke.«

Sie stiegen ein paar steile, in die Erde gehauene Stufen hinab. Das Gartenhaus lag an einem steilen Abhang, der Platz für das Häuschen und einen kleinen Vorplatz für die Grillstelle und einen Tisch, war in den Hang gehauen. Unterhalb des schmalen Vorplatzes, der mit Steinen ausgelegt war, ging es sofort steil nach unten. Wer hier fiel, der tat sich weh.

Zwei Beamte saßen auf zwei Sonnenstühlen und genossen die untergehende Sonne. Als sie Löffler und Kreitlein sahen, sprangen sie auf wie ertappte Sünder. Dann, angesichts der Laufklamotten, nahmen sie bereits wieder die strenge Haltung der Ordnungshüter an.

»He, das ist Privatgelände, was machen Sie denn hier?«

»Wir wollten mal nach dem Rechten sehen«, sagte Kreitlein, der vor Löffler stand, »wir haben gehört, dass sich hier Unbefugte in Uniform aufhalten würden. Sind Sie das etwa?«

Die beiden Polizisten schauten sich an. Irgendetwas schien da schief zu laufen, drückten diese Blicke aus. So recht schlau wurden sie jedenfalls aus den Worten dieses kahlköpfigen, durchgeschwitzten Mannes vor ihnen nicht, schien es. Löffler trat hinter Kreitlein hervor.

»Ich bin Hauptkommissar Löffler, Mordkommission«, sagte er zu den beiden, »und der Scherzbold hier ist unser Polizeiberater. Ich nehme an, Sie wollen mir etwas in der Hütte zeigen, richtig?«

Die zwei Polizisten atmeten auf. Jetzt hatte offensichtlich alles wieder seine Richtigkeit. Sie schüttelten beide Löffler die Hand, an Kreitlein trauten sie sich nicht heran. Der Mann war wohl gar zu merkwürdig.

»Hier drin«, sagte der erste Polizist, und ging Löffler voraus in das Gartenhäuschen. Das Häuschen selbst war gemauert, robust, mit schrägem Dach und roten, inzwischen vermoosten Dachziegeln. Das Innere bestand aus zwei Räumen, einem größeren ersten, und einem zweiten, hinten gelegenen, in dem eine Liege stand. Im größeren Raum standen Stühle, ein Tisch, einige zusammengeklappte Liegen, Sonnenschirme, ein Grill und Gartengeräte aller Art.

Der hintere Raum war sauber, zumindest für ein Gartenhaus, und um die Liege herum waren Kleider, Papiere, Flaschen und allerlei Krimskrams ordentlich gestapelt. Auf einem kleinen, runden Tischchen in der Ecke lag, sauber aufgebaut, ein Bündel Papier.

Akten, so schien es auf den ersten Blick.

»Ist das alles?«, fragte Löffler den Polizisten.

»Ja, Sie wollten ja nicht, dass was wegkommt. Also haben wir aufgepasst, dass alles so bleibt, wie wir es vorgefunden haben.«

»Haben Sie beide das Häuschen entdeckt?«

Beide Kollegen nickten gleichzeitig. Löffler ging zu ihnen hin und schüttelte jedem die Hand.

»Toll gemacht, Kollegen, ihr habt was gut bei mir.«

Kreitlein hatte unterdessen in den Unterlagen auf dem Tischchen gewühlt. Dann schwenkte er mit der rechten Hand ein Papier, während er sich mit der linken den Schweiß von der Stirn wischte.

»Heiß hier drin«, sagte er.

»Und was ist das in deiner Hand?«

Kreitlein schaute auf das Papier, als sähe er es zum ersten Mal. Dann grinste er und reichte das Blatt Löffler.

Mit spitzen Fingern nahm dieser es entgegen. Es handelte

sich um einen Brief. Im Briefkopf stand der Name eines Tübinger Anwalts. Zwar stand der Name Taubers im Adressteil, aber keine Adresse. Tauber musste den Brief also, schloss Löffler, selbst in der Kanzlei abgeholt haben. Der Hauptkommissar las den Brief konzentriert durch. Danach ließ er ihn wortlos sinken.

»Tauber hat geerbt«, sagte er nach einer Weile, leise, mehr zu sich selbst.

»Ein reicher Penner? Oder womit haben wir es zu tun?«

Löffler schüttelte den Kopf.

»Keine Ahnung, wie viel oder was er erbt. Das werden wir vom Anwalt erfahren.«

Kreitlein griff sich das Schreiben. Er überflog den Inhalt.

»Tatsächlich«, sagte er dann, »keine Angaben. Aber sieh mal, wer der Anwalt ist, den kennen wir doch, würde ich meinen.«

Christian Löffler las den Briefkopf noch mal.

»Tatsächlich«, meinte er dann lächelnd, »der gute alte Thorsten. Dem werden wir mal einen Besuch abstatten. Ich rufe den gleich an.«

Er winkte einen der Polizisten zu sich her, und bat ihn um dessen Handy. Dann wählte er die angegebene Nummer.

Er ließ es eine Weile klingeln, dann drückte er den Anruf weg.

»Mobilbox. Da muss ich wohl persönlich vorbei. Ist ja auch egal, auf eine Stunde mehr oder weniger wird es wohl nicht ankommen, wie ich die Sache sehe.«

Löffler sah die anderen Unterlagen durch. Es gab ein Adressbuch, das sicherlich zwanzig Jahre alt war: Zerknitterte Seiten, durchgestrichene Namen, Spuren von Zigaretten, die einfach auf dem Papier ausgedrückt worden waren. Löffler steckte es in den Bund seiner Laufhose.

»Hören Sie«, sagte er zu den Polizisten, »lassen Sie jetzt das ganze Zeug zu uns transportieren, direkt in die Mordkommission. Dort soll sich ein Kollege darum kümmern. Richten Sie das dort aus.«

Die Polizisten nickten, und begannen dann damit, die Flaschen und die Zeitschriften um die Liege herum wegzuräumen. Währenddessen gingen Kreitlein und der Hauptkommissar nach draußen. Im Osten, gleich hinter der Wurmlinger Kapelle, ging langsam die Sonne unter.

»Ein schöner Platz hier«, sagte Kreitlein langsam, und schloss die Augen, während er das Gesicht der Sonne zudrehte, »hier hatte der Tauber sicher eine tolle Zeit. Wem gehört das Grundstück eigentlich? Und die Hütte und all das Zeug?«

»Keine Ahnung, das müssen wir erst übers Grundbuchamt überprüfen. Oder wart mal, das geht vielleicht einfacher.«

Der Kommissar lief über die kurze Terrasse, dann in den steilen Wiesenhang hinein, hinüber zur Grundstücksgrenze. Am Zaun hielt er an. Auf der anderen Seite des Gitterzauns mähte ein älterer Mann ein kleines Grasstück mit einer Handsense.

»Guten Tag, Herr Nachbar«, rief Löffler hinüber, und winkte dem Mann zu, der sich mühsam aufrichtete. Er schaute sich um, woher die Stimme kam. Da sah er Löffler und machte dann ein paar Schritte auf ihn zu. Er musste vorsichtig sein, um wegen des Gefälles des Hangs nicht abzurutschen.

»Scheißgeschäft«, sagte er, als er bei Löffler stand, nur auf der anderen Seite des Zauns. »Aber außer mir macht's jo koiner mehr.«

»Und auch noch von Hand.«

»Kennet Sie mir mol sage, wie Sie hier mit einem Rasenmäher schaffe wellet?«

Der Kommissar nickte nachdenklich.

»Do hend Se recht, das isch das Ende der Technik, jetzt muaß wieder d'Hand her, au wenn es schwer fällt.«

Der Mann nickte beifällig.

»Saget Se amol, Herr ... Herr ...«

»I ben d'r Hans Richter, mir ghört des Stückle do. Und Sie, was machet Sie eigentlich doa? Ond die zwoi Polizischte dazu?«

Löffler machte ein bekümmertes Gesicht.

»Leider, leider, führt uns eine traurige Sache her. Ein Mann, der hier gelegentlich untergekrochen ist, ein eigentlich Obdachloser, ist verstorben. Und jetzt räumen wir seine Sachen aus. Kannten Sie den Mann vielleicht?«

»Den Tagdieb, der immer hier gschlofe hot? Klar kenn ich den, des war der Tauber, der Neffe von der alten Frau Bock. Von der Klara Bock, des war nämlich dem sei Tante.«

»Sie kennen die Tante?«

Hans Richter nickte eifrig.

»Logisch, mir send ja Nachbarn. Also onsere zwoi Grundstück hier. Das hier ist ja das von der Bock. Sonscht hätte ich den Tagdieb anzeige miaße, aber wenn es sei Tante isch …«

»Ich dachte, die wäre tot?«

»Isch se auch. Aber wer erbt amol das Zeug von ihr? Die hat doch koin Mann und koine Kinder, bloß den Tagdieb. Aber uff dem Auge war se blind. Hauptsach, es bleibt in der Familie. Ond jetzt? Jetzt goats doch an den Staat. Oder etwa net?«

Löffler musste lachen, als er in das triumphierende Gesicht Richters schaute.

»Keine Ahnung, aber wenn es kein Testament gibt, das alles Weitere regelt, kann das schon sein.«

»Genau, und wenn das dann die Stadt kriegt, dann kauf ich des Ding. Die Alte wollt's jo net, aber jetzt hot se nix mehr zu sage.«

Löffler wartete eine Weile, bis das Triumphierende auf Bocks Gesicht verschwunden war. Der alte Mann schien plötzlich um Jahre verjüngt.

»Sagen Sie mal, Herr Nachbar«, meinte er, »war der Mann hier denn immer alleine im Haus? Oder gab's da Partys und Gelage und schöne kleine Orgien?«

Erst schaute der Alte etwas verwirrt auf Löffler, so, als sei die Frage vollkommen ungehörig. Oder blöde. Dann kratzte er sich am Kopf. Man konnte förmlich beobachten, wie er in seinem Gedächtnis kramte. Er strengte sich richtig an. Die Aussicht auf den Kauf des Grundstücks machte ihn gut gelaunt.

»Also ehrlich«, sagte er dann, »zu dem wollt doch bestimmt koiner. Und von was will der denn a Orgie bezahle? Ond Weiber, also Weiber – gucketse den Kerle doch amol an. Also die Frau, die wo mit dem ebbes hot, die gibt's no et.«

»Na ja, jetzt braucht sie auch nicht mehr zu kommen, denke ich.«

»Wie meinen?«

»Weil er tot ist. Da braucht's keine Partys mehr.«

Bock winkte mit dem Zeigefinger und lächelte den Hauptkommissar verschmitzt an.

»Sie send mer oiner, bissle an Witz gmacht, ha? Aber i han jo Humor, als alter Schwob, gell. Ond do fällt mir auch gleich was ein.«

Bock winkte Löffler näher zu sich, als gäbe es Horden von Neugierigen, die ja bloß nichts hören sollten.

»Oi Frau han ich tatsächlich amol gesehn. Ond zwar eine ganz junge. Die hat den besucht. Ich hab's Gesicht gsehn, am Fenster. Jung war se auf jeden Fall. Ich hab mich noch gfragt, was der mit dem Mädle will.«

»Beschreibung?«

Richter schüttelte den Kopf.

»Nur das Gsicht, von der Seite. Rund war es, des Gsicht, ond dunkle Hoor. Des wars.«

»Schade, aber trotzdem danke.«

»Und was isch jetzt mit dem Grundstück?«

»Keine Ahnung, fragen Sie mal auf dem Grundbuchamt.«

Löffler ging zurück zu Kreitlein, der inzwischen in einem der Sonnenstühle lag, in dem zuvor noch die Polizisten ihre Mittagspause gemacht hatten. Er gab ihm ein Zeichen zum Aufbruch. Kreitlein erhob sich träge und sie stiegen die Treppen zur Straße hoch. Dann joggten sie gemächlich zurück Richtung Bismarckturm. Plötzlich wurden sie von einem Läufer in einem Affenzahn überholt.

»Den kenne ich doch«, sagte Kreitlein, »los, komm, den holen wir uns wieder.«

Sie zogen an und erhöhten langsam das Tempo. Das artete in einen regelrechten Tempolauf aus. Einen Kilometer später hatten sie aufgeschlossen.

»Gerold«, keuchte Kreitlein, »kennst du uns nicht mehr?«

Der Läufer schaute zur Seite. Erst zu Kreitlein zu seiner linken, dann nach rechts, wo Löffler ihn gerade eingeholt hatte. Er lachte, als er die beiden erkannte.

»Ach, ihr zwei seid das. Pat und Patachon der Läufer. Was macht ihr denn hier?«

Gerold Knisel war der Organisator des Nikolauslaufes in Tübingen. Früher hatte Löffler häufig mit ihm trainiert, aber durch seinen Umzug nach Hamburg hatte sich das erübrigt. Sie waren sogar gemeinsam in einem Team schon Meisterschaften gelaufen.

»Wir trainieren. Für deinen Lauf. Und was hast du es so eilig?«

»Tempodauerlauf. Training für die Wintersaison.«

Eine Weile liefen sie wortlos nebeneinander her. Sie liefen zu schnell für ein kleines Gespräch. Dann sah Gerold auf die Uhr und wurde langsamer.

»So«, sagte er dann, »dreißig Minuten Tempo, das war's für heute.«

»Wieso läufst du hier oben, auf dem Spitzberg, das ist doch sonst nicht dein Revier?«

»Kann man so nicht sagen, ich laufe eigentlich überall. In letzter Zeit auf dem Spitzberg, der Wald schützt vor der Hitze. Und was ist mit euch?«

»Sag mal, hast du hier in letzter Zeit mal einen Berber, einen Obdachlosen gesehen? So was fällt hier doch auf.«

Gerold sah Löffler erstaunt an.

»Dass du so was fragst. Ich habe tatsächlich so einen Typ gesehen, hatte immer ein paar Plastiktüten in der Hand. Er verschwand dann da vorne in einem Gartenhaus. Ich hab da mal angehalten, weil ich dachte, er bricht dort ein, aber er hatte einen Schlüssel.«

Der Bismarckturm tauchte vor ihnen auf. Knisel hatte da seinen Wagen geparkt.

»Sag mal«, fuhr der Hauptkommissar fort, »war der Mann immer alleine? Oder gab es da Begleitung?«

Knisel hatte angehalten und stand breitbeinig vor ihnen um sich zu dehnen.

»In der Tat, wenn du mich so fragst – ein Mal ging da so ein Mädchen zum Gartenhaus. Ich dachte, sie besucht ihn. Dabei sah die gar nicht aus wie eine Pennerin. Ganz jung war sie noch, das habe ich im Vorbeilaufen erkannt. Aber bevor du mich jetzt fragst, ob ich sie beschreiben kann – nein, ich hab die nur ganz kurz angeschaut, und mir auch nichts weiter gedacht dabei. Aber jung war sie, das ist mal sicher.«

»Gesicht. Figur. Haarfarbe. Groß oder klein. Nichts mehr im Gedächtnis?«

Gerold hielt inne mit seiner Dehnerei.

»Dunkle Haare. Nicht besonders groß. Ich sah sie eher von hinten. Keine Läuferfigur.«

»Also etwas mollig?«

»Könnte man so sagen.«

Gerold beendete seine Gymnastik und zog den Zündschlüssel aus seiner Hose.

»Ich geh dann mal, Jungs. Aber denkt daran, der Nikolauslauf ist die Hölle, gutes Training ist alles. Ich seh euch dann am Start.«

»Du läufst dieses Mal auch mit?«

»Nein«, winkte Knisel schmunzelnd ab, »ich gebe den Startschuss.«

Dann verschwand er winkend in seinem Auto und brauste davon. Kreitlein und Löffler schauten ihm nach. Dann liefen sie weiter, brachten ihre Runde zu Ende und rannten schließlich bergab, zurück nach Hirschau.

»Und jetzt«, fragte Kreitlein, als sie vor der Sporthalle ankamen.

»Jetzt«, sagte der Kommissar, »gehe ich mal zu Thorsten. Er soll mir erzählen, was es mit dieser ganzen Erbschaftsgeschichte auf sich hat.«

»Schweigepflicht.«

»Thorsten? Sonst noch was? Der weiß ja nicht mal, wie man das Wort schreibt.«

»Deshalb gehe ich ja zu ihm.«

Die Sindelfinger Straße endet als Sackgasse im Westen der Stadt. Am Ende steht ein Fußgängertunnel, der zu einem Elektronikmarkt und zu einem Discounter führt. Der letzte Teil der Straße wird gesäumt von Wohnblocks, gebaut für Familien, am besten mit Kindern, die noch viel Zeit zum Spielen haben. Denn dahinter kommt nur noch freies Feld, Wiesen, Äcker, der Blick auf die Wurmlinger Kapelle und den »Schwärzlocher Hof«, ein Ausflugslokal, in dem es selbst gemachten Most und schwäbisches Vesper gibt.

In dem Block, der direkt in der letzten Kurve der Straße stand, bevor es zum Fußgängertunnel ging, wohnte die Familie Gaiser. Hinter dem Haus war ein großer Anwohnerparkplatz, auf dem Monika Berger den Wagen abstellte.

»Der Mann sagte, er komme direkt von der Schicht nach Hause«, sagte sie zu Stammler auf dem Weg zum Haus, »er arbeitet beim Daimler. Immer noch.«

»Hier heißt es doch auch, wer einmal beim Daimler arbeitet, schafft für immer beim Daimler. Da ist ein Beamter ein Scheiß dagegen. Und bezahlen sollen die ja auch ganz nett.«

Sechs Parteien wohnten in dem Teil des Blocks, in dem die Gaisers ihre Wohnung hatten. Sie wohnten in der obersten Etage. Stammler drückte den Klingelknopf. Gleich darauf tönte schon der Summer und die Polizisten drückten die Türe auf.

»Da hat wohl jemand auf uns gewartet«, sagte Berger.

Die beiden Polizisten stiegen die Treppen hoch, und je höher sie stiegen, desto penetranter wurde der Gestank von Zigarettenrauch. Im dritten Stock schließlich empfing ein Mann, Karl Gaiser offensichtlich, die beiden an der Wohnungstür. Er trug ein VfB-Stuttgart-Trikot und eine lange Trainingshose, dazu Adiletten, die Sportler-Fußbekleidung schlechthin. In der einen Hand hielt er eine brennende Zigarette, in der anderen einen kleinen Aschenbecher. Der Bauch wölbte sich unter dem Trikot, was darauf schließen ließ, dass Gaiser eher ein Mann war, der kicken ließ, als dass er selbst gegen das Runde schlug.

»Sie send die Polizischte, oder?«

»Ich bin der Gute, sie ist die Böse. Stammler, Kommissar Stammler und Kommissarin Berger. Und Sie sind wohl der Herr Gaiser vom VfB, richtig?«

Der Mann sah ihn überrascht an, dann gluckste er ein kleines Lachen heraus.

»Passives Mitglied, sieht man doch«, sagte er, und strich sich mit der Zigarettenhand über den hängenden Bauch.

»Können wir reinkommen, oder holen Sie Tische und Bänke heraus. Wegen dem Rauchen, meine ich.«

»Mir send a Raucherhaushalt. Oiner von de Letzschte in Tübinge. Wenn Ihne des nichts ausmacht, kennet Se reinkomme.«

Gaiser drehte seinen massigen Körper um und ging in die Wohnung. Die beiden Kommissare folgten ihm. Im Flur hörten sie, dass der Fernseher angestellt war. Aus dem Zimmer am Ende des Ganges drangen aufgeregte Stimmen, die auf eine spannende Szene schließen ließen. Gaiser ging geradewegs auf das Zimmer zu, verschwand darin und die beiden Polizisten gingen ebenfalls hinein. Tatsächlich lief der Fernseher. Ein Riesenflachbildschirm hing an der Wand, gegenüber stand eine Couch, daneben ein Fernsehsessel. Auf dem fläzte sich eine Frau, die ebenfalls eine Zigarette rauchte und sie, gerade als sie hereinkamen, in einem überquellenden Aschenbecher ausdrückte.

Das musste Charlotte Gaiser sein, die Frau, mit der Tauber vor zwanzig Jahren durchgebrannt war. Vielleicht, wahrscheinlich sogar, war sie damals eine attraktive Frau gewesen. Aber die vergangenen zwanzig Jahre hatten es nicht gut mit ihr gemeint. Sie war ziemlich abgemagert, hatte eine fleckige Haut und strähnige Haare, die ohne jegliche Kontur waren. Sie hingen einfach von der Kopfhaut herunter, weil die Schwerkraft nichts anderes zuließ. Verhärmt war der Ausdruck, der Stammler spontan einfiel, als er sie entdeckte. Er wusste, wie alt sie ungefähr sein musste. Ohne dieses Wissen hätte er ihr zehn, fünfzehn Jahre mehr gegeben.

»Sind Sie die Polizischten?«

Sie musterte die beiden und steckte sich gleich eine neue Zigarette an. Beide Fenster in dem Raum waren weit geöffnet, sodass der Rauch abziehen konnte. Wenn die beiden immer so rauchten, musste man im Winter bei geschlossenen Fenstern wohl mit einem Nachtsichtgerät durch den Raum gehen, um sich gegenseitig zu erkennen. Stammler stellte sie beide vor und sah die Frau dann fragend an.

»Dort, auf den Sesseln, können Sie Platz nehmen. Wollen Sie etwas trinken?«

Stammler und Berger schüttelten beide den Kopf. Dann ließen sie sich in die tiefen Sessel fallen, während Karl Gaiser stehen blieb und in den Fernseher schaute.

»Warum sind Sie eigentlich hergekommen?«, fragte die Frau, »ich habe das am Telefon, ehrlich gesagt, nicht so richtig kapiert.«

»Ah«, sagte ihr Mann, »send mir jetzt beim Hochdeutsch.«

»Im Gegensatz zu dir kann ich das wenigstens.«

Der Mann winkte bloß ab und widmete sich weiterhin dem TV-Programm. Berger und Stammler schauten sich gegenseitig an, dann zuckten sie mit den Schultern. Das hatten sie sich wohl anders vorgestellt.

»Um auf Ihre Frage zurückzukommen«, begann Stammler, »es geht um Tauber. Um Wolfgang Tauber. Sie erinnern sich doch an Wolfi?«

»Wolfi«, bellte der Mann, dabei noch immer unentwegt auf den Bildschirm starrend, »wer sagt denn Wolfi zu dem Arsch?«

»Das war der Spitzname unter seinen Kumpels.«

Jetzt wandte Karls Gaiser sich den anderen zu. Die Sendung war zu Ende und er drückte auf den Ton-Aus-Knopf an der Fernbedienung. Die Bilder wanderten noch immer über den Bildschirm.

»Tauber hatte keine Kumpels. Damals nicht und später auch nicht. So einer hat keine Freunde, nur Bekannte. Wenn überhaupt. Dafür hatte er Feinde.«

»Hatte?«

Gaiser schwieg. Er schaute zu seiner Frau hin, aber die sah gelangweilt dem Rauch ihrer Zigarette nach. Gaisers Kopf lief hochrot an. Mit seinen gelben Nikotinfingern drückte er seine längst ausgerauchte Zigarette in den Aschenbecher.

»Na ja«, beschloss er dann, sich dem weiteren Gespräch zu stellen, »er ist ja tot, wie man so hört. Irgendwie erschlagen worden oder so.«

»Ach, und woher wissen Sie das? Aus der Zeitung?«

»Genau«, sprang Gaiser auf Bergers Vorschlag auf, »es kam ja in der Zeitung, die Sache mit den erschlagenen Pennern. Würde mich nicht wundern, wenn Tauber den einen um die Ecke gebracht hätte.«

Berger lächelte.

»Schwierig, schwierig«, sagte sie dann, »er war der erste Tote. Posthumen Mord untersuchen wir normalerweise nicht. Und Namen erschienen auch keine in der Presse, soweit ich mich erinnern kann.«

Gaiser gab auf.

»Ach, scheiß drauf«, grummelte er, »der Böse hot mi angrufen und es mir erzählt. Isch ja auch nicht weiters schlimm, oder? Irgendwann erfährt es sowieso jeder.«

»Na, dann sind Sie ja Ihren Erzfeind endlich los.«

Charlotte Gaiser lachte leise vor sich hin.

»Erzfeind? Der Tauber? Meinem Mann war der doch egal. Der Erzfeind von dem bin doch ich. Seit zwanzig Jahren oder so. Mich sähe der lieber tot, als den Wolfgang. Aber einmal zurückgenommen, wird er mich jetzt nicht mehr los, der Arme.«

»Ach, halt doch dei Gosch. Wenn I will, dann schmeiß ich dich heut noch naus. Ich will des bloß net, man isch jo kein Unmensch.«

»Doch, genau das bist du. Und das weiß auch jeder.«

»Ach, schwätz doch net, sauf lieber wieder, dann halt ich dich besser aus.«

Stammler unterbrach den Streit.

»Sagen Sie mal, Herr Gaiser, wann haben Sie den Tauber denn das letzte Mal gesehen? Sie wussten doch, dass er zurück ist in Tübingen, oder?«

Gaiser schien verwirrt.

»Noi, nichts han ich gwusst. Erst als der Böse gesagt hat, Tauber sei jetzt tot, habe ich das erfahren. Ehrlich. Ond selbst wenn – des wär mir doch egal gewesen. Ich hab nichts mehr mit dem, des isch scho lang vorbei. Ich hätt net mol mehr gwusst, wie der heut aussieht. Nach der langen Zeit.«

»Er hat sich also nie bei Ihnen gemeldet?«

Gaiser schüttelte den Kopf.

»Warum au? Der hatte doch Angst, dass ich ihm den Kopf abreiße.«

»Und? Haben Sie es gemacht?«

»Schwachsinn. Der hat doch seine Strafe gekriegt. Als Penner unter d'r Neckarbrück, wie ich ghört han. Schlimmer geht's nimmer. Do isch Kopf abreiße jo no Gold dagegen. Kann ich jetzt weiterrauche? Was ich sage, stimmt – und fertig.«

Beide Polizisten wandten sich der Frau zu, die inzwischen wieder das Interesse an der Unterhaltung verloren hatte. Sie blätterte in der Fernsehzeitung und schien nichts mehr um sich herum wahrzunehmen. Es auch nicht zu wollen.

»Frau Gaiser, was ist mit Ihnen? Wann hatten Sie den letzten Kontakt zu Tauber?«

Es war, als erwachte sie aus einem tiefen Traum.«

»Was ist? Was haben Sie gefragt?«

»Kannsch du net zuhöre, oder was«, mischte sich der Mann wieder ein. »Wann hoscht du den Tauber zuletzt gesehen?«

»Eigentlich habe ich das nicht gefragt«, unterbrach Berger ihn, »ich sprach von dem letzten Kontakt. Vielleicht haben sie sich ja Briefe geschrieben.«

»Liebesbriefe«, warf Gaiser ein, und lachte ein gehässiges Lachen dazu.

Die Frau warf die Zeitschrift nach Gaiser, doch der wehrte sie mit dem Arm lässig ab. Dann lachte er ein weiteres Mal.

»Wissen Sie«, sagte die Frau tonlos, »so geht das seit ewigen Zeiten. Ich hätte niemals zurückkommen dürfen. Aber blöd, wie ich war, dachte ich damals, er würde sich freuen, mich wieder bei sich zu haben. Aber er hat das als Strafe gesehen. Immer wenn er mich anschaut, sieht er Tauber, und dann rastet er aus.«

»Freuen? Warum sollte ich mich freuen? Du bisch doch bloß wegen dem Balg zurückgekommen. Hosch dacht, ich zieh des Balg mit dem durch und gut isch. Aber ich bin doch nicht blöde.«

Stammler und Berger warfen sich überraschte Blicke zu.

»Was für ein Balg denn?«, fragte Stammler.

»Hättest du nicht den Mund halten können«, giftete die Frau Karl Gaiser an, »es muss ja nicht jeder alles wissen. Jetzt hast du den Salat.«

»Wieso? Wir haben doch nichts Verbotenes getan. Des isch doch bloß dein schlechtes Gewissen. Hättest dir halt nix anhängen lassen dürfen von deinem Fußballer. Aber was soll von einen Bayern-München-Fan schon guats rauskommen?«

»Stopp.«

Kommissarin Berger stellte sich zwischen die beiden Streithansel und streckte die Arme aus. Manchmal, das wusste sie, war es gut, bei Verdächtigen oder Zeugen mal die Zügel locker zu lassen. Oft erfuhr man dabei Dinge, die diese verbergen wollten. Wie hier gerade eben. Aber jetzt wurde dieser Rosenkrieg ihr zu viel.

»Jetzt mal der Reihe nach, wenn ich bitten darf.«

Gaiser brummte vor sich hin, ließ sich dann aber auf die Couch fallen und steckte sich eine Zigarette an. Charlotte Gaiser starrte vor sich hin.

»Also, was war mit dem Kind? Frau Gaiser?«

Die Frau saß da und schwieg. Es machte den Eindruck, als sei sie in ihre eigene Welt gereist, von der aus es keine Verbindung zu anderen Menschen gab. Sie saß einfach bloß da und stierte auf den Boden. Aber dort war nichts, bloß ein abgeschabter Teppich, der schon bessere Zeiten gesehen hatte. Der Mann kümmerte sich nicht weiter darum, er schien das zu kennen. Gaiser guckte sich das Fernsehprogramm ohne Ton an.

»Frau Gaiser?«

Berger verlor die Geduld. Sie konnten doch nicht stundenlang hier stehen und warten, bis sich die Starre der Frau löste. Die Kommissarin stieß die Frau leicht an die Schulter. Sie schwankte wie ein Pendel hin und her, bis sie wieder kerzengerade da saß und schwieg, als sei nichts passiert.

Berger schaute Stammler an. Der hob nur hilflos die Schultern.

»Haut ihr oifach oine nei«, meldete sich der Ehemann, »des wirkt emmer. Manchmal driftet die halt ab, des isch scho lang so. Des gibt sich wieder. Seitdem sie aufghört hot mit dem Saufen, passiert ihr halt die Sache.«

Berger holte aus, und hieb der Frau auf den Rücken. Sie kippte vornüber, aber Berger fing ihren Oberkörper ab, ehe er auf dem Tisch aufschlug. Sie drückte den Körper nach hinten an die Lehne der Couch. Charlotte Gaiser atmete heftig, beruhigte sich dann zusehends und mit klarem Blick schaute sie dann die Kommissarin an.

»Ich hab Sie schon verstanden«, sagte sie klar und deutlich, »Sie haben nach dem Kind gefragt. Nach meinem Kind. Nach unserem Kind. Aber nicht das, von dem da«, sagte sie plötzlich aggressiv, und zeigte mit dem Finger auf Karl Gaiser, »sondern das von dem Tauber. Und von mir, natürlich.«

»Wie war das denn?«, fragte Berger behutsam, »Sie waren schwanger und kamen dann zurück zu Ihrem Ehemann hier. War das so? Und was passierte dann?«

Die Frau nickte langsam.

»Das Schwein Tauber hatte mich sitzen lassen. Das Geld war alle, alles Geld, das wir mitgenommen hatten, war weg. Verprasst. Wir wollten es schön haben, denn nicht schön konnten wir es auch zu Hause haben. Ich hatte schon bald das Gefühl, dass Tauber es bereut hat, mit mir durchgebrannt zu sein. Als ich ihm dann auch noch sagte, dass ich schwanger sei, ist er völlig ausgeflippt. Ausgeflippt – sagt man das heutzutage überhaupt noch? Na, egal, jedenfalls war das das Ende. Frau hinterm Herd und verkackte Kinder könne er auch in Tübingen haben, deshalb müsse er nicht extra nach Spanien reisen.«

»Spanien? Sie waren in Spanien?«

Die Frau nickte langsam, so, als rufe sie gerade eine Erinnerung hervor, die sie nicht stören wollte.

»Roquetas de Mar. Almeria. Andalusien, weit im Süden und immer heiß. Schwierig für Mitteleuropäer. Die Sprache sowieso. Tauber dachte, er könnte auf die Häuser der Deutschen aufpassen, solange die im Winter in Deutschland sind. Sie pflegen und so. Hausmeister machen halt. Und dann ein Restaurant eröffnen, das war der Traum. Er dachte, ich wäre eine Abenteuerin wie er. Aber das bin ich nicht, ich war das nie. Ich wollte meinen Mann und meine Familie. Wenn dann auch noch das Wetter schön ist – umso besser. Aber wissen Sie was? Das Wetter war dort jeden Tag so schön, so sonnig, dass ich es zum Schluss gehasst habe. Jeder Tag ist irgendwie gleich dort. Die haben nicht mal richtige Jahreszeiten im Süden. Das war nichts für mich.«

»Und das Kind?«

»Ja, das Kind.«

Charlotte Gaiser überlegte eine Weile.

»Ich soll es wegmachen lassen, hat Tauber gesagt. Entweder er oder das Kind. Da habe ich meine Sachen gepackt und bin zurück nach Deutschland. Nach Tübingen. Ich glaube, wir waren beide erleichtert, als ich im Flugzeug saß. Dann kam ich wieder zu Karl. Der hat mich aufgenommen.«

»Genau, aufgenommen«, tönte es von der Couch. Karl Gaiser hatte aufmerksam zugehört, so, als hörte er die Geschichte selbst das erste Mal. »Wie einen Flüchtling mit dickem Bauch. So war ich, ein netter Kerl, der sei Alte zrückgnomme hot, nachdem sie mit nem anderen abghaue isch. Ich Depp.«

Die Frau lächelte versonnen vor sich hin.

»Ich hab ihm gleich Bescheid gesagt, dem Karl, dass ich ein Kind krieg. Das sei ihm egal, hat er gesagt, Hauptsache ich wäre wieder bei ihm.«

»Ich soll das gesagt haben«, tönte es wieder von der Couch, »das weiß ich gar nicht mehr. Dann nemm ich des jetzt zurück. Offiziell.«

Obwohl er sich so offensichtlich dem Fernsehprogramm widmete, verpasste Gaiser nichts von dem Gespräch mit seiner Frau.

»Ja, und dann kam das Kind. Wir haben das verheimlicht, zunächst. Ich habe gesagt, ich gehe zu meiner Schwester nach Freiburg. Ich hab meinem Mann nicht getraut, weil, je näher der Termin rückte, desto merkwürdiger wurde er. Als das Kind dann da war, hat der Karl gesponnen. Er hat wie wild in der Klinik getobt. Er war halt auch ein wenig betrunken. Und er hat immer gerufen, dass er das Balg nicht will, weil er da immer dem Tauber sein Gesicht sehen würde. Bis zum Rest seines Lebens. Und das ginge nicht, da bringe er das Kind lieber um.«

Charlotte schwieg. Sogar Karl Gaiser hielt den Mund und starrte auf den Boden.

»Als die Leute im Krankenhaus das mitbekamen, wollten sie mit mir reden. Von wegen Adoption, oder Frauenhaus oder alleine wohnen und meinen Mann verlassen. Noch mal und für immer, aber dann mit Kind. Aber das alles wollte ich nicht.«

Sie machte eine Pause und senkte den Kopf in den Schoß, als wolle sie gleich beginnen zu weinen. Aber sie atmete nur tief durch, um sich zu beruhigen. Man merkte deutlich, dass sie diese Geschichte noch niemandem in ihrem Leben erzählt hatte. Sie suchte häufig nach den richtigen Worten, wollte etwas genau beschreiben, und musste sich doch erst noch daran erinnern.

»Ich wusste nicht, was ich tun sollte«, fuhr sie dann fort, »aber dann, irgendwie, ich weiß nicht ... wie ... eine Fügung ... oder so etwas ... ich wusste plötzlich, was ich tun musste. Also schnappte ich das Kind und fuhr zur Frau vom Wolfgang Tauber. Die hatte ja schon ein Kind mit ihm. Und der habe ich das Kind auf den Tisch gelegt und gesagt, sie solle es nehmen. Einfach behalten. Dann habe sie zwei Kinder, und keiner fragte nach, wie es dazu gekommen sei. Sie könne ja erst mal ein, zwei Monate mit dem Kind wegfahren, an die Nordsee oder in den Schwarzwald, egal wohin, und dann mit dem zweiten Kind zurückkommen. Das habe sie dann halt dort gekriegt, soll sie allen anderen sagen. Die Reise, habe ich gesagt, die bezahlen wir.«

»Ich habe sie bezahlt«, meldete sich jetzt Gaiser wieder, »aber das war es mir wert, wenn bloß das Kind aus meinem Haushalt kommt. Und die dumme Kuh von dem Wolfi hat zugestimmt. Ich habe ihr auch noch Geld versprochen für die Zeit danach, und a Weile han ich ihr au was überwiese.«

»Hat sie das Kind denn nicht adoptiert?«, fragte Berger.

»Adoptiert«, fragte Karl Gaiser, »zu was denn, es war doch ihres. Sie hot älle gsagt, sie hätt es gekriegt, also gibt's do nichts zu adoptieren.«

»Doch, das hat sie«, warf da Charlotte Gaiser ein, »ich habe das meinem Mann nur nicht gesagt, weil ich nicht wollte, dass er gleich mit den Zahlungen aufhört. Das war gar nicht so einfach, das mit der Adoption, weil sie ja keinen Mann hatte. Keinen im Haus zumindest. Aber sie war ja noch mit Wolfgang verheiratet, und sie hat dem Jungendamt damals versichert, dass ihr Mann ganz sicher wieder zu ihr zurückkäme. Dann haben sie irgendwann zugestimmt.«

Berger und Stammler schauten sich an. Charlotte Gaiser schien mit ihrer Erzählung am Ende zu sein.

»Und jetzt lebt die Tochter, es ist doch die Tochter, die jüngste im Haus, oder, jetzt lebt sie also seitdem dort? Weiß sie denn Bescheid darüber, wer ihre richtige Mutter ist?«

»Also ihre biologische Mutter«, korrigierte Stammler.

Die Frau schaute fragend ihren Mann an. Aber der wandte sich ab und widmete sich wieder dem Fernseher. Für ihn war der Fall wohl abgeschlossen.

»Ich glaube schon«, meinte sie schließlich, »aber ich bin mir nicht ganz sicher. Am Telefon neulich hat sie nichts gesagt.«

»Am Telefon? Sie haben mit ihr telefoniert?«

Die Kommissarin wurde ganz aufgeregt.

»Ja«, nickte Charlotte Gaiser, »sie hat mich angerufen und wollte irgendwas wissen. Wegen Wolfgang. Ich habe sie bloß gefragt, wie es denn dem Kind gehe. Sie hat mich andauernd angeschrien, das sei kein Kind mehr, sondern eine Frau. Dann war das Thema für sie erledigt. Dann hat sie was wegen Wolfgang gefragt, aber mein Mann hat mir den Hörer weggenommen und aufgelegt.«

»Na und, das ist doch wohl klar«, meldete sich Gaiser, »mit der Familie will ich nichts zu tun haben. Die wollten doch sowieso bloß Geld, was denn sonscht? Ond Geld gibt's bei mir koins mehr, des isch jo wohl klar.«

»Genau«, meinte Berger, »sie hat ja bloß das Kind ihrer Frau aufgezogen.«

»Goht Sie des was an, Frau Kommissarin? Weil, auf Ihr Meinung leg i koin Wert, damit des mal klar isch.«

Augen rollend drehte die Polizistin sich zu Charlotte Gaiser hin. Die schaute sie bloß traurig an. Mit so was muss ich jeden Tag leben, schien der Blick zu bedeuten.

»Was wollte sie denn wissen wegen Tauber?«

»Ich weiß es nicht genau, mein Mann hat mir ja den Hörer weggenommen. Ich glaube, sie sagte etwas von einer Tante, die ihn sucht. Das war es aber auch schon. Wahrscheinlich wollte sie bloß herausfinden, ob ich weiß, wo Tauber sich befindet.«

Monika Berger setzte sich auf die Couch neben die Frau. Sie legte ihr einen Arm um die Schulter. Gerade wollte sie eine Zigarette anzünden, doch dann ließ sie den Arm sinken und legte das Feuerzeug auf den Tisch.

»Und – wussten Sie, wo Tauber war?«

Karl Gaiser bekam einen langen Hals und noch längere Ohren. Selbst den Fernseher vergaß er für einen Moment und sogar die Zigarette fand ihr Ende im Aschenbecher. Charlotte Gaiser nickte. Die anderen warteten gespannt, dass sie anfing zu sprechen. Aber für eine Weile saß die Frau bloß da und ließ sich von Bergers Arm halten.

»Jetzt schwätz endlich«, hielt es dann der Ehemann nicht mehr aus, »i will wissen, was du mir verheimlicht hosch. Des isch ja unglaublich. Los, verzähl, jetzt wird's aber Zeit.«

Die Frau schien sich einen Ruck zu geben.

»Der Wolfi, also der Tauber, hat hier mal angerufen.«

»Was hot der?«

Karl Gaiser hatte sich aus der Couch hochgestemmt und war einen Schritt auf seine Frau zugekommen.

»Was hot der von dir wella? Von uns? Wollte der Geld? Odr was? Oder vielleicht ebbes ganz anders? Jetzt verzähl endlich.«

»Der wollte gar nichts von mir, der wollte wissen, was mit dem Kind von damals passiert ist. Er wusste ja nicht einmal, dass ich es weggegeben habe, er meinte natürlich, das Kind wohne bei uns. Ja, und da habe ich ihm gesagt, dass es nicht so ist. Da hat er erst mal geschluckt. Ich habe ihm gesagt, dass wir es zur Adoption freigaben. Da hat er noch mal geschluckt. Und dann hat er mich eine Schlampe genannt. Ich glaube, er war betrunken. Ich habe mit ihm gestritten, und irgendwann ist mir rausgerutscht, dass das Kind bei seiner Ehefrau lebt. Und da hat er ein letztes Mal geschluckt. Schade, dass ich sein dummes Gesicht dabei nicht sehen konnte.«

»Wann war das denn«, fragte Stammler die Frau.

»Ich weiß nicht genau, vor vielleicht drei, vier Wochen.«

»Und danach?«

»Nichts.«

»Was, nichts«, wollte nun auch der Ehemann wissen. »Kam der auch mal her, oder bisch du zu ihm oder was?«

Charlotte Gaiser winkte bloß müde ab.

»Ich weiß inzwischen nicht mehr, warum ich mir das antue, das mit dem Kerl da drüben, der in einem Fußball-Trikot rumläuft wie ein Volldepp. Aber das Los muss ich tragen, bin ja selbst schuld. Aber dass ich für diese eine kleine Vergnügung im Leben derart bezahlen muss, ist eigentlich nicht gerecht.«

Gaiser wollte gerade etwas sagen, aber Stammler sah ihn streng an, hielt den Zeigefinger an die Lippen und signalisierte ihm, es wäre jetzt besser, wenn er den Mund hielte. Auf einmal wirkte der Mann im VfB-Trikot müde. Er ließ sich schlapp in den Sessel vor dem Fernseher fallen und fingerte nach seiner Zigarettenpackung.

»Dabei war ja auch die Zeit mit Tauber nicht schön, zumindest nicht am Schluss. Wofür büße ich dann eigentlich?«

Mit einem Handwischer vertrieb sie die Gedanken an ihr eigenes Schicksal und setzte sich aufrecht hin, wirkte auf einmal entschlossen und kraftvoll. Vielleicht war das ein Abbild der Charlotte Gaiser vor zwanzig Jahren, überlegte Berger, die noch immer neben ihr auf der Couch saß. Eine Frau mit Mut, die etwas riskierte, die sich Widerständen stellte und vielleicht auch ein wenig frivol war.

Davon war nichts übrig.

»Ein Detektiv war mal da«, kam es von Karls Gaisers Seite. »Der hot mich mal gefragt, wo der Tauber sei. Ausgerechnet mi frogt der, der Spenner. Aber i han des sowieso net gwusst, wo der sich romtreibt. Woher au? Der Typ hot gsagt, dass die Tante ihn suchen lässt, wegen einer Familiengeschichte.«

»Haben Sie ihm was von dem Kind, von der Adoption erzählt?«

Gaiser tippte sich ein paar Mal an die Stirn.

»Send Sie wahnsinnig? Was geht denn diesen Blödmann das an? Des isch ganz allein onser Sach, meine ond die meiner Frau.«

»Und natürlich noch die des Kindes und der Frau Taubers. Nur der Vollständigkeit halber, Herr Gaiser.«

Zur Überraschung Bergers nickte Gaiser zustimmend.

»Kannten Sie denn diese Tante«, fragte Stammler, »wissen Sie, warum die den Tauber suchen ließ?«

Beide Gaisers schüttelten den Kopf.

»Mit der Familie hatte ich nie was zu tun«, meinte Charlotte, »wie auch, wir waren ja gleich weg, als es zwischen uns funkte. Und danach haben wir uns nicht mehr gesehen.«

»Des wär auch noch schöner«, protestierte Gaiser, »zwoimol Hörner aufgsetzt, des wär auch für mich zu viel gwesa.«

Charlotte Gaiser erhob sich und ging zu einem Sekretär, der in der Ecke des Wohnzimmers stand. Sie zog die mittlere Schublade heraus und kramte eine Weile darin. Dann kam sie mit einer Fotografie zu den beiden Kommissaren zurück. Sie hielt ihnen das Foto hin.

»Hier«, sagte sie, »schauen Sie mal, das waren die Kleine und ich gleich nach der Geburt. Eine Hebamme hat es aufgenommen. Sie hatte Mitleid, weil ich alleine im Krankenhaus war, und nicht mal mein Mann auf mich wartete.«

»Ich hatte Nachtschicht beim Daimler«, protestierte Gaiser, »da fehlt man nicht so einfach, nicht beim Daimler. Ond ich hätt doch sowieso nichts helfe könne.«

»Das ist das einzige Foto, das ich habe.«

»Haben Sie das Kind nicht mal später gesehen? Als es schon älter war? Ich meine, Tübingen ist nicht Bombay, da läuft man sich schon mal über den Weg.«

Charlotte schüttelte den Kopf.

»Nein, nie, und wenn ich sie heute sähe, selbst wenn ich über sie stolperte, würde ich sie ja gar nicht erkennen. Wie auch, das alles ist ja zwanzig Jahre her.«

Berger überlegte. Sie versuchte, Ordnung in all das zu bringen, was die Gaisers ihnen erzählt hatten. Sie war, trotz der vielen Jahre, die sie inzwischen im Polizeidienst verbracht hatte, immer noch erstaunt darüber, was sich hinter den harmlosen Mauern von Häusern und Wohnungen für Lebensgeschichten abspielten. Menschen wie sie oder Stammler, befand sie, brauchten keinen Fernseher mehr, in denen Dokusoaps gefakte Familiendramen mehr schlecht als recht servierten.

»Sie sagen also«, wandte sie sich noch mal an Charlotte Gaiser, »dass Tauber wusste, dass seine Tochter bei seiner Ehefrau lebt. Hat er gesagt, was er unternehmen will?«

Nach kurzem Nachdenken schüttelte diese den Kopf.

»Hat er nicht gedroht, seine Tochter aufzusuchen?«

»Nein«, wehrte die Frau ab, »warum sollte er auch? Er hat ja noch ein Kind, das wollte er auch nie sehen, und von dessen Existenz wusste er ja. Warum sollte er jetzt seine Tochter plötzlich sehen wollen?«

»Na, immerhin hat er Sie nach ihr gefragt.«

Charlotte wog den Kopf hin und her.

»Stimmt«, sagte sie dann, »das ist schon merkwürdig. Aber möglicherweise war er auch bloß neugierig. Wer weiß schon, was in seinem Kopf vorging. Vielleicht wollte er auch bloß Geld von mir und nahm die Tochter als Vorwand.«

»Hat er nach Geld gefragt?«

»Nein«, musste Charlotte eingestehen.

»Und Taubers Frau, hat sie sich jemals bei Ihnen gemeldet? Ich meine, nachdem sie wissen wollte, wo Tauber sich aufhält?«

»Nein, das war das einzige Mal, dass sie hier anrief.«

»Gilt das auch für Sie«, fragte Stammler Karl Gaiser, der inzwischen wieder heftig rauchte. Dem schien es gar nicht recht zu sein, plötzlich wieder mitreden zu müssen.

»I sag jetzt gar nichts mehr, das isch mir alles zu blöd. Und lassen Se meine Frau in Ruh jetzt, die alten Kamellen will doch koiner mehr hören.«

»Wie war die Frage noch mal, die ich Ihnen gestellt habe?«

»Also guat: Noi, bei mir war keiner mehr von der Sippschaft. Ond ich will die auch nie mehr sehen.«

»Na also, geht doch.«

Stammler schaute zu Berger, die ihm mit zunickte. Beide standen auf und machten sich bereit zum Gehen. Auch Gaiser erhob sich langsam aus seinem bequemen Fernsehsessel und machte Anstalten, die Polizisten hinauszubegleiten.

»Es war nett, sich mit Ihnen über die alten Zeiten zu unterhalten«, sagte Charlotte leise. »Schade, wenn ich Ihnen nicht weiterhelfen konnte. Ich hoffe, Sie kriegen den, der das alles verbrochen hat, das mit den toten Männern.«

Berger nickte ihr stumm zu, dann marschierten sie alle Richtung Ausgang. Gaiser hielt ihnen die Tür auf und ließ die beiden vorbeigehen. Als Berger und Stammler draußen im Treppenhaus standen, drehte dieser sich noch einmal um.

»Wie hat der VfB noch mal im Pokalfinale gegen Bayern München gespielt? Ich habe das irgendwie vergessen. Können Sie mir da weiterhelfen?«

»Arsch«, sagte Gaiser und schlug die Tür zu.

Langsam stiegen die beiden die Treppen hinab und gingen zum Wagen. Berger setzte sich hinter das Steuer.

»Wohin?«, fragte sie.

»Erst mal nach Hause, umziehen. Ich habe ja noch meinen Termin bei den Berbern. Und du triffst dich doch nachher mit dem Chef bei Jäckie.«

Berger nickte.

»Den Alkohol brauche ich jetzt auch nach dem Auftritt eben.«

»Ob das helfen wird?«

»Das hängt von der Menge ab.«

Berger gab Gas und fuhr los.

Kommissar Gerd Stammler machte sich auf den Weg zum Anlagensee. Das Auto stellte er im Zinser-Parkhaus ab. Die Dunkelheit brach inzwischen immer früher herein. Er machte noch einen kleinen Ausflug über die Neckarbrücke, blieb stehen, sah von oben herab auf die Stocherkähne, die noch immer unterwegs waren. Manche hatten Kerzen, andere kleine Laternen an Bug und Heck aufgestellt.

Stammler kaufte sich einen Döner bei »Kalender«, dem türkischen Schnellimbiss, und aß ihn, während er langsam Richtung Anlagensee spazierte. Er hatte genügend Zeit, die Berber würden ihm schon nicht davonlaufen. Auf der Neckarbrücke ging er die Treppen in die Platanenallee hinab. Es war kühl dort, kaum dass Schatten durch die dichten, hochgewachsenen Platanen drang. Ein paar Hundert Jahre sollen sie alt sein, glaubte Stammler sich an einen Zeitungsartikel darüber zu erinnern. Er setzte sich auf eine Bank, die ihm Ausblick gab auf die Neckarmauer gegenüber, die zum Hölderlinturm führte.

Na gut, dachte Stammler, und seufzte imaginär, ich habe die Sache mit Familie und ruhigem Leben vermasselt. Dem muss ich mich jetzt wohl stellen. Er erinnerte sich nur noch vage daran, wie er seine Frau vor fast zwölf Jahren kennengelernt hatte. Wenn sie die Richtige gewesen wäre, würde ich mich auch noch daran erinnern, überlegte er, so was vergisst man eigentlich nicht. Der Gedanke daran, dass er eine Ehe mit einer Frau geführt hatte, die eigentlich die falsche war, und dass er das dann in den Sand gesetzt hatte, beruhigte ihn ein wenig. Immerhin, so seine Überlegung, wäre es früher oder später ohnehin so weit gekommen. Es war nicht die Tatsache, dass die Ehe sich aufgelöst hatte, was ihn beunruhigte. Es war das Ende, das, wodurch es aufgehört hatte, was ihn ängstigte.

Er hatte eine Frau, sogar die eigene, geschlagen. Es war lange her, aber er hatte es getan, das stand fest. Egal, ob es gestern oder vor einem Jahr passiert war. Und daran erinnerte er sich deutlich besser, als an das Kennenlernen. Ja, er hatte seine Frau im Lauf der Jahre fürchten gelernt. Früh hatte er damit begonnen, ihr alle Entscheidungen zu überlassen. Erst im Haushalt, dann traf sie sie für alles und jedes, die Familie wurde zum Konstrukt seiner Frau. Ihr Gebilde. Und er hatte es zugelassen.

An jenem Tag hatte er mit seiner Frau gestritten.

Nein, nicht gestritten, überlegte er, er hatte ihr nur gesagt, er sei nicht ihrer Meinung. Daraufhin hatte sie angefangen ihn zu beschimpfen. Sie war nicht gewohnt, dass er widersprach, aber an dem Tag war er bereit dazu. Ohne sich groß Gedanken darüber zu machen, also kein Akt offener Auflehnung. Sie wusste nicht, wie sie reagieren sollte, weil er nie widersprach. Also beschimpfte sie ihn. Sie kannte seine wunden Punkte, klar, nach zwölf Jahren. Also hackte sie auf seinem Job herum. Er habe es zu nichts gebracht, ohne ihren Nebenjob, könnten sie sich nichts leisten, und das bei zwei Kindern. Er habe die Familie auf dem Gewissen. Da schlug er sie. Nicht heftig, aber ins Gesicht.

Als er jetzt daran dachte, fröstelte ihn. Noch während er damals zuschlug, war er entsetzt über sich selbst gewesen. Aber er konnte den Schlag nicht mehr bremsen. Und er wollte ihn auch nicht bremsen. Gleichzeitig aber wurde ihm auch klar – und wurde ihm noch klarer in den Tagen danach – dass der Schlag ihm selbst gegolten hatte.

Im Grunde mochte Stammler diese Vulgärpsychologie nicht, die er hier betrieb. Dennoch war ihm klar geworden – so viel Psychologie musste sein –, dass es lange in ihm gesteckt hatte, diese Selbstaufgabe, dieses Sichfügen, diese Resignation abzulegen.

Er hatte nur nicht gewusst, wie ihm das gelingen sollte. Es war schlimm gewesen für die ganze Familie, die Tage danach. Er erinnerte sich noch, dass er einen Tag später vor seiner Frau gekniet und sie um Verzeihung gebeten hatte.

Sie hatte bloß den Kopf geschüttelt. Und da wusste er, dass sie es ihm eines Tages zurückzahlen würde. So war sie eben. Und als der Zeitpunkt gekommen war, ihn in die Knie zu zwingen, kramte sie diese Geschichte wieder heraus. Aber okay, er musste fair bleiben. Es war ihr Recht, mit diesem Vorfall umzugehen, wie sie wollte. Sie war das Opfer, er der Täter.

Das musste man einem Polizisten nicht erzählen.

Stammler zerknüllte das Papier der Dönerverpackung und warf es in den Mülleimer neben sich. Dann stand er auf und ging die Platanenallee in westliche Richtung hinunter. Nach zweihundert Metern ging er über die geschwungene Brücke, die über den Neckarkanal führte, und kam in der Uhlandstraße heraus. Von da marschierte er zum östlichen Ende des Anlagensees.

Dort, im Schein einer Laterne, hatte sich eine Gruppe mit Obdachlosen versammelt. Ihr Stammplatz, wenn sie sich nicht gerade vor dem Supermarkt bei der Unterführung vor dem Epplehaus trafen, um dort mit ihren Bierflaschen anzustoßen.

Stammler stellte sich einfach dazu und lehnte sich gegen den Baum, um den die Männer und Frauen sich versammelt hatten. Mit seinem obligatorischen Dreitagebart, den Jeans und dem T-Shirt unter seiner alten, dünnen Lederjacke unterschied er sich nicht wesentlich von den Stammgästen hier. Eine Weile stand er ruhig da, dann schnappte er auf, dass sie verhandelten, wer als nächster dran war, eine Ladung Getränke zu besorgen.

»Ich zahle, aber ich hole sie nicht«, sagte er plötzlich, und alle Augen richteten sich auf ihn. Dann kam einer auf ihn zu und streckte ihm die Hand entgegen.

»Kohle«, sagte der Mann.

Es war Sprenger, der bei Löfflers erster Vernehmung den Sprecher gegeben hatte. Und auch jetzt schien er der Wortführer der Gruppe zu sein.

»Wie viel?«

»Für einen Neuen gibt es erst mal den Einstand. Also einen Zwanziger. Sonst lohnt sich der Gang da rüber gar nicht.«

Stammler wühlte in seinen Taschen und zog ein paar Geldscheine hervor, vielleicht vierzig Euro insgesamt. Er zählte fünfundzwanzig Euro davon ab und gab sie Sprenger. Der schnappte sie, gab sie an einen anderen weiter und nickte diesem mit dem Kopf zu. Der machte sich mit dem Geld auf den Weg zum Supermarkt.

»Wie heißt du denn?«, fragte Sprenger.

»Gerd.«

»Und woher kommst du?«

»Na, von hier, von Tübingen.«

»Und was willst du dann hier bei uns?«

»Ist das eine Vernehmung?«

»Ich will bloß wissen, mit wem ich es zu tun habe. Wenn du von hier kommst, dann weißt du auch, dass zwei unserer Kumpels unter unschönen Umständen, nun ja, sozusagen von uns gegangen sind. Da weiß man schon gerne, mit wem man es zu tun hat.«

Stammler nickte.

»Stimmt, ich weiß Bescheid. Also – ich wollte bloß in aller Ruhe ein paar Bier trinken. Und da habe ich euch gesehen und dachte, da muss ich mir kein blödes Geschwätz anhören wie in einer Kneipe. In Gesellschaft trinken, und doch alleine für sich. So in etwa dachte ich mir das.«

»Na also, geht doch. Da bist du hier richtig, und solange du bezahlst, kannst du bleiben, solange du willst. Ich bin der Sprengi, falls du mal quatschen willst. Man weiß ja nie.«

Damit drehte er sich um und ging zu den anderen zurück. Der Kommissar stellte sich zu dem Kreis dazu, hielt sich aber trotzdem im Hintergrund. Ein paar Minuten später kam der Mann, der die Getränke holte, mit zwei Plastiktüten zurück. Er packte den Einkauf vor den anderen aus und stellte die Flaschen auf den Boden. Das Geld hatte für ein paar Pullen Billigwein und drei Sixpacks Bier gereicht. Die Obdachlosen schnappten sich ihre Flaschen. Die Weinpullen hatten Schraubverschlüsse, die Biere öffneten sie mit einem Plastikfeuerzeug. Auch Stammler nahm eine Bierflasche und ließ sich ein Feuerzeug geben. Er mühte sich ein wenig, doch dann gelang es ihm, den Verschluss zu öffnen.

»Ich bin das nicht gewohnt«, sagte er, als er sah, dass ein paar der Berber um ihn herum ihm neugierig dabei zugeschaut hatten.

Er trank einen Schluck. Die anderen interessierten sich bereits nicht mehr für ihn. Sie standen im Kreis zusammen, ein paar hatten Hunde dabei, die sich zu ihren Füßen kuschelten und zu schlafen schienen. Ein Mädchen hatte sich auf den Boden gelegt, den Kopf im Schoß des Hundes, und schnarchte laut und deutlich.

»Ich jedenfalls schlafe nicht mehr alleine«, sagte einer der Männer, »solange der Irre hier rumläuft, ist keiner von uns mehr seines Lebens sicher.«

»Sie wollen uns hier weghaben. Egal wie, und wenn sie einige von uns killen.«

Einige nickten bei den Worten.

»Das ist so was wie der Ku-Klux-Klan.«

»Wie was?«

»Na, so Typen mit Masken, die die Schwarzen in Amerika verbrennen. Und jetzt sind wir hier in Tübingen dran.«

»Amerikaner sind das, meinst du?«

»Quatsch, natürlich nicht. Aber so Leute, die das von denen drüben übernommen haben. Abgeguckt. Und weil es hier so wenige Schwarze gibt, nehmen sie halt uns. Leichte Beute, sozusagen.«

Sprenger tippte sich an den Kopf.

»Du spinnst doch, Ku-Klux-Klan. Das sind einfach Killerkommandos, die uns weghaben wollen. Saubere Straßen für saubere Bürger. Und die Bullen gucken zu. Oder seht ihr hier welche, die kontrollieren? Ich jedenfalls nicht.«

»Ach komm, die Bullen und die Killer, so ein Quatsch.«

Das Mädchen war aufgewacht und mischte sich in die Diskussion ein.

»Ja klar, du kannst gut reden«, ereiferte sich Sprenger, »du schnappst dir einen Stecher, der auf dich aufpasst. Keine Nacht alleine, am besten mit zwei Typen.«

»Eifersüchtig, weil du nicht mehr zum Zug kommst, Großmaul?«

Drohend stand Sprenger vor die noch immer am Boden kauernde Frau hin. Er holte mit dem Fuß aus, und tat so, als wolle er nach ihr treten. Aber er führte den Tritt nicht aus, sondern wendete sich bloß von ihr ab und nahm einen kräftigen Zug aus seiner Weinflasche.

»Vielleicht ist es ja auch bloß Zufall, dass es gerade zwei von euch erwischt hat«, meldete sich Stammler.

Alle Blicke richteten sich auf ihn.

»Zufall«, sagte einer der Männer, und spuckte dabei aus, »Zufall ist das sicher nicht, ich kann ja wohl zwei und zwei zusammenzählen. So ein dummes Geschwätz.«

»Na ja, vielleicht kein Zufall, aber es ist ja möglich, dass etwas ganz anderes hinter der Sache steckt. Vielleicht hatten die beiden einen gemeinsamen Feind, und es hat mit euch übrigen gar nichts zu tun.«

Alle schwiegen, und versuchten die Worte des Kommissars zu deuten. Dann schüttelten ein paar den Kopf.

»Nee, das glaube ich nicht«, sagte dann die Frau, die inzwischen aufgestanden war, »das hätten wir mitgekriegt. Vor allem bei Schnabel, der hatte doch keine Feinde. Der doch nicht, der war doch völlig harmlos. Und ein alter Mann dazu. Krank war er auch, hat er mir selbst erzählt.«

»Ein Spinner war er aber auch«, sagte einer der Männer, der tief gebräunt war und an beiden Unterarmen tätowiert war. Alles nur Frauennamen. Eine Sybille, eine Sibille und eine Sibill waren darunter, soweit Stammler dies erkennen konnte.

»Ihr wisst doch, wie er seinen Baum verteidigt hat. Seinen Platz am Baum, meine ich.«

»Stimmt, da ist er immer völlig ausgerastet, wenn sich da einer bloß angelehnt oder sich hingelegt hat.«

»Wie ein Verliebter«, sagte die Frau, die eben noch heftig mit Sprenger gestritten hatte, ihm jetzt aber die Flasche aus der Hand nahm und einen großen Schluck daraus trank.

»Sogar im Winter hat er nach dem Baum gesehen«, erinnerte sich Sprenger, und zog Frau und Flasche zu sich her. »Als wollte er gucken, dass er nicht erfriert. Oder irgend so ein Scheiß halt.«

»Vielleicht hat Wolfi mal seinen Baum angepinkelt«, warf Stammler ein, um auch mal lustig zu sein, »und dafür hat er ihn dann umgenietet. Wer weiß?«

Sprenger starrte ihn leer an. Dann schien ihm etwas einzufallen.

»Genau«, sagte er leise, mehr zu sich als zu den anderen, »an dem Abend ist er eigentlich gleich nach Wolfi gegangen.«

Er guckte nach den anderen, die ihm zuhörten, aber eigentlich nicht den Anschein machten, als verstünden sie, worüber Sprenger sprach.

»He Leute, wisst ihr das nicht mehr, wir haben noch ein wenig gefeiert, und da hat doch tatsächlich der Schlawiner… Schlawiner, wo bist du? Hast du nicht, oder wer war das noch? Schlawi, du hast doch den Baum angepisst.«

Der Angesprochene nickte heftig, und die anderen lachten, weil sich plötzlich irgendwie alle daran zu erinnern schienen. Oder weil alle lachten.

»Oh Mann«, fuhr Sprenger nach einer Weile fort, »bloß gut, dass man den Wolfi umgebracht hat, und er dir nicht auf die Schliche kam. Der hätte dir geradewegs den Schädel zertrümmert. Aber ganz sicher.«

Stammler zuckte mit den Schultern, dann trank er aus seiner Bierflasche. Er überlegte, ob er sich in die Nesseln setzen sollte. Warum auch nicht, dachte er. Das hier mit dem Schnabel war ihm jetzt zu blöde.

»Vielleicht hatten die beiden ja mit einem von euch Streit. Das kann schnell mal ausarten, und ratzfatz ist was passiert, was man eigentlich gar nicht so wollte. Alles schon da gewesen.«

Eine dunkle Stille senkte sich über den Platz. Man merkte deutlich, dass die Anwesenden erst mal verarbeiten mussten, was Stammler da in die Runde geworfen hatte. Ein paar schüttelten bloß den Kopf, so, als sei Stammlers Vortrag keiner Antwort wert.

»Keine Ahnung, wer du bist«, sagte einer der Männer, ein

junger Typ mit Tattoos auf beiden Oberarmen, »aber es ist wohl besser, du machst dich jetzt vom Acker.«

Ein paar nickten zustimmend.

»Na ja«, sagte Stammler, »man kann ja mal in alle Richtungen denken. Falls ich euch jetzt beleidigt habe, tut mir das leid. Nix für ungut.«

Keiner hatte wohl mehr richtig Lust auf das Thema. Vermutlich hatten sie seit zwei Tagen über nichts anderes geredet. Die meisten schienen inzwischen müde geworden zu sein. Die Hitze des Tages, dann die aufkommende Nachtkühle und vor allem der Bierkonsum den Tag über forderten ihren Tribut. Die Männer und Frauen diskutierten darüber, wo sie schlafen sollten. Zwei oder drei machten sich auf den langen Weg nach Waldhäuser hoch, um dort in einer der Baracken unterzukommen. Die anderen bildeten kleine Gruppen, die gemeinsam einen Schlafplatz suchten. Stammler ging mit der Gruppe um Sprenger, die sich zu einem Gebüsch beim Spielplatz aufmachten. Ganz in der Nähe des Ortes, an dem man Wolfi gefunden hatte. Aber daran schien keiner der drei zu denken.

»Ich gehe auch in die Richtung«, sagte Stammler, als die drei ihn fragend anschauten, »ich wohne nicht weit weg vom Fußgängertunnel.«

Schweigend marschierten sie zu viert am See vorbei, benutzten dabei die Wiese, nicht den schmalen Asphaltweg. Man hörte das Klirren der Flaschen, die Sprenger in einer Plastiktüte mit sich trug. Wenn eine Wolke sich vor den Mond schob, war es zappenduster, nur ein wenig Licht schien vom nahen Hauptbahnhof herüber. Das genügte jedenfalls, um den Weg zum Schlafplatz zu finden. Gegenüber vom Spielplatz stand ein von Büschen umgebener Baum. Dahin gingen die Männer, während der Kommissar stehen blieb und ihnen nachblickte. Als sie hinter den Blättern und Zweigen verschwunden waren, setzte Stammler sich auf eine Wippe des verlassenen Spielplatzes und lauschte den leisen Stimmen der Männer. Auf einmal sah er, dass sich im Gebüsch nebenan etwas bewegte.

Zuerst nahm er es nicht ernst, dachte, der leichte Wind hätte die Zweige bewegt. Doch dann sah er eine dunkle Gestalt, die ein paar Äste beiseiteschob und dann hinter ihnen verschwand.

Der Polizist ließ sich langsam und leise von der Wippe gleiten, ging ein paar Schritte zur Seite und versteckte sich hinter einem kleinen Spielholzhaus. Von da aus spähte er nach der unbekannten Gestalt. Langsam gewöhnten sich seine Augen an die Dunkelheit. Da, wieder bewegten sich Zweige, Äste, Blätter in dem Busch, der sich vielleicht sechs, acht Meter neben dem Schlafplatz befand, den die Berber sich für diese Nacht als Ruheplatz auserkoren hatten.

So sehr Stammler seine Augen auch anstrengte, konnte er nicht erkennen, wie viele Menschen sich in dem Gebüsch aufhielten, geschweige denn, dass er ihre Gesichter sehen konnte.

Er bewegte sich zum Ende des Spielplatzes, in Richtung Wildermuth-Gymnasium. Damit gelangte er in den Rücken derer, die sich in dem Gebüsch versteckten und ganz offensichtlich Pläne mit den Berbern hatten.

Der Kommissar vermied es, sich über die offene Wiese an das Gebüsch heranzutasten. Er schlich sich entlang der Gebüsche und Sträucher, die zwischen der Wiese und dem Zufluss zum Anlagensee aufragten. Er hörte ein leises Husten, eines, das ganz offensichtlich unterdrückt wurde. Der Polizist wartete ruhig ab, lauschte, hörte von Ferne die leicht erkennbaren Stimmen der Berber. Sie lachten, unterbrochen von leisem Stimmgemurmel und dem Klirren von Flaschen, die aneinanderstießen.

Mist, dachte Stammler, die wissen gar nichts von der Bedrohung. Aber war es wirklich eine Bedrohung? Sollte er die Kollegen rufen? War Gefahr im Verzug? Was aber, wenn sich nur ein Liebespaar einem herbstlichen Liebesspiel in der Nähe eines Tatorts hingab? Wirkte das erotisierend auf sie, und im Grunde war alles ganz harmlos? Nun, er war der Bulle, er musste die Entscheidung treffen. Die Richtige, wenn möglich. Okay, überlegte Stammler, ich versuche jetzt, herauszufinden, ob da tatsächlich was im Gange ist. Dann kann ich die Kollegen noch immer rufen. Tübingen ist doch die Stadt der kurzen Wege, da sind die noch immer rechtzeitig hier.

Etwa zehn Meter vor Stammler bewegte sich erneut eine dunkle Gestalt. Es schien so, als halte sie einen Knüppel, eine Keule, vielleicht einen langen Hammer in der Hand. Stammler drückte sich auf den Boden, blieb bewegungslos im nun schon feuchten Gras liegen. Er griff an die Seite, an seinen Hosenbund. Keine Waffe. Nicht, dass er sich gewundert hätte, er nahm sie ohnehin fast nie mit, und heute Abend, zu den Berbern, erst recht nicht. Dann hätte er ja gleich seinen Polizeiausweis auf die Stirn tätowieren lassen können. Er wartete eine Weile.

Schließlich huschte er vier, fünf Meter Richtung Gebüsch, duckte sich dann hinter einem Busch und atmete noch ein paar Mal tief durch.

Dann sprang er auf, machte ein paar lange Schritte und rannte auf das Gebüsch zu. Er schob die Äste mit beiden Händen auseinander, aber jedes Mal prallten sie wieder zurück, ihm direkt ins Gesicht. Dann stand er im Innern des Dickichts, vor einem Baum, um den herum die ganzen Büsche gewachsen waren. Hier war nichts mehr, nur weicher Boden. Und der Stamm.

Überrascht sah Stammler sich um. Aber bei der Dunkelheit konnte er wenig erkennen. Den Baumstamm, ein paar dünne Lichtstrahlen von außen, das war alles.

Auf einmal spürte er einen heftigen Aufprall, etwas schlug gegen seine Brust. Er taumelte, stolperte, stieß gegen den harten Baumstamm und ging in die Knie. Er versuchte, den Kopf zu heben, wollte sehen, was passiert war, woher der Stoß kam, was da plötzlich für Menschen um ihn herum waren. Aber er erhielt einen weiteren Schlag, dieses Mal auf den Rücken, dann einen auf den Hinterkopf. Sein Kopf sank nach vorne und das Gesicht prallte auf den weichen, mit alten Blättern übersäten Boden.

Stammler wurde an den Armen hochgerissen, flach auf den Rücken gelegt, und die Hände hielt man ihm fest. Er öffnete die Augen, schnäuzte einmal heftig, um die feuchte Erde aus den Nasenlöchern zu bekommen und versuchte, sich in der Dunkelheit zu orientieren.

»Haben wir dich, du Schwein«, sagte eine Stimme über ihm. Die Stimme gab ihm einen Tritt in die Seite.

Langsam gewöhnten seine Augen sich an die Dunkelheit. Er sah, dass er von drei Leuten umgeben war. Ein Mann stand über ihm, zwei andere Personen hielten ihn an den Armen auf dem Boden fest. Alle hatten sie Knüppel dabei. Der Mann vor ihm schwenkte ihn in der Hand, die beiden anderen hatten sie neben sich auf den Boden gelegt. Stammler schätzte seine Chancen ein. Dass die Leute keine Profis waren und ganz sicher auch keine Obdachlosenkiller, war ihm gleich klar. Aber was waren sie dann?

Mit einer kurzen Anstrengung hatte er sich losgerissen, beim Hochspringen aus seiner liegenden Stellung hatte er gleich einen der Knüppel geschnappt, mit dem er, als er auf festen Füßen stand, dem Mann vor sich dessen Prügel aus der Hand schlug. Das war alles so schnell passiert, dass die drei Fremden überhaupt nicht reagieren konnten. Sie sprangen zurück, einer stolperte über etwas am Boden, vielleicht eine Wurzel oder einen Stein, und fiel der Länge nach hin. Der Mann, dem Stammler den Prügel aus der Hand geschlagen hatte, hielt sich schützend die Hände vor das Gesicht, dass es aussah, als wolle er gar nicht sehen, was gleich mit ihm passierte. Dazu brabbelte er sinnlose Worte vor sich hin. Die dritte Person, kleiner als die anderen, kreischte laut und fuchtelte mit dem Knüppel in der Luft vor sich, ohne etwas zu treffen. Jetzt erst erkannte der Kommissar, dass es sich dabei um eine Frau handelte.

»Ruhe«, rief Stammler.

Auf einen Schlag erstarb jeglicher Ton in dem Gebüsch. Wie in Eis gegossen standen die drei da, starrten ihn an und hielten den Mund.

»Gut so.«

Stammler sammelte die Knüppel ein und legte sie zur Seite, einen behielt er in der Hand. Die drei beobachteten ihn stumm, wagten noch immer nicht, sich zu bewegen.

»Und was sollte das jetzt«, fragte der Kommissar die drei Unbekannten, »wieso überfallen Sie harmlose Spaziergänger, die mal in den Busch müssen? Machen Sie das jeden Tag, so als eine Art Hobby nach der Arbeit?«

»Quatsch«, fasste der Mann gegenüber von Stammler als erster wieder Mut, »wir sind eine Art Schutztruppe.«

»Ihr seid was?«

»Wir schützen unsere Berber vor den Killern«, erklärte die Frau.

»Oder haben Sie nicht mitbekommen, dass unsere Obdachlosen hingemetzelt werden«, fuhr der Dritte fort, »hingemetzelt von einer rassistischen, asozialen Gruppe, die hier Säuberungsaktionen durchführt?«

»Und überhaupt, was geht Sie das an? Warum sagen wir Ihnen das überhaupt?«

»Weil ich«, und damit zog Stammler seinen Kripoausweis aus der Tasche, »bei der Kripo bin und weil Sie einen Polizisten im Einsatz überfallen haben.«

Die drei sahen sich stumm an.

»Aber das konnten wir doch nicht wissen, so wie Sie um die Berber hier herumgeschlichen sind.«

»Herumgeschlichen seid ihr, nicht ich. Und so was wie eine Bürgerwehr ist zur Auflösung eines solchen Falles auch nicht vorgesehen. Wie demokratisch aufgeklärte Bürger verhalten Sie sich jedenfalls nicht!«

Die drei senkten die Köpfe wie ein paar beim Abschreiben ertappte Schüler.

»Wir haben es ja nur gut gemeint«, sagte die Frau in die Stille.

»Und wie haben Sie sich dieses ›gut gemeint‹ vorgestellt?«

Der Mann, dem Stammler den Knüppel aus der Hand geschlagen hatte, meldete sich.

»Wir wollen nicht, dass unsere Stadt in Verruf gerät mit Übergriffen auf Minderheiten. Hier leben anständige Menschen, liberale, tolerante Bürger, da passt es nicht, dass auf sozialen Minderheiten herumgetrampelt wird.«

»Sie meinen, dass man ihnen den Schädel mit einem Hammer einschlägt?«

»Wenn Sie so wollen – ja.«

»Wir kämpfen gegen den alltäglichen Rassismus. Wir wollen unsere Obdachlosen in der Stadt haben, das gehört zu unserem Selbstverständnis. Tübingen für die Berber.«

»Was haben denn die Obdachlosen mit Rassismus zu tun?«

»So fängt es immer an. Die Geschichte zeigt es.«

»Und mit der Sprache. Mit der beginnt es wahrscheinlich noch früher. Da haben wir aber schon ziemlich erfolgreich gekämpft«, sagte die Frau, und der Stolz in ihrer Stimme war unüberhörbar.

»Ach ja, wie denn?«

Die Frau wurde ganz eifrig.

»Ich sage nur: Schokoladenmarkt.«

Beim Schokoladenmarkt Tübingens handelt es sich um eine jährlich stattfindende mehrtägige Veranstaltung, bei der es, über die gesamte Innenstadt verteilt, alles zum Thema Schokolade gibt. Kunstvolle Entwürfe, die aus Schoko bestehen, und die man essen kann, nicht bloß angucken. Ein süßer Naschmarkt, sozusagen. Der Markt hatte sich inzwischen zu einer Touristen- und Besucherattraktion erster Güte entwickelt. Sozusagen ein Volksfest im Schokoland, so könnte man das Event ganz gut beschreiben.

»Ja, und«, fragte Stammler die Frau, die mit erhobenem Zeigefinger vor ihm stand und ihn mit wissenden Augen betrachtete.

»Ein Händler auf dem Schokoladenmarkt hat doch solche Schokohütchen angeboten, und sie rassistisch …«

»Sie meinen Mohrenköpfe?«

Die Frau schlug entsetzt die Hand vor den Mund. Der Mann daneben gab einen leisen Aufschrei von sich, und der andere

Mann legte erschüttert den Kopf in die Hände. So standen sie eine Weile da, während Stammler dieses Ensemble kompletter Erschütterung staunend betrachtete.

»Also auch Sie«, sagte die Frau schließlich traurig, »auch Sie, die Polizei, benützt diese demütigenden, menschenverachtenden Ausdrücke. Die Entrechteten dieser Welt erfahren keinen Schutz, selbst Worte sind Nadelstiche, auch die ...«

»Jetzt reicht es aber«, stoppte der Kommissar die Litanei der Frau vor sich, »meine Mutter nannte die Dinger so, mein Vater, mein Opa und ich auch. An irgendwelche Diskriminierungen denke ich dabei nicht, die finden bloß in Ihrem Kopf statt. Aber dafür bin ich nicht verantwortlich.«

Die Frau schüttelte traurig den Kopf. Die beiden Männer taten es ihr nach.

»Ach ja, die Sorglosigkeit, die Gedankenlosigkeit ist oft die Ursache großen Übels. Auch bei anderen Herabsetzungen, die man in Worte kleidet, wie zum Beispiel bei den Inuit ...«

»Eskimos? Was haben Eskimos damit zu tun?«

Abermals zeichneten sich größte seelische Erschütterungen bei den drei selbst ernannten Berberschützern ab. Sie atmeten heftig, schienen kurz vor dem Hyperventilieren zu sein, starrten dann Stammler mit großen, mit vor Entsetzen gefüllten Augen an.

»Nicht dieses Wort«, sagte der Mann mit klagender Stimme, »damit beleidigen Sie alle unsere Inuit hier. Wenn sie das hören, fühlen sie sich zutiefst getroffen und entwürdigt.«

Stammler schüttelte ratlos den Kopf.

»Ich wusste gar nicht, dass wir so viele Eskimos hier in Tübingen haben. Wo wohnen die denn alle?«

Alle drei schwiegen eine Weile, starrten dabei vor sich hin auf ihre Schuhspitzen. Sie wirkten dabei wie eine kleine Trauergemeinde, die Abschied von einem Freund nahm.

»Sie wollen das nicht verstehen«, sagte die Frau schließlich resigniert, »aber deshalb lassen wir nicht ab von unserem Kampf für die Menschenwürde.«

»Wir sind eine Unistadt, da hat man eine gewisse Verpflichtung«, fiel der Mann ein, »einen bestimmten Ruf. Den lassen wir uns nicht von Rassisten zerstören.«

»Von Wortrassisten«

»Wie wäre es, wenn Sie das Zigeunerschnitzel abschaffen, das ist doch auch ein inkriminierender Name – Zigeuner. Aber lassen wir das jetzt. Was ich Ihnen sage ist: Lassen Sie die Finger von diesem Bürgerwehrmist. Das ist strafbar, und wenn ich Ihnen Böses wollte, könnte ich Sie anzeigen. Auf die Leute hier aufzupassen, ist unsere Aufgabe, ist Aufgabe der Polizei. Ist das klar?«

»Aber wir wollten bloß unseren Berbern helfen. Sie gehören doch zu unserem Stadtbild, und keiner soll denken, dass wir uns um diese armen Geschöpfe nicht kümmern. Jeder hat ein Recht auf Leben, jeder oder jede ...«

»Wir haben uns verstanden«, unterbrach Stammler den Wortschwall der Frau, »Sie gehen jetzt nach Hause und kümmern sich um Ihre Familien, die Straße übernehmen wir, die Polizei. Die Knüppel behalte ich, wer weiß, welchen Unsinn Sie sonst noch damit anstellen. Vielleicht Mohrenköpfe auf dem Schokoladenmarkt zerschlagen? Oder schlimmer – gleich dem Zuckerbäcker eine überziehen.«

Mit gesenkten Köpfen verließen die drei im Gänsemarsch das Gebüsch, Stammler folgte ihnen. Draußen wandten sie sich auf dem Radweg Richtung AOK, während der Kommissar stehen blieb, und ihnen nachschaute, bis er sie aus den Augen verlor.

Aus dem Gebüsch des Berberschlafplatzes war inzwischen kein Ton mehr zu hören. Sie waren offensichtlich eingeschlafen.

Tiefe Ruhe breitete sich über dem Anlagensee aus.

Wie auf einem Friedhof, dachte Stammler.

Zunächst war Monika Berger überrascht, Christian Löffler nicht im Anzug zu sehen. Im sogenannten »Räuberzivil«, also in banalen Jeans und im Sweatshirt kam er in den »Bären.« Sie war schon seit etwa einer Viertelstunde hier, saß am Tresen, wie eigentlich immer, wenn sie in dem Lokal war, und nippte an ihrem Weißweinschorle. Den Sitzplatz neben sich hatte sie frei gehalten.

Löffler legte seine Jacke über den Sitz und kletterte auf den Barstuhl.

»Ah, Weinschorle, das nehme ich, glaube ich, auch. Erfrischt mich.«

Jäckie, der Besitzer, arbeitete selbst hinter der Bar. Der alte Bremen-Fan hatte heute wieder sein Werder-Trikot an. Hinter der Bar hingen Mannschaftsfotos des Bremer Teams an den Wänden, daneben Wimpel und ein Werder-Schal. Jäckie war ein lächelnder Fan, das heißt, man konnte mit ihm gut frotzeln, aber nicht streiten. Das machte Fußballgespräche mit ihm angenehm.

»Ihr send aber a schönes Paar«, begrüßte er Löffler und Berger, dazu verschmitzt grinsend.

»Gut erkannt«, sagte Löffler, ebenfalls grinsend, »und deshalb trinke ich auch das Gleiche wie meine Begleiterin.«

Der »Bären« hatte einen Nebenraum, in dem eine große Leinwand hing. Dort zeigte der »Bären« Bundesligaspiele, Länderspiele oder die Europa-Cup-Begegnungen. Das war der Nichtraucherraum. Im Gastraum konnte gepafft werden, was aber nicht weiter auffiel, weil meist die Eingangstüre offen stand und der Rauch schnell abzog. Jäckie stellte das Schorleglas vor dem Kommissar ab.

»Du machst dich rar in letzter Zeit«, sagte er, »bisch du zu alt zom Ausgehen?«

Löffler schüttelte lachend den Kopf.

»Mach mich bloß net älter als i ben, du Bremer Fischkopf. I han bloß wenig Zeit. Du hast doch mitkriegt, was grad läuft in der Stadt.«

Jäckie nickte.

»Die Penner, i woiß. Nach dem Wolfi gleich der Nächste. Ond, gibt's scho a heiße Spur? Wisset ihr schon, wer des war?«

»Du kannst es in d'r Zeitung lese, wenn es so weit isch. Bis dahin – großes Schweigen. Isch doch klar, oder?«

An einem Tisch rechts vom Eingang wollte eine Gruppe Studenten eine Bestellung aufgeben. Jäckie machte sich davon, und Löffler konnte endlich seine Schorle probieren. Er nahm einen tiefen Schluck, hielt das Glas dann gegen die Glühbirne über der Bar und betrachtete den Inhalt.

»Viel Wein drin, würde ich sagen. Jäckie ist der einzige Wirt, der beim Schorle mit dem Wasser spart statt mit dem Wein. Ein angenehmer Zug. Aber wer es nicht weiß, kann böse abstürzen.«

»Schon mal passiert?«

Der Kommissar lachte.

»Klar, hier und auch schon anderswo. Was glauben Sie, was ich bin? Ein Roboter im Armani-Anzug? Wenn ich mal betrunken bin, erzähle ich Ihnen, wie es damals war, als ich immer betrunken war.«

Die beiden stießen an. Auch wenn sie seit ein paar Tagen im selben Haus, in der Löffler-Villa also, wohnten, hatte sich die Büroatmosphäre zwischen ihnen nicht verändert. Das Büro fand nun halt manchmal in der Küche in Lustnau statt. Oder im Salon beim Abendessen. Hier, im »Bären« schien es sich allerdings um neutrales Gebiet zu handeln, um die Partyzone sozusagen, ein Gebiet, das durchaus private Nähe zuließ. Eine Kneipe halt.

Beim dritten Schorle kam Gerd Stammler zur Türe herein.

Seit er wieder Single war, war er Stammgast bei Jäckie. Und so musste er auch gar nicht bestellen, Jäckie brachte ihm unaufgefordert sein Weizenbier. Hefeweizen, kein Kristall – das war wichtig.

»Wie sehen Sie denn aus?«, fragte Löffler, als er den noch etwas zerknitterten Kollegen vor sich stehen sah. Von dem Tritt des Mannes war eine kleine Wunde an der Stirn zurückgeblieben, seine Kleidung war schmutzig von seinem unfreiwilligen Ausflug auf den weichen, feuchten Boden im Gebüsch. Stammler erzählte von seinem Abenteuer am Anlagensee. Als er seinen Bericht beendet hatte, klopfte Berger ihm tröstend auf den Rücken.

»Das hast du doch gut gemacht, Kollege. Gutmenschen bilden Bürgerwehr – das wäre eine Schlagzeile für das Blatt hier. Sozusagen vom Mohrenkopf zum lebenden Schutzschild. Das ist mal eine Karriere im Menschenrechtsgeschäft, oder nicht?«

»Also mir jedenfalls hat das gereicht mit den Typen. Bald muss ich mir ein Sinti-und-Roma-Schnitzel im Neckarmüller bestellen, und das Eskimo-Eis heißt dann Inuit-Eis. Na danke.«

Löffler hatte belustigt zugehört.

»Na ja«, meinte er dann, »schließlich haben die Leute ja ein ernstes Anliegen. Dass man da mal übers Ziel hinausschießt, können wir doch locker akzeptieren. Nur das mit der Bürgerwehr geht dann doch ein bisschen zu weit.«

Im Hintergrund lief der Uraltschinken »Death of a Clown« von Dave Davies. Christian Löffler deutete auf die Musikanlage.

»Apropos Tod. Ich war bei Thorsten, einem alten Freund, der Anwalt ist. Er hat Klara Bock vertreten.«

Stammler und Berger schauten sich fragend an.

»Und wer soll das sein?«, fragte die Kommissarin dann.

»Das«, sagte Löffler, und streckte dabei den Zeigefinger in die Luft, »ist die Tante unseres toten Freundes Wolfi. Besser gesagt, es ist seine Erbtante. Und da die Dame tot ist, hat Wolfi Tauber das geerbt, was sie hinterlassen hat. Und das ist nicht eben wenig.«

»Dann war der Bursche ja richtig wohlhabend. Oder wäre es bald gewesen.«

Löffler nickte.

»Ja, könnte man so sagen. Einen Tag nach seinem Tod wäre

die Testamentseröffnung gewesen, dann hätte er das Erbe antreten können. Das ganze Erbe, denn es gab sonst keine Verwandten.«

»Was wäre das denn zum Beispiel so gewesen? Das Erbe, meine ich.«

Löffler nahm erst noch einen Schluck aus dem Schorleglas, dann zählte er auf.

»Erstens gibt es ein Haus in der Denzenbergstraße in Lustnau. Eine Villa eher, würde ich sagen, so wie Thorsten das beschrieben hat. Dann ein zweites, normales Haus in der Altstadt. Seelhausgasse, glaube ich. Außerdem ein paar Grundstücke um Tübingen herum, zum Beispiel das, auf dem er manchmal übernachtet hat. Dazu Bargeld, Schmuck, und eben alles, was in einem langen Frauenleben sich so anhäuft. Sogar ein paar wertvolle antike Möbel im Haus der verstorbenen Tante.«

»Gesamtwert?«

Der Hauptkommissar dachte kurz nach.

»Wenn man das Zeug verkaufen würde, gäbe es auf jeden Fall eine siebenstellige Summe. Also Euro-Millionär wäre unser Wolfi schon gewesen.«

Stammler pfiff durch die Zähne.

»Mann, Mann, vom mittellosen Obdachlosen zum Millionär – das ist schon eine Geschichte. Und jetzt hat der Gute nichts mehr davon, weil man ihn um die Ecke gebracht hat.«

»Alles recht und gut«, mischte sich Berger ein, »aber der Tod Taubers muss ja nichts mit dem Erbe zu tun haben. Ihr vergesst hier, dass es einen zweiten Toten gab, der kein reicher Erbe war. Was ist mit dem? Er wird ja wohl kaum ein Kollateralschaden gewesen sein, nur weil Wolfi geerbt und irgendjemand ihm dann aus irgendwelchen Gründen den Schädel zertrümmert hat.«

Löffler trommelte mit den Fingern auf sein Schorleglas.

»Das ist das Problem«, sagte er dann leise vor sich hin, »es gibt keinen Anhaltspunkt, wie die beiden Fälle zusammenhängen. Abgesehen davon, dass beides Berber waren.«

»Lauter bitte, ich verstehe nichts«, sagte die Kommissarin.

»Wenn wir von keiner Mordserie an Berbern ausgehen«, sprang Stammler dem Hauptkommissar bei, »dann bleibt nichts übrig, was irgendwie zusammenpasst.«

»Aber warum gehen wir denn nicht davon aus, dass es einer oder einige auf die Obdachlosen abgesehen haben?«

Löffler schüttelte den Kopf.

»Das macht keinen Sinn. Wenn man mal unterstellt, dass irgendeine Logik hinter solchen Morden steckt, und sei sie auch noch so krude, dann fehlt die hier vollständig. Die Männer so heimlich, still und leise abzumurksen hat ja auch keine Außenwirkung. Es gibt kein Bekennerschreiben, niemand, der die Schuld auf sich nimmt. Es gab keine Vorankündigung, das Ganze passierte aus dem Nichts. Es gab ja nicht mal enge persönliche Beziehungen zwischen den Opfern, soweit wir wissen. Menschen, die solche Verbrechen begehen, wollen dafür Anerkennung von bestimmten Leuten. Das fehlt hier ebenfalls.«

»Schön, das mag ja alles stimmen, aber für Zufall halte ich das Ganze trotzdem nicht.«

»Zufall? Nein, das ist kein Zufall, da gebe ich Ihnen recht. Es gibt da ein ganz gravierendes Motiv. Wir haben bisher bloß keine Ahnung, was das für eines ist.«

Wie auf ein geheimes Kommando hin verfielen alle drei in minutenlanges Schweigen. Jeder spielte mit seinem Glas herum und es sah so aus, als versuchten sie, jeder für sich, eine komplizierte Mathematikaufgabe zu lösen.

»Habt ihr Redeverbot oder etwa a Schweigegelöbnis abglegt«, fragte ein gut gelaunter Jäckie in die Stille, und setzte vor jeden von ihnen einen Schnaps ab.

»Hier, an Gespritzter, der löst die Zunge, sogar bei verstockte Polizischte.«

Ein Gespritzter ist eine Mischung aus Cognac und Coca Cola oder Maracujasaft: Schmeckt gut und frisch, kann aber ab einer bestimmten Menge zu verheerenden Wirkungen führen.

Die drei stießen mit Jäckie, der sich auch einen der Schnäpse mitgebracht hatte, an, dann kippten sie ihn in einem Zug hinunter.

»So, jetzt könnt ihr weiter schwätze, euer Zunge isch wieder gelöst.«

»Na gut«, fing Christian Löffler erneut an, über den Fall zu reden, »dann stellen wir uns mal ganz dumm, und fragen uns, wer etwas davon hat, wenn Wolfgang Tauber tot ist. Fällt euch da jemand ein?«

Stammler streckte die Hand hoch, wie in der Schule. Als ihm das selbst auffiel, zog er sie rasch wieder zurück.

»Die Erben Taubers natürlich.«

»Die Erben«, fragte Monika Berger erstaunt, »wer soll das denn sein?«

»Na, seine Familie natürlich.«

»Aber sind die denn überhaupt noch erbberechtigt? Er ist doch schon fast zwanzig Jahre weg.«

»Die Zeit spielt da keine Rolle, solange sie noch eine Familie sind. Das heißt, wenn sie noch verheiratet sind. Und das sind sie, das hat die Frau uns gesagt. Heim hat das nachgeprüft, das stimmt schon. Außerdem kriegen die Kinder immer einen Pflichtteil.«

Berger wog den Kopf hin und her.

»Das mag ja alles sein, aber woher sollen die denn von dem Erbe gewusst haben? Und außerdem – den eigenen Vater oder Ehemann zu erschlagen, das ist schon eine ganz harte Sache.«

»Vielleicht hat ihnen das die Tante erzählt, als sie sie besucht hat«, schlug Löffler vor.

»Klar, das wäre möglich, aber so wie ich die Dame einschätze, wollte sie mit denen nichts zu tun haben. Überlegen Sie mal – sie hat sich seit Tauber abgehauen ist, also vor über zwanzig Jahren, nicht ein einziges Mal bei der Familie blicken lassen. Da wird sie doch den Teufel tun, und ihnen was von wegen Erbe auf die Nase binden.«

»Stimmt, das sagte Thorsten, der Anwalt, auch. Sie wollte

mit ihnen nichts zu tun haben, deshalb hat sie auch nicht weiter versucht, Tauber über die Ehefrau zu finden. Sie hat stattdessen einen Detektiv beauftragt.«

»Sag mal«, unterbrach Stammler plötzlich den Redefluss, und sah seine Kollegin erstaunt an, »hast du unserem Chef hier etwa noch nichts von unserem Besuch bei den Gaisers erzählt?«

Berger wurde rot. Löffler schaute von einem zum anderen.

»Worum geht es hier denn?«, fragte er dann.

»Wir haben doch diesen Karl Gaiser besucht, beziehungsweise hauptsächlich ja seine Ehefrau Charlotte. Mit der ist unser toter Tauber doch damals auf und davon. Reumütig kehrte sie zurück zu ihm und da ist sie immer noch. Sie testet da gerade die Ehehölle einer gefallenen Ehefrau bis zum bitteren Ende aus. So sehe ich das wenigstens.«

»Frau Berger!«

Die Gesichtsfarbe der Polizistin hatte sich wieder halbwegs normalisiert.

»Ja, ja, ich weiß, ich habe das einfach vergessen. Ist doch auch nicht schlimm, oder? Was ändert es daran, wenn ich ihm hier das jetzt erst erzähle oder schon vor einer Stunde? Na, was ändert das?«

Monika Berger kämpfte auf aussichtslosem Terrain. Weil sie das wusste, kämpfte sie umso verbissener. Fehler einzugestehen war nicht die Stärke der Kommissarin, aber weil das ihre beiden Kollegen wussten, prallte der Verteidigungsangriff von ihr an ihnen ab.

»Nun«, meinte Löffler, »wenn ich das vorhin schon gewusst hätte, wären möglicherweise andere Schlussfolgerungen möglich gewesen. Kommt immer darauf an, was Sie beide bei den Gaisers erlebt haben. Ich schlage vor, wir vergessen jetzt mal das Schuld-Unschuld-Spiel, und Sie erzählen mir mal das Wesentliche Ihres Besuchs.«

Mit gemeinsamen Kräften rekapitulierten die beiden Kommissare, was sie bei den Gaisers erfahren hatten. Als Löffler von der Adoption der Tochter hörte, dieser Carola, war er einigermaßen überrascht. Das war in der Tat ein vollkommen neuer Aspekt in der Konstellation dieser beiden merkwürdigen Familienverflechtungen.

»Moment«, bat er die beiden, mit ihrem Bericht inne zu halten, »wenn sie tatsächlich Taubers Tochter ist, dann ist sie auch eine Erbberechtigte nach Taubers Tod. Das ist durchaus interessant.«

Stammler winkte ab.

»Ist sie doch sowieso, weil sie ja von den Taubers adoptiert wurde. Und die wiederum sind die Erbnachfolger als Familie, da ändert sich nicht viel. Eigentlich gar nichts. Wenn es also stimmt, dass die beiden nie geschieden wurden – und das tut es, wie wir ja inzwischen definitiv wissen -, geht alles an die Kinder und die Frau.«

»Und die wissen noch nicht mal was von ihrem Glück. Zumindest sagen sie das. Und irgendwie klingt es auch so, als würde das stimmen.«

Stammler bestellte unterdessen bei Jäckie eine neue Runde mit zwei Schorle und einem Weizen für sich.

»Dann haben wir immer noch einen zweiten Toten«, sagte er dann, »diesen Schnabel, und der hat mit Erbgeschichten gar nichts zu tun. Einen logischen Schluss von dem einen zum anderen Opfer sehe ich da nicht. Da wir Freund Zufall ausschließen, müssen wir das Motiv vielleicht doch woanders suchen.«

»Vielleicht Geld«, mutmaßte Berger, »man hat die beiden einfach beraubt. Die Frage ist: Hatte Tauber von dem Erbe schon was in der Tasche? Vorab sozusagen. Was hat denn Ihr Anwalt da gesagt? Sie haben ihn doch gefragt, oder?«

Löffler nickte.

»Er hatte ihm bloß ein paar Hundert Euro gegeben. Geliehen, auf die große Erbschaft hin, sozusagen. Ganz privat, nicht mal aus der Erbmasse. Dafür würde keiner einen anderen, geschweige denn zwei töten.«

»Das ist doch alles Mist«, rief Stammler plötzlich, »da hast du zwei Leichen, und keine Ahnung, was passiert ist.«

Ein paar der Gäste, die Stammler kannten, lachten und einer applaudierte sogar. Sie hielten das für einen guten Witz des Polizisten. Aber man konnte ihm anmerken, dass er das durchaus ernst meinte. Die drei Polizisten sahen sich gegenseitig an, und jeder schien im anderen zu erkennen, dass sie sich in einer Sackgasse befanden.

»Okay, ist nicht so gut, in der Kneipe über den Fall rumzuproleten«, meinte Stammler zerknirscht, »aber die wissen ja nicht genau, worum es geht. Tut mir leid, ich halte jetzt mein lautes Maul.«

»Ich schlage vor«, sagte Löffler denn, »dass wir heute noch mal ordentlich trinken, und morgen den Fall lösen.«

»Trinken ist okay«, antwortete Berger, »aber wie sollen wir morgen den Fall lösen? Können wir nicht lieber sagen: übermorgen?«

Löffler und Stammler lachten. Die Stimmung löste sich.

»Klar, mir auch egal. Aber ich habe ständig das Gefühl, dass ich etwas weiß, was zu dem Puzzle fehlt, aber nicht genau erkennen kann, was es ist. Morgen ist es aber so weit, da komme ich drauf. Das ist so, wie wenn einem etwas auf der Zunge liegt.«

»Onomatomanisch.«

»Genau«, antwortete Löffler.

»Ist das nicht eine klitzekleine Angeberei?«

Stammler wollte etwas sagen, aber dann winkte er bloß ab. Das Bier bei den Berbern und die Weizenbiere im »Bären« begannen zu wirken. Trotz Döner-Grundlage.

»Manchmal ist es ganz gut«, erkannte Berger, »mal von der ganzen Sache … also von den Toten … von den Mordfällen Abstand zu gewinnen. Das Gehirn mal richtig durchpusten, das macht die Gedanken wieder klar.«

»Das Gehirn«, fragte Stammler grinsend, »du pustest eher die Leber durch. Aber auch das soll ja von Zeit zu Zeit helfen, wieder in die Spur zu kommen.«

Die Kommissarin schnippte mit den Fingern.

»Apropos Spur, lieber Gerd. Was ist denn nun mit deiner Frau und Kind? Hat sich da inzwischen was geklärt?«

Löffler sah seine Kollegin erstaunt an.

»Harte Themen zu später Stunde«, meinte er, »und das auch noch im fortgeschrittenen Zustand. Oje.«

»Na ja«, zuckte Berger mit den Schultern, »sonst kriegt man den Kollegen hier ja nicht zum Reden. Also, was ist nun? Wollten Sie, Herr Hauptkommissar, sich nicht ohnehin um die Sache kümmern?«

Stammler trat währenddessen unruhig von einem Bein auf das andere.

»Stimmt«, sagte Löffler, »ich habe da schon was unternommen. Reicht es, wenn ich sage, dass das Ganze erst mal vom Tisch ist? Oder brauchen Sie auch noch Details?«

Die Kommissarin tat so, als würde sie nachdenken.

»Also, ich denke, dass ich mit ein paar Details sehr zufrieden wäre. Einfach nur das nackte Ergebnis ist doch ein wenig leblos … loblos … lieblos – uch, ich lalle. Dabei habe ich doch fast nichts getrunken. Also, Details.«

Der Hauptkommissar setzte sich in Pose.

»Eigentlich«, begann er so, als wolle er eine Rede halten, »eigentlich ist das ja kein Thema für den Tresen. Da sind wir uns doch alle einig?«

Stammler und seine Kollegin nickten eifrig. Man sah deutlich, dass sie kaum erwarten konnten, bis der Hauptkommissar mit der Geschichte weitermachte. Aber der nahm erst einen Schluck aus seinem Glas. Es war ihm kaum vorzuwerfen, dass er es nicht verstanden hätte, Spannung bei seinen Zuhörern aufzubauen.

»Dass wir uns gleich richtig verstehen, Stammler«, fuhr er dann, ernster geworden, fort, »was Sie damals mit ihrer Frau gemacht haben, kann ich auf keinen Fall gutheißen. Und zwar nicht nur als Vorgesetzter, sondern als zivilisierter Mensch. Seiner Ehefrau gibt man keine Ohrfeige.«

Stammler nickte wortlos.

»Jedenfalls habe ich Ihre Frau besucht, um mir mal ihre Version anzuhören. ›To make a long story short‹, wie wir Schwaben sagen, sie hat mir erzählt, wie Sie ihr damals eine reingehauen haben. Als ich sie fragte, warum sie drei Jahre damit gewartet hat, ehe sie das zur Anzeige beim Jugendamt machte, meinte sie bloß, sie hätte Ihnen in der damaligen Situation nichts anhängen wollen. Jetzt aber schon, denn jetzt seien sie getrennt, und da sei alles erlaubt.«

Löffler machte eine erneute Pause.

»Jedenfalls«, berichtete er dann weiter, »gab sie auch zu, dass es das einzige Mal war, dass das passiert ist. Das jedenfalls machte mir die Aufgabe des Fürsprechers einfacher. Ich habe sie erst mal gefragt, ob sie die Anzeige beim Jugendamt zurücknehmen würde. Das hat sie glatt abgelehnt. Es ging ihr wohl um das Kind und das Sorgerecht, so wie ich sie verstanden habe. Und mit so einem Vorwurf haben Sie es schwer, Herr Kollege, da eine Chance zu haben.«

»Das weiß ich doch, deshalb will ich ja auch, dass wir das klären.«

»Verstehe ich, das ist der Grund, warum ich bei ihr war. Ich habe ihr gesagt, dass ich Sie, Stammler, wenn diese Sache vor Gericht kommt, ich Sie aus dem Dienst entfernen muss. Frauen schlagende Polizisten könnten wir nicht beschäftigen. Wenn das aber so sei, dann habe sie einen arbeitslosen Ex-Mann, der keinesfalls Unterhalt für sie und für das Kind bezahlen könne. Und wie das mit den Raten für das Haus dann noch funktionieren solle, sei mir auch ein Rätsel. Es sei denn, sie habe Vermögen, und könne die Hypothek locker tilgen. Als sie das hörte, kam sie ins Grübeln.«

Der Hauptkommissar unterbrach, und winkte Jäckie zu. Der kam und Löffler bestellte eine neue Runde Gespritzten. »Für dich auch einen, Jäckie, damit du den Frust mit deinen Bremer Zufallskickern runterspülen kannst.«

Jäckie lachte bloß und deutete auf einen Werder-Wimpel an der Wand.

»Mit der Truppe gehe ich auch in die Zweite Liga. Ich bin doch kein Gutwetter-Fan, wie ihr Bayern-Fans.«

Dann ging er weg um die Bestellung zu machen.

»Was ist denn nun?«, fragte Berger ungeduldig, »was hat die Frau denn gesagt?«

»Na ja, bei den Aussichten, einen mittellosen Ex-Kripobeamten zum Verflossenen zu haben, hat sie ganz schnell umgedacht. Sie will mit dem Jugendamt noch mal reden, und die Sache, wie soll ich sagen, vielleicht: um die Sache in einem anderen Licht darzustellen. Damit dürfte das Ganze vom Tisch sein. Das Jugendamt spielt da sicher mit.«

Berger und Stammler sahen sich gegenseitig an. Der Kommissar wischte sich übers schweißnasse Gesicht. Dann streckte er die Hand aus und schüttelte Löfflers Arm.

»Danke Chef, das werde ich Ihnen nie vergessen.«

»Und denken Sie dran: keine Frauen hauen. Das gibt es bei uns nicht. Alles klar?«

Stammler nickte.

»Und ich kann jetzt mein Kind wieder besuchen? Einfach so? Also ohne dass ich befürchten muss, dass die Kollegen mich abführen?«

»Klar, aber es würde nicht schaden, sich vorher anzumelden. Sie sind ja keine Freunde geworden, Sie und Ihre Frau, nur weil sie Sie wegen den Schlägen jetzt nicht mehr anzeigen will.«

Jäckie brachte die Gespritzten und alle vier tranken ihre Gläser auf Ex.

»Wie soll ich da bloß morgen trainieren?«, sagte Löffler.

»Ein wichtiger Teil des Trainings ist die Regeneration«, sagte da plötzlich eine Stimme von hinten.

Der Hauptkommissar drehte sich um und sah Kreitlein, der hinter ihm stand.

»Auch das noch. Überraschung zu später Stunde. Was treibt dich denn noch auf die Gass? Hast du kein neues Projekt, um das du dich kümmern kannst?«

Kreitlein schüttelte lachend den Kopf.

»Das einzige Projekt bist du. Dich will ich für den Nikolauslauf fit machen. Und als dein Trainer sage ich dir, dass du ruhig mal einen Tag versumpfen darfst, das schlechte Gewissen danach macht dich nur umso ehrgeiziger. Ein Segen für einen Trainer. – Jäckie, ein Hefeweizen.«

»Na ja, wenn der Trainer das sagt. Dann bestell ich auch noch eine Runde. Berger, Stammler, sind Sie dabei?«

Er wartete nicht mal auf ihre Zustimmung und streckte nur drei Finger in die Luft.

»Das Unheil nimmt seinen Lauf«, sagte Löffler.

»Der Schrecken hat einen Namen, und der ist Kreitlein«, ergänzte Stammler.

»Trau keinem Sportler«, lallte Berger.

»Und erst recht keinem Polizisten«, johlte Kreitlein.

Gerd Stammler war früh um sieben Uhr bereits im Schwimmbad und schwamm ein paar Runden. Gerade als er aus dem Wasser stieg, kam Monika Berger aus der Umkleide und blieb erstaunt stehen, als sie den sich gerade trocken rubbelnden Kollegen erblickte.

»Mensch Stammler, ich dachte, ich wär die Erste. Aber du bist ja noch früher aufgestanden, alle Achtung.«

»Ich konnte nicht mehr schlafen. Alkohol und Berbermorde haben mir zugesetzt.

»Ging mir auch so«, sagte Berger, ließ das Handtuch fallen und sprang im Badeanzug ins Wasser. Sie machte ein paar lange Züge, an denen man gleich bemerken konnte, dass sie eine geübte Schwimmerin war. Stammler kam nicht umhin, die Figur seiner Kollegin zu bewundern. Mit ihren fast 1,80 Metern durchpflügte sie elegant das Wasser, machte am Beckenende eine Kippe und schwamm die nächste Länge auf dem Rücken.

»Genug geglotzt«, rief sie dem am Beckenrand reglos stehenden Stammler zu.

»Ich frage mich nur gerade, warum du immer noch Single bist. Mit dem Körper.«

»Ich hoffe bloß, du bringst da nicht dich ins Spiel, Kollege.«

»Du wärst mir zu anstrengend, keine Angst. Ich bin bloß ein stiller Bewunderer ohne ernste Absichten.«

Berger lachte nur und schwamm weiter. Im Esszimmer oben war bereits das Frühstück gerichtet. Die Haushälterin, Frau Stark, wohnte nur ein paar Häuser weiter, und sie kam bereits um sechs Uhr ins Löffler-Haus. Sie hatte ihren Mann vor ein paar Jahren verloren, und die Kinder waren aus dem Haus.

»Ich schlafe schlecht, ich habe keine Gesellschaft, ich hasse Tiere, also kaufe ich auch keinen Kuschelhund. Da kann ich ja auch gleich hier bei Ihnen im Haus was machen. Dann geht der Tag wenigstens rum.«

Manchmal konnten Stammler und Berger diesen unglaublichen Service kaum fassen, wie sie sich schon gegenseitig gestanden hatten. Auch Klaus Löffler, der Senior des Hauses, war bereits zu dieser frühen Stunde wach. Zu dritt saßen sie am Tisch und schauten über die Fensterfront über Lustnau, rüber zum Österberg. Inzwischen hatten sich die Oktobernebel eingenistet. Vom Österberg sah man nur die Spitze, der darunterliegende Teil war vom dichten Nebel eingedeckt.

»Wo ist denn dein Sohn?«, fragte Monika Berger, während sie sich eine frische Tasse Kaffee einschenkte. »Er hat den gestrigen Abend wohl nicht so locker weggesteckt.«

»Christian? Och, der ist schon um sechs Uhr laufen gegangen. Kreitlein war hier und hat ihn abgeholt. Die beiden spinnen mal wieder mit ihrer Lauferei. Wenn die Zwei sich mal was vorgenommen haben …«

Schweigend widmeten sich die drei ihrem Frühstück.

»Ach«, sagte Löffler Senior plötzlich, »da fällt mir ein – gestern Abend hat noch ein gewisser Bernd Gugel angerufen.«

Stammler nickte kauend.

»Iss vo drrrr Feuwe.«

»Wie bitte?«

Stammler schluckte den Rest des Marmeladebrötchens hinunter.

»Er ist von der Feuerwehr. Tauchergruppe. Was hat er denn gesagt?«

»Sie haben auf dem Neckar, oder sagt man im Neckar, jedenfalls im Wasser des Neckars einen Hammer gefunden. Den haben sie offensichtlich gleich zur Polizei gebracht, zur Untersuchung, ob es vielleicht die Tatwaffe bei dem Berber im Stocherkahn ist. Die in der Gerichtsmedizin wollen das auch prüfen. Ihr sollt da mal vorbeischauen, wenn Ihr ins Präsidium geht.«

»Klingt nicht schlecht. Ich hätte gar nicht damit gerechnet, dass man so ein Ding überhaupt finden kann.«

»Nun mal langsam«, warf Monika Berger ein, »es ist ja noch nicht sicher, ob es sich dabei um die Tatwaffe handelt. Was glaubst du, wie viele Hämmer schon im Neckar gelandet sind? Nur nicht so voreilig.«

»Was heißt denn hier voreilig? Ich bin bloß positiv, was ist so schlimm daran?«

»Positiv? Das ist in meinen Augen eher voreilig.

»Ach ja, dass gerade du das sagst. Erst neulich ...«

»Wie wäre es«, fragte Löffler Senior die beiden Streithanseln, »mit noch einer Tasse Kaffee? Die Brezeln hat Frau Stark frisch aufgebacken, die sind noch warm, probieren Sie doch mal. Unvergleichlich.«

Unschuldig lächelnd saß Klaus Löffler da und zeigte auf die Brezeln und die Kaffeekanne. Berger und Stammler schauten sich an, lachten, klatschten sich ab und holten sich Nachschub aus der Kaffeekanne.

»Sie haben es echt raus, Herr Löffler«, meinte Berger dann, »als Moderator sind Sie unschlagbar.«

»Du, meine Liebe, du. Soweit waren wir doch schon.«

Draußen hörte man Türen schlagen. Stimmen klangen ins Esszimmer. Schließlich ging die Türe auf und Christian Löffler kam herein. Gekleidet in seinen üblichen Anzug und mit noch feuchten Haaren. Er blieb überrascht stehen, als er die anderen sah.

»Gibt es hier eine Besprechung, zu der ich nicht geladen bin«, fragte er, und setzte sich zu den anderen an den Tisch. »Sieht ja wie ein konspiratives Treffen aus, und mein Vater wieder mal mittendrin.«

»Wer zu viel läuft und trainiert, den bestraft das Leben«, sagte Klaus Löffler lachend, und reichte seinem Sohn die Butter.

»Ach, der Kreitlein ist wirklich unverwüstlich. Ein Fanatiker. Wenn der sich mal was vorgenommen hat, macht der dicht. Dann kennt der keine Freunde mehr. Und jetzt hat er sich vorgenommen, mich zu einem guten Nikolausläufer zu machen. Dabei«, und dazu lachte Löffler übers ganze Gesicht, »trainiert er mit mir so viel, dass er wahrscheinlich beim Wettkampf noch schneller sein wird als ich.«

Er nahm eine Brezel und tunkte sie in den Kaffee. Stammler und Berger sahen sich erstaunt an, dann grinsten sie und feixten herum.

»Ich sehe Sie beide«, meinte Löffler, nachdem er ein Stück weicher Brezel geschluckt hatte, »und ich weiß auch, warum Sie lachen. Aber es geht nichts über Brezel eintunken. In Hamburg wollte man mich deshalb fast der Stadt verweisen, und jetzt werde ich sogar in meiner Heimat angefeindet.«

Stammler hob abwehrend die Hände.

»Nichts persönliches«, meinte er, »aber bei der Gelegenheit kann ich Ihnen auch gleich sagen, dass die Feuerwehr einen Hammer aus dem Neckar gefischt hat. Er ist bereits bei der Gerichtsmedizin, und bei der Spurensicherung war er auch schon. Sagte Bernd Gugel.«

»Haben die Nachtschicht gemacht?«

»Keine Ahnung. Wir sollen bei ihnen vorbeischauen, wenn wir ins Präsidium kommen. Haben sie ausrichten lassen.«

Löffler erhob sich von seinem Stuhl, nahm noch einen schnellen Schluck aus der Kaffeetasse, dann bewegte er sich zur Küchentür.

»Worauf warten Sie noch«, rief er seinen beiden Kollegen zu, »wollen Sie den Abwasch machen, oder lieber mit mir ins Präsidium kommen?«

Dann verschwand er nach draußen. Hektisch erhoben sich die anderen und eilten dem Hauptkommissar nach. Zurück blieb ein kopfschüttelnder Vater Löffler.

»Das hat er von seiner Mutter«, sagte er leise vor sich hin.

Löffler fuhr nicht zur Adlerkreuzung in Lustnau, sondern geradewegs durch den ganzen Vorort durch, die Steige hinab ins untere Dorf, dorthin, wo bis vor einiger Zeit noch die »Egeria« ihre Produktions- und Verkaufsräume hatte. Inzwischen hatte die Stadt ein Baugebiet aus der Industriebrache gemacht. »Alte Weberei« nannte diese sich, sozusagen in Reminiszenz an die »Egeria.« Frottierweberei hieß sie früher, und beschäftigte zeitweise den halben Ort, zumindest den unteren Teil Lustnaus. Das war schon lange her, da war Lustnau noch nicht einmal Teil Tübingens. Die alte Frottierweberei hatte Badetücher, Bademäntel, Handtücher, all so was, alles, was mit Frottee zusammenhing, produziert.

»Wir fahren einen Umweg«, meldete sich Berger vom Rücksitz.

»Bei den Baustellen um die und in der Stadt gibt es in Tübingen keine Umwege mehr. Oder auch nur Umwege. Egal wie – es ist völlig gleichgültig, wie man von A nach B kommt. Hauptsache, man kommt überhaupt.«

»Aber dafür wird die Stadt ja jetzt auch modernisiert, die ganze Verkehrslage wird verbessert.«

»Ich beschwere mich nicht. Ich nehme nur die Gelegenheit wahr, die Stadt besser kennenzulernen. Deshalb streife ich jetzt manchmal Ecken, die ich schon lange mal sehen wollte. So wie hier die alte Weberei. Im Krieg war hier sogar eine Zigarettenfabrik angesiedelt. Weiß ich von meiner Oma.«

Sie fuhren die Nürtinger Straße entlang, links und rechts waren die Bauarbeiten im vollen Gang. Am Ende der Straße, ehe es über die Neckarbrücke zum Autobahnzubringer nach Stuttgart ging, fuhr Löffler links ran und stellte den Wagen ab. Hinter einem Berg mit Abraum war das Dach der »Pizzeria Bocciabahn« zu erkennen, dahinter der inzwischen geräumte Platz der ehemaligen »Neckar-Garage.«

Löffler stieg aus, die beiden anderen warteten kurz, dann taten sie es ihm nach.

»Sehen Sie nur«, sagte der Hauptkommissar, und deutete auf die gerade entstehenden Neubauten, »dicht an dicht, gerade mal ein paar Meter zwischen den Häusern. Jeder guckt dem anderen in die Wohnung, die können sich von Fenster zu Fenster morgens mit Handschlag begrüßen.«

Tatsächlich sah es so aus, als hätte man genauestens darauf geachtet, keinen Quadratmeter Boden zu vergeuden. Wie eine Betonburg trat dem Beobachter der Komplex entgegen, und erinnerte durchaus ein wenig an Bienenwaben.

»Da entsteht nach dem Französischen Viertel bereits das nächste Wohngetto. Oder Wohnsilo.«

Stammler räusperte sich.

»Na ja, Herr Hauptkommissar, »sagte er dann, »mit Verlaub, aber wenn einer in einer Villa wohnt wie Sie, kann er vielleicht nicht verstehen, dass es Menschen gibt, die auch etwas beengter wohnen. Man kann sich mit so einer Wohnsituation wie hier durchaus arrangieren, denke ich. Hauptsache, es gibt überhaupt Wohnraum.«

Löffler musterte seinen Kollegen neugierig.

»Meinen Sie, die wohnen gerne hier? Wie man weiß, sind die Dinger hier auch noch scheißteuer. Aber um Sie zu beruhigen – ich meine das überhaupt nicht arrogant oder überheblich. Ich ärgere mich nur, dass unsere Gesellschaft überhaupt so bauen und wohnen muss. Aber gut, das ist ein anderes Thema, das gehört nicht hierher. Ich war ja auch bloß neugierig, wie weit die Bauarbeiten hier schon gediehen sind. Steigen wir ein, fahren wir weiter.«

Schweigend fuhren sie über die Bismarckstraße in Richtung

Blaue Brücke. Unterwegs, in der Höhe des »Bowling« begegnete ihnen eine der sogenannten »Schwanenpatinnen«, die die Tübinger Neckar-Schwäne mit Futter versorgten. Die domestizierten Tiere hatten nie gelernt, sich selbst zu versorgen, und mithilfe der Paten würden sie es auch nie können.

»Jetzt hatte ich schon gehofft, die Viecher wären weg, nachdem man sie vom Anlagensee vertrieben hat. Aber nein, sie machen am Neckar mit Hilfe eines verblendeten Tierschutzgedankens Tübinger Gutmenschen ein zweites Domizil auf. Ich könnte ...«

Stammler und Berger schauten sich erstaunt an.

»Sagen Sie mal«, fragte die Kommissarin dann, »was ist denn heute los mit Ihnen. So schlecht gelaunt habe ich Sie ja noch nie erlebt.«

»Als ich noch klein war, hat mich so ein Mistschwan am Neckar mal gebissen, als ich ihn füttern wollte. Die Viecher sind so doof, dass sie die Hand beißen, die sie füttert.«

»Und die Häuser vorhin, in Lustnau? Ist Ihnen mal eins auf den Fuß gefallen, als Sie noch klein waren?«

Löffler schaute Berger über den Rückspiegel an, dann lachte er laut. Auch Stammler stimmte in das Lachen ein. Schließlich lachten alle drei, bis sie vor der roten Ampel vor der Blauen Brücke anhalten mussten.

»Na gut«, sagte der Hauptkommissar, »ich bin schlecht gelaunt, weil wir mit diesem Fall hier nicht richtig weiterkommen. Und weil ich genau weiß, dass ich etwas weiß, was uns weiterhilft – aber ich erinnere mich nicht, was es war. Deshalb lasse ich etwas Dampf ab. Aber jetzt geht es wieder, ich habe mich beruhigt.«

»Das wiederum beruhigt uns«, sagte Berger, noch immer breit grinsend.

Vor ihnen fuhr gerade der Tübinger Oberbürgermeister auf seinem Fahrrad vorbei. Er verkaufte sich und die Stadt gut, auch medial. Das war natürlich dem bourgeoisen Geist der breiten Tübinger Mittelschicht hochgezüchteter Akademiker nicht ganz geheuer. Erst hatten sie ihn als Heilsbringer gewählt, jetzt machte er ihnen wegen seines Pragmatismus größte Probleme. Stammler deutete auf den radelnden Oberbürgermeister.

»Gab's bei den Leserbriefen noch keine Meldungen, dass vielleicht unser Oberbürgermeister der Täter sein könnte? Nachdem er neuerdings für alles verantwortlich gemacht wird, was irgendwo in der Stadt Schlimmes passiert, würde mich das nicht wundern.«

Im Präsidium rief der Hauptkommissar zuerst bei der Spusi an, um sich nach dem Hammer zu erkundigen. Alles, was sie an dem Werkzeug hätten sichern können, das sei schon erledigt, gab ihnen diese zur Antwort. Jetzt habe die Gerichtsmedizin das Ding zur Untersuchung. Dort könne man sich ja weiter erkundigen. Christian Löffler rief bei der Gerichtsmedizin an.

Markus Kürner, sein alter Kumpel, war noch nicht im Haus. Er wisse zwar Bescheid, und er kümmere sich auch um die Sache mit dem Hammer – allerdings erst später. Man könne ja nachher noch mal anrufen.

»Wissen Sie was«, sagte Löffler ins Telefon, »Sie machen sich jetzt sofort an die Untersuchung des Hammers, und so lange, wie ich mit dem Wagen von hier zu Ihnen hoch brauche, haben Sie, um Ergebnisse zu liefern. Ob Kürner da ist oder nicht, ist mir egal. Oder sind Sie der Hausmeister dort, der im Labor herumschnüffelt? Wenn Sie der nicht sind, sondern ein Mitarbeiter des großen Professors, machen Sie sich jetzt besser an die Arbeit.«

Wuchtig schmetterte Löffler den Hörer auf die Station.

»Wer kommt mit«, fragte er in die Runde.

Die beiden Kollegen schauten ihn staunend an.

»Was für ein Tonfall«, meinte Monika Berger fast bewundernd, »eiskalt, messerscharf, unversöhnlich und absolut Angst einflößend. Weitere Attribute fallen mir jetzt nicht ein. – Aber wegen Ihrer Frage: Ich komme mit, Kürner scheint ja nicht da zu sein.«

»Was hat das mit ihm zu tun?«

»Sie wissen doch, dass er mich nicht mal ignoriert, so sehr übersieht er mich. Das muss ich nicht haben.«

Löffler winkte ab.

»Ach was, der spielt bloß Theater, das habe ich Ihnen doch erklärt. Aber egal, er ist nicht da, wir können also hinfahren, auch wenn Sie davor Bammel haben. Sie, Stammler, werden derweil die Kopie des Testaments besorgen, das Tauber zum Erben macht. Hier«, und damit gab er Stammler einen Zettel, »da steht die Adresse und die Telefonnummer von Thorsten drauf, dem Anwalt. Sie können das Testament entweder abholen, oder sich faxen lassen. Thorsten weiß schon Bescheid. Und danach schauen Sie doch mal in den Unterlagen nach, ob mit dem Tod der Erblasserin, also der Tante, alles in Ordnung war. Man weiß ja nie.«

»Wie«, fragte der Kollege erstaunt, »noch eine Leiche?«

»Wer weiß?«

Damit ging der Hauptkommissar zur Tür und verschwand. Er folgte der Kollegin Berger, die bereits auf dem Weg zum Auto war. Aber noch ehe Löffler sie einholen konnte, begegnete er dem Oberstaatsanwalt. Der hielt ihn sanft am Ärmel fest und zog ihn zu sich her.

»Sag mal, Christian«, flüsterte er, und schaute sich gleichzeitig um, ob auch keiner in der Nähe war, der eventuell lauschen könnte, »gibt es irgendwas Neues in dem Berberfall, das ich wissen müsste? Verdächtige, überführte Täter, Spuren, ein Geständnis oder vielleicht sogar überhaupt nichts?«

Löffler musste lachen.

»Du nimmst das ja locker«, sagte er dann, »aber es ist wirklich so, dass wir nichts haben. Also keine konkreten Spuren. Andererseits habe ich das Gefühl, dass wir bald einen großen Schritt zur Auflösung hin tun werden.«

»Ein Gefühl?«

»Klar, darauf kommt es doch an. Einen Fall mit genügend Beweisen lösen kann ja jeder. Aber in dem Fall, wenn es schwierig und vertrackt wird, dann hilft nur das Gefühl bei der Aufklärung. Und dieses Gefühl haben nur die Guten. Also vertrau mir.«

»Ich war nur neugierig, wie weit ihr seid. Ich möchte gerne etwas antworten können, wenn man mich nach dem Hammermörder fragt.«

»Dem Hammermörder?«

»Ja, so heißt er inzwischen in der Bevölkerung. Eltern sagen zu ihren Kindern, wenn sie nicht leer essen wollen, dass sie dann zum Hammermörder kommen. Seitdem gibt es in Tübingen keine weggeworfenen Lebensmittel mehr. Immerhin.«

Jetzt erst dämmerte es Löffler, dass der Staatsanwalt ihn aufzog.

»Mensch, jetzt hast du mich aber reingelegt. Ich wusste gar nicht, dass ausgerechnet du so viel Humor hast.«

»Galgenhumor, Christian, nur Galgenhumor.«

Der Hauptkommissar tätschelte seinem Gegenüber tröstend und zugleich beruhigend den Unterarm.

»Vertraue mir, wir lösen den Fall schon. Manchmal geht das dann ganz schnell. Und ich habe so das Gefühl …«

»Oje, dein Gefühl«, sagte der Staatsanwalt und ging dann schnell den Gang entlang. »Erzähl mir erst wieder davon, wenn ihr den Täter habt«, rief er Löffler noch zu, ehe er hinter einer Bürotür verschwand.

Draußen wartete Monika Berger bereits ungeduldig am Wagen auf ihren Chef. Löffler setzte sich hinters Lenkrad und sie fuhren los. Der Hauptkommissar öffnete das Fenster, machte es aber schnell wieder zu. Die Oktoberkühle hatte beide zum Frösteln gebracht.

»Was war mit dem Staatsanwalt«, fragte die Kommissarin, »macht er Druck, weil er Druck kriegt, von jemand der Druck kriegt?«

Löffler lachte.

»Schön hergeleitete Befehlskette, Frau Kollegin, aber bei uns gibt es keinen Druck. Sie wissen doch, dass dieses unsägliche

Zusammenspiel zwischen Anwaltschaft und Ermittlern, das uns diese Krimiserien immer verkaufen, reinste Dramaturgie ist.«

»Bei uns fällt das doch bloß weg, weil Sie Hinz und Kunz bei der Staatsanwaltschaft kennen. Wäre ich an Ihrer Stelle, sähe die Sache wahrscheinlich ganz anders aus. Könnte ich mir vorstellen.«

»Wir sollten das jetzt nicht vertiefen. Ich mag solche Konjunktiv-Unterhaltungen nicht. Dieses Sprechen ins Ungefähre ist meist etwas ziellos. Außerdem bin ich wirklich gespannt, was die Untersuchung mit dem Hammer gebracht hat. Ist denn überhaupt geklärt, dass es sich um die Tatwaffe handelt?«

In der Gerichtsmedizin wurden die beiden Polizisten bereits erwartet. Markus Kürner war inzwischen eingetroffen und kümmerte sich um das Ergebnis der Untersuchungen. Als Berger ihn erblickte, wollte sie abrupt umdrehen und zurück zum Auto marschieren. Aber ihr Chef hatte das wohl kommen sehen und hielt sie am Oberarm fest. Er nickte ihr beruhigend zu, dann kam sie doch mit.

»Na, Markus«, begrüßte Löffler seinen Freund, »bist du Überbringer einer guten Nachricht? Oder ist das bloß ein Hammer von vielen, die so im Neckar rumliegen?«

Kürner wedelte etwas richtungslos mit dem Zeigefinger herum. Dann deutete er auf eine Tür, was wohl bedeutete, dass die zwei Polizisten ihm folgen sollten. Löffler nickte seiner Kollegin zu, dann betraten sie hinter Kürner eine Mischung aus Büro, Labor und Rumpelkammer. Kürner ließ sich in einen dicken Sessel fallen, drehte sich auf ihm einmal im Kreis, stoppte die Drehbewegung, und wandte sich dann seinen beiden Gästen zu.

»Interessantes kann ich berichten«, sagte er, »allerdings weiß ich nicht genau, wie man das bewerten kann.«

»Ist auch nicht weiter schlimm, dafür hast du ja uns. Du schneidest sie auf, deine Kunden, wir schauen mal, was das bedeutet, was du in ihnen findest. Ist doch eine gerechte, harmonische Welt, in der ein Rädchen ins andere greift.«

»Ach, mein Philosoph und Menschenfreund.«

»Wusste ich doch, dass dir das gefällt. Aber wenn du jetzt nicht zur Sache kommst, mach ich dich dafür verantwortlich, wenn uns der Täter entwischt. Bloß weil du hier eine Show im Drehstuhl abziehst. Also, was ist jetzt?«

Der Professor räusperte sich, sah dann noch mal in die Unterlagen, die er die ganze Zeit in der Hand getragen hatte, und nahm dann, ganz Theatermensch, der er offensichtlich war, seine Brille ab und stopfte sie in seine Jackentasche.

»Also, dieser Hammer ist eine Tatwaffe.«

Kürner schwieg abrupt, und schaute von Löffler zu Berger, wieder zurück, wieder von vorne. Keiner sagte etwas. Eine Weile herrschte totales Schweigen im Raum.

»Ich sagte, es handle sich um eine Tatwaffe«, wiederholte der Mediziner sich dann, »gibt euch diese Formulierung kein Rätsel auf?«

»Ich habe schon verstanden, Markus«, sagte Löffler ganz ruhig, in einem Tonfall, als redete er mit einem Kind, das gerade den Lernstoff nicht kapiert hatte, und das man trösten musste. »Mit dem Hammer ist jemand geschlagen worden, oder eher erschlagen, soweit kann ich folgen. Und jetzt sagst du uns noch, wen man damit erschlagen hat, dann können wir uns den Täter locker abholen. Und du darfst wieder mit deinen Mitarbeitern Späßchen machen. Also, was ist?«

Kürner seufzte.

»Was ich sagen will, ist, dass mit dem Hammer eure Leiche auf dem Stocherkahn erschlagen wurde. Das zeigen uns die Spuren, die man noch erkennen konnte, vor allem aber der Abdruck des Hammers auf den Wunden. Die Schläge passen, die Vertiefungen im Kopf des toten Schnabel passen haarscharf.«

Löffler wollte ihn unterbrechen.«

»Moment, jetzt bin ich dran«, winkte Kürner ab, »mit diesem Tatwerkzeug wurde also dieser Schnabel getötet, aber nicht der Kerl am Anlagensee. Die Bahn, also der ballenförmige Teil des Hammerkopfes, passt nicht zu den Wunden. Dieser Hammer hier, den wir untersucht haben, hat einen kleineren Kopf. Ihr könnt euch jetzt also aussuchen, ob ihr einen Mörder sucht, der mit verschiedenen Hämmern tötet, oder zwei Mörder, die je einen Hammer haben.«

»Einer hat ja jetzt keinen mehr«, sagte Berger.

Kürner beugte sich nach vorne und sah um den vor ihm stehenden Löffler herum hin zu der Kommissarin, die direkt hinter Löffler stand.

»Immer zu Scherzen aufgelegt, die junge Dame«, sagte der Mediziner, »egal womit man kalauert, Hauptsache gut gelaunt. Sie müssen ja ein wirklich sonniges Gemüt haben. Erstaunlich, bei dem Beruf.«

Löffler ließ sich von der Kabbelei nicht irritieren.

»Habt ihr irgendwelche Spuren an dem Hammer feststellen können. Ich rede von DNA, von Spuren, die eindeutig auf einen Menschen verweisen. Gibt es so etwas?«

»Obwohl der Hammer ja im Wasser lag, bleibt da häufig was übrig. In kleinen Unebenheiten im Holz haben wir Haare und Blut gefunden, aber das ist ja wohl vom Toten. Vom Täter ist nichts zu finden. Er hat ja auch nur den glatten Teil des Werkzeugs berührt, da bleibt nichts hängen. Möglicherweise hat er sogar Handschuhe benutzt. Nee, da kann ich euch keine Hoffnung machen.«

»Tja, da hast du in der Tat den Finger in die Wunde gelegt«, sagte der Hauptkommissar, während er den Untersuchungsbericht aus Kürners Hand entgegennahm, »der Hammer hat die Sache eher verkompliziert. Wonach suchen wir jetzt? Nach einem Mörder? Nach zweien? Kannten, oder besser, kennen die sich? Haben sie ein gemeinsames Anliegen, eine Mission, weil sie zwei gleich gepolte Spinner sind? Ist der eine gar nur ein Nachahmer des anderen? Vielleicht baut eine Tat auf der anderen auf? Brauchen wir bloß ein Motiv, um den ganzen Fall zu klären, egal, wie viele Täter wir am Ende haben?«

Kürner hielt sich die Ohren zu.

»Nun hör aber auf«, rief er seinem Freund zu, »das hält ja

keiner mehr aus. Ich kann dir nur raten, noch mal von ganz vorne anzufangen, und dich dann vorzuarbeiten. Ein paar Dinge weißt du inzwischen, mehr als zu Beginn der Untersuchungen jedenfalls. Setze sie zusammen, irgendwann fügt sich das Ganze. Mensch, Christian, das hat bei dir doch noch immer geklappt, du schaffst es auch dieses Mal.«

Der Hauptkommissar schwieg. Er sah Kürner erstaunt an. Fast schien es, als sei er aus einer fremden Welt plötzlich wieder zurückgekommen in die Wirklichkeit des Büros in der Tübinger Gerichtsmedizin.

»Ja, du hast recht«, meinte er dann, »wir müssen den Fall noch mal von Anfang an aufrollen. Irgendetwas ist da von Beginn an schief gelaufen. Die Perspektive stimmt nicht. Wir haben uns zu sehr auf Berber, Spinner und Stochern im Nebel verlassen. Das machen wir nun anders. Kommen Sie, Frau Kollegin, wir kümmern uns jetzt um den Täter.«

Damit drehte er sich um und verließ das Büro.

»Tja«, sagte Kürner schulterzuckend zu Monika Berger, »so ist er halt, unser Christian. Zielstrebig, unermüdlich, stets auf der Suche. In der Phase kann ihn jetzt nichts mehr aufhalten. Passen Sie auf ihn auf, dass er regelmäßig isst.«

Berger sah Kürner neugierig und gleichzeitig erstaunt an.

»Dass er isst?«

»War ein Scherz. Ich wusste gar nicht, dass ich einen so komplizierten Humor habe.«

»Ich wusste gar nicht, dass Sie überhaupt Humor haben. Witzig sind Sie jedenfalls nicht, das ist sicher.«

»Man muss den Witz verstehen, um über ihn lachen zu können. Man muss ihn sogar verstehen, um ihn nicht witzig finden zu können.«

»Was soll das jetzt …«

Draußen hupte Löffler.

»Ihr Herr und Meister ruft. Es ist besser, Sie gehen jetzt, weiterkabbeln können wir uns dann bei der nächsten Leiche. Denn wie sagt der Schwabe – uff was gwieß ko ma warte.«

Tonlos wandte Berger sich ab und verließ den Raum. Habe ich jetzt gewonnen, oder dieser arrogante Typ da drin, fragte sie sich auf dem Weg zum schon wieder ungeduldig hupenden Löffler. Sie entschied sich für ein Remis. Sie wollte sich ja nicht die Laune für den Rest des Tages verhageln lassen.

Hauptkommissar Christian Löffler hatte den Kollegen Stammler angerufen und in den »Neckarmüller« bestellt.

»Wir halten Kriegsrat bei einem Weißwurstfrühstück.«

Berger und ihr Chef setzten sich an einen Tisch direkt an der Neckarmauer. Drei Meter unter ihnen floss das Wasser träge Richtung Stauwehr. Ein paar Stocherkähne kreuzten den Fluss, häufig nur mit ein, zwei Gästen bestückt. Einer stocherte, der oder die andere las oder döste in der Herbstsonne. Nur einmal schraken Stocherer, Dösende und Spaziergänger in der Platanenallee oder auf der Neckarmauer, dem Zwingel, auf. Als nämlich schlagartig etwas über den Fluss tönte, das sich eindeutig wie der Ausschnitt aus einer Oper anhörte. Der Neckar-Caruso hatte eine Touristengruppe an Bord und schmetterte eine Arie. Als sie zu Ende war, plätscherte der Beifall zu Löffler und Berger herüber.

Als Caruso auf gleicher Höhe wie die beiden Polizisten war, dirigierte er den Kahn zur Mauer herüber, bis die Außenwand an die Steinmauer schlug.

»Euch geht's aber guat, sitzet am helle Vormittag em Neckermüller ond glotzet mir beim Schaffe zua. Was isch mit eurem Mörder, no nix gfange?«

Dann wandte er sich an sein Dutzend Fahrgäste, die neugierig nach oben, zu Löffler und Berger blickten.

»Die zwei Herrschaften da oben sind nämlich einer Mörderbande auf der Spur. Die Kripo Tübingen ist berühmt für ihre Kommissare und Kommissarinnen. Erst vor Kurzem haben sie den Stadtlauf-Killer geschnappt. Jetzt suchen sie nach einem Mörder, oder auch nach mehreren, die wehrlose Obdachlose meucheln. Aber Sie brauchen keine Angst zu haben, hier in Tübingen sind Sie in sicheren Händen. Und außerdem passe ich auf Sie auf.«

Die Gäste klatschten. Caruso verbeugte sich. Die Gäste klatschten noch einmal.

»Dann machet's amol guat«, rief der Stocherkönig vom Neckar nach oben. Dann stieß er sich von der Mauer ab und hielt auf die Flussmitte zu. Schließlich verschwand er mitsamt seiner Fracht im Seitenarm des Neckars, der an den Schulen vorbeiführte.

»Was war das denn?«, fragte Berger.

Löffler lachte.

»Caruso hat gerade eben die Tübinger Mordkommission in sein Stocherkahnprogramm aufgenommen. Wir sind die dunkle Seite der Stadt, das Bedrohliche. Aber auch die Helden in weißen Rüstungen. Er wird seinen Gästen jetzt wahrscheinlich wahre Horrorgeschichten erzählen.«

»Sind wir jetzt also in die Stadtfolklore aufgenommen?«

»So könnte man es ausdrücken.«

Stammler kam mit einem Fahrrad über eine Rampe von der Gartenstraße her direkt in den Biergarten gefahren. Er stieg vom Rad und schob es zu ihnen her an den Tisch. Dort stellte er es ab und setzte sich.

»Sportlich, sportlich«, empfing ihn Berger, »trainierst du für eine Radtour? Woher hast du das Ding überhaupt?«

Der Kollege streichelte über den Lenker des Rads. Es war ein nagelneues Mountainbike, silbern glänzend mit Federung an allen möglichen Stellen. Sogar Scheibenbremsen hatte das Gefährt, das nun auch Löffler neugierig betrachtete.

»Neulich gekauft, und gerade eben abgeholt. Bei Klaus in ›Rad &Tat‹, die haben mir das empfohlen. War sauteuer, aber so ein Rad kauft man ja auch nur einmal im Leben.«

»Und wozu hast du das Ding? Willst du dein Auto verkaufen? Oder hat dich unser Bürgermeister derart infiziert, dass du jetzt zum Umweltfreak geworden bist?«

Stammler winkte ab.

»Ich benutze es vorwiegend in der Stadt. Oder bei gutem Wetter in den Wäldern um Tübingen herum. Wenn unser Chef«, und dabei deutete er auf den Hauptkommissar, »pausenlos über den Spitzberg rast, kann ich das mit dem Bike auch.«

»Du willst das also auch im Beruf benutzen«, fragte Berger erstaunt.

»Klar, guck dir doch mal den Verkehr hier in der Stadt an. Da bin ich doch mit dem Rad schneller bei jedem Tatort als ihr mit all den Umleitungen, Staus und unüberwindlichen Hindernissen.«

»Na schön, Herrschaften, wir wissen jetzt, dass der Kollege ein Rad hat, kommen wir mal zu unserem Fall. Denn der setzt mir, um aufrichtig zu sein, immer mehr zu. Ehrlich gesagt haben wir nicht mal einen Verdächtigen, und das ist mir zu so einem Zeitpunkt noch nie passiert. Seit Tagen stochern wir irgendwie im Trüben, und nix kommt dabei heraus. Und dann erfahren wir auch noch, dass wir es eventuell mit zwei Tätern zu tun haben.«

Er erzählte Stammler kurz das Ergebnis der Untersuchung des Hammers. Der Kollege pfiff durch die Zähne.

»Es könnte aber auch sein, dass der Täter einfach nach dem ersten Mord seinen Hammer weggeworfen und sich dann einen neuen besorgt hat, oder?«

»Klar ist das möglich, aber gefunden haben wir den Ersten ja auch nicht. – Also los, beginnen wir von vorne, was wissen wir?«

So recht wusste keiner, wo er oder sie anfangen sollte. Stammler spielte gedankenverloren mit der rechten Hand an der Gangschaltung seines Rads herum, Berger streichelte die Speisekarte und Löffler sah sehnsuchtsvoll auf den Neckar. Offensichtlich versuchten sie alle, ihre Gedanken zu ordnen.

»Na schön«, hatte Löffler dann ein Einsehen, »vor zwanzig Jahren verschwindet Wolfgang Tauber aus der Gegend mit der Frau eines anderen. Er verlässt seine eigene Ehefrau und sein kleines Kind, räumt seine Konten leer und macht einen auf liebestollen Abenteurer. Sozusagen der Beginn eines Drehbuchs ohne Happy End. Denn, wie wir wissen, geht in Spanien alles schief. Zurück bleibt Tauber, alleine, ohne Geld, während die Geliebte zurückgeht zum Ehemann und ihm ein Kind präsentiert.«

»Was in den kommenden Jahren mit Wolfi passiert ist, wissen wir nicht«, übernahm Stammler, »weil das irgendwie keiner weiß. Ohne richtige Verwandte, ohne Freunde, ohne Tagebuch und Briefe werden wir das auch nie erfahren. Frage: Ist das wichtig für den Fall?«

Alle drei schauten sich ratlos an. Keiner wollte etwas sagen.

»Okay«, beendete Berger die Stille, »wir haben keine Ahnung, Teil eins. Ich persönlich denke aber, dass das nicht so ist. Wenn er dort, wo er die Jahre verbrachte, Feinde hatte, werden die kaum darauf warten, es ihm ausgerechnet in Tübingen mal so richtig zu zeigen.«

Löffler nickte zustimmend.

»Das sehe ich auch so. Was passiert ist, hat mit Tübingen, hat mit seiner Vergangenheit hier zu tun. Oder mit der Gegenwart. Wir wissen, dass Tauber früher ein unangenehmer Mensch war. Nicht sehr beliebt. Aber wer ist das schon? Deshalb muss man in der Regel nicht sterben, indem man den Schädel eingeschlagen kriegt.«

»Letzten Endes«, mischte sich nun auch die Kommissarin ein, »müssen wir uns doch überlegen, ob einer der Berber infrage kommt, oder ob wir ganz woanders nach dem Täter suchen müssen.«

»Woanders? Ach ja, und wo genau?«

Die Bedienung kam an den Tisch. Löffler schaute sich fragend in der Runde um, dann bestellte er drei Mal Weißwürste und Apfelschorle.

»Mal sehen, ob sie genauso gut schmecken wie auf dem Fischmarkt.«

»Auf dem Fischmarkt? Aber der ist doch nicht in München.«

»Nein, in Hamburg. Und da gibt es einen Weißwurststand, bei dem ich mit meinem Freund Blacky Stammgast war. Da können die bayrischen Touristenwürste am Chinesischen Turm nicht mithalten. Das nur nebenbei.«

»Fisch und Weißwurst – was für eine merkwürdige Mischung«, sagte Stammler, und schüttelte sich dabei.

Löffler lachte bloß.

»Also, weiter«, drängte Monika Berger, »wer bleibt noch im Spiel?«

»Normalerweise würde ich in dem Fall sagen: die Erben.«

»Aber?«

»Die Erben hätten erstens wissen müssen, dass sie überhaupt was erben, und außerdem hatten sie keine Ahnung, dass Tauber überhaupt hier in der Stadt war.«

»Sagen sie.«

»Wer?«

»Sie, die Erben«, sagte Löffler.

»Ja, klar, aber warum sollten sie lügen? Ich meine, wer bringt seinen Vater oder Ehemann um, einfach so? Dass sie vom Erbe nichts wussten, scheint ja zu stimmen.«

Die Bedienung brachte die Weißwürste und die Getränke. Stammler schaute auf seine Armbanduhr.

»Passt, sie haben das Zwölfuhrläuten nicht gehört. Dann schmecken sie doch am besten. Wusste man das auch in Hamburg? Auf dem Fischmarkt. Zwischen all dem Kabeljau und Heilbutt?«

Löffler hatte bereits begonnen, die Wursthaut aufzuschneiden und spießte die Weißwurst gerade mit der Gabel auf. Dann schob er sie mit der Spitze in den Mund und zuzelte sie langsam bis zur Mitte aus.

Berger und Stammler schnappten die Wurst einfach mit der Hand, schnitten die Spitze ab, steckten die Wurst zur Hälfte in den Mund und zogen dann mit lauten, glitschigen Ziehgeräuschen das Innere der Pelle in die Mundhöhle. Dieses Gezutzel und Geglitsche dauerte so lange, bis jeder von ihnen seine zwei Weißwürste gegessen hatte, und die leeren Pellen wie gebrauchte Kondome auf dem Teller lagen.

»So«, sagte Stammler, nachdem er noch einen langen Schluck aus dem Apfelsaftglas genommen hatte, »jetzt finden wir den Täter. Also, ich bin bereit.«

»Du meinst, es lag an der fehlenden Weißwurst, dass wir bisher nicht weitergekommen sind bei dem Fall?«

Stammler nickte heftig, musste dann aber lachen.

»Es liegt nicht direkt an der Wurst«, meinte er dann glucksend, »sondern an dem Glauben an die Wunderwirkung von ihr.«

»Ich dachte immer, diese Wirkung haben bloß die Hamburger Weißwürste.«

»Klar, aber bloß, wenn man sie direkt neben dem Heringsstand kauft. Wegen dem besonderen Aroma.«

»Die Hamburger Weißwürste sind halt schlauer als die anderswo.«

»Nicht nur die, auch die Bürger da, das weiß man doch.«

»Aber vielleicht liegt das ja auch an den Fischwürst ... ähh ... Weißwürsten.«

»Stopp.«

Der Hauptkommissar hatte mit offener Hand auf den Biertisch geschlagen. Die Apfelschorle waren übergeschwappt und dünne Rinnsale liefen über den schräg stehenden Tisch Richtung Neckar.

Löffler tränten leicht die Augen vom Lachen.

»Das verlangt ja förmlich nach einem Hamburg-Ausflug. Spätestens dann, wenn ich den Rest aus meinem Haus hole, oder wenn wir den Hausstand dort ganz auflösen, müssen Sie beide mich begleiten. Und dann geht's sofort, umweglos, auf den Fischmarkt zum Ständle mit den Würsten. Sie werden sich wundern.«

Inzwischen kamen immer mehr Gäste an den Neckar, die Mittagszeit war angebrochen, und die Menschen nutzten das warme Herbstwetter, um draußen zu sitzen. Vielleicht das letzte Mal, der Oktober war unberechenbar. Der Bootsverleih jedenfalls unterhalb der Neckarbrücke, den man über die Treppen hinter dem Tübinger Verkehrsverein erreichen kann, war gerade dabei, seine Flotte ins Winterlager zu bringen. Der Besitzer traute dem Wetter wohl nicht mehr, und die Touristensaison war irgendwie auch vorbei. Die Gäste im »Neckarmüller« konnten beobachten, wie ein kleines Motorboot ablegte, und hinter sich her etwa ein Dutzend Ruderboote neckaraufwärts zog, die alle mit einem Seil miteinander verbunden waren.

»Das sieht aus wie eine Entenfamilie auf dem Heimweg«, sagte Stammler.

»Was uns zum Fall zurückbringt«, brachte Monika Berger die drei Polizisten thematisch wieder in die Spur.«

»Wo waren wir?«

»Die Tauberfamilie mit der adoptierten Tochter wusste offiziell nichts vom Erbe des toten Wolfi. Thorsten, der Anwalt, hat mir versichert, dass sie auf keinen Fall etwas weitererzählte, weil sie die Tauberfamilie für Parasiten hielt, die ihren armen Neffen geradezu weggetrieben hätten. Wäre sie eine gute Frau gewesen, hätte Wolfi nicht mit Charlotte abhauen müssen. So war ihre Ansicht.«

»Tja, so kann man das natürlich auch sehen – muss man aber nicht.«

»Sie war eine alte Frau und sie hatte niemand mehr.«

»Die Frage ist doch«, sagte Löffler nachdenklich, »ob dieser Wolfi, nachdem er die Neuigkeit mit seiner adoptierten Tochter erfahren hatte – ob er danach Kontakt zu ihr aufgenommen hat.«

»Vaterliebe?«

»Eher Neugierde, könnte ich mir vorstellen, Oder späte Reue. Ist aber eigentlich auch egal, wichtig ist nur: Hat er oder hat er nicht?«

»Als ich da war«, erinnerte sich der Hauptkommissar, »schien es nicht so, als hätten sie zu ihm Kontakt gehabt. Und von der Adoption hat auch keiner was erzählt. Okay, die Tochter muss es ja nicht unbedingt wissen. Wenn die Tauberin ihr nichts erzählt hat, weiß sie nicht, dass sie nicht ihre biologische Mutter ist.«

Stammler schüttelte den Kopf.

»Das ist doch alles egal, es geht nur darum, ob sie mit dem Motiv der Gier nach dem Erbe als Täter infrage kommen?«

Löffler dachte nach, und wog dabei, wie meist beim Nachdenken, den Kopf hin und her. Dann schien er sich entschieden zu haben.

»Ich glaube eher nein. Wenn man die Leute da sieht, in ihrem sozialen Elend, glaubt man zwar, dass sie gerne da rauskämen. Aber man sieht auch, dass sie keinen blassen Schimmer haben, wie das gehen soll. Die sind so tief in ihren Gedanken ans Elend beschäftigt, dass sie nicht mal den Gedanken an eine solche Tat denken können. Sie stoßen nicht mal auf so eine Idee in der überschaubaren Kleinstinsel ihres Gehirns.«

»Und außerdem ist ja noch immer – man vergisst das offensichtlich gerne in unseren Reihen – der Mord an Schnabel. Der hat mit der Familiensituation Taubers nun wirklich nichts zu tun.«

Berger nickte zustimmend.

»Dieser zweite Mord macht die Sache vollkommen undurchschaubar.«

»Es gibt keine Verbindungen der zwei Opfer. Null.«

»Doch, sie sind Berber«, sagte Monika Berger, »das ist das, was sie gemeinsam haben. Sollen wir nicht doch in diese Richtung ermitteln? Mal alle diese Obdachlosen vorladen und sie intensiv befragen? Es gibt ja auch noch den Treffpunkt oben in der Stadt, beim Nonnenhaus, neben dem ›Osiander-Buchladen‹. Was, wenn Tauber sich da mit jemand angelegt hat und der irgendwann durchdrehte?«

»Klar, und weil er grad dabei war, hat er Schnabel auch noch gemeuchelt.« Löffler schüttelte den Kopf. »So funktioniert das nicht. Bei den beiden Morden baut die eine Tat auf der anderen auf, da bin ich mir ganz sicher.«

Stammler strich versonnen über den Rahmen seines neuen Rads. Dabei starrte er in die Ferne, über den Neckar auf das blitzhässliche Parkhaus, das gegenüber vom »Neckarmüller« stand und wie eine dunkle Betonwand wirkte.

»Es läuft nur über den Tauber«, sagte er dann leise, fast wie im Selbstgespräch, »lasst uns herausfinden, was dahintersteckt, und der ganze Fall löst sich in Wohlgefallen auf. Will sagen, wir buchten den Täter ein.«

In dem Augenblick klingelte Löfflers Smartphone. Er zog es aus der Tasche, las kurz den Namen auf dem Display und hielt es dann ans Ohr. Er hörte eine Weile zu, ohne selbst etwas zu sagen.

»Sonst noch etwas?«, fragte er dann.

Die Antwort am anderen Ende war wohl kurz ausgefallen, denn gleich darauf steckte Löffler das Smartphone zurück in die Tasche.

»Das mit dem Täter einbuchten ist gar nicht so einfach«, sagte er schließlich zu den ihn neugierig anschauenden Kollegen, »denn vielleicht handelt es sich um zwei Täter.«

»Zwei? Wie das denn«, fragte Berger erstaunt.

»Die Kollegen haben am Tatort im Hölderlingarten herausgefunden, dass Schnabel da war, dass ein Mörder da war – und dass noch ein Mörder da war. Anders ausgedrückt, haben sie Fußspuren von drei Personen gefunden.«

»Zwei Täter? Oder einer, der dem Opfer helfen wollte?«

»Nichts helfen. Die beiden gehörten wohl zusammen. Sogar beim Tragen und Schleppen des Opfers in den Kahn waren sie zu zweit. Nach einem Helfer Schnabels sieht das nicht aus, würde ich sagen.«

Alle drei schwiegen. Jeder wusste, was das bedeutete und dass sie mit ihrem Fall wieder am Anfang waren. Vor dem Anfang, wollte man es überspitzt ausdrücken.

»Ich hätte Lust, zu vergessen. Ich hätte Lust, zu Jäckie in die Kneipe zu gehen und zu vergessen. Wenn nur nicht immer die Tage danach wären.«

»Ich weiß genau«, sagte Löffler, »dass ich etwas weiß, das ich vergessen habe. Wenn ich das wiederfinde, sind wir einen guten Schritt weiter. Wissen Sie was – ich gehe jetzt laufen. Ganz alleine und nicht lange. Einfach joggen im Ammertal. Da kann ich meine Gedanken sortieren.«

Berger verdrehte die Augen.

»Noch mal joggen? Sie waren doch heute schon unterwegs.«

»Das war Training. Jetzt jogge ich.«

»Und was machen wir, Stammler und ich?«

Löffler deutete auf Stammlers Fahrrad.

»Kommt darauf an, was der Kollege vorhat mit dem Rad. Mein Vorschlag: Ich leihe mir das Rad aus und fahre damit ins Präsidium zu meinen Laufklamotten, und Sie beide schnappen sich den Wagen und fahren damit zu den Taubers. Da finden Sie mal raus, wie das mit der Adoption war, und ob das Mädchen das weiß. Und ob die Tante oder der Detektiv doch gequatscht haben. Ach ja, und besorgen Sie mir doch auch ein Foto von der ganzen Familie Tauber.«

Stammler verzog das Gesicht.

»Mein schönes neues Rad? Einem Läufer geben?«

Löffler lachte.

»Seien Sie doch froh, dass Ihnen mal einer das Ding richtig einfährt.«

»Sie? Sie wollen das einfahren. Wie soll das denn gehen?«

»Och, früher war ich mal beim RC Pfeil Tübingen Auswahlfahrer. Ich wäre fast ins Nationalteam gekommen, aber ich habe mich dann fürs Laufen und die Kripo entschieden.«

Stammler und Berger bekamen große Augen. Währenddessen hatte Löffler sich bereits das Rad geschnappt, auf den Sattel geschwungen und fuhr im Schritttempo Richtung Rampe, die nach draußen führte. Kurz vor der Rampe drehte er sich noch mal zu den Kollegen um.

»Das mit dem RV Pfeil und dem Nationalteam – das war gelogen. Aber ein bisschen radeln kann ich schon.« Dann trat er in die Pedale und fuhr die Rampe hinauf.

»So ein Angeber«, sagte Berger, und stampfte mit dem Fuß auf den Boden.

»Lügner trifft die Sache eher.«

Berger schaute sich um.

»Und Zechpreller«, sagte sie dann, und deutete auf ihre leeren Teller und Gläser.

»Und ich habe meinen Geldbeutel vergessen.«

»Lausiger Geiz-Schwabe.«

Löffler kam gerade von seinem kleinen Jogginglauf ins Polizeigebäude in der Konrad-Adenauer-Straße zurück, als Heim ihn zu sich winkte. Er war nicht geduscht und kam sich einigermaßen blöde vor, hier auf dem Flur des Dienstgebäudes, verschwitzt und in kurzen Hosen. Ausgerechnet er, der Anzugträger. Heim winkte noch einmal, hektischer, drängender. Also seufzte er kurz vor sich hin, als Zeichen seiner Niederlage, und stieß die Tür in den Dienstraum seiner Abteilung auf. Heim kam ihm gleich entgegen und wedelte mit dem Telefon in ihrer Hand.

»Ihr Vater hat angerufen, Chef, er meinte es sei dringend. Sehr dringend. Etwas Privates, meinte er, damit Sie sich nicht gleich wieder aufregen wegen dem Fall, den wir ohnehin nicht lösen.«

Sie schlug sich die Hand vor den Mund.

»Also ... ich meine ... das mit dem nicht lösen – das hat Ihr Vater gesagt, das stammt nicht von mir. Nicht, dass Sie das denken.«

Löffler lächelte.

»Aber das weiß ich, Frau Heim, das weiß ich doch. Sie werden ja wohl nicht glauben, dass wir in einer unauflöslichen Sackgasse stecken, oder?«

Heim schüttelte heftig den Kopf.

»Denken Sie positiv, das hilft immer. Allerdings habe ich im Augenblick das Gefühl, dass wir in einer Sackgasse sind, aus der wir nicht rauskommen. Glauben Sie nicht auch?«

Heim nickte heftig mit dem Kopf.

»Sehen Sie, dann sind wir uns einig. – Nun sagen Sie mal, was denn so eilig war, dass Sie mich noch vor dem Duschen hier hereinholen. Was sagte mein Vater denn noch?«

Man sah Heim an, dass sie über den raschen Themenwechsel froh war. Sie fühlte sich jetzt wieder eindeutig auf sicherem Boden.

»Sie sollen sich auf jeden Fall melden, sobald Sie wieder hier sind. Zu Hause warte eine Überraschung auf Sie. Eine tolle Überraschung, so wie er klang, möchte ich mal sagen.«

»Sie wissen aber nicht, worum es sich handelt, oder?«

»Nein, nein«, wehrte die Mitarbeiterin ab, »er wollte mir nichts sagen. Wahrscheinlich hatte er Angst, dass ich es Ihnen weitererzählen würde, und dann wäre es ja keine Überraschung mehr.«

»Eben. Und deshalb gehe ich jetzt duschen, und dann hole ich mir die Überraschung zu Hause ab.«

Damit verschwand der Hauptkommissar in seinem Büro. Dort schnappte er sich seine Kleider und marschierte damit zu den Duschen am Ende des Stockwerks. Als er zurückkam, waren seine Haare zwar noch feucht, aber ansonsten hatte er seine normale Anzugs-Uniform mit Krawatte an. Er schaute noch einmal bei der Mitarbeiterin Heim vorbei. Die saß vergraben hinter ihrem Computer, umgeben von ihren Grünpflanzen, die aus ihrer Büroecke einen kleinen schwäbischen Dschungel gemacht hatten. Löffler trat hinter sie und sah ihr über die Schulter.

»Ist das der Detektiv, der nach Tauber gesucht hat«, fragte er, und deutete auf den Bildschirm, der ein Firmenlogo und den Namen »Detektivbüro Braun – das magische Auge« zeigte.

Heim nickte.

»Ich habe mir mal angeschaut, was der Mann so macht«, sagte sie, und schaute dabei zu Löffler hoch, »sein Spezialgebiet ist nicht die Personensuche, sondern eher Sachen wie Ladendiebe fangen und untreue Ehemänner fotografieren. Klassisch, wie man sich so einen Schnüffler halt vorstellt.«

»Na ja, was sollen Detektive auch sonst machen? Die Vorstellung, einen Marlowe oder einen Lew Archer zu treffen, der dann die großen Fälle löst, müssen wir wohl aufgeben. Oder in Büchern danach suchen. Haben Sie denn die Kontaktdaten des Mannes für mich? Ich gehe da mal vorbei, ehe ich nach Hause fahre.«

Waldhäuser-Ost lag zwar nicht gerade auf dem Heimweg Christian Löfflers. Aber in das Wohnsilo auf der nördlichen Hanglage Tübingens war wenig Verkehr, sodass man bei einem Abstecher dahin nicht viel Zeit verlor.

Phil Braun, der Detektiv, wohnte im Weißdornweg. Die Straße war eine Sackgasse, an deren Ende der Weißdornweg 14 als vermutlich höchstes Gebäude Tübingens mit einundzwanzig Stockwerken thronte. Hier, im elften Stock wohnte Braun, und sein Büro war dort ebenfalls untergebracht.

Löffler konnte im Atrium des Riesengebäudes zwischen drei Aufzügen wählen. Einer davon war allerdings blockiert, weil gerade ein Ein- oder Auszug stattfand, und der größte der Lifts als Lastenaufzug diente.

Als Löffler aus dem Aufzug in den Flur trat, kam er sich vor wie auf einem Raumschiff der Star-Trek-Serie. Links und rechts ein endloser Gang, dunkel beleuchtet von Neonlampen an der Decke. Die Wände waren gelb gestrichen, dazu ein dunkelblauer Boden und absolute Stille. Die Wohnungen waren mit Zahlen beschriftet. Es war trotz der Lampen so dunkel, dass Löffler vor jedem Türschild stehen bleiben und sich mit den Augen vortasten musste, um die Zahlen und die Namensschilder lesen zu können. Dann, als letztes Appartement, stand er vor Brauns Türe. Der Hauptkommissar klingelte. Gleich darauf öffnete sich die Türe und ein Mann stand vor ihm. Er trug einen Trainingsanzug und in der linken Hand eine Hantel. Pinkfarben. Er musterte Löffler ausgiebig, ohne zunächst ein Wort zu sagen. Löffler kannte das Gesicht Brauns von der Website, die Annemarie Heim ihm im Büro gezeigt hatte. Und der, der vor ihm stand, war nicht Braun. Tatsächlich drehte der Mann sich auch plötzlich um und rief einen Namen. Philli – oder so ähnlich.

Dann kam ein weiterer Mann dazu, in Jeans und Sakko – und das war nun eindeutig Phil Braun. Dieser zog den Mann mit der Hantel zur Seite und stellte sich vor Löffler hin.

»Polizei«, sagte er dann, »eindeutig Polizei. Was kann ich für euch denn tun? Immer zu Diensten.«

»Wolfgang Tauber.«

Braun runzelte die Stirn.

»Der ist tot, der können Sie nicht sein. Was ist das denn für ein Spiel?«

»Kann ich nun in die Wohnung rein oder nicht«, fragte Löffler ungeduldig, der sich vorkam wie auf einem Bahnsteig.

»Zeigen Sie mal Ihren Ausweis, dann können Sie auch rein.«

Der Hauptkommissar zog stöhnend seinen Polizeiausweis heraus, hielt ihn Braun unter die Nase und ging dann einfach in die Wohnung hinein. Braun zog die Wohnungstüre zu und folgte ihm, den Hantelmann im Schlepptau. Löffler kam in einen Raum, der wohl das Wohnzimmer war. Vor dem großen Panoramafenster zog sich ein schmaler Balkon vorbei, der auf der östlichen Seite etwas breiter wurde. Von der Wohnung aus blickte man direkt auf Waldhausen, dann weiter zum Waldrand, hinüber auf die Höhen um Bebenhausen herum.

»Nur wenn man vor dem Riesentrumm steht, kommt einem das vor, als wäre es unerträglich. Bist du aber drin und schaust raus, ist es gigantisch, oder?«

Braun hatte sich neben Löffler gestellt und deutete mit ausgestreckter Hand auf das riesige Waldgebiet vor dem Fenster.

Löffler nickte Braun kurz zu, dann sah er sich in dem Zimmer um. Der Fernseher lief ohne Ton. Der Mann mit der Hantel legte sich auf einen Teppich, der vor dem Fernsehschirm lag und stemmte, nun mit zwei Hanteln, die Gewichte. Dabei beobachtete er nebenher das Geschehen auf dem Bildschirm.

»Mein Freund hier trainiert«, sagte Braun, »er ist auf die

Verheißungen des modernen Schönheitsideals des ›well-trained bodys‹ hereingefallen. Aber erst, nachdem seine Frau ihn verlassen hat und er bei mir untergekommen ist.«

»Unverschämtheit. Wisset Se was, Herr Kommissar, wisset Se, was der gmacht hot, der Detektiv? Er hat für mei Frau gearbeitet und mich verfolgt. Ond weil ich zufällig grad in der Zeit irgendwie guat drauf war, isch was mit nem Mädel gelaufen. Ond der Grasdackel hat des meiner Frau verzählt. Und ein Foto von mir und dem Mädel hat er ihr auch no gegeben.«

»Nacktfoto, bitte, Nacktfoto. So blöd muss man mal sein, und sich beim Ehebruch erwischen zu lassen.«

»Halt doch's Maul, davon lebst du doch.«

»Genau, das stimmt natürlich auch wieder.«

Löffler sah erstaunt vom einen zum anderen und fragte sich, in was er da hineingeraten war. War das so eine Art Rosenkrieg oder übten die beiden für ein Volkstheaterstück?

»Und wenn Sie so furchtbar von dem Detektiv hier bloßgestellt wurden – was machen Sie dann eigentlich hier? Oder sind Sie hier eingezogen?«

Der Mann nickte.

Der Hauptkommissar schaute Braun an. Der nickte ebenfalls –allerdings mit gequältem Gesichtsausdruck.

»Sie sind hier wirklich eingezogen? Warum das denn, um Gottes willen?«

Der Mann lächelte.

»Als meine Frau mich rausgeschmissen hat, und ich rausfand, dass ich das diesem Typen zu verdanken habe, bin ich einfach vor seiner Tür aufgekreuzt. Mit meinem Koffer. Und meinen Hanteln. Er machte die Tür auf, ich witsche rein, und gehe nicht mehr raus.«

»Und wann war das?«

»Vor etwa drei Wochen würde ich sagen.«

»Und wie lange wollen Sie bleiben?«

Der Mann grinste bloß und fuhr dann mit seinem Hanteltraining fort.

»Na gut«, winkte Löffler dann ab, »ich komme aus einem anderen Grund zu Ihnen. Wolfgang Tauber. Sie haben ihn im Auftrag seiner Tante gesucht.«

»Und gefunden, bitte schön.«

»Genau, Sie haben ihn auch gefunden. Und das, nachdem er ohnehin bereits in Tübingen herumzog. Das war wirklich eine Meisterleistung.«

Phil Braun setzte sich auf seine Couch und beobachtete den Hantelmann beim Stemmen. Dann beugte er sich vor, nahm die Whiskeyflasche, die vor ihm auf dem Glastisch stand, schenkte sich einen dicken Schluck in ein Glas ein und nippte dann daran. Mit traurigen Augen schaute er dann zu Löffler, der noch immer mitten im Raum stand.

»Sie brauchen sich gar nicht lustig zu machen über mich«, meinte Braun, »es war nämlich wirklich nicht so einfach, diesen Tauber zu finden. Und dann auch noch seine Spur nach Tübingen zu verfolgen.«

»Wie haben Sie das denn hingekriegt?«

Der Detektiv verschränkte die Arme vor der Brust.

»Sag ich nicht.«

»Berufsgeheimnis?«

»Genau. Wenn ihr von der Polizei das wissen wollt, dann gebt mir einen Beratervertrag. Ich bin echt gut, aber das Geschäft läuft nicht gut.«

»Na ja, wenn jeder Auftrag gleich zu einem neuen Untermieter führt, dann ist das natürlich kein optimales Geschäft.«

Der Hantelmann lachte laut.

»Also, jetzt mal Sachebene. Sie haben von der alten Bock den Auftrag bekommen, diesen Tauber, ihren Neffen, zu finden. Ist das richtig? Und wenn ja, dann erzählen Sie mir mal was über die Hintergründe.«

Phil Braun nahm erneut einen großen Schluck aus seinem Glas mit der bernsteinfarbenen Flüssigkeit.

»Eines Tages kam die Tante hier an und fragte mich, ob ich ihren Neffen finden könnte. Da habe ich natürlich gleich ja gesagt. Sag ich immer, denn nicht finden kann ich ihn ja immer noch, aber erst wird mal zugesagt. Sie erzählte mir, dass er ihr einziger Verwandter und sie schwer krank sei, deshalb wolle sie sich um ihren Nachlass kümmern. Auf keinen Fall wollte sie, dass ihr Vermögen an den Staat fällt, dem hat sie nämlich nicht getraut. Ich habe mir mal alle Unterlagen zu dem guten Mann, also zu dem Tauber, geben lassen und das Ganze dann mal in Ruhe durchgeguckt.«

»Haben Sie die Sachen noch?«

Braun schüttelte den Kopf.

»Hab ich dem Anwalt gegeben, der die Frau vertreten hat. Wozu auch, ich brauch das Zeug ja nicht mehr.«

»Haben Sie die Familie des Mannes besucht? Also den Teil der Familie, die er hier zurückgelassen hat, als er mit dieser anderen Frau abgehauen ist?«

»Natürlich. Ehrlich gesagt war das sogar meine erste Amtshandlung. Ich dachte, wenn jemand Kinder hat und lange weg war, ist die Wahrscheinlichkeit groß, dass er sich dort ab und zu mal meldet.«

»Erzählen Sie von dem Besuch.«

Phil Braun dachte einen Augenblick nach.

»Schön war das nicht«, sagte er dann, ganz ernst geworden. »Unglaublich, was da für eine Atmosphäre herrschte. Ich meine, klar, denen geht es schlecht. Keine Kohle, keine Jobs, von allen verlassen, völlig am Arsch. Aber das ist denen irgendwie egal. Oder nicht egal, ich weiß gar nicht, wie man das ausdrücken soll.«

»Die haben sich mit allem abgefunden«, fuhr Braun fort, »und sich in ihrem Drecksleben eingerichtet. Ich hatte das Gefühl, die wollen da gar nicht raus. Also, unternehmen dafür tun sie jedenfalls nichts. Faules Pack. Und immer sind die anderen schuld. Und an allem natürlich der Tauber. Nachdem der weg war, ging es bergab. Mann, haben die den gehasst. Wenn es draußen geregnet hat – der Tauber ist schuld. Wenn am Monatsende die Kohle nicht gereicht hat, der Tauber. Dabei haben die gequalmt, dass denen fast die Fingerkuppen geglüht haben. Sogar als der Neckar ihnen beim Hochwasser den Keller überflutet hat, war der eigentliche Verursacher der Tauber. Denn, wenn der nicht weg wäre, würden sie da ja nicht wohnen. Lauter Wahnsinnige, sage ich Ihnen.«

Löffler ging zum großen Fenster und schaute auf den Waldrand des Schönbuchs. Braun hatte recht. Wenn man im Haus war und es nicht anschauen musste, war dieser Ausblick hier einzigartig.

»Und was war nun mit dem Tauber? Wussten Sie was von ihm? Hatte er sich gemeldet? Irgendwann in den letzten Jahren?«

Braun schüttelte den Kopf. Er stellte sich neben Löffler, hielt sein Glas in der Hand und schaute ebenfalls nach draußen.

»Nein, nicht ein einziges Mal. Die Tochter hat erzählt, dass ihre Mutter den Kleiderschrank von ihm erst nach ungefähr zehn Jahren ausräumte. So nach dem Motto: Jetzt kommt er nicht mehr zurück vom Zigarettenholen.«

»Was haben sie gesagt, als Sie ihnen von der Erbschaft erzählten?«

Der Detektiv trat einen Schritt zurück und sah Löffler von der Seite an. Dann schüttelte er den Kopf wie ein Lehrer, der einem Schüler eine schlechte Klassenarbeit zurückgibt.

»Nichts. Ich erzähle denen das doch nicht, nicht diesen Affen. Außerdem gehörte das gar nicht zu meinen Befugnissen. Der Anwalt hat klar gesagt, dass die Erbschaft nicht nach außen dringen darf. Er wollte ja mir nicht mal erzählen, worum es geht. Erst als ich ihm sagte, dass ich wissen wolle, weshalb ich einen suchen soll, hat er eingewilligt.«

»Mist«, sagte der Hauptkommissar leise.

»Ich verstehe Sie schon«, sagte Braun, »wenn die Lunte gerochen hätten von dem, was der Tauber von der alten Tante kriegt, hätten die den locker über die Klinge springen lassen können. Aber Ihr Problem ist, Herr Polizist, dass sie eben nichts wussten.«

Löffler dachte eine Weile nach und bewegte sich dabei langsam durch den Raum.

»Und was war mit der Tochter?«

Braun war augenscheinlich überrascht.

»Mit der Tochter? Was soll mit der Tochter sein. Dick ist sie und offensichtlich krank, würde ich sagen. Ansonsten hat sie den Mund gehalten und hat mir was zu trinken gebracht. Hab ich aber nicht angenommen, weil das Glas vermutlich zuletzt vor einem Jahr gespült wurde.«

»Hat sie was über ihre Mutter gesagt?«

»Über ihre Mutter? Was soll sie da sagen, die saß doch die ganze Zeit dabei. Was sind das denn für Fragen, Herr Hauptkommissar? Wissen Sie etwas, das ich nicht weiß?«

Löffler schüttelte den Kopf und winkte ab.

»Als Sie Tauber gefunden hatten – haben Sie sich da mit ihm unterhalten? Oder gaben Sie bloß die Nachricht weiter an den Anwalt?«

»Klar habe ich mit dem geredet. Ich musste ja hundert Prozent wissen, dass er es ist.«

»Erzählen Sie mal, was wurde da so gesprochen?«

»Ich wollte eine Erfolgsbeteiligung. Das ist doch normal, oder nicht?«

»Wie sollte die denn aussehen?«

Der Detektiv rang offensichtlich mit sich und der Wahrheit. Er verlor.

»Ich habe ihm erzählt, dass er zu Geld kommen würde. Aber die Info würde ich ihm bloß geben, wenn ich auch ein paar Euros dafür kriege. Nun sagen Sie mal, Herr Kommissar, das ist doch nichts Ehrenrühriges.«

»Und was sagte Tauber?«

»Ich könne mir die Infos und das Geld sonst wo hinstecken. Er sei zwanzig Jahre ohne Geld ausgekommen, und das könne er auch noch weitere zwanzig Jahre. Tja, was sollte ich da machen. Dabei hatte ich so einen schönen Vertrag aufgesetzt.«

»Und dann?«

»Dann habe ich ihm von seiner Tante erzählt, was sollte ich auch sonst machen.«

»Und wie hat er reagiert?«

Braun hob nichtssagend die Schultern. Man hatte irgendwie das Gefühl, das Thema deprimiere ihn inzwischen. Er schien damit abgeschlossen zu haben, und wollte sich nicht die Mühe machen, sich noch detailliert an den Fall zu erinnern.

»Gelacht hat er, der Depp, gelacht wie ein Irrer. Und dann sagte er, nun sei die alte Schabracke doch noch zu etwas nütze gewesen.«

»Das war alles?«

»Nun ja, dann wollte er halt noch wissen, wie das jetzt weitergehe. Behörden, Anwalt und so was alles. Da habe ich ihm die Nummer von dem Anwalt gegeben und damit war die Sache Tauber für mich erledigt. Und wenn sonst nichts mehr ist, könnten Sie jetzt eigentlich gehen. Ich fahre nämlich gleich zu einem Termin nach Reutlingen. Da kann ich nicht zu spät kommen.«

Löffler deutete auf das Glas.

»Wollen Sie in dem Zustand noch Auto fahren? Ich weiß nicht, ob ich das zulassen kann. Irgendwie bin ich ja nicht nur bei der Mordkommission, sondern überhaupt Polizist.«

Der Hantelmann lachte laut. Dann bewegte er sich breitbeinig wie ein Sumo-Ringer zum Tisch, schnappte die Flasche und trug sie zu dem Kommissar. Er öffnete die Flasche und hielt sie ihm unter die Nase.

»Riechen Sie mal.«

Unwillig schnüffelte Löffler, obwohl es ihm sichtlich unangenehm war. Ein wenig verstand Christian Löffler, warum es so schwierig war, den Kerl wieder loszuwerden.

»Aber das ist ja«, begann Löffler, und schnüffelte ein weiteres Mal, »aber das ist ja … Apfelsaft. Einfach bloß Apfelsaft. Was soll das denn für ein Spiel sein?«

Braun hatte einen hochroten Kopf. Dem ertappten Schwindler war diese Entdeckung des Polizisten sichtlich unangenehm.

»Unser Detektiv hier macht auf harter Mann. Sie wissen schon – Detektive aus der schwarzen Serie, Leute wie Bogart, die den Marlowe spielen. Immer eine Kippe und ein Glas Whisky. Aber rauchen kann unser Mann hier nicht mehr wegen seinem Asthma, also spielt er den Trinker vor mit billigem Apfelsaft, der auf den ersten Blick wie Whiskey aussieht. Ist das nicht oberpeinlich, Herr Hauptkommissar?«

Löffler musste unwillkürlich in das tiefrote Gesicht des Detektivs grinsen.

»Aber nun genug mit den Geschichten«, wurde Löffler Ernst, »ich stelle Ihnen jetzt noch ein paar Fragen und erwarte kurze Antworten. Klar?«

Braun nickte stumm.

»Wussten die Taubers von der Erbschaft?«

»Nein.«

»Haben sich die Taubers und Wolfi getroffen?«

»Nein. Ich glaube jedenfalls nicht.«

»Wollten die Taubers wissen, wo sich ihr Vater oder Ehemann aufhält?«

Der Detektiv schüttelte den Kopf.

»Sie haben sich also nicht an Sie gewandt, um das rauszukriegen?«

»Nein.«

»Haben Sie Tauber jemals wieder getroffen, nachdem Sie ihm das mit dem Erbe erzählt haben.«

Kopfschütteln. In dem Augenblick klingelte es an der Tür. Braun zuckte sichtlich zusammen. Es klingelte noch einmal, diesmal stürmischer, aber Braun machte keine Anstalten, die Tür zu öffnen.

»Wollen Sie nicht aufmachen?«, fragte Löffler.

Braun winkte ab.

»Haben Sie Angst davor«, fragte der Polizist, »dass der nächste Untermieter vor der Türe steht? Ich glaube, den Erfolg in Ihrer Branche muss man teuer bezahlen.«

Jemand klopfte gegen die Tür.

Manchmal ging auch mit Christian Löffler die Schadenfreude durch, und so marschierte er zur Wohnungstüre und machte sie auf. Davor stand ein Mann, der gerade mit der Faust ausholte, um gegen die Türe zu schlagen. Als er Löffler sah, blieb er wie gebannt mit der erhobenen Faust stehen und starrte den Kommissar an.

»Da bist du ja«, sagte der Mann schließlich, und drängte Löffler in die Wohnung zurück. »Auf den Moment habe ich lange gewartet, du Ratte.«

Löffler parierte den Schlag des Mannes und drängte ihn gegen die Wand.

»Der dort ist Ihr Mann«, sagte er dem aufgebrachten Eindringling, und deutete auf Braun, »ich bin nur Gast hier.«

Der Mann blickte zu dem Detektiv, der sich hinter der Couch versteckt hatte. Nur der Oberkörper lugte hinter der Lehne hervor.

»Hat er Ihre Frau auch belästigt«, fragte der Mann unter heftigem Atmen, während Löffler ihn noch immer gegen die Wand drückt. Er lockerte seinen Griff, dann ließ er den Mann los.

»Klar hat er das. Meine, die von dem komischen Kerl da hinten, und noch viele andere. Das ist schon ein ganz Schlimmer, der Herr Braun.«

Der Mann hatte plötzlich Tränen in den Augen.

»Erst gebe ich ihm den Auftrag, zu schauen, ob meine Frau mich betrügt, dann fängt er selbst was an mit ihr. Und ich bezahle auch noch dafür.«

Der Hauptkommissar bewegte sich langsam zur Tür. Der Mann blieb einfach stehen, und stierte den inzwischen ziemlich ängstlich blickenden Braun an.

»Also, meine Herren«, verabschiedete Löffler sich, »ich denke, Sie müssen Ihre Probleme ohne mich lösen. Aber achten Sie darauf, dass meine Kollegen nicht zum Einsatz herkommen müssen.«

Löffler trat auf den dunklen Flur hinaus. Als er sich noch

einmal umschaute, sah er, wie der Mann sich langsam Richtung Couch, hin zu Braun bewegte. Schnell schloss Löffler die Wohnungstüre und ging kopfschüttelnd zum Aufzug.

Gerd Stammler und seine Kollegin standen im Stau Richtung Lustnau.

»Wir hätten doch über die Gartenstraße fahren sollen«, sagte ein genervter Stammler.

»Schön, dass dir solche Ideen immer kommen, wenn es zu spät ist.«

»Nächstes Mal fährst du, dann kannst du es besser machen.«

Berger lachte.

»Frauen können nicht Auto fahren, das sagst du doch immer. Oder hast du deine Meinung geändert?«

Wieder kamen sie zehn Meter vorwärts, ehe sie vor dem Sportinstitut zum Stehen kamen. Auch der Parkplatz dort war heillos überfüllt, und die Autos kreisten um die Einfahrt herum, um in Bewegung zu bleiben, falls doch mal einer seinen Platz aufgab, weil sein Unterricht zu Ende war.

»Die Jungen verlassen alle fluchtartig die Stadt«, sagte Stammler, »und ich kann das verstehen. Ich würde an Ihrer Stelle auch woanders studieren.«

»Wieso das denn?«

Stammler sah seine Kollegin erstaunt an.

»Hast du nichts von dem Degenbard gehört und seiner Bürgerinitiative?«

»Degenbard? Wer soll das denn sein? Ich kenne bloß den Degenhart mit den Schmuddelkindern, aber ist der nicht tot?«

Wieder ruckelte das Auto ein paar Meter nach vorne, dann wieder Stopp.

»Hast du nicht gelesen, dass sie dem Sudhaus gedroht haben, den Anbau zu verhindern, wenn sie weiterhin ihre Vollmondnacht-Konzerte machen? Und ohne Anbau ist das Sudhaus tot. Kannst du mir mal sagen, wo in Tübingen junge Menschen noch ausgehen wollen, wenn die schließen müssen?«

Das Sudhaus war eine ehemalige Möbelfabrik, die in Derendingen, an der Bundesstraße nach Hechingen lag. Dort hatte sich ein kulturelles Zentrum entwickelt, mit Bar und Discos, Künstlerateliers und Livebühne im Biergarten, Kleinkunst und mit den ›Neckarsound Studios‹ sogar ein Studio für Musik- oder Sprachaufnahmen.

»Aber warum sollte der Degenbard das denn machen?«

»Er wohnt in der Gegend. Zwar zwei, drei Straßen vom Sudhaus weg, und die Bundesstraße ist auch noch dazwischen – aber es ist ihm zu laut da.«

»Lauter als die Bundesstraße?«

»Nee, glaub ich nicht, aber unangenehmer. Jetzt hat er noch ein paar Tiefschläfer gefunden, die auch schon alt geboren sind, und gemeinsam wollen sie gegen das Sudhaus vorgehen. Ist doch irre, welche Macht so ein paar Heinis haben, bloß weil sie anderen nichts gönnen.«

»Na ja, wenn sie sich gestört fühlen.«

»Monika! Die haben ausgerechnet, dass ein Vogelpfiff lauter ist als das Dröhnen der Bässe. Außerdem ist die Veranstaltung ein Mal im Monat. Einmal! Also bitte.«

Stammler bog in die B 27 ein, dann gleich wieder links zum Neubaugebiet »Alte Weberei« und von da in die Gartenstraße. Vor dem Wohnblock der Taubers parkten sie den Wagen.

Gleich nach dem ersten Läuten ertönte der Türöffner. Der Kommissar stieß die Tür auf und stieg mit seiner Kollegin die Stufen hoch zur Wohnung der Taubers. Die Wohnungstüre war nur angelehnt. Stammler öffnete sie vorsichtig und trat ein, Berger folgte im nach.

»Hallo«, rief der Kommissar.

»Kommen Sie mit dem Deng do her, ens Wohnzimmer. Do kommt er auch hin. Kommet Se.«

Stammler schaute zurück zu seiner Kollegin, die schob ihn sanft vor sich her, in die Richtung, aus der die Stimme kam. Sie traten in das Wohnzimmer, in dem Peter Tauber gerade damit beschäftigt war, die Couch in die Ecke zu schieben. Sie blieben eine Weile stumm stehen und beobachteten ihn bei seiner Tätigkeit.

Endlich schien es auch ihm merkwürdig vor zu kommen, dass außer seinen Schiebegeräuschen nichts zu hören war. Er drehte sich um. Schweiß rann ihm übers Gesicht und vom Hals abwärts über den Kopf eines Adlers, und von dessen Schnabel weiter nach unten, zum Unterarm, auf dem ein Tier tätowiert war, das aussah wie eine Mischung aus Maus und Ratte.

»He, wer seid Ihr denn?«, fragte er erstaunt. Dann lächelte er. »Aha, die Bullen schon wieder, jetzt zu zweit. Hend ihr euch vermehrt? Oder nix zom doa? Wo isch denn euer Chef?«

»Schwer beschäftigt, wie es ausschaut«, ignorierte Monika Berger die Frage, »schade, dass wir zu spät zum Helfen kommen.«

»Was wird denn das, wenn es fertig ist?«, fragte Stammler.

»Ond wer seid ihr genau? Gibt es au an Ausweis?«

Stammler und Berger holten ihre Ausweise heraus und zeigten sie Tauber. Der schaute sie sich genau an und nickte dann.

»Sie derfet bleiben, auch ohne Durchsuchungsbefehl. Aber müssen muss ich das nicht, gell. Was wollet Sie überhaupt schon wieder hier?«

»Immer noch das Gleiche wie unser Chef. Wir suchen den Mörder Ihres Vaters.«

»Ond warum suchet sie den bei uns? Mir hend damit nix zu tun, das hend mir doch schon gesagt. Gucket Se bei den Pennern in der Stadt, da sind Sie richtig. Pack schlägt sich, Pack verträgt sich.«

Stammler schaute sich in dem Zimmer um. Der Fernseher stand auf dem Boden, der Tisch, auf dem er wohl zuvor gestanden hatte, war leer. Es sah aus, als solle er ausrangiert werden.

»Sagen Sie mal«, fuhr der Kommissar mit seiner Befragung fort, »wen haben Sie eigentlich grad erwartet? Uns sicher nicht. Was für ein ›Deng‹ sollte der denn bringen?«

»Deng? Keine Ahnung. Ich hab auf einen Freund gewartet.«
»Hat der einen neuen Fernseher dabei?«
Die Frage war dem Mann sichtlich unangenehm. Er sah sich um, als suche er jemand, aber keiner war da, der ihm hätte soufflieren können.
»Na, neu nicht gerade. Aber ja, er hätt an Fernseher dabei han solle. Na und, der alte isch jo au nix mehr, ich brauch en größere Bildschirm.«
»Ah, Sie sehen schlecht?«
Tauber war verdutzt.
»Ich? Noi, eigentlich net. Warum?«
»Ich dachte bloß, wegen dem großen Display.«
»Und auf so einen großen Fernseher kann man auch viel besser gucken, wenn man auf einer neuen Couch liegt, stimmt's«, hakte Monika Berger nach.
»Couch? Wieso? Ah, weil ich die wegschieb? Und überhaupt geht Sie des gar nix an. Suchet Sie den Mörder, no isch ebbes gschafft.«
In dem Augenblick kam Marion Tauber durch die Türe. Sie hatte eine Einkaufstasche dabei, die prall gefüllt war mit Lebensmitteln. Sie stellte die Tasche ab und musterte die Situation. Dann stellte sie sich neben ihren Sohn.
»Schon wieder Polizei? Des nimmt ja überhand. Habet Sie den Mörder vom Wolfi denn geschnappt? War es also einer von de Obdachlose? Des hab ich mir gleich gedacht.«
»Wir suchen noch, Frau Tauber, wir suchen noch. Dass es einer der Berber war, scheint uns ziemlich unwahrscheinlich zu sein.«
Sie schlug die Hand vor den Mund. Theatralisch, wie auf eine Bühne wirkte das.
»Nein, dann sind es doch solche Radikale gewesen? Des hot mei Nachbarin auch gesagt. Das sind Nazis, meinte die, die bringen alle Berber um und danach die Ausländer. Schlimme Zeiten, sag i bloß.«
»Wir suchen eigentlich eher in anderen Kreisen«, sagte Ber-

ger, »bei Verwandten und Bekannten von früher. In der Vergangenheit, sozusagen. Können Sie uns da vielleicht weiterhelfen?«

»Wir? Nein.«

»Aber Sie gehören doch zu seiner Vergangenheit. Da können Sie uns bestimmt ein paar Namen nennen von Leuten, die Wolfi Böses wollten.«

»Nein. Das ist zu lange her.«

»Und außerdem«, mischte sich Peter Tauber ein, »will ich Ihnen gar nicht helfen. Mir ist nämlich egal, wer das war. Mit dem Typ waret mir scho lang fertig. So wie der uns behandelt hot. Oifach abgehauen isch er, der Sack.«

Stammler machte ein mitleidiges Gesicht. Das benutzte er normalerweise bei Vernehmungen, wenn er das Vertrauen eines Verdächtigen gewinnen wollte. Pass auf, sagte Berger dann immer, sonst nehmen die Verdächtigen dich noch in den Arm und trösten dich.

»Na, immerhin hat er ein Vermächtnis hinterlassen.«

Mutter und Sohn schauten sich ratlos an.

»Was für ein Vermächtnis denn?«, fragte die Mutter.

Der Kommissar schlug sich mit der Hand gegen die Stirn.

»Ach, das haben wir Ihnen ja noch gar nicht gesagt. Das ist ja blöde. Also – Sie sind die Erben des Vermögens Ihres Vaters und Ehemanns. Na, das klingt doch nicht schlecht, bei all der Trauer.«

Wieder tauschten Mutter und Sohn schnelle Blicke. Stammler und Monika Berger lächelten sich zu, der Kommissar blinzelte sogar mit einem Auge.

»Vermögen? Welches Vermögen?«

»Ich würde mal behaupten«, sagte die Kommissarin mit treuherzigem Blick, »dass das Erbe locker dazu ausreicht, Ihren neuen Fernseher und die Couch zu bezahlen. Ein paar andere Anschaffungen werden da auch noch drin sein.«

»Sie haben das perfekte Timing«, ergänzte Stammler nicht weniger treuherzig, »da tätigen Sie ein paar bitter notwendige

Ausgaben wie einen Riesenbildschirm zum Filme gucken und eine neue Couch soll ja auch noch kommen – und gerade in dem Moment tauchen wir auf und sagen Ihnen: Hoppla, Ihr Vater ist zwar tot, aber er hat Ihnen ganz viel hinterlassen. Na, was sagen Sie dazu?«

»Sie sind wirklich Glückspilze. Glück im Unglück würde ich sagen.«

»Aber Frau Kommissarin«, hob Stammler neckisch den Zeigefinger, »es musste immerhin ein Mensch sterben, damit Familie Tauber zu einem neuen Fernseher kommt.«

Er wandte sich um und sah Peter Tauber an.

»Haben Sie eigentlich auch schon einen neuen Wagen bestellt? Ich meine, mit Ihrem alten Vehikel können Sie doch jetzt nicht mehr herumfahren.«

Langsam fasste sich die Familie Tauber wieder. Energisch schob die Mutter Sohn Peter zur Seite und funkelte die beiden Polizisten an.

»Nun hören Sie aber mal zu, meine Herrschaften, so geht das nicht. Das hat alles seine Richtigkeit. Wir waren beim Nachlassgericht und da hat man uns signalisiert, dass mein Mann Erbe seiner Tante und wir folglich seine Erben sind. Worum es genau geht, wissen wir noch nicht, aber die Tante war ja vermögend. Sagt man. Und was wir mit dem Geld machen, das geht Sie gar nichts an.«

»Sie sprechen ja vorzügliches Hochdeutsch, wenn es gilt«, sagte Stammler. »Haben Sie das vom Fernsehen gelernt? Zu was solche Serien am Vormittag alles gut sind.«

Die Frau wollte etwas erwidern, überlegte es sich dann aber anders und winkte einfach ab. Der Sohn übernahm wieder.

»Wenn es sonscht nix mehr gibt, dann könnet Se jetzt gehen. Wir müssen Sie net in unser Wohnung lasse, des weiß ich genau.«

In dem Augenblick kam Carola Tauber, die Tochter, zur Türe herein. Sie schwitzte stark, trug sie bei der Hitze draußen doch ein langes, hochgeschlossenes Kleid. Mühsam bewegte sie sich mit ihrem hohen Gewicht zwischen Bruder und Mutter und lächelte die Kommissare dabei an.

»Hier geht's ja hoch her«, sagte sie kurzatmig, »da könnet mir doch au anders, mir alle miteinander, oder?«

»Ach, Sie sind die Tochter?«, sagte Monika Berger, und hielt ihr die Hand zur Begrüßung hin. Carola Tauber nahm sie und schüttelte sie, dann dasselbe mit Stammler.

»Was wollet se denn noch wissen, Sie beide? Mir helfet gern. Sie müsset schon entschuldigen, aber des isch grad alles a bissle viel für uns. So überraschend, dass plötzlich ein wenig Geld ins Haus kommt. Aber mir freuet uns, des isch die Hauptsach. Ond brauche tun mer das Geld auf jeden Fall.«

Damit ließ sie sich auf den Sessel plumpsen, der vor dem Tisch in der Mitte des Raumes stand.

»Wenn Sie uns ein Foto von Ihnen allen hätten, das könnte uns schon weiterhelfen. Haben Sie denn eins?«

Die drei sahen sich fragend an.

»Könntet Sie ons vielleicht sagen, wozu Sie das brauchet?«

Wie selbstverständlich hatte die Tochter die Führung übernommen, und Sohn und Mutter schienen ihr dafür dankbar zu sein. Neugierig schauten die Taubers auf die beiden Polizisten, die sich ihrerseits über die Antwort nicht sicher zu sein schienen.

»Reine Routine«, antwortete Gerd Stammler schließlich, »das ist immer so, wenn man im Familienkreis ermittelt.«

»Ach, Sie ermitteln bei uns?«

»Rein routinemäßig. Das gehört zum Standard bei Mordfällen. Um die Familie als Täter auszuschließen wird das meist gemacht. Haben Sie denn so ein Foto für uns?«

Carola deutete mit dem Finger zu dem Wohnzimmerschrank neben der Tür.

»Da, schau mal Mutter, da haben wir doch ein paar Bilder. Vom letzschte Johr, als mer das Sommerfest im Garte drauße gmacht haben. Mir beim Grillen, des isch doch eine schöne Aufnahme. In dem Schuhkarton bei den andere Bilder liegt es ganz obe.«

Die Mutter ging zum Schrank, öffnete eine Schublade und zog eine Schachtel heraus. Sie öffnete sie und nahm ein Foto heraus, das sie den Kommissaren gab. Stammler nahm es entgegen und steckte es in seine Tasche.

»Ein Frage noch«, sagte Berger, »woher wussten Sie eigentlich, dass es überhaupt etwas zu erben gibt? Benachrichtigt hat man Sie ja noch nicht, und von Wolfgang Tauber können Sie es auch nicht gehört haben, den haben Sie angeblich ja seit zwanzig Jahren nicht mehr gesehen.«

»Wir haben unsere Quellen«, sagte der Sohn rasch.

»Welche denn?«

Peter Tauber schwieg und sah seine Schwester Rat suchend an. Die lachte nur und stemmte sich dann aus dem Sessel.

»Ach, Peter, wir können das doch ruhig sagen. Der Detektiv, der bei uns war, hat so was angedeutet. Und als wir gefragt haben, hat er was von einer Erbschaft erzählt. Das von der Tante wussten wir ja, immerhin ist sie damals bei uns aufgetaucht. Schon war mir klar, was die Glocke geschlagen hatte.«

»Na sehen Sie, so einfach klärt sich alles auf«, sagte Stammler, konnte dabei eine gewisse Ironie in der Stimme allerdings nicht unterdrücken.

»So, jetzt haben wir Sie aber genügend aufgehalten«, meinte seine Kollegin, und bewegte sich zum Ausgang, »aber solche Fragen müssen sein, wenn wir bei Familiendramen ermitteln.«

»Familiendramen?«

»Na ja, ein toter Vater. Das ist normalerweise schon ein Drama.«

»Schon, das stimmt. Normalerweise stimmt das.«

Stammler war der Kollegin gefolgt und beide gingen zur Wohnungstür, während die Familie Tauber ihnen geschlossen folgte. Selbst die dicke Carola ging mühsam zwischen Mutter und Bruder beim Begleittrupp mit. Als sie zur Türe kamen, begegneten ihnen zwei Männer, die einen schweren Karton schleppten. Suchend sahen sie sich im Treppenhaus um.

»Tauber«, fragten sie die Kommissare.

Stammler deutete hinter sich.

»Wenn das der neue Fernseher ist, dann sind Sie hier richtig. Sie werden schon sehnsüchtig erwartet. In einer halben Stunde kommt nämlich die Sendung ›Frauentausch‹, das wollen die Taubers auf keinen Fall versäumen.«

Dann stiegen Stammler und Berger die Stufen im Treppenhaus hinunter und gingen nach draußen. Als sie im Auto saßen, schauten sie sich an. Dann schüttelten sie die Köpfe und ließen sich in die Sitze zurückfallen. Ein paar Minuten blieben sie stumm sitzen. Dann startete Stammler den Wagen.

Ja, ich habe es auch gehört«, sagte Klaus Löffler beim Frühstückstisch zu Monika Berger und Gerd Stammler. »Die halbe Nacht hat er das Zeug volle Lautstärke gehört. So was passt eigentlich gar nicht zu meinem Sohn.«

»Was meinst du«, fragte Berger, »dass er sich die ganze Nacht nur mit Musik zudröhnt, aber warum spielt er gerade diesen einen Song gefühlte zehn Millionen Mal?«

»Kann ich nicht sagen.«

»Was für ein Song war es denn?«, fragte Stammler, »ich hab das nicht so recht gehört, mein Zimmer ist weiter weg von dem deines Sohnes.«

Löffler Senior zuckte ratlos mit den Schultern und schaute fragend die Kommissarin an, die sich gerade ein Lachsbrötchen zurechtmachte. Aber auch die winkte nur ab.

»Keine Ahnung, aber eine Schnulze war das schon. Eindeutig.«

In dem Augenblick erschien Christian Löffler in der Tür zum Frühstückszimmer. Er war bereits fürs Büro zurechtgemacht. Selbst eine Krawatte trug er, obwohl für heute noch einmal ein heißer Herbsttag vorausgesagt war.

»Schnulze würde ich nicht sagen«, meinte er grinsend, »eher eine schöne Sentimentalität. Mit Erinnerungswert.«

Er setzte sich an den Tisch, schenkte sich eine Tasse Kaffee ein und schnappte sich die letzte Laugenbrezel aus dem Brotkorb. Alle schauten ihm stumm zu, wie er die Brezel mit Butter bestrich und dann eine kleine Schicht Marmelade mit dem Teelöffel auftrug.

»Hat mein Vater noch nichts gesagt?«

Alle drei schüttelten den Kopf.

Löffler biss in die Brezel und kaute bedächtig. Dann legte er sie auf seinen Teller und grinste die anderen an.

»Na schön«, sagte er dann, »damit es alle wissen: Gestern Abend hat mir mein Vater gesagt, dass meine Tochter für eine Weile zu uns ziehen wird. Von Hamburg aus wird sie herkommen, und wahrscheinlich auch eine Weile auf eine Schule hier gehen. Das bedeutet, dass unsere WG demnächst auch Babysitter-Dienste übernehmen muss.«

Berger schüttelte vehement den Kopf.

»Also in meinem Fall glaube ich das nicht. Ich denke doch, dass meine Wohnung bald renoviert sein wird, dann ziehe ich wieder dahin zurück. Das Babysitting dürfen dann die Männer unter sich aufteilen.«

Löffler schaute schnell zu seinem Vater hinüber. Der hob nur die Schultern, sagte aber keinen Ton.

»Mein Vater scheint auf seine alten Tage noch richtiggehend zum Geheimnisbewahrer zu werden. Dann muss ich Ihnen halt sagen, dass die Sache mit Ihrer Wohnung sich noch hinziehen kann.«

»Wie bitte?«

»Ja,« übernahm jetzt der Senior wieder, »es gibt da Probleme.«

»Jetzt aber raus mit der Sprache«, sagte Berger mit einer Mischung aus Entsetzen und Resignation.

»Wenn ich das richtig verstanden habe, was Siggi mir erzählt hat, dann will der Vermieter nicht, dass du da jemals wieder wohnst. Du musst dir also auf jeden Fall etwas Anderes suchen.«

»Und was ist mit meinen Sachen in der Wohnung, kann ich die holen oder was passiert mit denen?«

»Haben Sie denn einen Platz, wo Sie das alles unterstellen können«, fragte Christian Löffler, »ich meine, wir reden hier von Möbeln, Bett, Schrank, Kleidern und was weiß ich alles. Es ist ja nicht so, dass Sie wie ein Rucksacktourist hier gelebt hätten. Außerdem gibt…«

Stammler sprang plötzlich von seinem Stuhl, sodass der nach hinten kippte und zu Boden fiel. Das Eigelb lief dem Polizisten übers Kinn, in der linken Hand hielt er das Messer, mit dem er gerade noch seinen Milchwecken mit Butter bestrichen hatte.

»Genau«, rief er, »das ist es. Deshalb haben wir bei Schnabel auch nichts gefunden. Keine persönlichen Sachen, keine Erinnerungen, Briefe oder so was – nichts, was den Menschen Schnabel erklärt. Der hat das alles an einem Ort versteckt, von dem bloß er wusste.«

Löffler beugte sich vor, und nahm Stammler das Messer aus der Hand. Er legte es vor sich auf den Tisch.

»Schön, das wissen wir jetzt«, sagte der Hauptkommissar dann, »aber was hilft uns das in der Sache?«

Stammler hob den Stuhl auf, wischte sich das Eigelb vom Kinn und setzte sich wieder hin. Er schwieg noch einige Zeit, ohne dass die anderen ihn unterbrachen. Dann schien er mit seinen Gedanken zu einem Schluss gekommen zu sein.

»Sagen wir doch mal«, begann der Polizist mit seiner Ausführung, »dass Tauber das Hauptopfer war. Und sagen wir weiter, dass wir den Grund, das Motiv für dessen Tod finden müssen. Nun aber gab es einen zweiten Toten, diesen Schnabel nämlich. Okay, er ist ein Berber. Das verbindet ihn mit Wolfi Tauber. Ich mutmaße aber nun mal, dass das gar keine Rolle gespielt hat. Wir sind uns ja auch einig, dass wir es nicht mit rassistischen oder besser gesagt sozial-darwinistischen Morden zu tun haben. Also teilen die beiden etwas, das zu ihrem Tod geführt hat.«

Der Kommissar schaute sich im Kreise des Frühstückstisches um. Alle blickten ihn stumm und interessiert an. Berger hielt sogar noch einen Teelöffel in die Höhe, so, als sei sie mitten im Wort eingefroren worden und erstarrt.

»Die beiden kannten sich im Grunde nicht oder kaum. Also gibt es keine Verbindungen zu früher. Folglich teilen sie etwas, was eben erst passiert sein muss. Und da ist mir eine Geschichte eingefallen, die mir die Berber erzählt haben. Denn wenn meine Theorie stimmt, werden wir bald etwas finden, das uns einen großen Schritt nach vorne bringt.«

Der Tisch erholte sich von seiner Starre.

»Was ist das denn – deine Theorie«, fragte Berger, und rührte mit ihrem Löffel den kalten Kaffee um.

Der Kollege legte eine stimmungsvolle Pause ein. Ganz der Redner, der sein Publikum packen will.

»Was die beiden verbindet«, ließ Stammler gleich noch eine Pause folgen, »was die beiden wahrscheinlich verbindet, ist der Mord an Wolfi Tauber.«

»Wie bitte? Du meinst, Schnabel hat da mitgemacht?«

Mit dem Zeigefinger winkte Stammler ab.

»Nein, nein, nicht mitgemacht. Das wäre doch sinnlos, für den Schnabel gab es doch nichts zu gewinnen. Nein, er hat nicht mitgemacht, sondern …«

Weitere dramatische Pause von Stammler. Plötzlich flog ihm eine Butterbrezel gegen den Kopf und dann zu Boden. Gleich darauf folgte ein Teelöffel, der ihn an der Schulter traf.

»Ist ja gut«, rief er, »ich rede ja schon. Also: Ich glaube, dass der Schnabel wusste, ich meine, dass er beobachtet hat, wer den Wolfi Tauber umbrachte. Deshalb musste er sterben. Punkt.«

Alle am Tisch schwiegen. Sie hingen ihren eigenen Gedanken nach, prüften das, was Stammler so unvorbereitet auf sie losgelassen hatte. Man konnte förmlich sehen, wäre man ein unsichtbarer Beobachter gewesen, wie in den Köpfen der Kommissare, selbst Klaus Löfflers, sich mosaiksteinartig Kleinstteile, bestehend aus Gesprächen, Bildern, Menschen und Situationen zusammensetzten, um sich dann, irgendwie, zu einem stimmigen Ganzen zu fügen.

»Ja«, sagte Christian Löffler dann.

»Könnte sein«, ergänzte Berger.

»Selbst für mich klingt das logisch«, gab auch Löffler Senior seine Meinung kund.

»Und jetzt?«, fragte Berger.

Stammler grinste bereits wieder allwissend.

»Jetzt kommt noch was, was ich bisher nicht richtig eingeordnet habe. Aber jetzt, mit der Theorie, könnte das passen. Dann wäre der oder die Täter aber ganz schön mit uns Rad gefahren. Apropos, wo ist eigentlich mein Fahrrad? Ich habe es Ihnen doch gestern beim …«

»Stammler.«

»Stammler.«

»Gut, gut, also, meine Theorie. Wenn Schnabel sterben musste, weil er den Mörder kannte, dann wusste der Mörder das, ich meine, ihm war klar, dass Schnabel ihn erkannt hatte, denn sonst hätte er ihn ja nicht auch noch getötet. Logisch, oder?«

Alle nickten.

»Also hatte Schnabel was gegen ihn in der Hand, stimmt's?«

Löffler rückte den Oberkörper über den Tisch, hin zu Stammler, der sich genüsslich in seinem Stuhl zurückgelehnt hatte.

»Nun hören Sie mal zu«, sagte er, »erzählen Sie jetzt endlich, was Sie erzählen wollen, ohne nach jedem Satz auf Beifall zu warten. Geht das?«

Erschrocken richtete Kommissar Gerd Stammler sich auf. Gleichzeitig verschwand auch sein Grinsen von seinem Gesicht. Als hätte er geahnt, dass er den Bogen doch ein wenig überspannt hatte. Also räusperte er sich kurz und laut, wohl, um damit irgendwie anzudeuten, dass er nun wieder in der Spur war.

»Er hatte etwas gegen ihn in der Hand. Bei ihm gefunden haben wir nichts, nicht einmal seinen Ausweis. Am Tag vorher aber hatte er den noch, wie wir uns erinnern. Die Frage ist also, wo ist das Zeug hingekommen? Und da habe ich mich an meinen Aufenthalt bei den Berbern erinnert. – Darf ich mal einen Schluck Kaffee trinken?«

Löffler Senior nickte als einziger. Also trank Stammler einen schnellen Schluck und fuhr dann rasch fort.

»Wenn er nichts bei sich hatte, so wird er das Zeug irgendwo deponiert haben. Dass er ein Schließfach bei der Deutschen Bank besitzt, schließe ich mal aus. Aber er hatte ja einen Baum.«

Es war für Stammler zu verführerisch, die Reaktion der anderen auf diese Aussage hin zu betrachten. Aber er beeilte sich, dieses Mal die Pause nicht zu groß werden zu lassen.

»Es gab da diesen Baum, den er bewachte wie einen Safe. Ich schlage vor, dass wir uns den mal näher anschauen, und es würde mich nicht wundern, wenn wir da etwas finden.«

Eine Weile sagte keiner ein Wort.

»In einem Baum«, fragte Berger dann, »in was für einem Baum denn?«

Stammler erzählte ihnen, was er von den anderen Berbern über Schnabels etwas merkwürdiges Verhalten dem Baum gegenüber gehört hatte. Als er zu Ende war, erhob sich Christian Löffler und zog sein Sakko über. Die anderen beobachteten ihn dabei. Er blieb stehen und wartete.

»Na, was ist«, sagt er dann, »das wäre doch einen Versuch wert. Fahren wir zum Baum und gucken mal nach. Das wäre ein Witz, wenn da wirklich etwas zu finden wäre. Andererseits – bei solchen Spinnern wird das Abgedrehte häufig zum Normalfall. Also, gehen wir.«

Damit drehte er sich um verließ den Raum.

»Mensch Stammler«, sagte Monika Berger, während sie aufstand und noch rasch ein Stück Käse in den Mund steckte, »da has du aer ut hinget.«

»Erst schlucken, dann reden.«

Zusammen folgten sie ihrem Chef.

Löffler hatte bereits den Wagen gestartet, als die beiden aus dem Haus traten. Er raste, als die beiden Kollegen endlich im Wagen saßen, die Pfrondorfer Straße hinunter zur Adlerkreuzung. Stadteinwärts auf der Wilhelmstraße war nichts los, und so fuhr Löffler ungebremst in die 30er-Zone hinein und wurde von einem Blitz geblendet.

»So«, murmelte Berger, die neben ihm saß, »da hat es uns also erwischt. Aber irgendwann kriegen sie bei dem Tempo jeden ein Mal.«

»Wir sind im Einsatz«, sagte Stammler nach vorne, »da zählt das nicht. Oder, Chef?«

»Einsatz«, sagte Löffler kurz angebunden.

Sie fuhren um den Alten Botanischen Garten herum und die Mühlstraße hinunter. Die war zwar nur einseitig befahrbar, und zwar genau entgegengesetzt. Aber offensichtlich kannte Löffler heute keine Verkehrsrichtlinien mehr. Er bog in die Uhlandstraße ein, bog dann scharf links ab und fuhr über den Rasen bis genau zu dem Baum, der als Schnabels persönliches Eigentum galt. Dort stiegen die Polizisten aus. Es war noch früh am Tag. Kein Mensch war zu sehen. Die Schüler der drei Gymnasien, die allesamt nebeneinanderlagen wie eine Perlenkette, saßen in ihren Klassenzimmern. Auf dem Anlagensee zogen ein paar Enten und Schwäne ruhig ihre Kreise.

Zu dritt standen sie vor dem Baum, den Joschi Schnabel so streng bewacht hatte. Mit ein paar Nägeln oder Reiszwecken hatte jemand, vermutlich Berberfreunde, einen Zettel an den Baum gepinnt.

»Hier kotzte Joschi – R.I.P.« stand darauf.

»Nachruf auf berberisch«, sagte Stammler, und deutete auf den Zettel.

Löffler und Berger gingen langsam um den Baum herum. Zum See hin war kein Gras mehr auf dem Boden. Vermutlich war es dem Schlafsack oder irgendeiner anderen Unterlage Joschis zum Opfer gefallen. In Schulterhöhe war ein Astloch zu sehen, über dem ein einsamer Zweig herunterhing, und das Loch verdeckte. Oberhalb des Zweiges war ein Nagel in den Baum gehauen, an dem vermutlich eine Tasche oder Kleidungsstücke aufgehängt werden konnten. Dadurch war die

Öffnung im Baum jeglichen Blicken entzogen. Löffler schaute zu Berger, die ihm zunickte. Der Hauptkommissar griff langsam in das Loch hinein. Für ein paar Augenblicke wühlte er darin herum, dann erschien seine Hand mit einem Packen Papier zwischen den Fingern. Er reichte Berger den Packen und griff erneut in das Loch.

Dieses Mal kam die Hand mit einer Plastikhülle zurück, in die ein länglicher Gegenstand eingewickelt war. Löffler reicht auch diesen an seine Kollegin weiter. Er suchte weiter, tastete sich durch das Bauminnere, fand aber nichts mehr.

»Hier«, reichte Berger ihm ein Sparbuch, das sich bei den Papieren befunden hatte, »unsere Leiche hatte also doch ein Sparbuch. Bei der Deutschen Bank. Schauen Sie mal, wie viel er auf dem Konto hatte.«

Christian Löffler öffnete das Büchlein und las darin.

»Immerhin«, sagte er dann, »fast Tausend Euro hatte Schnabel auf der Seite. Wahrscheinlich so etwas wie seine eiserne Reserve.«

»Woher hat ein Berber so viel Geld?«, wunderte sich Gerd Stammler.

Berger zuckte mit den Schultern.

»Wahrscheinlich hat es dreißig Jahre gedauert, bis diese Summe zusammenkam. Gönnen wir es ihm doch. Schade bloß, dass er damit nichts mehr anfangen kann.«

Löffler hatte inzwischen damit begonnen, die Plastikhülle zu entrollen. Am Ende hielt er einen Hammer in der Hand. Er zeigte ihn erst Stammler, dann hielt er ihn seiner Kollegin vor die Nase. Dabei achtete er darauf, ihn selbst nicht zu berühren, um keine Spuren zu verwischen. Er ging mit dem Kopf ganz dicht an den Hammerkopf heran. Es sah fast so aus, als würde er daran schnüffeln. Schließlich blickte er seine beiden Kollegen an.

»Wenn ich mich nicht täusche, ist das da, am Hammerkopf, etwas, das wie Blut aussieht. Eingetrocknet, aber gut sichtbar. Da kann mein Freund Markus aber schnell mal tätig werden,

den rufe ich gleich an. Verdammt, endlich geht es hier mal vorwärts.«

Die beiden neben Löffler waren höchst erstaunt über die Heftigkeit, mit der ihr Chef auf diesen Fund reagierte. Er hatte den Druck, der auf ihnen allen lastete, wohl ebenso deutlich verspürt, wie sie auch. Nur konnte er besser schauspielern.

»Schauen Sie mal die Dokumente und Zettel durch, die Schnabel da gesammelt hat«, sagte der Hauptkommissar, »vielleicht ergibt sich eine weitere Spur in dem Fall.«

Stammler räusperte sich.

»Von welchem Fall sprechen wir denn nun eigentlich?«

»Sagen Sie mir das, Stammler, Sie haben die Spur gefunden. Was können wir jetzt daraus schließen? Nur mal so ins Blaue geredet.«

Der Angesprochene kratzte sich an der Nase. Dann am Ohr. Dann am Unterarm. Dann begann er von vorne damit.

»Stammler«, mahnte der Hauptkommissar lächelnd, »wir haben doch keine Mückenplage. Der Fachmann würde Ihre Reaktion jetzt als Appetenzverhalten bezeichnen. Aber da wir keine Fachleute sind, können wir das natürlich nicht wissen. Folglich gehört das hier mit dem Kratzen zu Ihrem Nachdenkprozess, richtig?«

Auch Berger lächelte ihrem Kollegen aufmunternd zu. Also gab der sich einen Ruck.

»Nun, da der Hammer bei den Sachen von Schnabel gefunden wurde, und wir davon ausgehen, dass mit ihm Tauber erschlagen wurde, könnte man mutmaßen, dass Schnabel es gewesen ist. Das Mordinstrument ist ein starker Beweis.«

Stammler wartete auf die Reaktion seiner Kollegen. Die schauten ihn aber bloß stumm an und warteten.

»Das kann aber so nicht gewesen sein, wenn wir mal davon ausgehen, dass der Schnabel kein völliger Idiot war. Denn wozu sollte er seine Mordwaffe aufbewahren? Wenn er kein Messie ist, was bei Berbern vermutlich eher selten vorkommt, hätte er das Ding verschwinden lassen, und zwar weit weg von seinem Aufenthaltsort. So ein Baum ist ja nun kein todsicheres Versteck. Kann man das so sagen?«

Berger und Löffler nickten.

»Wozu also hat er dann den Hammer aufbewahrt? Und vor allem, woher hat er ihn? Wenn er es nicht war, der Taubers Schädel eingeschlagen hat, dann war es logischerweise ein anderer. Und von dem hat Schnabel ihn, und zwar vermutlich nicht, weil der ihn ihm als Andenken überreicht hat. Er hat ihn irgendwie vom Täter besorgt. Meine persönliche Vermutung ist ja, dass er den Täter beobachtet und gesehen hat, wie der das Tatwerkzeug versteckte. Und flugs hat unser Joschi sich das Ding gekrallt und an sich genommen.«

Stammler machte eine Pause.

Das ging einige Minuten so. Schließlich reckte Löffler den Kopf und schien sich eine Meinung gebildet zu haben.

»Immer vorausgesetzt, dass Joschi Schnabel kein heimlicher Heimwerker war, der mit dem Hammer Möbel gebaut hat, und folglich vorausgesetzt, dass es sich um die Tatwaffe handelt, bin ich vollständig Ihrer Meinung. Ich würde sogar noch weitergehen. Wenn der Täter wusste, dass der Berber die Tatwaffe hatte, musste Joschi deshalb sterben. Und der Täter wusste es daher, weil Joschi ihn damit erpresst hat. Das war sein Todesurteil.«

Stammler nickte.

»Genau. Das ist das Motiv für Schnabels Tod. Das ist auch die Verbindung zum Mord an Tauber. Eindeutig.«

»Exakt«, mischte sich Monika Berger nun ebenfalls ein, »wir haben es mit einem Täter und zwei Tatwaffen zu tun. Die Frage ist nun bloß, warum Tauber sterben musste und wer in dem Fall der Mörder ist.«

»Erbe.«

»Was?«

»Das Erbe ist das Motiv«, sagte Löffler leise, »es ging um die Erbschaft, die Tauber gemacht hat. Jemand wollte die Erbschaft abziehen.«

»Aber in dem Fall kommt doch nur die Familie infrage.«

Löffler nickte langsam.

»Ja, so ist es, wir müssen den Mörder in der Familie Taubers suchen.«

»Vatermord? Mord am Ehemann?«

»So wie es aussieht.«

»Das ist aber happig. Den eigenen Vater oder Ehemann. Da wird einem ja ganz schwindlig bei dem Gedanken.«

»Ja«, nickte der Hauptkommissar, »da muss viel Hass im Spiel sein. Hass, der sich in vielen Jahren aufgebaut hat. Und der dann förmlich aus dem Mörder…«

»Oder Mörderin.«

»…oder der Mörderin herausgebrochen sein muss.«

Stammler bewegte beschwichtigend seine Hände.

»Nun mal langsam, noch wissen wir nicht einmal, ob der Hammer wirklich die Tatwaffe ist, auch wenn es so aussieht. Außerdem haben wir keinerlei Beweise gegen auch nur ein einziges Familienmitglied. Wir haben ja auch bereits in diese Richtung ermittelt, und da schon nichts gefunden. Okay, wir haben jetzt das Motiv, aber noch müssen wir davon ausgehen, dass die Familie von der Erbschaft bis dato gar nichts gewusst hat.«

»Vielleicht hat der Hass alleine schon gereicht«, warf Berger ein, »und die Erbschaft war nur ein unerwartetes Zubrot. Sozusagen, die großen Sünden belohnt der Teufel gleich.«

Löffler sah sie erstaunt an.

»Oh, das war aber ein merkwürdiger Spruch. Wo haben Sie den denn her?«

»Nirgends, fiel mir gerade selbst ein. Gut, nicht?«

Die beiden Kollegen lachten.

»Okay, zum Thema«, sagte Löffler dann, »noch ist nicht mal sicher, dass sie, dass einer der Taubers, den Wolfi überhaupt getroffen haben. Bisher spricht absolut nichts dafür. Beweisen jedenfalls können wir das nicht.«

Alle verfielen in kollektives Schweigen.

»Ich habe Hunger«, sagte Berger plötzlich. »Ich habe mein

Frühstück unterbrechen müssen und deshalb habe ich jetzt Hunger. Wer hat noch Hunger?«

Löffler wickelte den Hammer ein, ging ein paar Schritte Richtung Wagen, dann blieb er stehen, sah sich um und wartete auf die anderen.

»Na, was ist nun, ich denke, wir haben alle Hunger. Oder können Sie vor lauter Schwäche schon nicht mehr gehen?«

»Aber was ist mit dem Hammer? Muss der nicht schleunigst zu Ihrem Kumpel in die Gerichtsmedizin? Und dann ins Labor?«

»Klar muss der das«, meinte der Hauptkommissar, und ging zum Auto, »aber das lassen wir schön von einem der Assistenten von Markus abholen. Direkt aus dem Café da vorne, gegenüber vom Zinser. Da setzen wir uns auf den Balkon und warten bei einer schönen Tasse Kaffee und was zu essen. Einverstanden?«

Die Kollegen nickten heftig.

»Manchmal«, sinnierte Berger, als sie in den Wagen stiegen, »denke ich, unser Job ist mindestens genauso gut wie der eines Lehrers. Wenn nur bloß nicht immer die Leichen wären.«

»Was glaubst du«, antwortete Stammler, und zog die Beifahrertür zu, »wie oft der Lehrer sich Leichen wünschen würde anstatt der dreißig Schüler im Klassenzimmer?«

»Da hast du auch wieder recht. Fahren wir, Herr Hauptkommissar?«

Warum müssen wir das eigentlich machen?«, fragte Monika Berger ihren Chef, der gerade am Tennisklub in der Gartenstraße Richtung Lustnau fuhr. »Wir könnten doch ein paar Kollegen damit beauftragen, die können das doch bestimmt auch.«

»Natürlich könnten wir das«, antwortete Christian Löffler neben ihr, »aber ich will die Sache auf jeden Fall selbst zu Ende bringen. Und da übernehme ich auch die eher unangenehmen

Dinge, um ein bisschen dafür zu leiden, dass wir so lange wie die Blinden herumtappten.«

»Masochismus?«

»Triebfeder der Erfolgreichen.«

»Dann bleibe ich ewig Kommissarin zur Untermiete.«

»Na, immerhin hast du es jetzt zur Untermieterin mit Pool gebracht«, tönte Stammler von hinten, »für eine Kommissarin ist das nicht schlecht.«

»Das sagst gerade du«, drehte Berger sich nach hinten, »du hast es ja auch vom ungenutzten Polizeibüro zur Poollandschaft geschafft. Eine steile Karriere.«

Damit erinnerte sie Stammler daran, dass er, als seine Frau ihn aus der Wohnung warf, für einige Zeit heimlich in einem ungenützten Büro im Polizeigebäude in der Konrad-Adenauer-Straße gehaust hatte.

»Wir sind da«, sagte Löffler, und parkte den Wagen rechts in einer Parkbucht, von der aus man die Stirnseiten der Wohnblocks sehen konnte, deren anderes Ende nur wenige Meter vom Neckar entfernt lag. Zu dritt marschierten sie über den schmalen Gehweg zum Eingang zu dem Block, in dem die Wohnung der Taubers war.

»Das sieht ja aus wie ein Rollkommando«, meinte Stammler lachend, »wie in so einem Tarantino-Streifen, wenn die schweren Jungs anrücken. Schwere Fünfundvierziger im Hosenbund und kein Lächeln auf den Lippen. Was da wohl die Nachbarn der Taubers denken?«

Berger drückte den Klingelknopf. Keine Reaktion. Sie versuchte es erneut, aber wieder ertönte kein Summer.

»Keiner da«, mutmaßte Stammler.

»Noch ein Versuch.«

Wieder drückte Berger, sehr lange dieses Mal. Der Summer ertönte, und Stammler drückte die Eingangstür mit der Schulter auf. Die drei Polizisten stiegen die Stufen zu der Tauber-Wohnung hoch und warteten, dass die Tür aufging. Aber nichts passierte.

Wieder drückte Berger auf die Klingel. Keine Reaktion.

Gegenüber allerdings öffnete sich die Wohnungstür. Eine Frau mit Kopftuch, die vielleicht siebzig Jahre alt war, stand in der Türöffnung und beobachtete die Polizisten. Berger schüttelte gerade den Kopf. Keiner da, sollte das wohl bedeuten.

»Aber sie müssen da sein, jemand hat doch eine Tür geöffnet. Von innen. Und wir haben nur bei den Taubers geläutet.« Stammler hob etwas ratlos die Armen und ließ sie gleich wieder fallen.

»I han die Tür uffgmacht.«

Wie auf Kommando drehten die drei Polizisten sich zu der Frau um. Löffler ging auf sie zu.

»Sie? Warum?«

»Weil Sie klingelt hend.«

»Aber doch nicht bei Ihnen.«

»Bei Nachbars isch des laut gnug. Bevor Sie noch weiter machet, han ich denkt, mach ich lieber auf. Des hält sonst koi Mensch aus, des Geläute.«

»Dünne Wände halt.«

»So isch, do hört man jeden Ton von nebenan.«

»Ond was hört man denn so?«

»Älles.«

»Send die jetzt grad net do?«

»Sag mol, Kerle, du kannsch jo schwäbisch. Man muss die bloß lasse, oder?«

»Wo sind denn die Nachbarn?«, fragte Löffler weiter.

»Die? Die sind erben gange. Hend doch jetzt Geld kriegt von der Tante vom Alten. I bin gespannt, wie es dann weitergeht. Sie au?«

Löffler musste lachen.

»Eigentlich isch mir des eher egal, Gnädigste. Mir send von der Polizei. – Ond was glauben Sie, wie es weiter geht?«

Die Frau guckte ihn von unten an und grinste schelmisch.

»Schau mer amol. Aber i glaub, send se mer net bös, dass

die zu blöd send, um mit dem Geld ebbes anfangen zu könne. Ebbes Vernünftiges, mein ich.«

»Kennen Sie eigentlich den Vater, also den Mann, den Tauber. War der amol hier?«

Die Frau schüttelte den Kopf.

»Noi, hier war der in de letzte zwanzg Joahr nemme. Von früher kenne den noch, aber grüßt hot der mich nie. Der blöde Fußballer. Des war jo a richtiger Schnalletreiber. I han emmer ghört, wenn se gstritte hend. Domols waret die Wänd nämlich auch net dicker.«

»Und was hört ma so, heutzutag?«

Wieder lachte die Frau in sich hinein.

»Was isch denn des eigentlich? A Verhör? Frogt man do immer so gradraus? Do isch jo gar koi Rafinesse dabei. Bloß fragen – des isch doch koi Herausforderung.

»Für Sie oder für ons?«

»Für boide, dät ich sagen.«

Plötzlich beugte sich Löffler noch dichter an die Frau heran und guckte ihr suchend ins Gesicht. Dann erhob er sich wieder, lachend.

»Saget se mol, sind Sie net die Frau Wendenborg? Die mit Thomas? Mit ihrem Enkel? Der war nämlich in meiner Klasse damals, in der Grundschule war des noch.«

»Jo, i woiß schon, du bisch der jonge Löffler. I han di glei kennt.«

»Wie goats em Thomas?«

»Schlecht goats em, tot isch der.«

Für einen Augenblick herrschte Totenstille im Gang zwischen den beiden Wohnungen. Auch Stammler und Berger schauten betreten auf den Boden.

»Schlimm«, sagte Christian Löffler dann, »der war doch no so jong.«

»So alt wie du halt, oder?«

Löffler nickte.

»Unfall?«

»Krebs. Tumor. Nix meh zom mache.«

Wieder schwiegen alle eine Weile.

»Kommet mir jetzt trotzdem zurück zu den Taubers. Wir müssen den Fall löse, des verstehet Sie doch, Frau Wendenborg, oder?«

»Klar, wenn i helfe ka…«

»Was ist mit der Familie Tauber los?«

»Nix isch mit dene los. Asozial send se halt. Pack wie es im Buch steht. Ond ganz oben steht der General.«

»General?«

»Ha, die Carola halt, die Tochter. Die hot dia andere voll im Griff. Die sagt, wo es lang geht. Ond wenn mol gar koi Geld mehr da isch im Asozialenhaushalt, dann fällt dere immer a Lumperei ein. Mit Ämter und wie man die bscheißt, kennt die sich aus, aber hoppla.«

Nebenan, in der Wohnung der Taubers, läutete das Telefon. Nach einem halben Dutzend Mal hörte der Klingelton auf.

»Und Sie send ganz sicher, dass der alte Tauber nie do war?«

Wendenborg nickte vehement.

»Und Sie täuschen sich do au net?«

»I sag dir ond euch zwoi andere mal was. I ben genau dui, über die man immer so lacht, weil se den ganze Tag am Fenster stoaht. Das isch mir aber egal, i han sonscht nix zu tun und außerdem gfällt mir des. Ond woher kriaget ihr eigentlich emmer eure Informatione, außer von solche Leit wie mir? Also guck i emmer naus aus dem Fenster und do seh ich alles. Ond deswege woiß i au, dass der alte Tauber niemals hier war. Älles andere woiß i bloß vom Höresage.«

»Hörensagen?«

»Genau, i hör, was andere saget. Ond des könnt i dir zum Beispiel weitersage. Aber bloß wenn i will.«

Damit verschränkte sie die Arme vor der Brust und guckte jeden der drei Polizisten der Reihe nach an.

»Wie wäre es«, sagte Stammler schließlich, »wenn Sie wollten. Ich gestehe auch gerne ein, dass Sie uns damit unglaublich weiterhelfen würden.«

»Des woiß i selber.«

»Also, Frau Wendenborg, Schluss jetzt«, sagte Löffler dann energisch, »jetzt lasset se amol raus, was Sie wisset. Mir könnet jetzt keine Spielereien mehr brauchen, es geht um Mord, und wer weiß, was jetzt gerade passiert. Was genau haben Sie beobachtet? Oder gehört?«

Wendenborg spielte die Beleidigte, deren großen Auftritt man abrupt beendet hatte. Aber gleichzeitig, das merkte man ihr an, konnte sie es kaum erwarten, alles loszuwerden, was sie über ihre Nachbarn wusste. Mit einem Seufzer, der wohl bedeutete, dass sie sich der Übermacht geschlagen gab, erzählte sie ihre Nachbarschaftsgeschichten.

»Vielleicht war der alte Tauber net in der Wohnung, aber gsehn hend se den schon. Zumindescht die Kleine, die Tochter, der General. Dui hot nämlich mol davon verzählt, wia sie den Vater besucht hot. Im Gartenhaus, hat se gesagt. In Tübingen irgendwo. Ond dass der Alte sie zum Teufel gjagt hot.«

»Sie hat tatsächlich gesagt, sie hätte ihren Vater getroffen? Sind Sie sich da ganz sicher?«

Jetzt war die alte Frau aber zutiefst beleidigt.

»Sag amol, wenn du mir net glaubst, dann kannsch glei verschwinde. Ich hab jetzt fast dreißig Johr Übung im gucken. Mir entgeht nix, und täuschen tu ich mich schon lang nimmer. Also: Der General hat sich mit dem Tauber getroffen. Ond dann kommt se hoim und brüllt rom. Zuerst heult se, dann brüllt se und am Schluss haut se mit de Fäust gegen die Wand zu meim Wohnzimmer. Sie wisset scho – dünne Wänd.«

Löffler überlegte eine Weile, er musste diese Neuigkeit erst mal verdauen. Das, überlegte er, warf natürlich ein entscheidendes Licht auf den Fall. Klar war, wenn die Taubers ihren Vater oder sie, also Marion Tauber, ihren Mann getroffen hatte, dann wussten sie bestimmt über das Erbe Bescheid. Und dann gab es, über irgendwelche alten Rachegefühle hinaus, ein klares

Motiv. Die Erbschaft, die Aussicht, dieses triste Leben zu verlassen, das war bestimmt ein hoher Anreiz, um auch Schlimmes zu tun.

»Ist das nur einmal passiert?«, fragte Gerd Stammler die Nachbarin.

Die zuckte bloß mit den Schultern.

»Alles woiß i auch net, ich wohn ja nicht in der Wohnung von den Taubers.«

»Aber fast, wenn man Sie so hört.«

»Isch des jetzt a Kompliment oder a Vorwurf?«

»Eine Dankesrede«, warf Löffler ein, »dafür, dass Sie uns einen entscheidenden Hinweis geben konnten.«

Frau Wendenborg war zufrieden. Man sah ihr förmlich an, wie sie in den Tiefen ihres Gedächtnisses forschte, was sich dort noch Verwertbares finden ließ.

»Sagen Sie mal«, fragte Berger, »was machen die Taubers eigentlich den ganzen Tag? Ich glaube, die arbeiten doch nicht, oder? Wie kriegt man da den Tag rum. So übers Jahr gesehen, meine ich.«

»Gehört des jetzt zu Ihrem Fall oder send se bloß neugierig, wie andere Leit lebet? I moin, mir isch des egal, man frogt jo bloß.«

Berger tat so, als würde sie nachdenken.

»Ich glaube«, sagte sie dann lachend, »ich bin bloß neugierig.«

Frau Wendenborg tätschelte den Arm der Kommissarin.

»Des derfets au sein, s'ghört jo zu ihrem Beruf. Oins kann i ihne aber glei sage – der Fernseher rettet viel. Eigentlich gugget se den ganzen Tag in die Kiste nei. I hör doch schon morgens om neune, wenn se ihn anmachet. Do guck i doch lieber zom Fenster naus, im Sommer ond em Winter, da seh ich wenigstens echte Menschen, han e net recht?«

In diesem Augenblick ging die Haustüre auf, und hintereinander tauchten die Taubers im Türrahmen auf. Ganz vorne die Mutter, die, als sie sich plötzlich den vier Leuten vor ihrer Wohnungstür gegenübersah, fast ihre Handtasche fallen ließ vor Schreck und Überraschung. Da sie so plötzlich stehen blieb, prallte der hinter ihr gehende Sohn auf sie drauf, schob sie ein wenig nach vorne, sodass sie stolperte, und auf den Boden fiel. Da auch die hinter den beiden nach vorwärts drängende Tochter Carola nicht mehr bremsen konnte, stieß sie ihren Bruder, der über die Beine der vor ihm knienden Mutter fiel, und sich plötzlich auf ihr liegend wiederfand.

Die Tochter Carola stand zunächst mit weit aufgerissenem Mund da, dann begann sie lauthals zu lachen. Sie konnte gar nicht mehr aufhören damit, beugte ihren dicken Körper nach vorne, lachte dabei, hustete, lachte und klopfte sich dann selbst auf die Brust, um einen neuen Hustenreiz zu stoppen. Dann hörte sie auf zu lachen und richtete sich auf. Die auf dem Boden Liegenden hatten sich nicht bewegt, sondern starr Carola Tauber beobachtet, die sich gerade die tränenden Augen rieb und dann die Arme in die Hüften stemmte.

»Das war ein Ding«, sagte sie, »wie zwei Käfer liegen sie da. Na los, ihr zwei, hoch mit euch. Wollt ihr da liegen bleiben und euch weiterhin zum Gespött machen?«

Mühsam krabbelte erst ihr Bruder, dann die Mutter über den Boden, hangelten sich an der Wand hoch und kamen schließlich auf die Beine.

»Ich hab mi so erschrocke, als ich euch gseh hab«, sagte Marion Tauber, »da hat es mich glatt umgehauen. Ond den hinter mir«, damit deutete sie auf ihren Sohn, »den auch gleich. Tut mir leid, dass mir uns so angestellt haben.«

Löffler winkte ab.

»Macht doch nichts, kann jedem mal passieren…«

»Noi, bloß dene.«

Frau Wendenborg hatte ihren Kopf zwischen Löffler und Stammler durchgesteckt und deutete mit ihrem Zeigefinger auf die Taubers. Dann zog sie sich wieder zurück und nahm Deckung hinter den Polizisten.

»Ach, der Giftzahn von nebenan«, rief Mutter Tauber, und

machte einen Schritt in Richtung Polizisten und Wendenborg. Dann überlegte sie es sich anders, und hielt sich den Rücken, vermutlich hatte sie sich dort gestoßen, als ihr Sohn auf sie fiel.

»Das hätten wir uns ja gleich denken können«, sagte Carola Tauber spitz, »wahrscheinlich hat die Alte Ihnen jetzt ganz fürchterliche Horrorszenen geschildert im Hause Tauber. Aber Sie müsset net alles glaube, was so eine senile Stubenhockerin so von sich gibt. Seit ihr Enkel, na ja, ums Leben kam, oder wie soll man sonst sagen, bei einem Dealer, der sich zu Tode spritzt…«

»Thomas war kein Dealer, niemals, des nemmet ihr zurück! Der hot bloß Pech gehabt mit seim Krebs, ond jetzt machet ihr euch lustig darüber. Was send ihr bloß für Leut?«

Löffler und Stammler standen enger zusammen, um zu verhindern, dass die alte Frau sich auf Carola Tauber stürzte. Eine abgemagerte, verhärmte alte Frau auf eine dicke, dralle Zwanzigjährige. Die beiden Beamten wollten sich diesen fürchterlichen Anblick wahrscheinlich ersparen. Die Gegenwehr Wendenborgs war auch nur kurz und schwach.

»Ach, Herr Kommissar«, fing nun Marion Tauber an, während sie sich mühsam die Stufen zu ihrer Wohnung hochquälte, »wer solche Nachbarn hat, braucht keine anderen Feinde mehr. Immer, jeden Tag, seit Jahren, spioniert die Alte henter ons her, do hot man nie sei Ruh. Hinter jedem Vorhang steht sie und glotzt. Do traut man sich ja kaum mehr zom Atmen. Soweit isch komme.«

»Komm, Mutter«, griff Peter Tauber seiner Mutter jetzt unter die Arme, und schob sie die letzten Stufen hoch, »jedes Wort isch do verlore, gehen mer in die Wohnung, do hend mir unser Ruh.«

Während der ganzen Zeit war Carola Tauber schweigend dagestanden und hatte nur beobachtet, was passierte. Jetzt ging sie die paar Schritte zu Löffler hin, leichtfüßiger, als man es ihr zugetraut hätte, und hielt ihn leicht am Unterarm fest.

»Sagen Sie mal, Herr Hauptkommissar, was hat die Wendenborg denn nun gesagt? Über uns, meine ich.«

»Alles hab ich gsagt, alles was ich gesehen hab«, kreischte Frau Wendenborg von hinten. Langsam begann sie die Nerven zu verlieren. Vielleicht war ihr das alles zu viel Realität, zu viel Wirklichkeit, die sie doch sonst eher hinter Scheiben und Vorhängen verfolgte als in direkter Konfrontation.

»Wissen Sie was, Frau Wendenborg«, sagte Löffler ganz ruhig, und schob sie Richtung Wohnungstür, »Sie gehen jetzt mal eine Weile zum Wohnen zu sich nach Hause, und wir von der Polizei regeln den Rest. Danach kümmern wir uns wieder um Sie. Einverstanden?«

Die Frau nickte ergeben. Sie hatte nun ihrerseits keine Kraft mehr, war vermutlich froh, endlich alleine sein zu dürfen. Sie verschwand in der Wohnung und Löffler zog die Türe hinter ihr zu.

»So, was haben Sie noch mal gefragt, Frau Tauber?«

»Ich wollte nur wissen, was die Frau denn Böses über uns erzählt hat. Aber eigentlich interessiert es mich jetzt nicht mehr, mit solchen Gerüchten leben wir seit vielen Jahren. Man gewöhnt sich an den Hass der Welt.

»Na, na, Frau Tauber«, warf Monika Berger da ein, »die ganze Welt wird Sie schon nicht hassen, dazu ist die Welt irgendwie zu groß. Und überhaupt – warum sollte das denn so sein?«

Carola Tauber schaute irritiert zu der Polizistin, während ihre Mutter und ihr Bruder gerade in der Wohnung verschwanden.

»Wir sind die Außenseiter«, sagte sie barsch, »die mag keiner gerne.«

»Warum sollten Sie denn Außenseiter sein? Sie sind doch eine Familie, sind jung, haben doch noch ein ganzes Leben vor sich. Das ist eher ein Grund zur Freude, meine ich. Fragen Sie mal Ihre Nachbarin, die geht auf die Achtzig zu, die fühlt sich wahrscheinlich nicht so dolle.«

Carola Tauber ballte die Fäuste, ihr Gesicht war weiß geworden. Darauf spielte sich für jeden sichtbar ab, dass sie mit sich rang, ob sie jetzt weitermachen, ob sie antworten sollte, oder ob sie jetzt einfach wegging.

Plötzlich lächelte sie, schaute sich in der Runde der Polizisten um und wischte sich dann über die Stirn. »Heiß heute«, sagte sie, »und das im Oktober.«

»Frau Tauber«, fragte Christian Löffler, während er die Tür zu der Tauberwohnung zuzog, »wollen Sie nicht mal darüber nachdenken, ob Sie Ihren Vater während der vergangenen Wochen in Tübingen nicht doch gesehen haben?«

Die Frau lächelte den Hauptkommissar ganz offen an.

»Aber Herr Löffler, ich kann doch nicht lügen. Ich kann doch nicht heute so und morgen so sagen, auch nicht für die Polizei. Das verstehen Sie doch? Und deshalb noch mal: Nein, ich habe meinen Vater nicht gesprochen, er hat mich nicht gesehen und ebenfalls nicht gesprochen und mehr gibt es da nicht zu sagen.«

»Wir meinen nur«, mischte sich nun auch Stammler ein, »dass Frau Wendenborg uns da etwas anderes erzählt hat.«

Wieder lächelte die Tochter.

»Ach ja, hat sie das? Na, wenn sie dabei war, kann sie Ihnen auch sicher sagen, wo das gewesen sein soll. Ich meine, etwas zu behaupten und etwas beweisen zu können, das sind noch immer zwei Paar Stiefel.«

»Sie wissen aber schon, was es bedeuten könnte, wenn es so wäre, wie Ihre Nachbarin das geschildert hat, oder?«

Wie schon zuvor bei Löffler, tätschelte sie nun den Unterarm Stammlers.

»Ach, Herr Polizist, jetzt ermitteln Sie mal anständig im Penner-Milieu, dort werden Sie sicher Ihren Täter oder Ihre Täterin finden. Oder«, und sie rückte mit ihrem Mund näher ans Ohr Stammlers, »oder darf man in Tübingen keine Berber verhaften und anklagen, weil sie zu einer schützenswerten Minderheit gehören? Politisch korrekt wären wahrscheinlich

Nazis und Familienangehörige als Täter, dann wäre der gemeine Tübinger an sich zufriedengestellt.«

Die Polizisten hatten ihr schweigend zugehört.

»Sie reden Unsinn, Frau Tauber«, sagte Löffler bloß, »und jetzt bitten wir um Ihr Alibi. Bisher hielten wir das nicht unbedingt für dringend notwendig, aber so wie die Sache jetzt aussieht...«

Er sagte ihr die Tatzeiten, während sie die Stirn in Falten legte.

»Also das ist ganz einfach«, sagte sie dann, und ein strahlendes Lachen huschte ihr übers Gesicht, »da war ich zu Hause, bei meiner Familie, wie es sich gehört um diese Uhrzeiten. Was werde ich mich oder mein Bruder oder gar meine Mutter sich bei den Obdachlosen rumtreiben? Fragen Sie nur die beiden, die werden das bestätigen.«

Nun lachte Löffler lauthals.

»Ja«, sagte er, noch immer laut lachend, »das kann ich mir vorstellen. So eine Familie hält eben zusammen, und Blut ist dicker als Wasser, auch wenn es sich um das Blut des Vaters handelt.«

»Ja«, antwortete die Tochter mit ihrem Dauerlächeln, »und jetzt gehe ich in meine Wohnung. Irgendwie wird das jetzt alles langweilig und außerdem anstrengend. Was dagegen?«

Die Kommissare schüttelten wie auf Kommando ihre Köpfe, und mit einem Knicks verabschiedete Carola Tauber sich von den Polizisten. Als sie die Tür hinter sich schloss, sahen die drei Kommissare sich erst mal an.

»Tja«, sagte Stammler, »jetzt wissen wir mehr und doch nichts.«

»Jetzt wissen wir alles, und können nichts beweisen«, meinte Berger.

»Ich hab den Beweis im Kopf, seit Tagen«, sagte Christian Löffler, »und ich komme einfach nicht drauf. Aber das wird noch. Fahren wir ins Präsidium, Akten durchgucken, da fällt uns vielleicht etwas auf und ein.«

»Und die Taubers lassen wir alle hier? Einfach so?«

»Nemmet se die mit, die Saubande. Am besten gleich alle.«

Frau Wendenborg hatte den Kopf aus der Tür gestreckt und gab noch eine letzte Empfehlung an die Polizisten mit. Aber diese beachteten sie nicht und verließen rasch das Haus. Löffler setzte sich wieder hinters Steuer, und sie fuhren über die Gartenstraße zurück, Richtung Neckarbrücke. Sie hingen ihren eigenen Gedanken nach, keiner sagte ein Wort während der Fahrt. An der Ampel bei der Neckarbrücke, beim Mexikaner, warteten sie, bis es grün wurde.

»Ich habe Lust, ein paar Schritte zu Fuß zu gehen«, sagte Stammler plötzlich, »ich steig schnell aus, ehe es rot wird.«

Er stieß die Beifahrertür auf und sprang nach draußen.

»Die Sache mit seiner Frau geht ihm nach«, sagte die Kommissarin, als sie rechts abbogen und die Mühlstraße hochfuhren.

Löffler nickte.

Es war ganz plötzlich über den Hauptkommissar gekommen. Seine Kollegin Berger bemerkte es gleich, weil er plötzlich, mitten in der 30er-Zone der stadteinwärts führenden Rümelinstraße, aufs Gaspedal drückte. Als er an einem vor sich hintuckernden Porsche Cayenne vorbeiraste, zeigte der Fahrer ihm einen Vogel. Aber Löffler scherte das alles herzlich wenig, selbst wenn Bürgermeister Palmer ihn eigenhändig zur Seite winkte, würde er sich und das Auto wohl nicht bremsen und den Wagen stoppen.

»Was machen Sie denn!«, schrie Monika Berger verblüfft, und hielt sich an der Seitenhalterung fest, als Löffler um die Kurve vor der Kelter peste, »hier kann man nicht rasen, das ist doch verboten.«

Natürlich sah sie gleich, dass sie mit solchen Argumenten nicht zu ihrem Chef durchdrang. Für einen Moment überlegte sie sogar, ob sie ihm ins Lenkrad fallen sollte. Aber das traute sie sich dann doch nicht.

»Ich bin die Polizei«, rief ihr Löffler zu, »und ich jage einen Mörder. Da ist so einiges erlaubt, das können Sie mir glauben.«

So raste er an der Hepper-Turnhalle vorbei, durch den einseitig befahrbaren Tunnel auf die südliche Neckarseite, raus in die Konrad-Adenauer-Straße. Vor dem Präsidium machte er sich nicht einmal die Mühe, den Wagen richtig zu parken. Er deutet einfach auf den Zündschlüssel, stieß die Türe auf und sprang nach draußen. Er überließ es Berger, sich eine Parkbucht zu suchen, während er sich im Stechschritt zur Eingangstüre des Präsidiums bewegte. Eine Weile kurvte die Kommissarin über den Parkplatz, ehe sie eine Lücke entdeckte. Sie hatte es nicht eilig. Was immer dem Kollegen gerade durch den Kopf gegangen und ihn zur Erleuchtung getrieben hatte – sie würde es bestimmt rechtzeitig erfahren. Gemächlich trabte sie Richtung Eingangspforte, ging hinein, grüßte die Kollegen, und trödelte sich in ihr eigenes Büro vor.

Als sie hereinkam, wartete Löffler bereits auf sie.

»Kommen Sie her«, sagte er aufgeregt, und winkte ihr zu, »kommen Sie mal her und sehen sich das an.« Er schwenkte eine Fotografie in der Hand. Als Berger näherkam, hielt er ihr das Bild direkt vor die Nase.

»Was sehen Sie darauf?«

Tatsächlich war es das Foto der Familie Tauber, das sie bei ihrem Besuch mitgenommen hatten. Auf ihr waren die beiden Kinder und die Mutter. Das Bild mochte etwa zwei Jahre alt sein, vielleicht auch neueren Datums. Jedenfalls hatten sich die Personen von damals im Vergleich zu heute nicht verändert. Es waren Oberkörperbilder, keiner der drei lachte, alle guckten ernst und man hatte nicht den Eindruck, als seien sie von der ganzen Fotografiererei begeistert gewesen. Im Hintergrund stand ein Grill, von dem leichter Rauch aufstieg.

»Ja und«, fragte Berger etwas ratlos, »das sind die Taubers. Ich habe das Foto selbst von der Tochter besorgt. Ich sehe keinen, dem ein dickes »Mörder« in die Stirne geritzt ist.«

Löffler drehte das Bild, schaute es an und schien einigermaßen verwirrt zu sein. Dann lächelte er.

»Quatsch, natürlich nicht. Ich war grad irgendwie einen Schritt zu schnell. Euphorie nennt man so was. Ich hoffe bloß, ich behalte recht.«

»Recht? Womit denn?«

Löffler tippte sich an die Stirn, als wolle er seine Gedanken aufwecken.

»Also, passen Sie auf. Wir wissen, dass sich Tauber, also der Wolfi, mit einer Frau, einem Mädchen, besser gesagt getroffen hat. Sie erinnern sich, wir waren doch in dem Gartenhaus, in dem Tauber manchmal untergekommen ist. Also, ich war da mit meinem Freund Kreitlein, dem Glatzkopf. Das Glatzkopf ist aber entre nous, gell? Wir haben da einen Trainingslauf hingemacht. Jedenfalls gab es da einen Nachbarn, den Herrn Richter, den ich da traf. Und der hat erzählt, dass Tauber dort diesen Damenempfang hatte.«

»Und da glauben Sie, das sei seine Frau gewesen?«

Der Hauptkommissar schüttelte den Kopf und klopfte dann mit dem Fingerknöchel auf das Foto.

»Nein, nicht seine Frau, sondern seine Tochter. Die Frau ist laut der Beschreibung zu alt. Und noch was. Ich traf auch meinen Freund Gerold, der öfter da vorbeijoggt …«

»Alles Läufer, Herr Hauptkommissar, nur, um das mal zu sagen.«

»… und Gerold konnte sich auch an eine junge Frau erinnern, die er da mal gesehen hat.«

Berger nahm ihrem Chef das Bild aus der Hand und betrachtete es genauer.

»Okay, der Unterschied ist zu groß. Sie ist eine alte Frau, die Tochter, das Mädchen. Jetzt aber die entscheidende Frage: Hat ihr Freund oder hat der Nachbar das Bild denn wiedererkannt? Ich meine, haben sie die Frau wiedererkannt?«

Löffler schaute sie erstaunt an.

»Nein, wie denn auch? Ich habe das doch gerade erst aus

meinen Unterlagen geholt. Und damit statten wir jetzt den beiden einen Besuch ab. Aber wenn sie die Frau auf dem Foto wiedererkennen – dann rumpelts im Karton, das können Sie mir glauben.«

»Essen?«

»Was?«

»Sie laden mich zum Essen ein, wenn sie die Frau wiedererkennen. Lokal nach meiner Wahl. Einverstanden?«

Löffler lachte.

»Wollen Sie mal dem Männerhaushalt für einen Abend entfliehen? Mir soll es recht sein, das Essen steht.«

»Aber ohne Stammler.«

»Stammler? Wer ist Stammler?«

In dem Augenblick ging die Türe auf, und Gerd Stammler kam gemeinsam mit Heim ins Büro.

»Was ist mit mir?«, fragte er, »wird hier hinter meinem Rücken über mich gesprochen? Und das unter Kollegen?«

»Nein, nein, wir verteilen nur gerade die Arbeit.«

Löffler erzählte ihm von seiner Idee, und sie beschlossen, sich für die Befragung aufzuteilen. Löffler würde Gerold besuchen, die beiden anderen den Herrn Richter. Dessen Anschrift suchten sie aus dem Tübinger Adressregister. Sie kopierten noch das Foto der Taubers und machten sich dann auf den Weg.

»Nehmen Sie ein Auto«, sagte Löffler auf dem Weg nach draußen, »nicht, dass man ihr Bike noch mal klaut.«

Dann machte er sich zügig davon.

Löffler fuhr Richtung Berufsgenossenschaftliche Klinik, den Schnarrenberg hoch, bog dann ab zu Gerold Knisels Haus. Er sah, dass dessen Wagen davor geparkt hatte. Also war er zu Hause und hatte heute Homeoffice-Tag. Glück gehabt, denn Löffler hatte in der ganzen Aufregung vergessen, sich bei Gerold telefonisch anzumelden. Der Hauptkommissar ging durchs Gartentor, klopfte im Vorübergehen an ein ebenerdiges Fenster und wartete vor der Haustür. Die ging gleich danach auf, und Gerold Knisel stand vor ihm.

»Welche Überraschung«, sagte der, »komm rein, kannst einen Kaffee haben.«

Gerolds Büro sah seltsam aufgeräumt aus. Nur vor dem Notebook lagen ein Aktenordner und ein Schreibblock, daneben sein Blueberry. Löffler schnappte sich einen Stuhl und setzte sich Knisel gegenüber, der sich in seinen Bürosessel plumpsen ließ.

»Damit du es gleich weißt«, sagte er, »ich habe keine Zeit zum Laufen. Das habe ich notgedrungen schon heute früh gemacht. Die Arbeit ruft. Ein Kaffee ist alles, was ich dir anbieten kann.

Löffler winkte ab.

»Keine Zeit, ich bin beruflich hier.«

Gerold war überrascht.

»Beruflich? Bei mir? Hast du die Branche gewechselt? Oder habe ich wen umgebracht und es vergessen?«

»Keine Angst, ich brauche bloß deine Hilfe. Du erinnerst dich doch, dass du mir erzählt hast, dass du diesen Kerl in dem Gartenhaus auf dem Spitzberg oben mit einem Mädchen gesehen hast?«

Gerold überlegte kurz.

»Ja, ich weiß noch, als wir uns getroffen haben. War das nicht der Unterschlupf des Toten, dieses Wolfi?«

Löffler nickte.

»Genau der. Ich zeige dir jetzt mal ein Foto, und du sagst mir, ob du die Frau darauf erkennst. Ich meine, ob das die Frau war, die bei dem Wolfi im Garten war.«

»Ich sage dir aber gleich, dass ich das Gesicht nicht so genau gesehen habe. Sie hat mir den Rücken zugewandt, ich hab sie nur mal kurz im Profil gesehen. Komm, zeig mir das Ding mal her.«

Er schnappte sich das Bild, zog seine Brille auf und studierte das Foto ausgiebig. Er platzierte es sich direkt vor das Gesicht, dann hielt er es auf Armlänge weg um es dann schließlich noch einmal aus nächster Nähe zu betrachten.

»Es könnte das junge Mädchen, die junge Frau hier gewesen sein. Aber um ganz sicher zu gehen, müsste ich sie in Natur vor mir stehen sehen.«

»Mit wie viel Prozent würdest du sagen, dass sie das Mädchen ist vom Garten?«

Gerold bewegte den Kopf hin und her.

»Also«, sagte er dann vorsichtig, »wenn ich es beschwören müsste, dann zu etwa 67 Prozent, ohne Schwören etwa 79 Prozent. Also, nur auf das Foto bezogen. Bring sie mir her, und ich kann dir mehr sagen.«

»67 Prozent?«

»Ziemlich genau.«

»79 Prozent?«

»Ein Prozent hin oder her dürfte da schon drin sein.«

Er gab das Bild zurück und schaute Löffler an.

»Du bist nicht zufrieden«, stellte er fest.

Löffler schüttelte den Kopf.

»Nein, bin ich nicht. Aber nicht wegen dir, sondern weil ich mir zu viel erhofft hatte. Wir sind irgendwie in einer Sackgasse gelandet, und ich hatte geglaubt, mit deiner Aussage kommen wir einen gewaltigen Schritt weiter.«

»Ist sie die Mörderin?«

Der Hauptkommissar schaute auf das Bild.

»Ich weiß es nicht, aber sie könnte mich zu dem Mörder führen. Ach, was weiß ich, keine Ahnung. Ich warte jetzt mal ab, was meine Kollegen für Nachrichten bringen. Es gibt noch einen Zeugen, mal sehen, ob der mehr gesehen hat.«

»Ich dachte immer, das wäre eine Sache zwischen den Berbern. Einer hat Streit, dann eskaliert das Ganze.«

»Streit mit zwei Leichen?«

»Na ja, eher nicht. In der Stadt munkelt man aber auch, es handle sich um eine Art Bürgerwehr, so nach dem Motto »Berber raus, wir sind eine anständige Stadt.« In Tübingen kann ich mir das allerdings schwer vorstellen. Es gibt vermutlich keine nazifreiere Kommune in Deutschland.«

»Eben. Denk nur mal, dass sie jetzt sogar beschlossen haben, den Nazi aus dem Straßennamen zu vertreiben. Keiner hat zwar eine Ahnung, was vor siebzig Jahren genau passiert ist, und was die Köpfe der Straßennamen so dachten. Aber jetzt werden sie entfernt und durch neue ersetzt. Mal schauen, was sie denen dann in siebzig Jahren vorwerfen. Vielleicht Luftverpestung oder fahren mit dem Auto auf einer Straße.«

»Also keine Bürgerwehr?«

»Nee, ein stinknormaler, gemeiner, fieser, hinterhältiger und ziemlich brutaler Mord, dem gleich ein zweiter folgte.«

»Was ist mit dem Kaffee?«

»Nein, danke, ich muss zurück ins Präsidium, keine Zeit.«

»Aber beim Nikolauslauf startest du trotzdem noch, oder? Auch wenn ich dir keine große Hilfe war.«

Löffler lachte, dann stand er auf, klopfte seinem Freund auf die Schulter und ging zur Tür.

»Ich finde alleine hinaus. Dienstag auf der Bahn dann, in alter Frische. Tempotraining. Du kommst doch?«

»Klar, ihr braucht doch einen Trainer, der euch sagt, wo es lang geht.«

»Bis dann.«

Löffler fuhr den Rechner in seinem Büro hoch, ging ins Spiele-Menü und zockte dann Solitaire. Aber es lief nicht gut für ihn, und es fehlte ihm selbst für dieses simple Spiel die Ruhe. Also rief er YouTube auf und sah sich ein paar Liveausschnitte seiner Lieblingsbands an. Als er sich gerade überlegte, Laufschuhe anzuziehen und eine kleine Runde im Wald zu machen, tauchten die beiden Kollegen endlich auf.

»Wo sind Sie denn so lange gewesen?«, rief er ihnen entgegen, als sie in der Tür auftauchten.

»Sie wissen doch: Tübingen, Baustellen, Verkehr, Stau, Tempo 30.«

»Egal. Was für Nachrichten bringen Sie mir denn? Hat der Richter die Frau erkannt?«

Die Kommissare schwiegen zunächst.

Jetzt erst bemerkte er, dass hinter den beiden eine weitere Person stand. Eine etwa dreißigjährige Frau, vielleicht auch etwas jünger. Sie hatte einen Bubikopf, der ein Schätzen schwierig machte. Aber dass sie hübsch war, konnte man schon auf den ersten Blick erkennen. Sie war fast so groß wie Monika Berger und die maß ja immerhin annähernd einen Meter achtzig.

»Und wer, bitte schön, sind Sie?«, sagte Löffler zu der Frau, und ging ihr entgegen, »mein Name ist Löffler, Christian Löffler, der Kollege Ihrer beiden Begleiter hier.«

Die Frau und Löffler schüttelten sich förmlich die Hand.

»Das ist Carmen Richter«, mischte sich Berger da ein, »die Enkelin des Herrn Richter.«

»Aha«, sagte Löffler etwas ratlos.

»Ja«, fuhr Stammler fort, »Herr Richter ist leider im Krankenhaus, Kreislaufkollaps, vielleicht auch mehr, man weiß es noch nicht. Er liegt im künstlichen Koma im UKT, also im Klinikum oben, nicht ansprechbar, logischerweise.«

»Logischerweise«, wiederholte Löffler das Wort etwas unsinnig.

Dann schauten sich alle irgendwie betreten an.

»Na und jetzt«, fuhr der Hauptkommissar dann endlich fort, »was ist mit dem Foto? Das können wir dann wohl vergessen.«

»So würde ich das nicht sagen«, entgegnete Berger, und schob die Enkelin nach vorne. »Carmen hier hat sich das Foto angeschaut.«

»Na und, was soll das bringen, wenn sie jemand wiedererkennt. Entscheidend für uns ist, dass eine Person auf dem Grundstück war, in der Hütte, und zwar gemeinsam mit Wolfgang Tauber. Das kann doch bloß der Opa wissen.«

»Falsch«, sagte da Carmen Richter.

Löffler schaute sie verdutzt an.

»Ja, das ist falsch, denn ich habe Opa auf dem Gütle geholfen. Alleine war das zu beschwerlich für ihn in dem Alter. Manchmal, wenn ich Zeit hatte, bin ich mitgegangen und habe ihm geholfen. Danach haben wir uns mit Most einen kleinen Rausch angesüpfelt. Opa konnte gut Geschichten erzählen.«

»Und da hat er Ihnen erzählt, dass er mal gegenüber eine junge Frau gesehen hat? Ist ja toll, aber ...«

Die Frau schüttelte den Kopf.

»Nein, nein, nix erzählt. Ich war dabei, als der Mann Besuch erhielt.«

»Sie haben die Frau gesehen?«

Kopfnicken.

»Kommen Sie her«, griff Löffler die überraschte Frau am Unterarm, und geleitete sie zu einem Stuhl am Besprechungstisch, »setzen Sie sich her und ruhen Sie sich aus. Kaffee? Ein Wasser. Oder vielleicht sogar ein kleiner Most zum Süpfeln?«

Die Frau lachte, und befreite sich aus Löfflers Griff. Sie ließ sich auf den Stuhl plumpsen, während der Hauptkommissar gegenüber Platz nahm.

»Und? Haben Sie die Frau gesehen, ich meine, haben Sie sie erkannt? Auf dem Foto, meine ich.«

Carmen Richter nickte. Löffler starrte sie an. Carmen Richter nickte ein weiteres Mal.

»Heißt das ja?«

»Würde ich schon sagen, dass Nicken ja bedeutet. Kopf schütteln bedeutet meist ein klares Nein.«

Der Hauptkommissar lehnte sich erleichtert in seinem Stuhl zurück. Er blieb eine Weile ruhig sitzen, während auch die anderen im Raum schwiegen. Das fiel selbst Heim auf, die hinter ihrer Palme hervor schaute und ratlos den Kopf schüttelte. Dann tauchte sie wieder in ihren Dschungel ein.

»Perfekt«, sagte Löffler schließlich, »damit haben wir endlich was in der Hand. Die Taubers haben gelogen, eindeutig. Und dafür muss es einen Grund geben. Einen, den wir natürlich kennen. Die wussten ganz genau, dass ihr Vater und Ehemann das Vermögen der Tante erbt, und sie wollten was abhaben. Davon bin ich felsenfest überzeugt.«

Stammler hustete betont laut. Als Löffler nicht reagierte, versuchte er es noch einmal, etwas lauter. Löffler sah ihn an, und Stammler deutete hinter dem Rücken Carmen Richters auf diese und rollte dabei mit den Augen. Löffler nickte ihm zu.

»Sie haben das gerade natürlich nicht gehört«, sagte der Hauptkommissar zu seiner so wichtigen Zeugin, »ich habe nur laut gedacht. Nicht, dass Sie jetzt glauben, Sie hätten von Ihrem Grundstück aus eine Mörderin gesehen.«

»Mörderin? Aber nein, ich erinnere mich nur an ein Mädchen, das mit ihrem Vater gestritten hat.«

»Genau, erzählen Sie doch mal die ganze Geschichte mit den beiden.«

Richter setzte sich aufrecht hin und überlegte einen Augenblick.

»Es begann damit, dass wir uns wunderten, dass ein Mädchen ganz alleine auf der Terrasse vor der Hütte saß und in die Sonne guckte. Opa wollte sich nicht aufdrängen, und hat sich danach nicht weiter darum gekümmert. Ich wollte aber schon wissen, wer das war. Aber ehe ich danach fragen konnte, ging die Tür der Hütte auf, und der Tauber kam raus.«

»Kannten Sie den?

»Nein, das weiß ich jetzt erst. Damals war der für mich irgendein verkrachter Verwandter der alten Dame, der das Grundstück gehörte. Und als der das Mädchen sah, hat er gleich angefangen, sie zu beschimpfen. Was sie hier wolle, alles wäre gesagt, sie solle verschwinden. Aber das Mädchen blieb total ruhig und hat ihn bloß angeglotzt. Genau, regelrecht geglotzt hat sie. Ich glaube, sie konnte das gar nicht fassen, was da auf sie hereinbricht.«

»Hatten Sie den Eindruck, dass sie sich das erste Mal sahen?«

Sie überlegte kurz.

»Nein, sicher nicht. Ich habe auch Wörter gehört wie ›neulich‹, ›damals‹ oder ›vor ein paar Tagen‹. Die haben sich zuvor schon gekannt und sicher auch getroffen.«

»Konnte man irgendwie hören, oder erkennen oder sonst einen Eindruck gewinnen, was das Mädchen von dem Mann wollte. Also die Tochter vom Vater? Hat sie Geld von ihm verlangt?«

Carmen Richter schüttelte den Kopf.

»Nein, das Wort ist nie gefallen. Geld, meine ich. Ich habe es zumindest nicht gehört. Aber ich habe auch nicht die ganze Zeit gelauscht. Opa wollte das nicht, ich schon. Aber ich habe ihm dann beim Schneiden der Hecke ums Häusle geholfen.«

»Das war es dann also? Mehr haben Sie nicht gehört?«

»Nicht an dem Tag.«

Jetzt war Löffler verblüfft.

»Wie, was heißt das, nicht an dem Tag. Haben Sie die beiden etwa noch mal gesehen? Dort, in der Hütte?«

»Jetzt könnte ich schon einen Most vertragen«, sagte die Frau, und sah sich suchend um. »Aber ich denke mal, wir sind nicht in Schwärzloch, dem Hofgut in der Weststadt, wo der Most in den Bäumen wächst. Also wäre ich auch mit einem Apfelsaft zufrieden.«

»Frau Heim«, rief Löffler nach Annemarie Heim in ihrem Urwald, »würden Sie bitte der Zeugin hier einen Apfelsaft oder eine Apfelschorle bringen? Wir brauchen ihre Aussage, ehe sie verdurstet.«

Im Hintergrund hörten sie einen Stuhl rücken, dann ein paar hastige Schritte. Frau Heim war offensichtlich unterwegs zum Getränkeschrank.

»Also, dann erzählen Sie mal, Frau Richter.«

Inzwischen hatten auch Berger und Stammler sich je einen Stuhl geschnappt, und damit um die Zeugin gruppiert.

»Es war zwei Tage später, als Opa und ich ins Häusle kamen, da waren der Mann und das Mädchen bereits auf der Terrasse nebenan. Der Mann hatte sich ein Bier hingestellt, das Mädchen irgendwas anderes. Ganz friedlich saßen sie da. Ich dachte schon, sie hätten sich ausgesöhnt und alles sei Friede, Freude, Eierkuchen. Tja, das war ein Irrtum. Denn plötzlich ging ein Riesengeschrei los. Ich hab mich gleich rangerobbt, als Madame Neugierig persönlich, und hab mir das angehört. Der Mann schrie so was wie ›von euch lass ich mir gar nichts vorschreiben‹, und das Mädchen schrie, er wäre das letzte … nun ja – Arschloch. Sorry, das hat sie wirklich gesagt. Und der Mann sagte dann noch, so was wie sie, also die Frau, könne er ja nicht mal angucken, ohne sich übergeben zu müssen. Sie solle mal in den Spiegel schauen. Und dann hat er sie ganz einfach davongejagt. Und zwar mit einem Stück Holz in der Hand. Hätte er sie geschlagen, wäre ich über den Zaun gehechtet, und hätte ihm meine Gartenschere reingerammt, ehrlich. Aber das Mädchen verschwand und das war es dann. Zehn Minuten später ging er auch.«

Heim kam, stellte das Apfelschorle schweigend auf den Tisch und rückte wieder ab. Aber nach zwei, drei Schritten schien sie es sich anders zu überlegen und kehrte wieder um. Neben Löfflers Stuhl blieb sie stehen.

»Prost«, sagte Heim.

Carmen Richter trank, und die anderen warteten, bis sie fertig war.

»Das muss ich jetzt fragen«, sagte Löffler, »sind Sie ganz sicher, dass es sich bei der Frau auf der Terrasse um dieselbe handelt, die auf dem Bild der Familie Tauber drauf ist?«

»Klar«, nickte die Frau, »hundert Prozent, da lege ich jeden Eid ab. Was man auf dem Foto ja nicht richtig sehen kann – sie ist furchtbar dick. Also krankhaft dick, mit zu viel essen hat das, glaube ich, nichts mehr zu tun.«

Löffler nickte.

»So, Frau Richter«, erhob sich Gerd Stammler, »jetzt machen wir ein Protokoll und Sie bestätigen mir das alles. Kommen Sie mit, wir gehen an meinen Schreibtisch.«

»Das hört sich ja an wie ›Ich zeige Ihnen meine Briefmarkensammlung‹, oder«, sagte Richter lachend und folgte dem errötenden Stammler.

Monika Berger und ihr Chef blieben noch sitzen. Beide hingen ihren Gedanken nach. Es war beiden klar, dass sich das Blatt gewendet hatte, denn mit diesen Neuigkeiten der Carmen Richter, machte der ganze Fall plötzlich einen Sinn.

»Was machen wir als Nächstes?«, fragte Berger in die Stille.

»Darüber habe ich gerade nachgedacht. Ich denke, wir scheuchen das Wolfsrudel mal auf. Wer, glauben Sie, ist das schwächste Glied in der Kette der drei Taubers? Und wer wird wohl auch die Morde ausgeführt haben?«

»Klar, der Sohn. Dumm, einfältig, aber gewaltbereit.«

»So ist es, und den holen wir uns jetzt.«

»Mit welcher Begründung?«

»Zeugenbefragung und Nachweis eines Alibis.«

Berger stand auf.

»Okay, ich rufe an und bestelle ihn ein.«

»Nein, nicht einbestellen, den holen wir direkt zu Hause ab. Streifenwagen, Beamte in Uniform, das ganze Programm.«

»Schön, ich schicke die Kollegen.«

»Essen steht.«

»Essen?«

»Wette. Ich lade ein. Demnächst.«

Berger schnippte mit dem Finger.

»Stimmt. Ich denke noch über die Location nach. Und jetzt gehe ich mal zu den Kollegen.«

Sie verließ das Büro, während der Hauptkommissar an seinen Schreibtisch im Zimmer nebenan ging. Er nahm den Telefonhörer ab. Eine Weile hielt er ihn unentschlossen in der Hand. Schließlich gab er sich einen Ruck und wählte.

»Hallo, ich bin es, Papa«, sagte Christian Löffler ins Telefon. »Kannst du sie mir mal ans Telefon holen?«

Peter Tauber, inzwischen mit Dreitagebart, sah in der Tat nicht aus wie jemand, dem man bei Nacht in einem Park begegnen wollte. Seine auf Skinhead-Kürze geschorenen Haare und der breite Oberkörper mit dem sich darunter wölbenden Bauch vermittelten seinem Gegenüber den Hauch von Gefahr und Gewalt.

Hauptkommissar Löffler und seine Kollegin Monika Berger saßen dem knapp über Zwanzigjährigen in einem kleinen Büro gegenüber, das am Ende des Ganges lag und leer stand.

»Wir gehen in keinen dunklen Verhörraum«, hatte Löffler verkündet, »er soll ruhig bei hellem Sonnenlicht darüber nachdenken, was mit ihm passiert, wenn wir ihm auf die Schliche kommen. Dann kapiert er wenigstens, was er verliert, wenn er im dunklen Knast verschwindet.«

»Psychologie?«

Löffler lachte.

»Nee, ich habe bloß selbst keine Lust auf das dunkle Loch mit den schwarzen Wänden. Da weiß man ja nicht mehr, wer jetzt der Verdächtige ist – ich oder der andere. Das muss ja auch den Schließern im Knast so gehen. Ich meine, die sind doch nicht weniger eingesperrt als ihre Schäfchen, oder?«

»Was wollen Se eigentlich von mir«, fragte Tauber, kaum dass er auf dem Stuhl ihnen gegenüber Platz genommen hatte. »Die Bullen, die mich abgeholt haben, wussten von nix, oder sie wollten nix sagen.«

Löffler verschränkte die Arme vor der Brust. Dann ließ er sich ganz langsam in seinem Stuhl nach hinten sinken, wobei er sogar kurz die Augen schloss. Ein Bild vollkommener Ruhe und Überlegenheit.

»Was sagten Sie gerade eben?«, fragte er dann mit leiser Stimme.

»Ich will wissen, warum ich hier bin, verdammt noch mal.«

»Ah, genau, das war die Frage. Die Antwort ist, dass Sie gelogen haben. Und wer die Polizei belügt, hat etwas zu verbergen. Das ist ja dann ganz blöde, wenn es um Mord geht. Stimmen Sie mir da zu?«

Tauber zog es zunächst mal vor, nichts zu sagen. Er lehnte sich ebenfalls in seinem Stuhl zurück und zog ein finsteres Gesicht. Der Unterschied zu vorher war, dass er die Augen in noch kleinere Schlitze verwandelte. So saßen sich die beiden Polizisten und Peter Tauber eine ganze Weile gegenüber. Bis plötzlich Löffler aufstand, Berger ebenfalls dazu aufforderte und sie beide in Richtung Türe gingen.

»Wir kommen dann morgen wieder, vielleicht haben Sie bis dahin Lust, mit uns zu reden.«

Löffler zog die Türe auf, als ein lautes, irgendwie merkwürdiges Wort ihn innehalten ließ. Er drehte sich um, und sah den krebsroten Kopf Taubers, der ihn aus funkelnden Augen anschaute und irgendwas vor sich hin brüllte.

»Ich verstehe kein Wort«, sagte Löffler, »aber offenbar haben Sie Ihre Stimme wieder gefunden, da können wir mit der Befragung doch noch weitermachen.«

Die beiden Polizisten setzten sich wieder, Tauber ebenfalls und Löffler kramte ein Stück Papier aus seiner Tasche.

»So, hier auf dem Zettelchen steht, dass Sie gelogen haben. Wissen Sie, was ich meine?«

Tauber schüttelte den Kopf.

»Ich meine, dass Ihre Schwester sich mit Ihrem Vater getroffen hat, und dass Sie also sehr wohl wussten, dass es bei ihm was zu holen gibt. Wenn er tot ist.«

»Davon weiß ich nichts. Da müssen Sie meine Schwester fragen, mir hat sie nichts davon erzählt.«

»Das muss ich jetzt aber nicht glauben, oder?«

»Des könnet se halte wie der sell aufm Dach.«

»Kommen Sie, Herr Tauber«, übernahm Monika Berger, »Sie wussten doch von den geheimen Treffen von Carola und Ihrem Vater. Und Sie dachten, wenn der Alte mal was erbt von der Tante, dann kann er uns ruhig was abgeben. Hat sich ja eh schon zwanzig Jahre gedrückt davor. Und das haben Sie ihm auch gesagt. Haben Sie sich ebenfalls im Gartenhaus auf dem Spitzberg mit ihm getroffen?«

Heftig schüttelte Peter Tauber den Kopf.

»Ich hab den nie getroffen, glaubet se mir des. Wollt ich gar net, ich glaub, ich hätt den sofort aufs Maul geschlagen, wenn ich den bloß gesehen hätt.«

»Na ja, als Sie ihn dann bei Nacht mit dem Hammer erschlagen haben, mussten Sie ihm wenigstens nicht ins Gesicht gucken, dunkel, wie es in dem Busch war. Aber wie war das mit Schnabel, warum musste der dran glauben?«

Tauber schaute Berger bestürzt an, dann begann er zu lächeln.

»Ihr wisset gar nix, so sieht's aus. Und jetzt wollet ihr wie bei einer Nadel im Heuhaufe irgendwo herumstochern. Und außerdem: Ich weiß sowieso nichts. Wenn mei Schwester den Alte troffe hot, dann miasset ihr mit ihr schwätza. Mit mir hat das jedenfalls nichts zu tun.«

Löffler beugte sich zu Tauber.

»Nun hören Sie mir mal gut zu. Wir haben Spuren gefunden bei Schnabel, Fußspuren. Wir prüfen die noch, aber die Größe stimmt schon mal mit der Ihren überein. Sie haben doch fünfundvierzig, oder? Und meine Kollegen fahren jetzt nach Lustnau raus, und holen alle Ihre Treter, dann schauen wir mal, ob ein Paar davon zu den Spuren passt. Und ist das so, dann wird es ganz eng für Sie. Und dann hat das was zu tun mit Ihnen.«

Jetzt beugte sich auch Tauber vor, sodass beide Nasen nur noch wenige Zentimeter voneinander entfernt waren.

»Schuhgröße 45 haben Millionen. Da beweisen Sie mal, dass meine Spuren bei dem Toten aufgetaucht sind. Des will i sehen.«

»Ach, kommen Sie«, übernahm Berger wieder, »Sie wissen doch genau, dass wir das alles rauskriegen. Wenn wir erst mal eine Spur haben, bloß eine Anfangsspur, dann kriegen wir den Fall auch zu Ende. Oder gucken Sie nie CSI an im Fernsehen? Denken Sie immer: Wir sind CSI, bloß auf tübingerisch.«

Tauber winkte ab. Dann nahm er wieder seine bequeme Stellung ein und wartete.

»Ich sage Ihnen mal, was passiert ist, Tauber, und Sie nicken bloß. Also: Plötzlich taucht Ihr Vater wieder in Tübingen auf, nach fast zwanzig Jahren. Und dann erfahren Sie auch noch, dass seine Tante ihm das ganze Geld und das Haus vererbt. Sie denken, dass Ihnen da auch was davon zusteht, nachdem Papa Euch alle alleine gelassen und im Elend zurückgelassen hat. Also trifft Ihre Schwester sich mit ihm, aber er rückt nichts raus. Ihre Schwester besucht ihn ein paar Mal, Sie und Ihre Mutter wahrscheinlich auch. Aber nichts geht. Also nehmen Sie den Umweg. Wenn der Alte weg ist, kriegt Ihr alles. Sie schleichen ihm nach im Park und hauen ihm den Hammer über den Schädel. Bums, das Erbe steht. Aber leider hat Schnabel das mitgekriegt. Also muss er auch weg. Sie treffen sich mit ihm, hauen ihm den Hammer ebenfalls auf den Schädel und alle Probleme sind beseitigt.

»Ond wenn sie net gstorbe send, dann lebet se noch heute, Herr Kommissar.«

»Wir machen jetzt erst mal eine erkennungsdienstliche Untersuchung, dann gucken wir, ob wir da nicht was finden, das uns zeigt, dass Sie im Gartenhaus waren. Dann durchsuchen wir das Gebüsch mit ihren Daten, dann Hölderlins Garten, und so weiter und so fort. Irgendwas finden wir, und dann sind Sie dran.«

Löffler stand abrupt auf.

»So, mir reicht's, Sie bleiben heute Nacht bei uns, morgen reden wir wieder. Ihre Familie verständigen wir.«

Die beiden Polizisten verließen den Raum und ließen Peter Tauber zunächst alleine zurück. Er würde nachher in eine Zelle gebracht werden.

Als sie vor ihrem Büro auftauchten, warteten da bereits Mutter und Tochter Tauber auf sie. Sie kamen ihnen entgegen, aufgebracht, laut, nervös, unwirsch. Besonders die Mutter konnte sich kaum beruhigen.

»Was Sie machet, isch Freiheitsberaubung. Mein armes Kind, ganz alleine in der Zelle, der packt des net. Lasset sie ihn doch raus, er hat doch nichts getan. Die Penner haben den Wolfgang um die Ecke gebracht, ein Kind bringt doch nicht seinen Vater um, egal was der getan hat.«

Ungerührt blieb Löffler vor der wütenden Frau stehen.

»Sie haben gelogen, deshalb ist Ihr Sohn hier. Sie haben Ihren Mann doch getroffen, das haben Sie abgestritten. Wir haben aber Zeugen dafür, und jetzt wollen wir wissen, was da genau passiert ist. Wieso haben Sie gelogen? Wenn es ein harmloses Familientreffen war, hätten Sie es ja erzählen können.«

»Ich habe Wolfi nicht getroffen.«

»Ihre Tochter hat. Und deshalb wussten Sie auch von dem Geld. Von dem Erbe.«

»Mir hat Carola davon nichts erzählt. Fragen Sie sie doch selbst.«

»Das kommt noch. Jetzt gehen Sie erst mal nach Hause. Wir reden morgen weiter. Besonders mit Ihrer Tochter.«

Damit drehte Löffler sich um und ging in sein Büro. Marion Tauber trottete zu ihrer Tochter, die die ganze Zeit über auf einer Bank im Flur sitzen geblieben und der anscheinend alles völlig gleichgültig war. In Löfflers Zimmer hatten bereits seine beiden Kollegen gewartet.

»Und nun?«, fragte Stammler.

»Wir warten.«

»Worauf?«

»Bis einer einen Fehler macht.«

Dirk Beutel fluchte leise vor sich hin. Der Oktober nahm den Winter vorweg. Das merkte man daran, dass es immer früher dunkel wurde. Außerdem kam mit der Dunkelheit auch die Kälte.

Schlagartig war das gekommen. Vor einer Woche hatte er abends noch in kurzer Hose und T-Shirt im Gras sitzen und mit den anderen plaudern und ein Gläschen trinken können. Jetzt musste es schon eine lange Hose und ein Pulli sein, um diesem schönen Ritual weiterhin frönen zu können. Beutel seufzte jetzt leise vor sich hin. Es gab jetzt zwei Möglichkeiten für ihn. Entweder machte er sich jetzt noch zu Fuß auf ins Männerwohnheim in der Südstadt. Oder er legte sich einfach in die Büsche am Anlagensee. Schlafsack und das ganze andere Zeug hatte er bei sich. Denn eigentlich wollte er heute nach Rottenburg. Dort kannte er einen, der einen Wohnwagen auf dem dortigen Campingplatz draußen am Schadenweiler Hof hatte. Er hätte dort eine Weile unterkommen können, hatte der ihm versprochen.

Aber dann traf er seine Berberkollegen, und da es zurzeit so viel zu besprechen gab wegen der Morde an den beiden Kollegen, war er da irgendwie versumpft. Nach Rottenburg, geschweige denn auf den abgelegenen Campingplatz draußen an der Forsthochschule, schaffte er es sowieso nicht mehr. Aber ins Männerwohnheim – ach, eigentlich hatte er keine Lust auf die stickige Bude dort. Und so kalt war es ja auch noch nicht. Also machte er sich, während die anderen auch langsam zum Aufbruch schritten, einfach vom Acker. Okay, es war nicht besonders angenehm, jetzt beim Anlagensee einen Platz zu suchen. Denn der Mord an dem Wolfi, na ja, es war schon ein komisches Gefühl, sozusagen Kopf an Kopf mit einem Toten zu schlafen. Aber der Wolfi war eh ein Arsch. Das zumindest war Dirk Beutels Meinung. Immer für sich geblieben, keine Ansprache, hielt sich irgendwie für was Besseres. Egal, den Tod hatte er nicht verdient.

Dirk bewegte sich langsam in Richtung Ostende des Sees. Zugegeben, weit wollte er nicht mehr gehen. Er war von dem Wein etwas angeschlagen. Sowieso kein großer Trinker, weil er eher von der Kifferszene kam, damals, als er sich entschloss, auf die Straße zu gehen, also mit Alkohol hatte er nie viel zu tun gehabt. Er kam an dem Gebüsch vorbei, in dem Wolfi um die Ecke gebracht wurde. So hatte Sprenger es ausgedrückt, Sprenger, das Sprachrohr. »Um die Ecke gebracht«, hatte der gesagt.

Komischer Ausdruck. Aber egal, er marschierte jedenfalls zum nächsten Busch, genau dort, wo es passiert war, wollte er auch nicht gerade nächtigen.

Er hörte die Autos auf der Bundesstraße Richtung Tunnel fahren. Die Straße verlief parallel zum Park. Da beschweren die

Altstadtbewohner sich, wenn mal eine laut hustet, und unsereins ist gezwungen, im Lärm und in den Abgasen zu schlafen. Scheiße Mann, haben die Leute heutzutage ein Luxusproblem.

Dann seufzte er noch einmal und schob die Sträucher unter dem Baum zur Seite, an dessen Stamm er sein Lager aufrichten wollte.

Es war jetzt zappenduster. Er suchte nach einem Streichholz. Aber er erinnerte sich, dass er das letzte zuvor für die letzte Zigarette gebraucht hatte. Perfektes Timing, hatte er da noch gedacht. Und jetzt fehlte ihm ein Streichholz. Egal. Er tappte vor sich hin bei dem wenigen Licht, das von der Straßenfunzel neben dem Radweg durch das Dickicht drang. Dirk lehnte den Rucksack an einen Baumstamm, den Schlafsack breitete er auf dem Boden aus. Als er sich, noch in voller Montur, auf den Schlafsack legte, merkte er erst, wie müde er war. Dazu der viele Wein. Das reichte, jetzt würde er erst einmal schlafen wie ein Stein. Er schloss die Augen, aber davon wurde ihm ganz schwummerig.

Scheiß-Alkohol, dachte er, ich sollte endgültig die Finger davon lassen. Was aber auch schwierig war, weil so viele in seinem Umfeld Trost im Getränk suchten. Trost, überlegte Dirk, Trost findet man höchstens bei anderen Menschen, aber ganz sicher nicht in einer Weinflasche.

Ach, was bin ich philosophisch heute, dachte er belustigt, das kommt davon, wenn man so viel alleine ist.

Du brauchst ja bloß nach Hause zu gehen, zu deiner Familie, flüsterte ihm eine Stimme ganz tief in seinem Hinterkopf ein. Ist ja deine eigene Schuld, wenn du auf der Straße lebst. Wir haben dich nicht fortgeschickt, das hast du ganz alleine so entschieden. Ich will jetzt schlafen, brummte er leise vor sich hin. Manche Dinge konnte man nicht zulassen, durfte man nicht hereinlassen. Zum Beispiel das Thema, warum er noch immer auf der Straße lebte.

Wieder schloss er die Augen, und der regelmäßige Ton vorbeifahrender Autos war gerade dabei, ihn ins Traumland zu stoßen. Da hörte er das Knacken eines Zweiges ganz in seiner Nähe.

Unglaublich laut war das Knacken, weil alles um ihn herum, abgesehen von den Autos, total lautlos war. Er erschrak bei dem Ton. Und er erschrak noch mal, als es wieder passierte. Okay, dachte Dirk, und spürte, wie Panik über ihn kam, einmal Knacken ist Zufall, aber zwei Mal, da steckt dann ein Lebewesen dahinter. Und wenn ein Lebewesen dahinter steckt, ist das nicht gut, gar nicht gut.

Scheiß-Wein, dachte er wieder, ohne dieses Zeug wäre ich nie auf die Idee gekommen, alleine in einem Busch neben einem Tatort zu schlafen, ehe der Täter nicht gefasst ist. Und jetzt? Jetzt liege ich hier und weiß nicht, was um mich herum passiert. Dirk Beutel richtete den Oberkörper auf. Er konzentrierte sich darauf, jeden Ton in seiner Umgebung wahrzunehmen. Er schloss dabei die Augen. Ein, zwei Minuten ging das so, aber es war kein Ton mehr zu hören.

Vielleicht habe ich mich doch getäuscht, dachte Braun, und dabei schlug sein Herz spürbar höher. Es war, als sei er von einer unangenehmen Last befreit. Von der Last der Furcht. Er sank wieder zurück auf sein Schlafsacklager. Noch eine Weile spitzte er die Ohren, dann war er endgültig beruhigt. Aber das heute, das würde das letzte Mal sein, dass er hier im Park alleine in einem Gebüsch schlafen würde. Dann doch lieber in der Stinkbude mit den anderen zusammen. Da fühlte man sich wenigstens sicher. Dirk Beutel musste wohl über seinen Gedanken eingeschlafen sein.

Er wusste nicht genau, was es war, das ihn aufschrecken ließ. Vielleicht war es einfach ein Überlebensinstinkt. Oder eine Bewegung, die man glaubte, im Schlaf wahrzunehmen, und die es in Wirklichkeit nicht einmal gab. Dirk Beutel lag einfach auf seinem Schlafsack und schlug die Augen auf. Vor sich, als Kontrast zu dem wenigen Licht der Wegbeleuchtung im Anlagenpark, stand ein dunkler Schattenblock. Der Umriss ähnelte sehr einer menschlichen Gestalt.

Dirk schnellte mit dem Oberkörper hoch, gleichzeitig kam ihm ein dunkler Gegenstand entgegen. Es war zu spät, ihm auszuweichen. Er drehte den Kopf noch ein wenig zur Seite, mehr war nicht möglich. Der Schlag schien ihm fast den Kopf vom Hals abzutrennen. Und das, obwohl er nicht mal richtig traf, weil Braun noch reagierte. Sein Oberkörper wurde von dem Schlag zu Boden gerissen. Der Schädel schlug auf einer Baumwurzel auf. Glücklicherweise wurde der Aufprall gedämpft durch Brauns Rucksack, den er dort abgelegt hatte. Der Verletzte spürte, wie die Gestalt vor ihm einen Schritt nach vorne machte und ihm dabei auf den Fuß trat.

Jetzt endlich schrie Dirk Beutel vor Schmerz. Wie am Spieß schrie er. Unartikuliert, keine Worte, nur Töne. Schrille, laute Töne, die einfach bloß Todesangst, Schmerz und Hoffnung ausdrückten. Wieder kam der dunkle Gegenstand durch die Luft geflogen. Es war schlecht gezielt. Das Ding traf Beutels Schulter. Der Schmerz durchzuckte ihn, er hob die Arme und schützte sein Gesicht. Wieder und wieder wurde auf ihn eingeschlagen, wurden Hände, Arme, Bauch und Schultern getroffen. Und die ganze Zeit über schrie und brüllte Dirk Beutel unablässig.

Plötzlich hörten die Schläge auf. Es dauerte eine Weile, ehe Beutel dem Frieden traute. Sicherheitshalber schrie er einfach weiter.

Doch als zwei, drei Minuten lang nichts passierte, nahm er die Arme vom Gesicht, schaute vorsichtig nach oben und sah keine Gestalt, keinen Schatten, nichts mehr vor sich stehen. Plötzlich wurde das Gebüsch aufgeschoben, und wieder tauchte eine Gestalt vor ihm auf, vielleicht auch zwei, drei Gestalten. Ist mir doch egal, dachte Braun noch. Dann bringt mich halt um. Er spürte Hände, die seine Arme umklammerten. Er wurde hochgezogen. Dann fiel er in Ohnmacht.

Christian Löffler hatte noch nicht geschlafen, als ihn der Anruf erreichte. Er war dabei, seine CD-Sammlung zu sortieren. Bei über 2000 CDs kein leichtes Unterfangen. Alleine bis er sich für ein System entschieden hatte, dauerte es schon Stunden. Das wollte gut durchdacht sein, überlegte er, wenn er sich schon die Mühe machte, Tage dafür zu opfern. Schließlich entschied er sich für ein äußerst komplexes System. Erst würde er nach Genres unterscheiden, dann nach Bands und Musikern, das ganze alphabetisch, innerhalb der gleichen Band nach Erscheinungsdatum, bei Soloalben von Bandmitgliedern würden diese aus der Band ausgelagert und erhielten einen eigenen Buchstaben.

Als er nach Stunden gerade mal bei C angekommen war – Creedence Clearwater Revival, aber nicht John Fogerty Solo –, klingelte das Telefon. Die Nachricht ließ die Müdigkeit augenblicklich aus seinem Körper und seinem Geist verschwinden.

Der Hauptkommissar überlegte, ob er die Kollegen aus dem Bett holen sollte. Er entschied sich dafür, damit man ihm nicht wieder vorwerfen konnte, hier sein eigenes Süppchen zu kochen und Solotouren zu starten. So saßen nach Mitternacht Berger und Stammler bei Löffler im Wagen, schweigsam, mürrisch und noch nicht richtig in der Wirklichkeit angekommen. Sie fuhren ins Krankenhaus auf dem Schnarrenberg.

Dort erwartete sie bereits Dr. Magnus Mayer, der diensthabende Notarzt. Löffler kannte ihn bereits aus der Schule. Eine Weile hatte er auch als Notarzt bei Tübinger Laufveranstaltungen mitgearbeitet. Aber inzwischen fehlte ihm einfach die Zeit dazu.

»Ich habe gleich bei dir angerufen«, sagte Mayer, als er Löffler entgegen ging, »das Ganze hängt ja wohl mit deinem Fall zusammen, wenn ich der Presse glauben kann.«

»Ja, danke Magnus, ich denke auch. Es ist ein Obdachloser, sagst du, der hier eingeliefert wurde? Wie schwer ist er denn verletzt? Was ist ihm überhaupt passiert?«

Sie bewegten sich den langen Krankenhausflur entlang zum

Zimmer des Eingelieferten. Stammler und Berger folgten den beiden. Drin lag Dirk Beutel mit riesigem Kopfverband, mit Verbänden an den Armen und Händen, dazu eine merkwürdige Konstruktion um den Hals. Als die Polizisten und der Arzt eintraten, schlug er die Augen auf. Eines davon war blutunterlaufen.

»Also«, begann Magnus Mayer, »das hier ist Dirk Beutel, er wurde heute Abend im Park am Anlagensee überfallen. Dabei hat man mit einem stumpfen Gegenstand auf ihn eingeschlagen.«

»Hammer, oder?«

»Würde ich sagen, ja. Dabei hat er eine schwere Gehirnerschütterung davongetragen. Außerdem Verletzungen an Armen und Händen durch Abwehrbewegungen verursacht. Der Hammer hat immer voll die Arme getroffen. Und schließlich noch ein glatter Schlüsselbeinbruch.«

»Noch was?«

»Das reicht.«

»Das reicht«, murmelte auch Dirk Beutel vom Krankenbett aus.

»Ich wollte es ja bloß wissen«, wehrte Löffler ab, »der Vollständigkeit halber. Aber kommen wir mal zu der Tat. Haben Sie Erinnerungen daran? Und wenn ja – welche?«

Der Mann mit dem Kopfverband sagte etwas, seine Lippen bewegten sich, aber die Menschen im Raum konnten nichts verstehen. Als der Mann bemerkte, dass jeder ihn ansah, versuchte er es von vorne. Aber es war nicht mehr als ein Krächzen, das aus seinem Mund kam. Mayer nahm ein Glas, schenkte Wasser aus einer Flasche ein und hob es dem Verletzten an die Lippen. Der trank gierig und leckte sich am Schluss mit der Zunge über den ganzen Mund.

»Nein, ich kann mich nicht erinnern«, sagte er dann.

»Wie? An gar nichts? Wieso können Sie sich an nichts erinnern?«

Bauer schloss die Augen.

»Mensch Christian«, mischte sich jetzt Mayer ein, »dem Mann hat man fast den Schädel eingeschlagen, und du kommst jetzt mit so was. Vielleicht fällt ihm ja wieder was ein, aber sicher nicht jetzt sofort. Ihr habt doch Zeugen, sagte man mir, dann fragt die doch erst mal, was sie gesehen oder gehört haben.«

»Übernimmst du jetzt meine Arbeit? Nichts dagegen, wenn ich dafür deine nächste OP am offenen Hirn machen darf.«

»Sei nicht eingeschnappt und überhaupt, lasst jetzt mal den Patienten alleine, er braucht Ruhe und Erholung.«

Er drängte die Polizisten aus dem Raum, die sich plötzlich alleine im Krankenhausflur wiederfanden. Eine Bank stand an der Wand. Alle drei ließen sich darauf nieder, und sahen dabei irgendwie aus wie die berühmten drei Affen.

»Wo sind denn die Zeugen, von denen der Mayer redet?«, fragte Löffler.

»Keine Ahnung«, antwortet Stammler und gähnte dabei, »Sie haben uns ja aus dem Bett geholt, also müssen Sie ja auch alles wissen, was, nun ja, was man so wissen muss halt.«

Löffler sah ihn scharf von der Seite an. Auch Berger beugte sich nach vorne, um nichts zu verpassen.

»Nur mal so, Stammler, ich habe Sie aus dem Bett geholt, weil es Ihre verdammte Pflicht ist, aus dem Bett zu steigen, wenn so was passiert. Und auch nur mal so: Wenn ich will, steigen Sie aus dem Bett, und ich bleibe liegen, bis Sie mir am nächsten Morgen bei meinem Frühstücksei erzählen, was Sie so erlebt haben. Haben wir uns da richtig verstanden, oder muss es ein Folgegespräch geben?«

Stammler schüttelte bloß den Kopf.

»Gut so. Und jetzt rufen Sie die Kollegen an und fragen, wo die Zeugen sind, damit wir sie uns mal anhören.«

Stammler erhob sich und ging den menschenleeren Flur entlang. An einem Fenster, das er öffnete, zog er das Handy aus der Tasche und rief an.

»War das nicht etwas hart?«, fragte Monika Berger leise den neben ihr sitzenden Hauptkommissar.

»Hart? Nein. Manchmal muss man halt darauf hinweisen, dass trotz Zusammenlebens in einem Haus bestimmte Hierarchien nicht plötzlich verschwinden. Sozusagen unter einem gemeinsamen Dach verloren gehen und sich einebnen. Das hat der Kollege gerade mal wieder begriffen, könnte ich mir vorstellen.«

Stammler kam zurück von seinem Gespräch.

»Also, die Leute, also die zwei Leute, die beiden Frauen, sind noch im Revier. Sie haben gerade ihre Aussage gemacht und unterschreiben sie demnächst. Wenn wir uns beeilen, kriegen wir sie noch. Wollen wir?«

Wie auf ein Kommando erhoben sich Berger und Löffler von der Bank und strebten den Gang entlang dem Ausgang zu. Stammler steckte schnell sein Smartphone ein und folgte ihnen in zügigem Schritt. Es war merkwürdig, um diese Uhrzeit durch Tübingen zu fahren. In so einer Kleinstadt fuhren nachts kaum Autos, nur ein gelegentlicher Radler ohne Licht tauchte plötzlich aus dem Dunkel auf. Viele der Bürger wunderten sich schon lange, dass es so wenig verletzte Radler gab, obwohl diese verkehrsregelfrei zu jeder Tageszeit durch die Stadt rasten. Dabei lieferten sich seit Jahren die Radfahrerfraktion auf der einen und die Fußgänger, die pausenlos den Pedaleuren auf den Gehsteigen ausweichen mussten, erbitterte Leserbriefkriege in der örtlichen Tageszeitung. Gewinnen, das war zumindest den neutralen Lesern dabei klar, konnte dabei keiner von beiden.

Von unterwegs rief Stammler im Präsidium an, und bat die Kollegen, die beiden Zeugen ins Büro der Mordkommission zu bringen. Und dort warteten die zwei Frauen auch, als die drei Kommissare eintrafen.

Die beiden saßen am Besprechungstisch, die Nachtschicht hatte ihnen einen Automatenkaffee gebracht und ein paar Kekse, die wahrscheinlich in einem Schreibtisch seit Jahren Staub angesetzt hatten. Berger schnappte sich gleich die beiden Aussagen der Frauen, die auf dem Schreibtisch lagen, und las sie durch. Löffler stellte sich und die beiden Kollegen vor.

»Sie waren also die Lebensretterinnen des Mannes im Busch, wie mir die Kollegen erzählten. Da waren Sie aber sehr mutig.«

Beide Frauen mochten so ungefähr fünfundzwanzig Jahre alt sein, beide blond, eine davon allerdings mit roten Strähnen im Haar.

»Ja, schon«, sagte die Blonde, »aber wir wussten ja gar nicht, was wir taten.«

»Nein? Wieso sind Sie dann ins Gebüsch gerannt?«

Die beiden schauten sich an.

»Na ja«, fuhr die Blonde dann fort, »wir waren ein wenig betrunken, und als wir die Schreie hörten, wussten wir gar nicht, wo die her kamen. Da bekamen wir Angst.«

Löffler wartete.

»Und dann, nun, dann ... also ... wir hatten Angst, sagte ich das schon? ... wir wollten uns eigentlich verstecken und sind ins Gebüsch gerannt, um uns dort in Sicherheit zu bringen. Egal wovor.«

Berger kam zu den anderen dazu.

»Welche von Ihnen ist denn Ingrid Berg?«

Die Rote hob die Hand wie in der Schule.

»Aha, Sie sind das. Sie sagen, sie hätten im Gebüsch, als sie erst mal drin waren, eine schwarze Gestalt gesehen. Wie viel Licht gab es denn in dem dunklen Gebüsch? Ich meine, können Sie denn etwas zu der Figur oder dem Gesicht der Gestalt sagen?«

Wieder sahen die beiden Frauen sich an. Der Blonden war inzwischen ziemlich viel Schminke übers Gesicht gelaufen, und als sie sich über die Wangen strich, verschmierte sie die dunkle Farbe übers ganze Gesicht.

»Na ja, so eine Gestalt sieht halt dunkel aus, irgendwie. Vor allem, wenn es so dunkel ist, wie in dem Gebüsch. Wir wollten eigentlich beide gleich wieder davon rasen, als wir herausfanden, dass da jemand war.«

»Genau«, fing die andere nun auch an zu reden, »wir sind ja eigentlich vor dem geflüchtet, was uns jetzt gegenüberstand. Könnte man sagen.«

»Und Sie«, sagte Berger, »sind die Frau Gabi Löchle, richtig? Aber wie hat die Gestalt denn reagiert, als Sie beide plötzlich da ins Gebüsch rannten? Hat sie Sie angegriffen? Oder ist die Gestalt auch geflohen?«

Wieder überlegten die beiden eine Weile.

»Also eigentlich ist die Gestalt vor uns und wir vor ihr geflohen. Aber sie mehr vor uns als wir vor ihr, würde ich mal behaupten.«

»Wir waren ja auch zwei«, ergänzte die Rote.

»Aber wir sind nach vorne gerannt, und sie in die andere Richtung. Und da bin ich über etwas gestolpert, und meine Freundin hier ist über mich gestolpert. Dann lagen wir beide auf dem Boden. Oder eigentlich lagen wir ja auf dem Mann, der auf dem Boden lag.«

»Und mein Ohr lag genau auf seinem Mund«, erinnerte sich Blondie, und erschauerte bei dem Gedanken daran.

»Er hat in mein Ohr gestöhnt, und ich konnte mich nicht befreien, weil ja Ingi auf mir lag.«

»Ingi?«

»Ja, hier, Ingrid, meine Freundin.«

»Ah, ja klar. Und was passierte dann?«

»Nichts. Ich meine, wir sind halt aufgestanden, und dann haben wir gemerkt, dass alles irgendwie nass war. Also blutig. Aber das sahen wir erst später. Draußen, vor dem Gebüsch, wo es heller war und wir uns mit dem Feuerzeug anleuchten konnten. War das ein Schreck, all das Blut. Sehen Sie nur.«

Sie zeigte auf ihre Hose, ihre Bluse und hob die den Polizisten die Handflächen entgegen, auf denen tatsächlich noch geronnenes Blut zu sehen war.

»Und unsere Gesichter, schauen Sie unsere Gesichter an, alles von den beschissenen Zweigen in dem Gebüsch. Die waren scharf wie Messerklingen.«

Tatsächlich hatten beide Frauen aufgerissene Wangen und dunkle Striemen über die Stirn. Als hätte man sie mit einer Peitsche dort getroffen.

»Wenn da eine Narbe zurückbleibt, dann ...«

»Dann bin ich echt sauer auf den Typ, ehrlich«, ergänzte Ingi ihre Freundin.

»Wie groß war die Gestalt denn etwa«, fragte Stammler, der bisher ruhig zugehört hatte.

»Klein.«

»Groß.«

Die beiden Frauen sahen sich erstaunt an. Dann grinsten sie. Dann grinsten sie verlegen die Polizisten an.

»So kann man sich täuschen«, sagte Gabi Löchle. »Aber breit war die Gestalt, oder Ingi?«

»Also breit war sie auf jeden Fall. Vielleicht kam sie mir auch deshalb so klein vor.«

»Und mir so groß.«

»Hat die Gestalt denn irgendwas gesagt? Geredet, gerufen, gestöhnt, geschrien oder einfach nur gebrummt? War da ein Ton zu hören?«

Beide Frauen schüttelten den Kopf.

»Nur einmal.«

Berger schaute ratlos und kopfschüttelnd zu Löffler.

»Ja, was denn nun? Hat sie oder hat sie nicht?«

Beide nickten gleichzeitig.

»Die Gestalt hat einmal gequietscht, ganz hoch. Wie ein Schwein, finde ich.«

»Genau«, pflichtete Ingi ihrer Freundin bei, »wie ein kleines Ferkel.«

»Das war alles? Das Gequietsche? Sie haben kein Gesicht gesehen? Gar nichts? Nicht einmal die Kleidung«

»Noch mal von vorne. Es war kuhnacht, wir hatten Angst, die Person tauchte unerwartet vor uns auf, sie quietschte, wir liegen auf einer halben Leiche voller Blut, wir rennen irgendwie aus dem Gebüsch raus und dann rufen wir die Polizei. Wo soll da Platz sein für die Identifikation eines Mörders? Oder eines halben Mörders, der Mann lebt ja noch.«

Erschöpft nach dem Vortrag ließ Ingi sich in ihrem Stuhl zurückfallen. Sie schloss die Augen, als wollte sie jetzt gleich anfangen zu schlafen.

»Doch, da war noch was«, sagte plötzlich ihre Freundin, »ich bin mal ganz kurz, als wir wegrennen wollten, gegen die Gestalt geprallt. Und was seltsam war – alles an ihr war so weich, schwabbelig, würde ich sagen. Ich dachte, ich greife in einen warmen Teig.«

Die Polizisten schwiegen eine Weile, während auch Gabi Löchle so langsam die Augen zufielen.

»Sie meinen«, fragte Berger nach, »Sie sind der Person gegen den Bauch gerannt? Und das war alles weich? Richtig?«

»Was ist?«, fragte Löchle schläfrig.

Löffler winkte ab. Er signalisierte, dass das mit den beiden Frauen keinen Sinn mehr hatte. Sie waren müde und sie hatten Außergewöhnliches erlebt. Was sie brauchten, war einen Tag Ruhe. Vielleicht würde ihnen dann noch etwas einfallen. Vielleicht aber auch nicht.

Löfflers Mobiltelefon läutete. Er nahm das Gespräch an und sein Gesicht verzog sich, als er herausfand, wer am anderen Ende war.

»Mensch Dieter«, empfing er den Vertreter der örtlichen Presse, Dieter Becker. »Ist was passiert?«

»Häh, das fragst du mich? Ich denke, bei euch ist was passiert. Die Serie geht weiter, Berbermord Teil drei, wenn ich richtig informiert bin.«

»Bist du nicht, der Mann lebt.«

»Oh, schade, äh, ich meine, also, schön für den Mann. Dann hat der Killer also versagt.«

»Ja, auf der ganzen Linie. Ich denke, nach dem Reinfall hört er jetzt auf und stellt sich.«

Schweigen am anderen Ende. Dann kam ein kleines, hüstelndes Lachen bei Löffler an.

»Ganz der alte Christian. Aber mit eurem Gefangenen habt ihr jetzt Pech gehabt, oder?«

Nun lag es an Löffler zu staunen. Inzwischen waren die beiden Zeuginnen aufgestanden, und Stammler brachte sie zur Tür. Draußen warteten bereits zwei Kollegen von der Bereitschaft, die die zwei nach Hause fahren würden.

»Woher weißt du denn, dass wir überhaupt einen Gefangenen haben? Weil – Gefangenen haben wir eigentlich gar keinen. Wir haben nur Zeugen. Erst eben haben wir wieder zwei nach Hause gefahren.«

»Nee, nee, Christian, erzähl mir nichts, ich habe Quellen. Sichere Quellen. Und ich weiß, ihr habt einen Verdächtigen. Er ist über Nacht im Knast und morgen früh geht seine Vernehmung weiter. Aber ihr habt jetzt ein Problem.«

Löffler schloss die Augen und atmete leise durch. Er wusste, was jetzt kam, und leider gab es keine Entgegnung, die den alten Fuchs Becker zufriedenstellen konnte.

»Wenn ihr den Richtigen festgesetzt habt – wie kommt es dann, dass der Killer draußen weitermacht? Merkwürdig, oder nicht?«

Das Letztere kam dann doch sehr ironisch herüber. Klar, Becker wusste genau, wann er einen Treffer gelandet hatte. Und Löffler wusste auch, dass er die Presse ins Boot holen musste. Noch ein, zwei Tage wenigstens. Früher hätte alleine die Nachricht bis zur nächsten Ausgabe warten müssen, aber im Internet gab es zum eigentlichen Ereignis keine zeitliche Verzögerung mehr, keinen Puffer.

»Na schön, Dieter, wir sind da ein bisschen übers Ziel hinausgeschossen mit dem Gefangenen. Aber du weißt ja – viele Wege führen zum Ziel.«

»Bitte keine Rauchbomben jetzt, du hast jemand von der Familie eines der Getöteten festgesetzt, bloß weil dir die Theorie eines Serienkillers in Tübingen nicht passt. Aber Tübingen ist jetzt mit diesen Verbrechen in dem Kreis der großen Mörder-Städte angekommen: Los Angeles, Chicago, New York, Tübingen.«

»Genau wie New York Times, Washington Post und dein Tübinger Bote. Weltliga. Ist es das, was du meinst?«

Becker lachte.

»Aber mal ganz was anderes – woher hast du die Information, dass wir einen Verdächtigen hier haben?«

»Informantenschutz.«

»Also ein anonymer Anruf. Und du glaubst so was?«

»Sie hatte ja recht, oder?«

»Sie?«

»Äh, ja, sie, die Quelle.«

»Eine Frau also.«

»Quelle ist neutral in unserem Jargon.«

»Wann rief sie denn an, die neutrale Quelle? Ich meine, das zumindest kannst du mir doch sagen.«

»Wenn du mir sagst, was ihr gegen den Peter Tauber in der Hand habt.«

Löffler wusste, dass er sich auf einem schmalen Grat bewegte. Über die Presse zu gehen wollte er vermeiden. Also musste er Becker etwas geben, das jenen zufriedenstellte, im Grunde aber eher ein Allgemeinplatz war. Also etwas, das der Journalist zur Not auch ohne Polizeihilfe herausfinden konnte.

»Na schön, weil du es bist. Die Taubers übernehmen das Erbe, das der ermordete Tauber eigentlich erhalten hätte. Und weil wir das für ein Motiv hielten, haben wir ihn dazu befragt. Reine Routine, aber professionelle Arbeit, das musst du zugeben.«

»Weitere Indizien?«

»Leider keine. Morgen früh ist er raus. Und jetzt du.«

Becker zögerte noch. Er versuchte ganz offensichtlich, die Information einzuordnen, die der Hauptkommissar ihm gegeben hatte. Schließlich ein tiefes Ausatmen am anderen Ende, Becker hatte sich wohl entschieden.

»Der Anruf kam vor genau eineinhalb Stunden. Von einer Frauenstimme. Nummer unterdrückt, aber dem Ton nach Telefonzelle.«

Das war also, rechnete der Polizist nach, nur wenige Minuten, nachdem der Überfall auf den Obdachlosen stattgefunden hatte. Die Information musste also von jemand stammen, der oder die den Mordversuch unmittelbar mitbekommen haben musste. Aber, das schien inzwischen klar zu sein, außer den beiden Frauen, dem Täter und dem Opfer hatte sich niemand am Tatort herumgetrieben. Zumindest niemand, der all das wusste, was Becker nun plötzlich auffuhr. Alles lief auf einen großen Unbekannten hinaus – und an den glaubte der Hauptkommissar nun gar nicht.

»Und was willst du aus den Informationen nun für eine Meldung zusammenbasteln?«

»Ist doch klar. Ein Wahnsinniger meuchelt die Obdachlosen. Oder siehst du eine andere Lösung? Euer Peter Tauber dürfte ja wohl aus dem Schneider sein, oder?«

Mist, genau das war die Lösung. Tauber war aus dem Schneider. Aber warum war er das?

Löffler drückte Becker weg und setzte sich auf den Stuhl neben dem Schreibtisch. Sein Smartphone läutete. Becker. Löffler drückte ihn weg. Er musste nachdenken. Seine beiden Kollegen standen neben ihm und starrten ihn an.

»Glauben Sie an einen Obdachlosenkiller?«, fragte er in den Raum. »Ich nämlich nicht. Ich glaube, dass wir etwas Fürchterliches entdecken werden.«

»Und was ist das, das Fürchterliche?«

»Kommen Sie mit, Sie werden es erleben.«

»Jetzt? Um diese Uhrzeit? Wohin gehen wir denn?

»In einen Abgrund.«

Als das Polizeiauto in der Gartenstraße in Lustnau ankam, sah man bereits von Weitem, dass in der Tauber-Wohnung Licht brannte. Die Polizisten stiegen aus und marschierten über den schmalen Weg zu dem Haus. Löffler klingelte. Drin ging das Licht aus, aber nach ein paar Sekunden wurde es wieder angemacht. Der Türöffner summte und Berger drückte die Haustüre auf.

Drin, auf dem Treppenabsatz erwartete sie bereits Marion Tauber, die Mutter. Sie trug eine Trainingsjacke und eine ausgebeulte alte Sportlerhose.

»Wo ist mein Sohn?«, fragte sie.

»Bei uns, das wissen Sie doch«, antwortete Christian Löffler.

»Ich dachte, Sie bringen ihn nach Hause.«

»Warum sollten wir das? Er hat uns belogen und wir haben ihn im Verdacht, dass er ein unartiger Junge war. Oder gibt es Neuigkeiten, von denen wir nichts wissen?«

Sie schüttelte den Kopf und verschwand in der Wohnung.

Die drei Polizisten folgten ihr und schlossen die Türe hinter sich. Der Tisch im Wohnzimmer war übersät mit Crackern, Salzstängeln und Keksen. Eine Flasche Rotwein stand auf dem Boden, das halb gefüllte Glas auf einem kleinen Beistelltisch. Der Fernseher lief ohne Ton.

»Drehen Sie eigentlich jemals den Ton Ihres Fernseher auf«, konnte Monika Berger sich nicht zurückhalten, »oder gucken Sie immer bloß die Bilder an?«

Irritiert schaute Marion Tauber sie an, dann guckte sie zum Fernseher hin, schüttelte den Kopf und reichte Berger die Fernbedienung. Die wusste gar nicht, was sie damit anfangen sollte. Also schaltete sie das Gerät damit aus und legte sie zurück auf den Tisch.

»Haben Sie eine Cracker-Party gefeiert«, fragte Stammler die Frau, und deutete auf die überall herumliegenden Knabbereien.

Die Frau sah auf das Durcheinander und den Saustall auf dem Tisch und auf dem Boden, als würde sie das alles erst jetzt entdecken. Sie bückte sich und hob einen Keks auf, hielt ihn in der Hand, sah ihn an und ließ ihn dann achtlos wieder fallen. Nahm einen zweiten auf und warf ihn in den Aschenbecher. Das erschöpfte sie offensichtlich so sehr, dass sie sich träge auf die Couch fallen ließ.

»Sie wissen, warum wir hier sind, oder?«, fragte Löffler ruhig.

Die Frau sah ihn aus glasigen Augen an. Dann winkte sie müde ab. Sie schloss die Augen und schien in ihrer eigenen Tauber-Welt versinken zu wollen.

»Hören Sie«, sagte der Hauptkommissar, nun deutlich lauter werdend, »wir müssen reden.«

Er trat zu der Frau hin, zog sie an den Armen hoch, her zu sich, bis sie aufrecht und mit geöffneten Augen auf der Couch saß. Wie ein willenloses Postpaket thronte Marion Tauber auf der weinroten Couch, die, nagelneu wie sie war, gar nicht in das Zimmer zu den restlichen schäbigen Sesseln und Stühlen passen wollte.

»Erzählen Sie uns die ganze Geschichte«, flüsterte Löffler ihr ins Ohr, »erzählen Sie uns alles, damit das hier ein Ende hat. Reden Sie.«

Marion Tauber sah den Hauptkommissar lange an, dann verzog ihr Gesicht sich zu einem dumpfen Grinsen. Die Frau gluckste vor sich hin, und es war nicht zu entscheiden, ob sie lachte oder ob sie weinte. Berger trat zu ihrem Chef.

»Lassen Sie, die Frau ist durch den Wind, die begreift gar nichts mehr. Ich glaube auch gar nicht, dass sie uns weiterhilft, so wie die beieinander ist.«

Löffler rüttelte Marion Tauber an der Schulter.

»Wo ist Ihre Tochter, Frau Tauber, wo ist Carola? Ist sie hier in der Wohnung?«

Die Frau lachte lautlos.

»Kommt«, sagte Stammler entschlossen, »dann durchsuchen wir die ganze Wohnung, so groß ist die ja nicht.«

»Durchsuchen? Warum sollten Sie unsere Wohnung durchsuchen?«

Carola Tauber stand plötzlich in der Türe zum Wohnzimmer. Sie trug ein langes, dunkles Nachthemd und hatte ihre Haare hinten zu einem Schwalbenschwanz gebunden. Merkwürdigerweise war sie dick geschminkt, obgleich sie ganz offensichtlich aus dem Bett kam. Ihr massiger Körper füllte fast den gesamten Eingang aus.

»Sie haben wir gesucht«, sagte der Hauptkommissar zu der Tauber-Tochter. »wir hatten gehofft, wir könnten mit Ihnen gemeinsam den Fall lösen. So lösen, dass keine Fragen offen bleiben. Können wir das?«

»Wo ist mein Bruder?«

»Sie meinen, wo Ihr Halbbruder ist?«

Carola Tauber lächelte.

»Für mich macht das keinen Unterschied. Aber schön, dass Sie das wissen, wobei ich mich allerdings frage, wie Ihnen das weiterhelfen soll. Mein Bruder, den Sie hier weggeschleppt haben, hat nichts verbrochen.«

»Das wissen wir.«

Sie hob erstaunt die Augenbrauen.

»Warum ist er dann noch nicht wieder daheim?«

»Na ja, er hat vielleicht nicht das verbrochen, was wir dachten, er habe es getan. Also er hat Ihren Vater nicht getötet. Das heißt aber nicht, dass er unschuldig ist. Er hat andere Dinge getan.«

Carola Tauber zuckte nur mit den Schultern.

»Wissen Sie eigentlich«, fragte nun Monika Berger, »dass man heute Abend versucht hat, einen weiteren Berber zu töten? Es wäre fast gelungen, aber die Täterin wurde gestört.«

»Die Täterin? Eine Frau?«

Berger nickte mit traurigem Blick. Damit versuchte sie wohl so etwas wie Enttäuschung über das eigene Geschlecht auszudrücken. Aber Carola nahm das eher positiv auf.

»Da sehen Sie mal, wozu Frauen heute in der Lage sind.«

»So kann man es natürlich auch sehen.«

Stammler bewegte sich auf die noch immer fast bewegungslos sitzende Mutter zu. Als er vor ihr stand, schaute sie kurz zu ihm auf.

»Wo waren Sie eigentlich heute Abend, sagen wir, vor ungefähr vier Stunden? Mir ist nämlich gerade aufgefallen, dass die Beschreibung der beiden Zeuginnen ungefähr Ihrem Outfit entspricht. Eigentlich ziemlich genau sogar.«

»Zeuginnen«, mischte sich Carola ein, »schon wieder Frauen? Hat sich da eine neue Frauenbewegung gegründet?«

Die Polizisten ignorierten die Tochter.

»Nun, Frau Tauber, ich warte auf Ihre Antwort. Wir befürchten nämlich, dass Sie und Ihr Sohn für die Taten an den Berbern verantwortlich sind. Erst haben Sie Ihren Mann aus Geldgier getötet, dann den anderen, weil er Sie beobachtet hat. Und den dritten wollten Sie töten, um von Ihrem Sohn abzulenken.«

»So etwas nennt man Mutterliebe«, warf Monika Berger ein.

»Für Ihre Kinder machen Sie alles, sogar morden«, fuhr Stammler fort, »wir haben außerdem Fußspuren gefunden, in Hölderlins Garten, die nicht nur zu Ihrem Sohn gehören, sondern auch die einer Frau oder eines Kindes. Vermutlich Ihre Größe, aber das kriegen wir auch noch raus.«

Marion Tauber konnte ihren Blick nicht von Stammler nehmen. Entsetzt stierte sie ihn an, fassungslos. Aber es war eher zu vermuten, dass sie gar nicht alles verstand, was um sie herum gesagt wurde. Sie streckte ihre Hand nach der Rotweinflasche aus, stieß sie aber um und der Rest der Flasche ergoss sich auf den Boden. Keiner kümmerte sich darum.

»Nun lassen Sie doch meine Mutter endlich in Ruhe, Sie sehen doch, dass sie vollkommen fertig ist.«

»Das ist normal bei ertappten Mördern. Aber nach einem Geständnis geht es ihnen dann meist besser, Sie werden sehen.«

Die drei Polizisten umringten die erstarrt vor ihnen sitzende Frau.

»Erzählen Sie mal, wie Sie das angestellt haben.«

»Was hat Ihr Sohn gemacht, als Sie den Hammer herausgezogen haben?«

»War das von Anfang an geplant?«

»Wurden Sie von Schnabel erpresst?«

»Wurde Ihnen von dem vielen Blut nicht schlecht?«

»Hatten Sie eigentlich kein Mitleid mit dem armen Berber heute Abend?«

»Erzählen Sie mal ganz genau, wie Sie mit dem Hammer zugeschlagen haben?«

»Wo haben Sie den Hammer überhaupt? Ist er hier im Haus?«

»Das ist schon hart, den eigenen Ehemann zu erschlagen.«

»Und das alles wegen dem Geld. War es das wirklich wert?«

»Wie lange haben Sie das mit Ihrem Sohn schon geplant?«

»Haben Sie jedes Mal selbst zugeschlagen, oder hat Peter Ihnen geholfen?«

»Dass Sie den Mann nach den vielen Jahren noch immer so gehasst haben.«

»Hat er Sie eigentlich erkannt, als Sie ihn töteten?«

Auf einmal hob die Frau den Kopf hoch, und schlug ihn dann, mit der Stirn voraus, heftig gegen den Tisch. Etwas Blut tropfte dabei auf den Boden. Ihr Kopf blieb nach dem Schlag einfach auf dem Tisch liegen, die Frau bewegte sich nicht mehr.

»Hören Sie auf, um Gottes willen, hören Sie auf, meine Mutter war das nicht, es war … sie hat nichts getan. Das war alles ganz anders.«

Carola Tauber war zu ihrer Mutter hingelaufen, hob ihren Kopf vom Tisch und wiegte ihn in ihren Armen. Hin und her, wie bei einem Baby, das in den Schlaf gewogen wurde. Eine Weile standen die Polizisten schweigend da. Sie schauten der Tochter zu, die da ihre Mutter an die eigene Brust gezogen hatte. Schließlich bettete sie den Oberkörper ihrer Mutter auf die Couch und schob ein Kissen unter ihren Kopf.

All dies hatte die Frau ton- und wortlos mit sich machen lassen, dabei stets die Augen offen haltend und ihre Tochter anschauend.

»Es wird Zeit«, sagt Christian Löffler dann ruhig zu Carola Tauber, »dass Sie uns alles erzählen.«

»Es gibt nichts zu sagen.«

Berger ging zu der Tochter hin, die neben ihrer Mutter auf

der Couch saß. Sie strich mit dem Zeigefinger über die dicke Schminke im Gesicht der jungen Frau. Unter dem Strich, den sie mit dem Finger freilegte, konnte man dünne rote Linien erkennen. Berger nahm die flache Hand, und wischte nun Carola Tauber, die einfach dasaß und sich nicht rührte, über die linke Backe. Unter dem Make-up tauchten auch hier ganz offensichtliche Kratzspuren auf. Es sah ähnlich aus, wie bei den beiden Zeuginnen, die sich in dem Gebüsch bei dem letzten Angriff auf den Berber befunden hatten.

»Tut es sehr weh«, fragte Monika Berger, und wischte die Hand an ihrer Hose ab.

Die junge Frau schüttelte stumm den Kopf.

»Das haben Sie sich heute Abend geholt, als Sie den Obdachlosen im Park angegriffen haben. Er hat überlebt, wussten Sie das?«

»Wenn es sowieso nichts genützt hat, ist es vielleicht besser so«, sagte die Tochter leise vor sich hin.

»Was wollten Sie denn damit erreichen? Ihren Bruder befreien? Einen Serienmörder spielen, um den Verdacht von Ihnen allen abzulenken?«

»Vielleicht, ich weiß es nicht.«

»Na schön«, trat Löffler nach vorne, »jetzt kommen wir mal zur Sache. Sie haben uns lange genug an der Nase herumgeführt, Sie haben zwei Menschen getötet, fast drei, und nun sitzen Sie hier und machen auf die melancholisch angehauchte Killerin. Vielleicht wollen Sie uns verkaufen, Väter und andere zu töten sei ein Nebenzweig der Esoterik. Ist es aber nicht, sondern bloß ein hundsgemeiner, heimtückischer Mord aus allerniedrigsten Motiven. Und die heißen in dem Fall Hass und Geld. Und beim zweiten Mal hat Ihnen das Opfer gar nichts getan, Sie kannten es nicht einmal und dem haben Sie den Schädel auch eingeschlagen. Ich könnte kotzen.«

Mit einem Mal sprang Carola Tauber auf und stieß einen gellenden Schrei aus. Mit weit aufgerissenen Augen stand sie direkt vor Löffler und Berger, starrte die beiden aus weit aufgerissenen Augen an und ließ ihre Zunge aus dem Mund hängen wie eine vollkommen Wahnsinnige. Die beiden Polizisten waren zurückgesprungen vor Schreck, dabei war Löffler gestolpert und hingefallen. Berger versuchte dem am Boden liegenden Kollegen auszuweichen, aber sie trat ihm auf den Unterschenkel, kam selbst ins Straucheln und fiel über ihn. Dann lagen beide am Boden, während die inzwischen heftig atmende Tauber-Tochter über ihnen stand und mit irren Augen auf sie herabschaute.

Dann nahm sie die Weinflasche in die Hand, hob sie über den Kopf und wollte mit ihr auf die unter ihr liegenden Polizisten losgehen. Doch Stammler fiel der Frau in den Arm, drehte ihr die Flasche aus der Hand und stieß sie von sich. Diese aber nahm die Tüten mit den Crackers und den Salzstängeln und schleuderte sie gegen Stammler und Berger, die beide gerade wieder versuchten aufzustehen.

Mit den Händen wehrte Berger den Crackerregen ab, nahm dann Anlauf und rannte Carola Tauber einfach um. Die Frau prallte gegen die Wand, erst mit der Schulter, dann mit dem Kopf. Schließlich sank sie entlang der Wand auf den Boden. Schwer atmend stand die Kommissarin über ihr, die Hand hin und her schwingend, bereit, jederzeit wieder auf die junge Frau loszugehen und sie sich zu schnappen. Aber die saß bloß auf dem Boden, lächelte völlig abwesend und sinnlos vor sich hin, dabei müde mit der Hand winkend.

Eine Weile erholten sich alle im Raum von diesem plötzlichen Ausbruch an Aggression und Betriebsamkeit. Schließlich gab Löffler seinem Kollegen Stammler ein Zeichen.

»Kommen Sie, schnappen wir sie und setzen sie auf die Couch.«

Gemeinsam, links und rechts von der schweren, dicken Frau stehend, griffen sie ihr unter die Schultern und wuchteten sie hoch. Gemeinsam schoben, drückten und bugsierten sie Carola Tauber zu der Couch und ließen sie darauf fallen. Direkt neben ihre Mutter.

Die aber war inzwischen endgültig in ihrer eigenen Welt verschwunden.

Sie saß ganz ruhig da, beobachtete still alles, was um sie herum passierte, aber man hatte nicht den Eindruck, als verstünde sie, was gerade geschah. Löffler schnappte sich einen Stuhl und stellte ihn direkt vor Carola Tauber hin. Dann setzte er sich darauf und schaute die junge Frau eine Weile an.

»Können wir jetzt«, fragte er dann.

Die Frau nickte.

»Dann den Anfang, bitte.«

Die junge Frau schloss die Augen. Dann begann sie mit schläfriger Stimme zu erzählen.

»Ich habe ihn in der Stadt gesehen. Er saß gegenüber vom Bären und hat sich gesonnt. Das fiel auf, weil sonst nie jemand da sitzt. Das Foto, das einzige Foto, das Mutter von ihm noch aufbewahrt hatte – an das habe ich mich erinnert. Und so habe ich ihn erkannt.«

»Sie haben ihn angesprochen?«

»Nicht gleich. Ich habe mich nicht getraut. Am nächsten Tag bin ich wieder hin und er saß wieder da. Ganz alleine. Eine Weile habe ich ihn beobachtet. Dann habe ich mich getraut. Wie er mich angestarrt hat, werde ich nie vergessen. Ganz ungläubig. Ich habe ihm gesagt, dass man ihn sucht, irgendwas wegen seiner Tante. Mir ist sonst nichts eingefallen. Und dass ein Detektiv bei uns gewesen ist. Er hat mich bloß gefragt, wie der heißt, danach hat er kaum mehr mit mir geredet.«

Löffler musste einen kurzen Moment lächeln. Dieser Braun, dachte er, von wegen »ich habe meine Methoden, wie ich Leute finde.« Vermutlich kam Tauber von sich aus zu ihm und hat nachgefragt, warum der ihn sucht.

»Plötzlich ist er aufgestanden und ist einfach weggegangen. Verstehen Sie – er ging wortlos weg und hat sich nicht mal umgedreht. Zu mir, zu seiner Tochter. Aber habe ich deshalb gedacht, dass er eine miese Ratte ist? Nein, habe ich nicht. Stattdessen habe ich mich gefragt, was ich falsch gemacht habe. Was ich falsch gemacht habe. Ich. Und habe ihm nachgeschaut wie ein trauriges Hündchen.«

Die Frau machte eine Pause. Stammler ging in die Küche, als er zurückkam, hatte er ein Glas mit Wasser in der Hand, das er vor Carola Tauber auf den Tisch stellte.

»Nach ein paar Tagen fand ich wieder den Mut, nach ihm zu suchen. Ich fand ihn inmitten der anderen Obdachlosen in der Platanenallee. Ich habe mich hinter den Bäumen versteckt und ihn beobachtet. Als er aufstand und wegging, bin ich ihm gefolgt. Hoch, auf den Spitzberg, zu dem Gartenhaus. Keine einfache Sache bei meinem Gewicht. Aber ich habe es irgendwie geschafft. Dort saß er dann, und ich bin einfach hin zu ihm und habe mich auf einen Stuhl gesetzt. Aber er war sauer. Hat mich angeschrien, ich solle verschwinden. Ich sagte, ich sei doch seine Tochter. Da hat er bloß gelacht. Mich ausgelacht. Und wissen Sie, was er dann sagte? So ein Monster wie ich könne unmöglich von ihm abstammen. Und wenn doch, dann sei da bei der Mutter was schiefgelaufen.«

Wieder schwieg sie eine Weile, nahm einen Schluck Wasser und fuhr dann fort.

»Dann begann er damit, meine Mutter, meine leibliche Mutter, zu beschimpfen. Wie feige sie gewesen sei, wie sie ihn habe sitzen lassen, was für eine Schlampe sie sei. Ich sagte ihm, dass ich bei seiner Ehefrau, bei Marion, aufgewachsen sei und dort lebe. Da hat er bloß noch gelacht und sie die größte Verliererin der Welt genannt. Sie sei das Allerletzte. Er solle sich doch mal selbst anschauen, sagte ich zu ihm, er sei doch selbst ein fertiger, abgerissener Penner, der sich sein Leben versaut habe. Da hat er ein Glas nach mir geschmissen. Schon da hätte ich das Glas nehmen und es ihm ins Gesicht drücken müssen. Schon da hätte ich dieses Schwein töten müssen.«

Carola Tauber schrie jetzt förmlich. Sie hatte ihren Oberkörper weit nach vorne gelehnt und starrte Löffler an.

Dieser erschrak. Es war so viel Hass in diesen Augen, dass er das Gesicht der Frau vor ihm kaum wiedererkannte. Es hatte nichts mehr von jener demütigen Zurückhaltung, von jenem diffusen Glanz, den er noch in Erinnerung hatte.

Nein, was ihn da anblickte war die pure Lust, einem anderen Mensch Schmerzen zuzufügen, ihm wehzutun.

Ja, ihn zu töten.

Auch Berger und Stammler waren einen Schritt zurückgetreten, wie um sich aus der Schussbahn im Falle eines tätlichen Angriffs der jungen Frau zu bringen.

Doch diese ließ sich bereits wieder ermattet in die Couch zurückfallen. Sie beruhigte ihren Atem, dann sprach sie weiter.

»Er sei bald raus aus diesem ganzen Milieu, meinte er dann, seine Tante sei gestorben, und in ein paar Tagen habe er genug Geld, um sich zu kaufen, was er wolle. Dann könnten ihn alle sonst wo. Und solche Monster wie ich, kämen dann gar nicht mehr in seine Nähe. Er nahm mich am Arm und zog mich förmlich die Treppen hoch zu der Straße. Dann machte er die Gartentüre zu und verschwand. Er ließ mich einfach dort oben stehen. Zu Hause habe ich das Peter und meiner Mutter erzählt. Peter wollte gleich hin zu ihm und ihn zur Rede stellen. Aber ich wusste, dass das nicht gut ausgehen würde, da hielt ich ihn davon ab. Wir beschlossen, dass wir wenigstens etwas von seinem plötzlichen Reichtum abhaben wollten. Das stand uns zu. Er hatte uns in diesen Abgrund gestoßen, in dem wir leben, dafür sollte er bezahlen.«

»Alleine war ich da, von einem Tag zum nächsten«, tönte plötzlich mit dünner Stimme die Mutter. Sie sagte das einfach in den Raum, sodass es wirkte, als habe sie ganz automatisch, wie ein Schauspieler, einfach auf ein Stichwort hin reagiert.

Carola nahm die Hand der Mutter und streichelte sie.

»Ich ging noch mal zu dem Gartenhaus. Ich musste lange warten, aber dann erschien er tatsächlich. Ich wartete auf der Terrasse auf ihn. Als er mich sah, ist er ziemlich ausgetickt. Ich glaube, er war angetrunken. Er wollte mich wieder rauswerfen, aber ich habe mich gewehrt, da ließ er mich in Ruhe. Dann fing er an, mich zu betatschen. Einfach so streichelte er plötzlich meine Brust. Da schlug ich ihn mit meiner Hand ins Gesicht. Er wurde fuchsteufelswild und hat getobt. Aber er war zu platt, zu betrunken, um das lange durchzuhalten. Ich sagte ihm, dass wir Geld von ihm wollten, wenn er erst mal geerbt hätte. Da hat er gelacht. Böse gelacht. Und gemeint, er würde uns nichts, keinen Cent geben. Und außerdem würde er alles, absolut alles auf den Kopf hauen, dass, wenn er mal tot wäre, nichts mehr für uns übrig bliebe. Als ich ihn fragte, warum er uns so sehr hasst, meinte er, er hasse uns nicht, er sei halt so. Ich hätte ihn gerne an Ort und Stelle getötet, aber auf dem Nachbargrundstück waren Leute, da bin ich gegangen und habe mich zu Hause mit Mutter und Peter besprochen. Und in der Nacht bin ich dann losgegangen.«

Alle im Raum schwiegen.

»Aber warum so grausam«, fragte der Hauptkommissar, »warum mit dem Hammer auf den Kopf?«

»Es tat mir gut.«

»Den eigenen Vater töten?«

Sie winkte ab.

»Das war kein Vater, das war ein Tier, ein egoistisches Tier.«

»Er hat seine Frau und seine Tochter vor zwanzig Jahren verlassen. Steht darauf die Todesstrafe«, fragte Stammler. »Nur weil ihr alle komplett versagt habt, musste er sterben, dafür, dass ihr euch euer Leben selbst versaut habt.«

Stammler war laut geworden. Berger nahm ihn am Arm und zog ihn nach hinten.

»Was wissen Sie denn«, schrie nun Carola Tauber, »Sie haben doch keine Ahnung, wie das ist, wenn man in diesem Loch lebt, wenn aus allen Plänen, die man macht, am Ende nichts wird. Da ist dann keiner da, der einem hilft. Ein Vater vielleicht. Oder ein Ehemann.«

»Sie haben das alles selbst verbockt, keiner sonst«, sagte Löffler ruhig. »Es ist sinnlos, anderen die Schuld zu geben. Oder den Umständen. Oder dem Wetter. Sie haben es nicht geschafft, Sie alleine und Ihre Mutter und Ihr Bruder.«

»Das ist mir egal, was Sie sagen«, brüllte Carola die Polizisten an, »irgendeiner musste dafür bezahlen. Wir hätten uns sein ganzes Geld geholt und dann auf seinem Grab getanzt. Dieses Schwein nannte mich ein fettes Monster, mich, seine eigene Tochter. Dabei bin ich bloß krank, was kann ich dafür? Und dann begrapscht er mich auch noch im Suff. So einen Menschen muss man doch wegmachen.«

Sie schaute von einem zu anderen, aber niemand sagte ein Wort.

»Mir hat es gefallen«, sagte Carola schließlich lächelnd, »dieser Ton, als der Hammer aufprallte. Das werde ich niemals vergessen.«

»Und was war mit Sprenger?«

»Das Schwein wollte uns erpressen. So ein Dahergelaufener. Ein Penner, der doch sowieso bald verreckt wäre. Ich habe ihm da bloß geholfen.«

»Die Fußspuren sagen aber, dass Ihr zu zweit gewesen seid bei der Tat. Bei der Größe kann das bloß Peter gewesen sein.«

Sie wischte Löfflers Worte mit der Hand beiseite.

»Zu Peter sage ich gar nichts. Beweisen Sie, was Sie behaupten, von mir gibt es dazu keinen Ton. Der Typ hat mich sowieso reingelegt, hat den falschen Hammer mitgebracht. Na ja, in meiner Tasche waren ja auch bloß Papierschnipsel zwischen ein paar echten Scheinen. Dachte, der Hammer hilft ihm später noch mal, wenn er wieder Geld verlangt hätte. Für wie bescheuert hielt der mich eigentlich?«

»Und warum habt Ihr den Toten in einen Stocherkahn gelegt?«

»Ihr?«

»Sie und Ihr Bruder.«

»Ich habe ihn da rübergezogen, damit jeder merkt, dass es sich um einen Serientäter handelt, der es auf Berber abgesehen hat. Ist doch logisch, Herr Polizist.«

»Sie? Haben ihn rübergezogen? Einen Mann mit fünfundsiebzig Kilo?«

»Lassen wir das. Er lag da, und ich habe ihn euch finden lassen. Basta.«

»Und der dritte Mann? Im Busch. Der überlebt hat?«

»Kollateralschaden. Der hatte Glück, dass die beiden Tussen plötzlich in dem Busch auftauchten. Sonst wäre es Sense mit ihm gewesen.«

»Sie wollten ihn wirklich töten? Das wäre doch gar nicht nötig gewesen, ein Überfall hätte doch gereicht. Wenn man den Eindruck erwecken will, dass hier eine Serie von Morden stattfindet, genügt der bloße Versuch. Sie hätten ihn nicht töten müssen.«

Sie schüttelte missbilligend den Kopf.

»Nein, so geht das nicht, jetzt wollte ich wenigstens alles richtig machen. Wer hätte den Kerl denn schon vermisst? Aber egal, jetzt ist eh schon alles egal. Nur das mit meiner Mutter – das ist tragisch. Sie wird alleine zurückbleiben. Keine Ahnung, was Sie mit Peter anstellen, irgendwas werden Sie ihm schon anhängen. Alleine kann meine Mutter nicht leben.«

»Seien Sie mir nicht böse – aber hätten Sie nicht früher daran denken müssen? Ich meine, ehe Sie solche furchtbaren Taten begehen?«

Carola lächelte vor sich hin.

Es war ein merkwürdiges Lächeln. Freudlos und unheimlich. Bedrohlich sogar, als wollte es sagen »Pass auf.«

»Ich habe daran gedacht, glauben Sie mir.«

Carola zog ihre Mutter näher zu sich heran. Die Frau, noch immer apathisch, gab dem Druck der Tochter nach und rückte zu ihr hin. Sie hob leicht den Kopf und suchte das Gesicht Carolas. Die strich mit ihrer Hand über die Wangen der Mutter.

Dann bückte sie sich, griff unter den Tisch und richtete sich dann auf. Sie stieß ihr Gewicht mit den stämmigen Beinen nach oben und schien plötzlich riesig zu sein. Über ihrem Kopf schwang sie die Weinflasche und ließ sie auf den Kopf ihrer Mutter niedersausen. Mit einem unheimlichen »Plopp«

landete sie auf dem Hinterkopf ihrer Mutter. Deren Oberkörper wurde dabei durchgeschüttelt und kippte nach hinten, gegen die Rückenlehne der Couch. Ein paar Blutspritzer waren an die Wand geflogen.

Wieder hob Carola die Flasche hoch, und ließ sie auf ihre Mutter niedersausen. Stammler war indessen von hinten mit mächtigem Satz hinter die Tochter gesprungen, und versuchte sie aufzuhalten. Ganz gelang es ihm nicht, aber er streifte zumindest die Hand Carolas, sodass sich die Richtung des Schlags etwas veränderte und die Flasche seitlich am Kopf aufprallte.

Dann waren die Polizisten über der Schlägerin und warfen sie zu Boden.

Überall war jetzt Blut. Auf der Couch, an der Wand und auf dem Boden.

Berger wählte bereits und bestellte den Notarztwagen.

Stammler kniete auf Carola, die auf dem Boden lag. Löffler hielt den Oberkörper der Mutter und hatte ihren Kopf auf seinen Schoß gebettet. Mit einem Couchkissen, das er ihr an den Kopf presste, hielt er das Blut zurück so gut es eben ging.

Nach einigen Minuten hörte man aus der Ferne das Tatü des Notarztes.

»Sie sind vollkommen verrückt«, sagte Stammler plötzlich zu der Frau am Boden, »Sie würden sogar Ihre eigene Mutter töten. Nicht nur den Vater, auch die Mutter.«

Die Frau hustete, Stammler nahm sein Knie aus ihrem Rücken, damit sie besser atmen konnte.

»Ich wollte sie erlösen«, keuchte Carola Tauber, »wer weiß, was Ihr alles mit ihr anstellt. Für sie ist es besser, wenn sie tot ist. Aber das verstehen Sie nicht.«

»Ist das Ihr Plan – alle töten, und alle bloß aus Mitleid, weil sie ja sowieso leiden müssen? So wie Sie und Ihr Bruder? Sie wurden ja bloß zur Versagertruppe, weil alle anderen gegen Sie waren. Schade, dass Sie sich nie selbst zuhören. Ich für meinen Teil kann bloß sagen, dass mir bei Ihren ganzen Rechtfertigungen kotzübel wird.«

Carola schwieg.

Bald darauf konnte man die Bremsen des Notarztwagens hören, der in vollem Karacho ans Haus gefahren kam.

»Es wäre schön geworden«, sagte da Carola Tauber leise, »wir wären alle hier weggegangen, wir drei, und hätten ganz von vorne angefangen. Wir hätten das Geld gehabt, keiner hätte uns mehr komisch angeschaut und wir wären ganz sicher glücklich geworden.«

»Nein«, sagte da der Hauptkommissar, der noch immer die Mutter im Schoß hielt, »Menschen, die andere umbringen, werden niemals glücklich sein. Ganz egal, wie viel Geld sie haben und wo sie wohnen. Das Blut an den Händen wird niemals verschwinden.«

Carola lächelte leise.

»Alles andere als hier wäre für uns schon das Glück gewesen.«

»Und anderen hat es den Tod gebracht.«

Carola starrte Christian Löffler völlig verständnislos an.

Dann schloss sie die Augen.

Schweigend saßen die Kommissare zu Hause in Lustnau am Esstisch. Niemand hatte so richtig Lust, zu reden. Im Hintergrund hörten sie Musik. Klaus Löffler hatte sich ins Musikzimmer zurückgezogen und legte da seine Lieblingsplatten auf.

»Warum hört Ihr Vater eigentlich Trauermusik«, fragte Stammler in die Stille, »er hatte mit dem Fall doch nichts zu tun.«

»Eigentlich«, beantwortete Monika Berger schnell die Frage, »ist das keine Trauermusik, sondern »Die Hochzeit des Figaro.« Also lustig.«

»Ach, für mich ist jede klassische Musik Trauermusik. Keine Ahnung, warum das so ist. Vermutlich, weil ich nichts davon verstehe.«

Löffler stocherte in seinem Salat.

»Wird die Frau durchkommen«, fragte Berger, »was hat denn der Arzt gesagt?«

Löffler hob die Schultern.

»Er wusste es nicht. Vielleicht, hat er gesagt. Es ist aber auch möglich, dass sie schwere Gehirnschäden hat und ein Pflegefall wird.«

Wieder schwiegen alle.

»Als Pflegefall kriegt sie wenigstens nichts mehr mit«, meinte Gerd Stammler, während er eine Scheibe Brot mit Butter bestrich, »das kann für die Frau ein Segen sein.«

»Du meinst, wenn sie nicht miterleben muss, wie ihre beiden Kinder als Vatermörder angeklagt werden? Ja, das wünscht man keiner Mutter.«

Löffler legte sein Besteck beiseite.

»Sie wusste schon lange, dass ihre Kinder Tauber umgebracht haben. Und sie wusste auch über den Rest Bescheid. Sie hat die Kinder eher noch gedeckt. Sie ist Mitwisserin, vielleicht Mittäterin, so richtig klar ist das alles noch nicht. Das große Mitleid will sich bei mir jedenfalls nicht einstellen.«

»Ja, gut, Mitleid habe ich auch nicht gerade«, beschwichtigte Berger, »aber ein wenig Verständnis habe ich schon.«

»Ach ja, wofür denn? Dafür, dass man zwanzig Jahre lang als Entschuldigung für völliges menschliches und soziales Versagen den Verlust des Vaters nimmt? Oder dafür, dass man wahllos Menschen tötet, um an Geld zu kommen? Was wissen wir denn, was für ein Ungeheuer Marion Tauber aus ihrem Ehemann gemacht hat, was sie den Kindern erzählte, bis sie ihn so hassten wie sie selbst? Ja, so kann man auch Mörder produzieren.«

Stammler machte mit den Händen das Zeichen für Auszeit.

»Leute, so geht das nicht, noch wissen wir überhaupt nichts. Nach den ersten Aussagen können wir dann unsere persönlichen Urteile fällen. Aber bis dahin stochern wir doch noch alle im Nebel.«

»Na, und du stocherst im Salat«, deutete Berger auf Stammlers Teller und lachte dann. Auch Löffler schien sich beruhigt zu haben und lachte mit.

Sie aßen schweigend weiter.

»Ach«, sagte Christian Löffler auf einmal, »ehe ich es vergesse. Ich muss Ihnen allen etwas verkünden. Ich hätte das schon früher gemacht, aber es war nicht sicher. Ich meine, es war sicher, aber nicht wann, beziehungsweise, es war manchmal auch sicher, wann …«

»Guten Abend.«

Ein junges Mädchen stand plötzlich in der Tür. Sie mochte vielleicht zwölf, dreizehn Jahre alt sein, vielleicht auch etwas jünger.

»Tja, und schon ist es zu spät«, sagte Löffler, »ich habe zu lange gewartet. Aber dann kann die junge Dame auch gleich selbst sagen, wer sie ist und was sie macht.«

Das Mädchen war hübsch und hatte lange, dunkelblonde Haare. Hinter ihr stand Klaus Löffler und hatte ihr eine Hand auf die Schulter gelegt.

»Tja, wenn das hier so abgeht«, sagte sie forsch, mit leicht hanseatischem Zungenschlag, »dann machen wir das kurz, nicht wahr? Ich bin die Jessica, und das dort drüben, der in dem Teller herumstochert und jetzt ganz rot wird im Gesicht – das ist mein Vater. Und was das Schönste ist: Ich bleibe jetzt eine Weile hier im Haus. Mit euch allen zusammen. Also mit Papa und Opa, aber auch mit euch zwei da drüben. Du bist doch der Gerd und du die Monika, richtig?«

Die beiden nickten.

»Weiß ich alles schon von Opa, ihr braucht euch nicht zu wundern. Also, Hellseherin bin ich keine.«

Löffler erhob sich aus seinem Platz und ging zu seiner Tochter hin.

»Jessica wird«, wandte er sich an die anderen, »einige Zeit bei uns bleiben. Ihre Mutter geht für unbestimmte Zeit beruflich nach USA, Jessica kann da nicht mit. Und will es auch nicht, alleine schon wegen der Schule. Aber in den Ferien, da besucht sie ihre Mutter immer drüben, nicht wahr?«

Jessica nickte.

»Mit der Schule ist alles geregelt, morgen fängt Jessica an in der Geschwister-Scholl-Schule, oben auf Waldhäuser-Ost.«

Jessica trat einen Schritt nach vorn.

»Ond schwäbisch kann i au scho. Et so guat schwätze, aber alles verstande. Recht so?«

»Woher kannst du das denn«, fragte Stammler erstaunt. »Als Hanseatin, meine ich. Da brichst du dir ja die Zunge.«

Sie schüttelte den Kopf.

»Nee, halb so wild. Papa hat mir das beigebracht, abends immer, wenn er mir Geschichten am Bett erzählt hat. Das hat er oft auf Schwäbisch gemacht. Mensch, habe ich mich da später immer kringelig gelacht. Mama sagt immer, es sei eine Puppenstubensprache. Egal, mir gefällt's.«

»Na, dann mal willkommen«, stand Stammler auf und ging dem Kind entgegen. »Ich bin zwar selbst auch bloß Logiergast, aber das schon eine ganze Weile.«

»Cool, eine Bullen-WG. Wenn ich das meinen Freunden erzähle, die kriegen sich nicht mehr.«

Löffler schubste seine Tochter nach vorne, zum Tisch hin.

Sie setzte sich zwischen Berger und Stammler, während Opa Klaus neben seinem Sohn Platz nahm.

»Jetzt ist aus meinem Haus plötzlich eine Stätte für eine Großfamilie geworden«, sagte der Opa, »und vor einem Jahr wollte ich den Riesenschuppen noch verkaufen. Wenn das so weitergeht, muss ich anbauen lassen.«

Die anderen lachten.

»Ich weiß ja, dass Papa mit euch immer noch per Sie ist. Ist mir ja auch egal. Das ist noch das Hamburgische, das Distanzierte, das er sich in den Jahren dort angeeignet hat. Aber wir duzen uns doch, oder?«

»Klar«, nickte Monika Berger, »von Gast zu Gast, sozusagen.«

Sie schüttelten sich die Hände. Dasselbe mit Stammler, der ihr seine Hand über den Tisch reichte.

»Papa hat mir gar nicht gesagt, dass du so toll aussiehst«, meinte das Mädchen zu Berger.

Die wurde rot.

Löffler hatte ebenfalls eine leicht andere Gesichtsfarbe als zuvor.

»Na ja, aus euch beiden machen wir schon noch was, oder? Was meinst du, Gerd? Schaffen wir das?«

Stammler nickte bloß und lachte dann schallend.